Wallace Stevens
Complete
Poems

华莱士·史蒂文斯诗全集

[美]华莱士·史蒂文斯

著

陈东飚

译

作家出版社

目 录

✛

• 《簧风琴》•

HARMONIUM

（1923）

✤

• 《运往夏天》 •

TRANSPORT TO SUMMER

（1947）

✠

• 《秋天的极光》•

THE AURORAS OF AUTUMN

（ 1950 ）

✣

•《岩石》•

THE ROCK

（1954）

✢

• 晚期诗作 •

LATE POEMS

（1950—1955）

✢

• 附 •

《簧风琴》

HARMONIUM

（1923）

给

我的妻子

尘世轶事

每当雄鹿们咔嗒咔嗒地奔跑
穿过俄克拉荷马[①]
一只火猫就兀立在当路。

无论它们跑到哪，
它们都咔嗒咔嗒地奔跑，
直到它们疾转
沿着一条迅捷的环线
向右，
就因为那只火猫。

或是直到它们疾转
沿着一条迅捷的环线
向左，
就因为那只火猫。

雄鹿们咔嗒咔嗒。
火猫纵身跳跃，
向右，向左，
并

———————————
① Oklahoma，美国中南部州名。

兀立在当路。

后来，火猫闭上他的亮眼
就睡了。

对天鹅的咒骂

灵魂，哦呆鹅们，飞越公园之外
更远远超越风的不和谐。

一场来自落日的青铜雨标注
那时间所忍耐的，夏天的死亡，

像一个人涂写一份无精打采的遗嘱
有黄金的遁词和帕福斯式①的嘲谑，

把你们的白羽毛传给月亮
把你们的乏味动作交给空气。

看，早已排成了长长的队列
乌鸦用污秽为雕像施涂油礼。

而灵魂，哦呆鹅们，是孤独的，飞行
超越你们的冰冷战车，去向重重天空。

---

① Paphian，帕福斯（Paphos）为塞浦路斯西南部古城，建有维纳斯庙。

在卡罗来纳①

紫丁香在卡罗来纳枯萎。
已有蝴蝶在小屋上扑闪。
已有新生儿来诠释爱
用母亲的声音。

超越时光的母亲，
你的肉冻乳头怎么
这回渗出蜜来？

松树甘甜我的身体
白鸢尾花让我美丽。

---

① Carolina，指南卡罗来纳（South Carolina）和北卡罗来纳（North Carolina）两州。

不值一提的裸体开始一场春游

但不是在一个贝壳上，她启程，
古旧不堪，去往海洋。
但在最初遇见的杂草上
她飞掠闪光，
无声无息，像又一道波浪。

她也并不满意
宁愿有紫色的东西在手臂上，
厌倦了咸味的港口，
渴望盐水与呼吼
来自海的高深内部。

风令她加速，
吹动她的双手
和水淋淋的背脊。
她触摸云彩，在那里沿着
她横渡海洋的圆环而行。

然而这是平庸的表演
在疾奔与水光之中，
当她的脚踵起沫——
不是更金黄的裸体

在更晚的一日

会去的时候，像海绿的华彩的中心，
在一片更激烈的宁谧里，
命运的帮厨，
越过干净的波涛，无休无止，
继续她无可挽回的行程。

针对巨人的阴谋

第一个女孩

当这个乡巴佬蹭跶而来
磨着他的砍刀，
我要跑到他前面，
散发最文明的气味
出自天竺葵和没闻过的花朵。
这会阻止他。

第二个女孩

我要跑到他前面，
拱起布料，上面洒落的色彩
小得像鱼子。
那些线
会羞臊他。

第三个女孩

哦，la……le pauvre[①]！

---

① 法语："哦，……那可怜的人！"。

我要跑到他前面，
带一种奇妙的呼气。
他于是会侧起耳朵。
我要轻声吐出
一个世界的喉音里天堂般的唇音。
这会打垮他。

Infanta Marina [①]

她的露台是沙子
和棕榈和暮色。

她以自己手腕的动作为
她的思想的
宏伟姿态。

这入夜的生命
羽饰的凌乱
化作船帆的技艺
在海上。

就这样她漫游
在她扇子的漫游之中，

分享大海，
以及傍晚，
当它们在周围流淌
并发出它们消退的声响。

---

① 西班牙语："海的公主"。

黑的统治

在夜里，在火炉边，
树丛的色彩
和落叶的，
重复着自身，
在屋子里旋转，
像树叶自身
在风中旋转。
是的：但沉重的铁杉的颜色
阔步而来。
而我回忆起孔雀的啼鸣。

它们尾巴的色彩
像树叶自身
在风中旋转，
在入暝的风中。
它们扫过屋子，
恰如它们从铁杉的枝条飘飞
下到地面。
我听见它们啼鸣——那些孔雀。
那是一声对着暝色的啼鸣
还是对着树叶自身
在风中旋转，

移转如火焰
在火中移转，
移转如孔雀的尾巴
在响亮的火中移转，
响亮如铁杉
充满孔雀的啼鸣？
还是一声对着铁杉的啼鸣？

在窗外，
我看见行星们如何汇集
像树叶自身
在风中移转。
我看见夜如何到来，
阔步而来像沉重的铁杉的颜色
我感到害怕。
而我回忆起孔雀的啼鸣。

雪人

人必要有一颗冬天的心
来打量霜和盖着
雪壳的松树的枝条；

要已经冷下去很长时间
来注视冰凌混杂的杜松，
粗乱的云杉，在一月太阳

遥远的闪烁中；而不想起
有任何苦难在风的声音里，
在几片叶子的声音里，

那是大陆的声音
充满同一阵风
在同一块空茫之地上吹

为那听者而吹，他在雪中倾听，
并且，本身即无物，谛视
无不在场之物，和那在场的无物。

普通女人

于是她们从贫穷中升起，
从干黏膜炎之中，向着吉他
她们飞掠
穿过一道道宫墙。

她们将单调甩到身后，
背离她们的匮乏，漠不关心，
她们簇拥
在夜晚的厅堂。

漆亮的包厢在那里挤作一团
咕哝着哉—哉和啊哉，啊哉。
月光
捉弄多枝的烛台。

而她们身上的寒冷衣衫，
在凸窗的乏味雾霭中，
一片静谧
当她们斜倚并极目

从窗台上眺望那些字母，
看贝塔 b 和伽玛 r，

来研究
那些倾侧的花体

在上天与上天之书里。
就是在那里她们读出了婚床。
嘀里咯！
而她们就这样读下去。

憔悴的吉他手在弦上
低鸣啊哒和啊哒，啊哒。
月光
在沙砾的层楼上升起

发型变得多么直率，
钻石尖，蓝宝石尖，
亮金属片
来自民用风扇！

欲望的暗示，
强大的言辞，异口同声，
呼喊赦免
向着无灯芯的厅堂。

于是她们从贫穷中升起，
从干黏膜炎之中，向着吉他
她们飞掠
穿过一道道宫墙。

运载甘蔗

沼地船走起来
就像水在流；

就像水在流
穿过绿色锯齿草
在彩虹之下；

在彩虹之下
彩虹就像鸟，
打着转，花里胡哨，

而风依旧吹口哨
就像喧鸹叫，

当它们惊起
看到船夫们的
红色头巾。

LE MONOCLE DE MON ONCLE[①]

I

"天国的母亲，云朵的女皇，

哦太阳的权杖，月亮的冠冕，

并非无物，不，不，决非无物，

就像两个杀人的词交迸的锋刃。"

我以堂皇的节拍将她如此嘲弄。

抑或是我嘲弄的唯有我自己？

但愿我可以是一块思考的石头。

浮沫的思想之海再次泛出

闪耀的泡泡，曾经的她。随后

一股深深的涌流从我体内某一口

更咸的井中，迸出它水淋淋的音节。

II

一只红色的鸟飞过金色的地板。

那是一只寻找自己合唱团的红鸟

在风与潮湿与翼翅的合唱团之间。

找到时他的身上便会泻下一股湍流。

---

① 法语："我叔叔的单片眼镜"。

我该把这破皱之极的东西摊平么？

我是一个继承者们祝福连声的人；

它既然来了我便如此问候春天。

这些欢迎的合唱团为我颂唱告别。

没有什么春天可以跟过子午线。

你却坚持用道听途说般的喜悦

来诓人相信一种星耀的 *connaissance*[①]。

III

毫无意义么，因此，旧时的中国人

坐在他们的山间池边整理装束

或在扬子江上细究他们的胡须？

我不该奏弄历史的降音阶。

你知道歌麿[②]的美人是如何在她们

无所不言的发辫里寻找爱的结局。

你知道巴斯[③]高山一般的发式。

唉！所有的理发师都白活了么

竟不曾有一绺发卷在自然中幸存？

为什么，毫不怜惜这些好学的幽灵，

你披着湿发就从睡梦中走来？

---

① 法语："知识，见识"。

② 喜多川歌麿（Kitagawa Utamaro，约 1753—1806），日本浮世绘画家。

③ Bath，英格兰西南部一市镇，以乔治王朝时期的温泉和建筑著名。

IV

这一枚甘美无瑕的生命之果

显然是因自身的重量而坠落于地。

当你是夏娃时，它的酸汁是甜的，

未曾品尝，在它天堂果园的空气里。

一只苹果恰如任何头盖骨

可当书来用，从中读出一个圆，

也一样出色之极，既然构造它的

也像头盖骨，是要烂回地里的东西。

但它出众在此，就是作为爱之

果实，它是一本疯狂到不可阅读的书

在一个人仅仅读来消磨时光之前。

V

西方的高天燃烧着一颗狂暴的星。

那颗星是为炽烈的男孩们而设

也为他们身边沁香的处女们。

衡量爱的张力的尺度

也是衡量土地的活力的尺度。

对于我，萤火虫迅疾如电的扑动

沉闷地嘀嗒又一年的时光。

你呢？回想蟋蟀如何走出

它们的青草母亲，像小小的亲戚，

在苍白的夜里，当你最初的形象

已隐约发现你与那一切尘埃的联系。

VI

如果男人四十要描画湖景
种种瞬息之蓝必为他们融合为一，
基本的石板色，普遍的色调。
我们身上有一种征服一切的物质。
但在我们的恋情里情圣们辨出
如此的波动，他们的手写
屏气凝神专注每一道诡异的转折。
当情圣们秃了顶，恋情便萎缩
到了罗盘与课程表里面
归于向内的流亡，课堂说教。
那是单为海厄辛托斯①准备的主题。

VII

天使们骑坐的骡子缓缓走下
燃烧的关隘，远自太阳的那一边。
他们叮当的铃儿次第降临。
这些赶骡子的个个举止优雅。
同时，百夫长们大笑着敲打
桌面上他们啸鸣的大杯。

---

① Hyacinth，希腊神话中日神阿波罗所爱的美少年，被阿波罗误杀后从
其血泊中长出风信子（hyacinth）。

这寓言，某种意义上，归结于此：
天堂的蜜可能到来也可能不来，
但尘世的蜜总在同一刻来而又去。
设想这些信使列队送来的是
一个在永恒盛放中升华的少女。

VIII

像个迟钝的学者，我注目，怀着爱恋，
一个古老的情状触及一个新的思想。
它到来，它盛放，它结出果实并死去。
这琐屑的比喻透露出真相之一端。
我们的盛放已逝。我们是结出的果。
两个金葫芦在我们的藤蔓上鼓起，
我们垂挂如多疣的瓜果，有条纹和边花，
进入秋季的天气，打上了霜，
被茁壮的肥胖扭曲，变成奇形怪状。
讪笑的天空会看见我们两个
被腐蚀一切的冬雨冲洗成空壳。

IX

用野性动感的诗句，充满喧嚣，
因哭喊、冲突而响亮，迅猛而确定
如人们的致命思想在战争里
完成他们奇怪的命运，来吧，来赞颂

四十岁的信仰，丘比特的被监护者。
至为可敬的心，至为健旺的幻想
对你的阔展来说也不会太过健旺。
我查问一切声音，一切思想，一切
找寻骑士们的音乐与风度
来让祭品相称。我该去哪里寻找
契合这首伟大圣歌的华美乐章？

X

异想的公子哥在他们的诗中遗下
一回回神秘喷射的纪念物，
情不自禁地浇灌他们的沙石地。
我是个农民，也像这班伙计一样。
我不知道什么魔法树，什么芳香枝，
什么银红色、金朱色的果子。
但，毕竟，我知道有一棵树倒是
与我心中所想的物事颇为相似。
它庞然而立，有一个如此这般的尖儿
所有的鸟到了那个时候都会前来。
但在它们走后那尖儿仍在树上冒尖。

XI

如果性是全部，那么每只颤抖的手
都能让我们像坑偶般嘶叫出所愿之词。

但留意一下命运昧心的背叛吧，

让我们哭，笑，哼与吟，并喊出

悲凄的英雄体，从疯狂或愉悦中

掐弄出各种姿势，而不去理会

那最初的，首要的律法。苦痛的时辰！

昨夜，我们坐在一汪粉色的池边，

剪落的百合抹过闪亮的银铬，

热切以对星光一点，正当一只青蛙

恰从他的腹中鸣放出呕心的和弦。

XII

那是一只蓝色的鸽子，盘旋在蓝天，

倾侧着翼翅，一圈一圈又一圈。

那是一只白色的鸽子，扑腾到地面，

飞得累了。像一个黯黑的拉比①，我

观察过，在年轻时，人类的本性，

在居高临下的书斋里。每天，我都发现

人类实为我装腔作势的世界的一小块。

像一个玫瑰拉比，后来，我曾追寻，

并仍在追寻，爱的起源与

过程，但直到如今我才刚领悟

扑腾的事物竟有一种如此清晰的影调。

_____

① Rabbi，犹太教师或学者。

威廉斯①所作一个主题的细微差别

一种奇怪的勇气就是
你对我的赠予，古老的星星：

在日出之中孤身闪耀吧
你勿向它出借一丝一毫!②

I

孤身闪耀，裸身闪耀吧，青铜般闪耀，
既不映现我的脸也不映现我存在的任何
内在部分，火一般闪耀，什么也不反照。

II

勿出借一丝一毫给任何人性
它在自身的光中将你充满。
勿作早晨的喀迈拉③，
半人，半星。

---

① William Carlos Williams（1883—1963），美国诗人。
② 出自威廉斯的诗 El Hombre（西班牙语:《男人》)。
③ Chimera，希腊神话中羊身、狮头、蛇尾，会喷火的怪物。

勿作一种智能，
像一个寡妇的鸟
或一匹老马。

一个显贵的若干比喻

二十个人过一座桥，
进一个村子，
是二十个人过二十座桥，
进二十个村子，
或一个人
过单单一座桥进一个村子。

这是老歌
不会宣示它自己……

二十个人过一座桥，
进一个村子，
是
二十个人过一座桥，
进一个村子。

那不会宣示它自己
但确凿如意义……

人们的靴子重踏
在桥的木板上。
村子的第一道白墙

透过果树升起。
我刚才在想的是什么？

于是意义逃走。

村子的第一道白墙……
果树……

星期天耕耘

白公鸡的尾巴
在风中甩动。
雄火鸡的尾巴
在阳光下闪烁。

水在地里。
风倾倒而下。
羽毛闪耀
在风中咆哮。

瑞穆斯[①]，吹你的号！
我在星期天耕耘，
耕耘着北美洲。
吹你的号！

咚嘀咚，
嘀咚咚咚！
雄火鸡的尾巴
铺展到太阳。

---

① Remus，罗马神话中罗马城的建立者罗穆路斯（Romulus）的孪生兄弟。

白公鸡的尾巴
流淌到月亮。
水在地里。
风倾倒而下。

Cy Est Pourtraicte, Madame Ste Ursule,
et les Unze Mille Vierges [①]

乌尔苏拉，在一个花园，看见

一垄小萝卜。

她跪到地上

采集它们，

身边环绕着花朵，

蓝的，金的，粉的，绿的。

她身披红与金的锦缎

在草地上奉献一份祭礼

是小萝卜和花朵。

她说："我的至爱，

在你的祭坛，

我已经献上了

雏菊和罂粟，

还有玫瑰

像四月的雪般易碎；

但在这里，"她说，

---

① 古法语："此为圣女乌尔苏拉与一万一千个处女的肖像"。圣女乌尔苏
   拉（Madame Ste Ursule）为公元 2 世纪罗马 – 不列颠基督教圣女，在
   应教皇之命赴罗马的途中被匈奴人截杀于德国科隆。11000 名处女来
   自一个教士的抄写错误，当为 11 名与她同行并同被杀死的处女。

"没人能看见，
我奉献一份祭礼，在草地上，
是小萝卜和花朵。"
然后她哭了
生怕主不会接受。

仁慈的主在祂的花园里寻找
新叶和暗色调，
而它们全是祂的思想。
祂听见她低低的和音，
半是祈祷半是歌谣，
便感到了一阵微颤，
并非天堂之爱，
或怜悯。

这并未写
在任何书中。

睡岸上的芙蓉

我说啊，费尔南多，就在那天
心思游荡如一只飞蛾游荡，
在远过空旷沙洲的花丛中；

而无论波浪的运动发出何种喧响
在海藻和被盖没的石头上
都不曾打搅哪怕最悠闲的耳朵。

随后便是那化为怪兽的飞蛾
它曾经伏身折翼对着
慵懒海洋的蓝和染了色的紫，

也曾沿着骨瘦的滨岸瞌睡，
自闭于海水产出的聒噪，
飞起点点斑斓，搜寻那着火的红

其上溅有黄花粉——红得那么红
就像老咖啡馆上空的旗子——
在那里游荡整个呆然的午后。

佛罗里达故事诗 [①]

磷光之舟
在棕榈的海滩，

启航滑入天堂，
滑入条纹大理石
和夜之幽蓝。

泡沫与云朵合一。
湿热的月中魔怪
正在溶化。

将你黑的船身填满
白的月光吧。

永不会有一个尽头
这浪涛的嗡鸣。

[①] Fabliau，约 1150 至 1400 年间法国北部的一种谐趣叙事诗。

日内瓦博士

日内瓦博士猛跺那铺开来
阻挡太平洋奔涌的沙子，
拍一拍烟囱帽又扯一扯披风。

湖滨之人从未遭受过这般
漫长翻卷的丰沛激流的袭击，
除非是莱辛或博舒埃①所发起。

他没有退缩。一个如此习惯探询
多彩天空的人感觉不到敬畏
面对这些可见而滔滔不绝的洪流，

它终有法子让他慢炖的心思
打起转，嘶嘶作响，用神谕一般
荒野的符号，毁灭的废墟，

直到他的城市的尖顶铿然跃起
在一场非市民的启示录之中。
博士使用他的手帕并嗟叹。

---

① Jacques Bénigne Bossuet（1627—1704），法国教士、神学家。

另一个哭泣的女人

把不快乐倒掉
从你太过凄苦的心里，
悲伤不会让它变甜。

毒素在这黑暗里生长。
就是在泪的水中
它的黑花升起。

存在的堂皇因由，
想象，那一种现实
在这想象出来的世界里

离开你
随他而去，并无幻梦为他而动，
而你被一份死亡刺透。

Homunculus et la Belle Etoile [①]

在海中，比斯坎[②]，那里装扮着
年轻的翡翠，黄昏星，
美好的光照耀酒鬼，诗人，寡妇，
和快要出嫁的淑女。

映着这道光咸味的鱼
在海中拱曲如树的枝条，
去往众多的方向
上上下下。

这光引导
酒鬼的思想，寡妇和
颤抖的淑女的情感，
鱼的运动。

多么愉悦的一个存在
这翡翠将哲人魅惑，
直到他们终于不假思索地甘愿
在后来的月光里沐浴心灵，

----

① 法语："侏儒与美丽的星星"。
② Biscayne，美国佛罗里达州东南部海湾。

明知道他们可以又转回夜晚的
念头，在静止而无声之时，
回想这件或那件事情，
在他们入睡之前！

更好的是，作为学者，
他们应当努力思索，在浩繁斗篷
的黑暗袖口，
并剃度他们的头与身体。

很有可能他们的情妇
并非憔悴易逝的幻象。
她或许，终究，是个荡妇，
十足地美丽，热切，

丰盈，
从她源自星光的存在，在海岸上，
他们所寻求的最内在的善
可能以至简的言辞到来。

这一道美好的光，因此，是属于那些
懂得最根本的柏拉图的人们，
他们正用这珍宝安抚着
迷惘的苦刑。

作为字母 C 的喜剧演员

|

没有想象的世界

Nota[①]：人是他的土壤的智慧，
至高无上的鬼魂。据此，也是蜗牛的
苏格拉底，梨子的音乐家，原理
和律法。Sed quaeritur[②]：这同一顶
事物的假发，这傻瓜脑袋的学究，
是海的导师么？克里斯平在海上
在他的日子里，创造了一丝疑惑之感。
一种眼光，最适于白明胶和胸衣，
村庄里的浆果，一个理发师的眼光，
一种土地的，简单色拉底的眼光，
诚实棉被的眼光，克里斯平的眼光，悬
在海豚，而非杏树之上，
在沉默寡言的海豚上，它们的猪嘴
在波浪中挖掘，它们是髭，
一个难解的世界里难解的毛发。

---

① 拉丁语："注"。
② 拉丁语："但要问"。

一个人吃一份 paté①，居然就盐，真的。

要紧的不是失去的陆上万物，

来自那海与盐的暖适的冬眠者，

单吹一口气就刮了一世纪的风。

重要的是自我的神话，

被玷污得无可清洗。克里斯平，

跳蚤的鲁特琴手②，那无赖，那领主，

缎带的手杖，呼吼的马裤，中国的

斗篷，西班牙的帽子，命令式的哼哼

唧唧，好审问的植物学家，

和哑默而处女般的新条目的

综合词典编纂家，此刻凝望自己，

一个皮包骨的水手在窥看航海镜。

什么词语，在咔嗒响的音节里分裂

在多不胜数的语调之下咆哮，

为这个身扛如此重压的短腿命名？

克里斯平被巨量冲走。

仍留存于他体内的生命的全部

缩减为一个在他耳中乱奏的声音，

无处不在的激荡，拍掌与叹息，

超乎他指挥棒的刺戳的复调。

克里斯平能否阻止海中的唠叨，

一个水形现实主义者的老年，

---

① 法语："碎肉馅饼"。

② Lutanist，演奏 14—17 世纪欧洲传统弦乐器鲁特古琴（lute）的人。

特里同①，溶化在蓝与绿那变幻无常的

透明质里？一个啰嗦、多水的年纪

向着太阳的同情耳语，召开

一场海星的集会，夜夜如是，

并在月亮细碎的步道上

趴身而卧。特里同不与那

把他造就为特里同的纠缠，他什么也不剩，

除了在微弱的，纪念性的手势里，

好像波浪里的手臂和肩膀，

在这里，在仿佛致幻的喇叭一般的

风的起落之中的某样东西，还有这里，

一个沉没的嗓音，既属于回忆

也属于遗忘，语调交替变换。

就这样一个古老的克里斯平被溶解了。

这暴风雨中的臣仆已遭罢免。

波尔多②到尤卡坦③，哈瓦那随之，

然后再到卡罗来纳。简单的远足。

克里斯平，大门上最起码的草写小字，

任他的风度沮丧成为骚动。

盐悬在他的精神之上像一道霜，

死的盐水在他身内溶化如一滴冬天的

露，直到他自己什么也

不剩，除了某个更荒凉，更赤裸的自我

---

① Triton，希腊神话中海神波塞冬（Poseidon）之子，半人半鱼。

② Bordeaux，法国西南部城市。

③ Yucatan，延伸墨西哥南部与中美洲的半岛。

在一个更荒凉，更赤裸的世界，那里太阳

不是太阳因为它从不

用柔和的殷勤照耀苍白的阳伞，

在礼拜堂里，悬于虔诚的花束之上。

迎着他的叽喳声一支喇叭

吵闹地鸣响天庭的讥嘲。克里斯平

成了一个内省的航海者。

真正的 ding an sich①呈现了，终于，

克里斯平直面着它，一件说得出的东西，

用的却是久远黑暗中喷出的一种言语

与他的绝不相似，一件看得见的东西，

除了可忽略的特里同外，摆脱了

他自己的无可回避的阴影

它就躺在他身边的另一处。分隔

是明显的。浪漫最后的扭曲

遗弃了欲求无厌的自我主义者。海

分隔的不但是陆地还有自我。

此处在现实之前绝无帮助。

克里斯平凝望于是克里斯平被更新。

想象，在这里，无法逃避，

在李子的诗篇里，一个浩大的，征服的，

最后的语调那严格的节俭。

陈腐生命的透湿不再落下。

---

① 德语："事物本身"。

那浮华的，迸发的盛装是什么？
它是从什么迅捷的毁灭中跃出？
它是风与云的华服
和拿来构成整体的某物，在
那些被巨大者粉碎的计策之中。

II

有关尤卡坦的暴风雨

在尤卡坦，加勒比圆形剧场的
玛雅商籁体诗人们，
不理会鹰与隼，绿色的犀鸟
和松鸦，仍旧向夜鸟作出他们的恳求，
仿佛棕榈树中的悬钩子唐纳雀，
高居在橙色的空气中，是野蛮的。
但克里斯平太过穷困而无法
在任何平常事里找到所寻求的帮助。
他是一个被海激活的人，
一个从光明的横渡中出现的人，
被大肆鼓吹，被不顾一切地澄清，
自潮汐天空的发现物中新鲜涌现，
神谕的摇摆从不给他安宁。
他继续走进一片野性的色彩。

他在他的领地里成长得多伟大，
这昆虫的旁听者！他看见

一座公园里秋天逝去的脚步

经由庄重的忧郁；他

书写一年一度的对句给春天，

作为深奥愉悦的论文，

航程中，停留于一片蛇的陆地，

发现他的无常变迁已放大了

他的忧惧，令他复杂难解

呈现多变的曲折，并且困难与陌生

陷于所有欲望，他穷困的表征。

他囿于其中，像别的自由人一样，

洪亮的坚果壳向内噼啪作响。

他的暴力是为了升华

不是为了恍惚，正如音乐所创造的

为了苏醒到半途的睡者。他察觉

为他的热而生的凉来得突然，

并且仅仅，在他用自己的羽笔

潦草写下的寓言里，在它本土的露水里，

属于一种粗暴、多元、不驯服的，

正经人不可思议的美学，污垢的薄荷，

化为典范的绿色的野蛮。

克里斯平预见到一场奇异的散步

或者，更高贵，感觉到一种基本的命运，

以及基本的潜能与痛楚，

和仍旧未曾得见的美丽的赤裸，

用尽了棕榈的野性，

用尽了丝兰生养的浓密、尸白的

花朵上的月光，也用尽了黑豹的践踏。

那奇妙之物与它内在的诗篇到来

仿佛两个精灵在商讨，装饰着

来自大西洋的陨石的光辉，

让克里斯平和他的羽笔来质询。

但他们前来商讨如此一个地球，

如此粗厚，有多面和参差的绿色枝叶，

如此错综缠绕，有蛇族盘卷

在紫色的丛莽，猩红的冠冕，

在它们的庇护所里气味如丛林，

如此密布黄、蓝、绿与红的条纹

满是鸟喙与蓓蕾和水果似的块皮，

以致这地球就像拥挤的节庆

属于长肥的种子，太过汁液丰饶，

在黄金的母性温暖中扩展。

到此为止。那多情的移民在发现

一个新现实鹦鹉的啼叫之中。

还是放过这点琐事。现在，当这奇怪的

发现者迈步穿过港口的街道

检视 cabildo①，大教堂的

面墙，做记录，他听见

一股隆隆之声，像是在墨西哥以西，

逼近有如鼓点的夸口。

----

① 西班牙语："市政厅"，西班牙殖民地时期美洲地方政府的基本单位。

白色的 cabildo 变暗，面墙，

如天空般阴沉，被吞没进了

迅速，连续的阴影里，悲伤不已。

那隆隆声降落时变得宽广。风，

狂暴的号角，带着沉重的呼叫，

粗鲁地鸣雷而至，恐怖更甚于

巴松管上音乐的复仇。

打着手势的闪电，神秘莫测，

作出苍白的飞掠。克里斯平，在这里，逃跑了。

一个注释者也有他的踌躇。

他与其他人一起跪在大教堂里，

这个基本命运的鉴赏家，

觉察到精妙的思想。风暴是

这一类的无数宣告之一，

宣告某种事物，严酷更甚于他之所学

学自倾听寒夜里呜咽的布告板

或是目睹热量在他窗格上施展的

仲夏之诡计。这是力的

范围，至为精粹的事实，伍尔坎①的

音符，一个臣仆想方设法拥有，

乐句里令他嫉妒的那样东西。

而当屋顶上的急流仍在嗡嗡作响

他感觉到了安第斯山的气息。他的心灵自由了

---

① Vulcan，罗马神话中火与煅冶之神。

并且不只是自由，是激扬，热切，深邃

并专注于一个占据着他的自我，

它并不在他体内，在那硬壳的镇子里

他就是从那里启航。比他更远，向西，铺展着

群山的脊梁，紫色的栏杆，

其间的雷霆，在它的霹雳中滚落，

压低它嗓音的宏大颤抖，

让克里斯平再次高声呼喊。

III

接近卡罗来纳

月光之书尚未写就

一半开始都没有，但，当它开始时，留出地方

给克里斯平，太阴之火的柴薪，

他，在穿越流汗的变迁的

朝圣之喧闹里，从不能忘却

那场警醒或沉思的睡眠，

其中阴沉的诗节欣然

拥护，正逢其时，那些催眠的，深沉的歌。

留出地方，因此，在那未写的书里

给那传奇的月光，它曾经燃烧

在克里斯平头脑中，在一块大陆上空。

美利坚永远在他的北方，

一个北部之西或是西部之北，但总是北方，

因此是极地的，极地的紫，冰冷

而荒芜，上升与消退自一片

泡沫坚硬的海，平平地退去，铺展

在无尽的隆起中，闪烁着，淹没

而又寒冷，在北方月亮的雾霭朦胧中。

春天来到那里，在半融的霜冻

叮当的花穗之中，夏天到来，

如果真来过，起泡而又潮湿，不见成熟，

在冬天的空虚回返之前。

桃金娘，如果桃金娘曾经绽放过，

像空中一道结冰的粉红。

绿色的矮棕榈在黄昏的冰里

呆板地夹住蓝黑色的子午线，

忧郁的明暗法，被憔悴地描画。

多少诗篇曾为他所拒斥

在他专注的行进之中，次等的事物

比不上他渴求的冷酷接触；

多少海的面具曾被他忽视；什么声音

被他关在他调和的耳朵之外；什么思想，

像荡妇潜移默化幽居的新娘；

又是什么音律，被他归入了放逐！

也许北极的月光真的给出了

关联，那有福的关联，

在他自己与他的环境之间，

它曾是，现在也是，主要的动机，最初的愉悦，

给他，不单是给他。它似乎

幻影般，模糊不清，比月亮更朦胧，无常，
错得像一段岔到北京的离题，
对于他，那个将粗俗者假定为
他的主题，他的主题和赞歌和飞行的人，
一只热衷于鸡毛蒜皮的夜莺。
月光曾经是一个借口，或者，不然，
一场次要的聚会，浅薄，微妙。

就这样他把他的航行构想为
两个元素之间的一番起伏，
太阳与月亮之间的一场升降，
一记进入黄金与深红形体的突跃，
如在这一段航程里，出于小妖精作风，
继而是如同一次折返的退却
与落入那些放纵的沉沦
它们出没之地就在月光之中。
但就让这些向后的失落，如果它们愿意，
在他身上碾磨它们的诱惑吧，克里斯平知道
它是他所需的一条欣欣向荣的回归线
为了他的更新，一个丰富的地域，
多刺而顽固，浓密，和谐
但它所有的一种和谐并不纯粹
亦不精炼，对于那些音栓过于文雅的
羞怯的乐器。就这样他辗转
于一个旧时代的卡罗来纳，
一个小小少年，一个古老的奇想，

和那可见的，周详的表达之间，
后者是抽取自他越过船首所见之物。

他到来。诗歌的英雄，没有棕榈枝
或戏法，没有王位权杖。
而他在到来之时看到那是春天，
一个见憎于虚无主义者
或多产的最小值之探寻者的时候。
月光的虚构消失了。春天，
虽在它的叶脉里优美地争斗，
在露水和初绽的芬芳里溢彩流光，
却是宝石般的牵线木偶，他寻找的
是一种肌肉发达的赤裸。一条河载着
那船只入内。斜抬起鼻子，
他吸进酸腐的松香，受潮木材的
强壮气味，从仓库门吹出的
发散物，绳索的疾风，
麻布袋的腐败，以及所有地道的臭气
是它们助他完成了他粗鲁的审美观。
他品尝恶臭仿佛一个好色之徒。
他标识码头周围沼泽的地面，
爬行的铁路支线，腐烂的栅栏，
给那了不起的大二生的课程。
它净化。它让他看见有多少
他所看见的他根本没有看见过。
他更紧地抓住那基本的散文

作为，在一个被如此伪造的世界里，
那一种属于他的品格，那一个
仍然有可能作出的发现，
对于它一切诗篇都是偶成的，除非
那散文最终披上一首诗的外表。

IV
一个殖民地的想法

Nota：他的土壤是人的智慧。
那更好。那值得漂洋过海去发现。
克里斯平在一个简洁的短语里披露了
他云般的漂流并计划了一个殖民地。
心智的月光退场，律法，
君主和原理退场，那整个
劳什子退场。Exeunt omnes①。这里有散文
比任何跌跌撞撞的诗篇更精美：
一个依然是新的大陆可在其中居住。
他的朝圣的目的是什么，
无论它在克里斯平的头脑里呈什么形状，
如果不是，当一切已被说出，为了把
他伙伴的阴影从天空中驱走，
并且，从他们陈腐的智慧里被释放出来，
要让一种新的智慧获胜？

——————————
① 拉丁语："全部退场"。

于是有了他最初的中心圣歌

词语中的回响，最下流的琐事的

司仪神父们，他的审美观，

他的哲学的力量检验，

愈是招惹嫉恨，愈是被渴望。

请求甘蓝菜帮助的种花人，

赤裸无遮的富人，害怕的

游侠，当天文学家的盲人，

出于蔑视而被弃用的指定权力。

他向西的航程结束了又开始。

苛刻思想的折磨变得松弛，

另一个，更加地好战，随即而来。

他，于是，写下他的绪论，

并且，充满了反复无常，记下了

混合的纪念和预言。

他作出一次非凡的校勘。就这样：

雨的土著就是下雨的人们。

尽管他们绘画光辉、蔚蓝的湖泊，

和白色与粉色树木的四月山坡，

他们的蔚蓝有一道云锋，他们的白色

和粉色，有山茱萸披挂的水亮。

而在他们音乐里阵雨的声音吟唱。

什么奇怪的泡沫令粗俗的印第安人沉溺，

什么伊甸小胶树，什么多蜜的三角区，

什么蒸馏了天真的果肉少许，

要让打了条纹的黄金在他身内说话

或在他的意象和词语中晒太阳？

如果这些粗鲁的事例控告它们自己

凭借粗鲁的力量，就让原则

朴素吧。为了申告克里斯平倾力以赴，

痛恨土耳其人如爱斯基摩人，鲁特琴

如马林巴琴[①]，木兰如玫瑰。

基于这些假设性的前提，他

设计了一个殖民地，它将扩张

到南方下面一个吹口哨的南方的黄昏，

一个包罗万象的岛屿半球。

佐治亚那个在松间行走的人

当为松树代言人。那响应的人，

把他质朴的果核种在佛罗里达，

应当弹拨此曲，用的不是萨特里琴[②]，

而是班卓琴[③]类型化的内脏，

突，突，正当火烈鸟扑打他的月桂树。

阴森森的 señors[④]，贪饮着苍白的龙舌兰酒，

遗忘了阿兹台克的历书，

应当作错综复杂的山脊扫描。

而黝黑的巴西人在他们的咖啡馆里，

---

① Marimba，一种非洲木琴。

② Psaltery：一种古代弦乐器，用指或用一个拨片拨弦演奏。

③ Banjo，一种美洲弦乐器，琴体为圆形，有五至九根弦。

④ 西班牙语："先生们"。

默想着完美无瑕的，潘帕斯的小调，
应当涂抹一部警世的选集，
作他们最近的、光芒四射的情人。
这些是最宽泛的事例。克里斯平，
如此广阔领域的祖先，
对聪明的细节并非漠不关心。
甜瓜应当有合适的典礼，
披着绿色服装表演，而桃子，
在它的黑枝发芽之际，在佳丽之日，
应当有一句咒语。而又一次，
堆积在托盘之上它的芳香浸透了
夏天，它应当有一个圣礼
和庆典。精明的见习修士们
应当作我们经验的书记员。

这些进入将来时间的平淡远足，
在冒险故事里与向后的飞行有关，
无论如何挥霍无度，无论如何骄傲，
在它们的神启中都包含了那一份责难
是它最初将克里斯平驱向他的漫游。
他无法满足于赝品，
于思想的化装舞会，于倒霉的词语
它们必定与那折磨人的化装舞会相悖，
满足于虚构的繁盛，它预先注定了
他激情的执照，外衣的挂法，纽扣
的分布，他的盐的度量。这样的垃圾

或许有助于盲人，而不是他，沉静狡猾。
它讨厌得超出他的忍耐。因此它存在，
偏好文本胜于边注，他谦恭地服完
偶然事件的奇异的学徒期，
一个小丑，也许吧，但是个有大志的小丑。
在我们的梦里有一种单调的咕噜
使之成为我们顺从的继承者，葬身于
我们睡眠之中的梦者的继承者，而非
即将到来的更佳出身的幻想。
那学徒认识这些梦者。若他梦见
他们的梦，他用的是一种谨慎的方式。
所有的梦都引来困扰。让它们被抹掉吧。
但要让兔子跑，让公鸡慷慨陈词。

琐细物的混成之作，招摇的天宇篇章，
有克里斯平作踮着脚尖的哄骗者？
不，不：真诚可靠的一页对一页，确凿无误。

V
一个美好阴暗的家

克里斯平作为隐士，纯粹而多才，
居住在陆地。或许如果不满
仍令他保持为刺痛的现实主义者，
从曾是和是和将会是或者应该是
的逗趣糖果中挑选他的元素，

越过波尔多，越过哈瓦那，远远
越过烦恼的尤卡旦，他也许已前来
拓殖他的极地种植园
并在一个如云的膝盖上筛选他的嫩芽。
但他向那理念的冒险很快加速了。
克里斯平曾居于那片陆地并在居留之际
以缓慢的停歇从他的大陆滑行
到他实际的目光所及之物，提防着
反叛性思想的异议
当天空是蓝的时候。那蓝感染了意志。
也许他田地里的西洋蓍草
把沉郁的紫色封在它的关注之下。
但日复一日，时而这件事时而那件
拘限了他，而同时它溺爱，宽赦，
一点一点，仿佛宗主的土壤
以狂欢令他羞惭到谦恭却仍旧
依附。它似乎是偶然的结局。
他首先，作为现实主义者，承认了
无论谁搜猎一个晨光的大陆
都可能，终究，突然停在一棵李子树前
而满足并依然是现实主义者。
事物的词语纠缠而混乱。
李子比它的诗篇活得长。它可能悬
在阳光里安静不动，被下面经过的
那些人碎烂的胡思乱想着色，
成了丑角，沾着迷乱的露水，绽开紫红

的花。然而它是以自己的形式幸存，
超越这些变化，上好的，肥胖的，狂吞的果子。
于是克里斯平，为了他，把那幸存的
将要或应该是的形式扣锁在了是之中。

是他要以最深沉的铜管乐嘶叫此音
用赋格的安魂曲斥走他的梦境？
是他要陪伴最广大的已逝之物
用一阵手鼓的哭号耕耙天空？
草草涂写一个悲剧家的遗嘱？拖延
他的积极力量于一曲消极的挽歌，
它，就让高大的音乐家们叫了又叫吧，
仅仅会把他叫作死掉了？发出阿门的音
经由向最外的云层内折的唱诗班？
因为那建了一个小屋的他曾经计划
将饶舌的圆柱立于激沸的海边？
因为他再次转向了色拉底？
快活的克里斯平，披着多灾多难的黑绉纱？
他是否该亲自下注而将
自身的命运化为所有命运的一个实例？
一个人在这么多人之间算是什么？
这么多人在这样一个世界里算是什么？
一个人能不能想一件事物并想得长久？
一个人能不能是一件事物并是得长久？
恰是那个轻视诚实的棉被的人
让棉被蒙头躺在自己的轻视里。

对于现实主义者，是什么即该是什么。
于是它到来了，他的小屋曳凑而起，
他的树木被种植，他的保姆带来了
她五光十色的金发女儿，把她搁到他手里，
窗帘唰地合起，房门关上。
克里斯平，单间屋子的教师，
锁住了夜晚。多深的一个声音落下
就仿佛是孤寂隐藏
并掩盖了他和他适宜的睡眠。
多深的一个声音落下它长成了
一段长长的预言性沉默下而又下。
蟋蟀在风中击打它们的鼓，
行进着一场不动的行进，看管者们。

在早晨的急板中，克里斯平踏步，
每天，仍旧好奇，但这一轮
不那么多刺而更适宜得多
甚于他曾经以为必要的。就像憨第德[1]，
劳作者和幼虫，但眼中有一棵无花果，
有给无花果的奶油和给奶油的银器，
一个金发女人来倾倒银器并品尝
那匆忙的味道。美好之星，如何才能
用它们的小屋下流话给它们淬火！
然而日发疟侵蚀着哲人

———————————
① 　Candide，伏尔泰同名哲学讽刺故事的主人公。

而克里斯平这样的人希望他们有意图，
倘不是有意志，去追踪思想的恶棍。
但日发疟像他的那样是由
早餐缎带，放在自己叶子里的水果，
大山雀和肉桂和玫瑰所构成，
尽管玫瑰并非裙衬铺展的
高贵刺棘，而有一种苦思的甜蜜，
构成它的是破裂的百叶窗一般被猛投在
皱褶的底端的傍晚，以及
那些脆弱的看门人守望的夜晚，
他们漠然于微温的夏日凉意，
当他向躺在他身边的她
的唇上倾吐之际，像这样的
日发疟，侵蚀如太阳，真正的执命运者。
为它一切所取它都给出一份圆拱拱的回报
从去了锁的花斑国库里拨出款项。

VI

还有卷发的女儿们

预示性的阐说，音节
与至福的音节联姻，而声音
在乐歌中起泡福运，
音乐的多产又折磨人的
温柔，当它臻于调和，
汇聚起来大胆敲响克里斯平最后的

推论。以一份骄傲的平和来弹奏
他盛大的宣言与遗赠吧。

嫩芽为他的筛选而来，矢车菊的眼睛，
并无触感却剧烈地触摸着的双手，
不留余地在他如云的膝上，
预言式的结合，给它更神圣的幼仔。
朝向社会性质的回归，一旦开始，
无论进军还是衰退，上升还是急降，
都将他牵扯进如此密集的助产术
他的小屋算作是护符匣，
然后是恼人的肩舆的地方，然后是
轻咬着加了糖的真空的孩子们，
颇显年老的幼儿的出没之所，然后
是未遭玷污之女性的圆顶和圣地，
世界的绿色果实的绿色谎言，
它的迷狂的出价者和保留者，
克里斯平和他的肉体两者的真正女儿。
这一切以及这个人的众多罚金，
有效的殖民者在前院里骤然停步
于他自己的繁花盛放之前。
但这花朵长得更成熟，显露出
它最终的圆满的尖端，加了香料
并已风化的胭脂的幼稚色彩，会把那
停步者复杂化为沉溺的宿命论者
则未被预见。克里斯平先是

对他最金灿灿的少女微笑，她仿佛

是一个斗篷之国度的居民，

如此优美地潮红，如此谦恭地目盼，

专注于一个秘密与独一的

事物的花冠。其次，是对着

又一个相似的对应者，一个少女

像极了第一个的姐妹，尚未苏醒

除非听到母亲的脚步，但

有时却又惊异于摇晃的睡眠。

然后是第三个，灯光下仍是亚麻色的一样东西，

一个快活之叶下的爬行者。还有第四个，

仅仅是小玩意儿逗乐的喧闹，

尽是聒噪和鸣叫，粉红得亵渎。

再过了几年那朱红色的斗篷

交给小屋的是，比实际上更尊贵堂皇，

适合这样一栋房子的美妙预兆。

调着情的第二个姐妹羞于

把那唯一一个羽翼丰满的他本人

从她的烂摊子里带走，火热的心爱者。

第三个对着黄鹂目瞪口呆

端庄地给自己题写字母成为

一个珍珠般的女诗人，为狂想曲而登顶。

第四个，现已闭口，一个奇怪的数字。

四个女儿在一个起初就太过复杂的

世界里，四件快乐的乐器

有不同的步态，四副嗓音各各不同

在睡椅上，再多四个角色，亲密
如歌剧小丑，却各异其趣，四面蓝色的镜子
应该是银色的，四个习惯的种子
暗示着不可思议的色调，四盏一模一样的灯
在欢闹的黑暗里散布色彩学，
四个发问者和四个肯定的回答者。

克里斯平从溃败中调制教条。
世界，一根芜茎，曾经被如此便当地拔出，
装袋又带到海外，被抹去了
它古老的紫色，修剪到丰肥的主干，
又再次被最呆板的现实主义者播种，
开始再生于紫色的，家族的圣水盆中，
同样不可溶解的块茎。宿命论者
迈步而入把吃吃笑声吞落他的嗉囊，
既不雅致也无抱怨。谱写这段轶事吧
它是为其精髓而创，形式无关教义
尽管在设计中，如克里斯平所愿，
是伪装的宣言，总结，
秋天的纲要，其本身尖锐
但已暗哑，被冥想，并被完美地回转
在那些预示性的重音，音节，
和在他的膝上达成协奏的
音乐之声里，就像它们固有的范围，
纯粹者的六翼天使般的宣告
带着一种奔涌的前趋性得到传递。

或者倘若音乐粘结，倘若那轶事
是虚假的，倘若克里斯平是一个无利可图的
哲人，从青绿的吹牛开始，
暗淡地结束，倘若作为一个
易于癫狂的人他品味趋低，
变幻无常又瞎摸乱撞，擅变，晦涩，
以带着拖光的轻拂文饰他的生活，
照耀着，从一个被幻影吞咽的
异想开始，平常而又普通的事物，
把混乱与这一年隔离，
以任性的点滴制成猛吞的剂量，
并如此歪曲，证明他所证明的
是虚无，这一切又有什么要紧，既然
那关系，亲切地，来到了它的终点？

愿每个人的关系都被这样剪断。

来自堂·胡斯特的苦痛

我已结束和太阳的交战；
而我的身体，那年老的野兽，
知道的无非是这个。

强大的季节生养并杀戮，
而它们本身也是神怪
有它们自己的目的。

哦，但那风暴唯一的自我囊括了
太阳和奴隶，生养和死亡，
那头年老的野兽，

理性和情感，唯一的声音
与视觉，和风暴所有的一切，
知道的也无非是这个。

哦，佛罗里达，交媾之地

几件自为之物，

旋花与珊瑚，

秃鹰与活的苔藓，

来自礁岛群[①]的 Tiestas[②]，

几件自为之物，

佛罗里达，交媾之地，

向情人袒露。

这世界可怕的各色人等，

古巴人，波洛多夫斯基，

墨西哥女人，

黑鬼殡仪员

在尸首之间为杀时间

钓小龙虾……

出生乡野者的圣母，

轻掠于夜间，

在西礁岛[③]的门廊里，

---

① Keys，美国佛罗里达半岛南端的珊瑚礁群岛。

② 语义不详，或为西班牙语，意指"木桶箍"。

③ Key West，美国弗罗里达州礁岛群（Florida Keys）中一岛屿及同名城市。

在九重葛后面，
在吉他沉睡之后，
风一般淫荡，
你前来纠缠不清，
贪得无厌，

当你可以坐下时，
一个黑暗的学究，
隐于海上，
戴一顶清晰的三重冠
色为红，蓝，红，
闪耀，孤独，沉静，
在高高的海影中。

夫人，夫人，黑黑的，
屈身于靛青的衣袍
和如云的星宿之下，
掩藏你自己或袒露
给情人最少的东西——
一只承托一颗密叶水果的手，
你的幽影前一场浓艳的绽放。

对丁香的最后注目

为了什么目的，在丁香的小巷里，
哦卡尺，你要抓挠你的臀部
并告诉那无邪的神女，你的同伴，
这盛放乃是肥皂的盛放
而这芳香乃是植物的芳香？

你猜她是否关心哪怕一嘀嗒，
在这婚姻的空气里；是什么
跟她的天真这样结婚，
于是她的赤裸便近在咫尺，
或者她会在污秽之词前停下？

可怜的小丑！看看薰衣草吧
看你的最后一眼并且定睛去看，
说说怎么会这样，你看到的
无非是垃圾，而你也不再感觉
她的身体在花月①颤抖

向着凉夜和它不可思议的星辰，
为首的情郎和束带的完人，

---

① Floréal，法国共和历的八月（公历 4 月 20 日至 5 月 9 日）。

足蹬好靴，粗犷，傲慢的男性，
金唐璜的庇护者与想象者，
他会在夏天到来之前将她拥抱。

天堂门前的虫豸

从坟墓里，我们带来巴德鲁巴多尔[1]，
就在我们肚子里，我们是她的马车。
这是一只眼睛。这些，一根接一根，
是那只眼睛的睫毛和它的白眼睑。
这是那眼睑在其上垂下的脸颊，
还有，手指跟着手指，这里，是手，
那脸颊的守护神。这些是双唇，
躯干和腿的那一捆。
……
从坟墓里我们带来巴德鲁巴多尔。

---

[1] Badroulbadour,《一千零一夜》中"阿拉丁或神灯的故事"中阿拉丁
的妻子。

杰克兔^①

早晨，
那只杰克兔对着阿肯萨奥河^②唱。
他打着转儿欢歌
在整洁的沙洲之上。

那黑人说道，
"现在，祖母，
替我用钩针把这老鹰
绣在你的裹尸单上，
别忘了他扭曲的脖子
在冬天以后。"

那黑人说道，
"当心，哦欢唱的家伙，
那老鹰的内脏
在噼啪乱响。"

---

① Jack Rabbit，一种产于美国西部的野兔。
② Arkansaw，美国中部河流，长 1450 英里，穿越科罗拉多、堪萨斯，在俄克拉荷马州成为密西西比河支流。

山谷之烛

我的烛在一座巨大的山谷里独自燃烧。
浩大夜晚的光线汇于其上，
直到风吹起。
于是浩大夜晚的光线
汇于它的图象之上，
直到风吹起。

成千上万人的轶事

灵魂，他说，是由
外在的世界组成。

有东方的人，他说，
他们就是东方。
有一个省的人
他们就是那个省。
有一个山谷的人
他们就是那个山谷。

有些人，他们的词语
是作为他们地方
的自然声音
就像犀鸟的咯咯叫
在犀鸟的地方。

曼陀林是一个地方
的乐器。

有没有西方山脉的曼陀林？
有没有北方月光的曼陀林？

一个拉萨女人的衣服，
在它的地方，
是那地方一个无形的元素
被化为有形。

银色耕童

一个黑色的人形在一片黑土地里跳舞。

它抓住一张床单，从地面上，从一片灌木中，仿佛是某个洗衣女铺在那里过夜的。

它把床单裹在身上，直到黑色的人形成为银色。

它沿着一条垄沟跳舞，映着晨光，背朝一架耕犁，绿色的刃片跟随。

多快啊银色消失在尘埃里！多快啊黑色的人形溜出起皱的床单！多轻柔啊床单落到地面上！

对凡森蒂恩的顿呼[①]

I

我把你形容为裸体，介于
单调的土地与暗蓝的天空之间。
这让你显得如此小而纤瘦
而无名，
天上的凡森蒂恩。

II

那时我看见你，肉体般温暖，
发肤黝黑，
但黝黑得并不过分，
这般温暖，这般洁净。
你的衣衫是绿的，
是泛白的绿。
绿色的凡森蒂恩。

III

那时你漫步而来，

---

① Apostrophe，一种修辞手法，将不在场的人或抽象事物当作在场者一般直呼其名。

在一群
他人之中，
言词流利。
是的：你漫步而来，
凡森蒂恩。
是的：你言说而来。

IV

而我早知你感觉到的
在那时到来。
我曾见过的单调土地成为
你的无限疆域，
而那白色的动物，如此纤瘦，
化为凡森蒂恩，
化为天上的凡森蒂恩，
而那白色的动物，如此纤瘦，
化为天上的，天上的凡森蒂恩。

给香蕉的花饰

呃，叔啊，这样明显行不通的。
这些蛮横、线性的蕉皮
和阴沉的，飓风般的形状
跟你的多花蔷薇配不到一起。
它们需要某种蜿蜒曲折的东西。
直截了当的黄色在这样一间屋子里！

你今晚本来应该有李子，
放在一个十八世纪的盘子里，
还有诡计多端的花蕾，
给樱草花和绣边的女人
每一位都梳着得体的卷发，
天呐！多么宝贵的一道光！

但被斩落的躬曲的香蕉……
桌子是一个食人妖魔布好的，
他注目于一片室外的幽暗
和一个僵硬而有毒的地方。
把香蕉堆在木板上。
女人们会全都是胫骨
和手镯和被猛揍的眼睛。

还要把香蕉装点一下，
叶片采自加勒比的树木，
纤维质地，垂挂而下，
分泌着怒气冲冲的树胶
冒出它们紫色的脾胃，
从它们紫色的爪里飞射出
它们麝香与刺痛的舌头。

美人蕉轶事

美人蕉巨大，在 X，
那强大的思想，强大之人的梦里。
它们铺满了他的国会大厦的露台。

他的思想无眠。然而在睡梦中
苏醒的思想或许永远碰不见另一个思想
或事物……此刻黎明到来……

X 漫步露水打湿的石头，
观察着美人蕉目光紧锁不移，
观察然后又继续观察。

论对云说话的风格

神色阴郁，身披金袍的语法学家，
你们谦卑地保持临终的集会，
抽取那依然持续的华彩
音乐般的言语之华彩，如此深邃
仿佛它们是一种无声的升华。
悲凄的哲人与冥想者，
他们的召唤是云的言辞。
于是你们行进圣歌的言辞回返
在你们步伐不经意的召唤里
穿越陈腐，神秘的季节。这一切
就是合宜奉献的音乐；这一切
是回应的，依然持续的华彩，供你们
去弘扬，倘若在那飘行的废料中
将要陪伴你们的不止是
日与月的喑哑而赤裸的光辉。

论被当成一座坟墓的天堂

你们有什么话说，译者，对于
夜间在天堂的坟墓中行走的人们，
我们古老喜剧的黯然的鬼魂？
他们是否相信他们将起风的冷
与高高举起来照路的灯排在一起，
死亡的自由民，即将并依然是即将
找到他们求索的无论什么？或者
那葬礼，每日柱立而起如大门
与精神之通道导入虚无之中，
是否每夜都预言那一个深渊之夜，
当主人再也不会徘徊，那沉稳
之灯的光也不再爬过黑暗之际？
在黑暗的喜剧演员中间喊叫吧，
用哈罗招呼最顶端的远方的他们
以求他们冰冷的 Elysée[①]的应答。

---

① 法语："极乐之境"，或法国总统的居所爱丽舍宫。

论事物的表面

I

在我房间里，世界超乎我的理解；
但我在行走时看见构成它的是三四座山和一片云。

II

从我的阳台，我俯瞰黄的空气，
在我曾书写的地方阅读，
"春天如一个美人在宽衣。"

III

金树是蓝的。
歌手已将斗篷披在自己的头顶。
月亮在斗篷的皱褶里。

孔雀王子的轶事

在月光下
我遇见了伯瑟克①，
在月光下
在灌木的平原。
哦，他好敏锐
身为无眠者！

而且，"你为什么是红的
在这身奶蓝色之中？"
我说。
"为什么是太阳色，
仿佛苏醒
在睡眠当中？"

"游荡的你，"
他这么说，
"在灌木的平原上，
忘得这么快。
但我布下我的陷阱
是在梦幻当中。"

----

① Berserk，源于北欧古语，指癫狂的战士。

我由此得知
那蓝色的地面
满是块石
和阻路的钢铁。
我得知了这灌木平原
的恐怖，

还有月光
的美
降落在那里，
降落
像睡眠降落
在无知的空气里。

一个高调的基督徒老妇人

诗歌是至高的虚构，夫人。
拿起道德法则把它造成一座中殿
从这中殿建起一个闹鬼的天堂。于是，
良心就被转变为棕榈，
像多风的西特琴①渴望赞美诗。
我们原则上同意。那很清楚。但拿起
相反的法则来造一道绕柱走廊吧，
再从绕柱走廊投射一场假面舞会
远过众行星。于是，我们的淫秽，
不曾被墓志铭所净化，终于被纵容，
同样地被转化为棕榈，
像萨克斯风般曲里拐弯。而拿棕榈换棕榈，
夫人，我们到了我们开始的地方。鉴于，
那么，在行星的布景里
你愤愤不平的苦修者们，肚满肠肥，
列队拍击着他们懵懂的腹部，
骄傲于崇高者的如此创新，
如此的叮啊当啊叮叮啊当当，
可能，仅仅是可能，夫人，从他们自己身上捆出
一阵天体之间的欢快喧嚷。
这会让寡妇们退缩。但虚构的事物
会尽情眨眼。最会在寡妇退缩时眨眼。

① Citherns，一种与吉他相似的古乐器。

单人打牌的地方

让单人打牌的地方
成为一个永恒起伏的地方。

无论是在海中央
在暗而绿的水轮上,
还是在海滩上,
一定不可以停止
运动,或运动的噪音,
噪音的更新
和多种多样的延续;

以及,尤其是,思想的运动
及其不安的迭代,

在单人打牌的地方,
那里会是一个永恒起伏的地方。

哭泣的市民

是怀着一份奇怪的恶意
我扭曲世界。

啊！愿坏脾气
化装成白人女孩的模样。
还有啊！愿斯卡拉莫切[①]
有一辆黑色的四轮马车。

遗憾的真理！
然而在过量，持续之中，
悲伤确有药医。

设若我做鬼来到
仍在我身内燃烧的人们中间，
我是作为浮华一线的
优美设计而来。

而我，因此，苦于旧的言说，
一种狂乱编织的圈环之白；
我，在一颗煅烧的心中哭泣，
我的手是如此锋利的想象之物。

———————————

① Scaramouche，古意大利喜剧中好夸口而又怯懦的丑角。

玄学家屋中的窗帘

如此这般，这些窗帘的飘荡
充满了长长的运动；如同那沉闷的
距离之收缩；或像云
与它们的下午不可分割；
或光的变化，沉默
的跌落，宽阔的睡眠与夜的
孤独，在其中一切运动
都超越我们，如天穹，
升起又落下，裸露
那最后的浩大，无惧所见。

平庸的居留

两个木盆的蓝色绣球花搁在石阶脚下。
天空是一颗玫瑰条纹的蓝色口香糖。树是黑的。
白头翁在平滑的空气中发出骨喉的破音。
湿与热已令花园膨胀成一个盛放的贫民窟。
信矣！夏季如一头肥胖的野兽，在霉病中困睡，
我们的老灾星，又绿又肿，一派安详，呼喊着，
"那繁星的至福，那夜空的放浪之子！"提醒季节，
在光芒疾射而下，纤薄地穿越荒芜之际，
所以那是一个人诅咒地底的那片绿荫。
因为有谁能留意那掠夺撒旦之耳的假发？
又有谁不寻找清晰可辨的天空，飞向那放浪之子？
有人得了一种病，在此，一种病。有人感觉到一种病。

春天之前的抑郁

公鸡啼叫
但并无女王起身。

我的金发女郎的头发
炫目，
如母牛们的唾液
将风穿丝。

嗬！嗬！

但叽叽哩叽
并不带来噜咕
没有噜咕咕。

但并无女王到来
穿着绿拖鞋。

冰淇淋皇帝

喊那个卷大雪茄的人过来，
肌肉发达的那个，叫他打些
淫欲的奶冻在厨房杯子里。
让妞儿们闲荡，身上的衣服
就是她们习惯穿的那种，让男孩子们
用上月的报纸包一些花来。
让是成为似的终曲。
唯一的皇帝是冰淇淋皇帝。

从那个松木梳妆柜里，
少了三只玻璃把手的，取出那条床单
她曾经在上面绣过扇尾鸽
把它铺开来遮住她的脸。
如果她粗硬的脚伸出来，它们是
要显出她多么冷，和沉默。
让灯锁定它的光线。
唯一的皇帝是冰淇淋皇帝。

古巴医生

我去到埃及以逃避
印第安人，但印第安人却从
他的云端和他的天空出击。

这绝非月中生养的虫豸
在幻影空气中远远地蠕行而下
在一张舒适的沙发上被梦见。

印第安人出击并消失。
我知道我的敌人很近——我，
在夏天最困倦的角中打盹。

胡恩宫中饮茶

不曾少一分，不曾因我身着紫衣降临
西方的昼日，穿越你们所谓的
最孤寂的空气，我便少了一分自己。

洒落在我胡子上的油膏是什么？
在我耳边嗡鸣的圣歌是什么？
将它的潮水横掠过我的海洋又是什么？

出自我的思想金色的油膏倾洒如雨，
我的双耳造出了它们听见的圣歌鸣响。
我自己便是那汪洋大海的罗盘：

我便是我在其中行走的世界，而我的所见
或所闻或所感的来源唯有我自己；
又是在那里我发现自己更真切也更陌生。

展示一辆出租马车的内容

维多利亚·克莱曼蒂娜，女黑鬼，
携七只白狗
去乘一辆出租车。

狗铃叮当作响。
马的笼头滑来滑去
像黄铜的骨架。

哦－嘿－嘿！芳香的木偶
沿着绿色的湖泊，
她也是肉，

还可能盖有一块后膛布，
编织着黄玉和红宝石
和野性的鲜花；

穿透最吱吱嘎嘎的丛林
在一辆金色轿车里，
白狗无处可逃。

你可以盖什么后膛布呢，
除了亚麻，上面是
老妇们的刺绣？

十点钟的幻灭

房屋里神出鬼没的
是白的睡袍。
无一是绿的，
或带绿圈的紫，
或带黄圈的绿
或带蓝圈的黄。
它们无一陌生，
有配饰带的袜子
和串珠的束带。
人们不会去
梦见狒狒或玉黍螺。
只有，随处可见，一个老水手，
醉了穿着靴子熟睡，
捉老虎
在红色天气里。

星期天早晨

I

女式睡衣的安逸，迟来的
咖啡和橙子在一张洒满阳光的椅上，
和一块地毯上一只美冠鹦鹉的
绿色自由混合起来驱散
古代祭献的神圣静寂。
她浅浅做梦，她感觉到那场
旧日灾难的黑暗侵蚀，
如一场静谧在水光之间变暗。
酸涩的橙子和明亮、翠绿的翅膀
似乎是某一行死者队列中的事物，
蜿蜒穿过宽大的水域，没有声音。
白昼就像宽大的水域，没有声音，
静止下来让她做梦的双足穿行
越过海洋，去到宁静的巴勒斯坦，
血与坟墓的领土。

II

为什么她该把自己的犒赏交给死者？
神性又是什么，若它只能

在无声的阴影里和梦中到来？
难道她不该在太阳的舒适里，
在酸涩的水果和明亮、翠绿的翅膀里，不然
就在尘世的任何香膏或美之中，
发现天堂的思想这样值得珍爱的事物？
神性必定活在她自身之内：
雨的激情，或飘落的雪中的情绪；
寂寞里的悲痛，或树林开花时
抑制不住的欢畅；迸发的
情感，在秋夜里的湿路上；
所有的愉悦和所有的痛苦，回忆起
夏天的枝干和冬天的枝桠。
这一切是注定要衡量她灵魂的尺度。

Ⅲ

云端的朱庇特并非凡人所生。
没有母亲哺乳过他，没有甜蜜的土地把
阔大的风度注入他神话的头脑。
他在我们中间走动，像一个嘀嘀咕咕的王，
超凡至尊，会在他的追随者之间走动，
直到我们的血，处女一般，与天堂
相交融，带给欲望如此的报偿
恰为这群追随者所洞悉，在一颗星星里。
我们的血会白费么？或者它会成为
天堂的血么？而尘世又会不会

显得尽如我们该知道的乐园？
那时天空将远比现在友好，
部分是劳作部分是痛苦，
其光荣仅次于持久的爱，
不是这片割裂而冷漠的蓝。

IV

她说，"我满足，当醒来的鸟，
在起飞前，检验朦胧原野的
真实，用它们甜蜜的提问；
但当鸟儿离去，它们温暖的原野
不再回返，那时，何处是天堂？"
没有任何预言出没之地，
也没有任何来自坟墓的古老喀迈拉，
既没有金色的地府，也没有悦耳的
岛屿，精灵们回到了家的所在，
也没有幻想的南方，也没有如云的棕榈
远在天堂之山巅，曾经持续
如四月的绿一般持续；或将会持续
像她对苏醒的鸟儿的回忆，
或是她对六月和傍晚的欲望，被
燕子翅膀的圆满所倾翻。

V

她说，"但在满足之中我还是感到
对某种不灭的赐福的需要。"
死亡是美的母亲；因此从她这里，
唯独由此，才会到来我们梦想与
欲望的实现。尽管她播散
确切的湮没之叶在我们的路径之上，
患病的悲伤所取的路径，那众多的路径
胜利在此鸣响它黄铜的乐句，或是爱
从温柔之中微微低诉，
她让柳树在太阳下颤抖
为了少女们，她们习惯了坐着凝视
被弃到她们脚下的青草。
她引使男孩子们把新摘的洋李和梨子堆积
在被无视的盘上。少女们品尝
并热情地迷失在凌乱的树叶之间。

VI

在天堂里没有死亡的改变么？
成熟的果子永不落下？或者枝条
永远沉沉垂挂在那片完美的天空，
一成不变，却好像我们朽亡的尘世，
有着相似于我们所有的河流在寻找
它们永远找不到的海，同样后退的两岸

从不在难以言喻的疼痛中触碰？
为什么在那些河堤上置下梨树？
或是用李子的气味给海岸增香？
唉，在那里他们一定披着我们的彩衣，
那属于我们的午后的丝绸编织，
弹拨我们平淡的鲁特琴弦！
死亡是美的母亲，神秘莫测，
在它燃烧的怀中我们谋划
让我们俗世的母亲们等待，无眠。

VII

顺从而又狂暴，一圈男子
要在一个夏日早晨的秘祭里颂唱
他们吵吵嚷嚷地奉献给太阳，
不是作为一个神，而是一个可能的神，
在他们中间裸身，像一个野蛮的起源。
他们的颂歌会是一首天堂的颂歌，
出自他们的血液，回返到天空；
而他们的颂唱里更会加入，一声接一声，
起风的湖，他们的主为之愉悦，
树木，像六翼天使，和回响不绝的山岭，
此后很久仍在自身之间合唱不绝。
他们应当深知那天堂般的友谊
它属于会死灭的人们也属于夏日早晨。
而他们从何处来，他们将到何处去

会由他们脚上的露水来显现。

VIII

她听见，在那无声的水上，
一个嗓音呼叫，"巴勒斯坦的坟墓
不是游荡的精灵的门廊。
它是耶稣的墓穴，他在其中卧躺。"
我们活在一场旧日的太阳之混乱里，
或是昼与夜的旧日属地，
或是孤独之岛，无援，自由，
属于那片宽大的水域，无从逃遁。
鹿在我们的山上行走，而鹌鹑
在我们周围吹响它们自发的啼鸣；
甘甜的浆果在荒野里成熟；
而，在天空的孤绝里，
傍晚时分，偶尔有鸽群作出
暧昧的波动，当它们沉落，
直下黑暗，乘着伸展的翅膀。

提灯的处女

玫瑰丛中没有熊，
只有一个女黑鬼在设想
虚假与谬误之事

与那美人的灯有关
她在此行走，值最后告别的一班，
走得长而又长。

可怜，她虔诚的出行
会给一个女黑鬼的守夜注入
这般强烈的热量！

塔拉普萨①的星星

线条在星星之间直而迅捷。
夜不是它们哭叫的摇篮，
哭叫者们，波动着深入海洋的乐句。
线条太过黑暗又太过锐利。

思想于是获得简单，
没有月亮，没有一片镀银的叶。
身体不是可见的身体
而是一只眼在细察自己的黑色眼睑。

就让这一切成为你的愉悦，隐秘的猎手，
跋涉着海岸线，潮湿而无尽地融合，
攀登着陆地线，漫长而松弛，昏昏欲睡。
这些线条迅捷并且落下而不分岔。

甜瓜的花或露水或它们各自的网
都与这一切不同。但相似在你自身：
一束灿烂的箭笔直飞行，
为它们的快乐而笔直地飞行与坠落，

它们的快乐，全都锋刃发亮而寒冷；

---

① Tallapoosa，美国河名，流经佐治亚州和亚拉巴马州。

或者，若不是箭，就是最敏捷的动作，
正恢复着年轻的赤裸
和众午夜保有的失落的热情。

解释

Ach，Mutter[①]
这件又旧又黑的裙子，
我一直在上面
刺绣法国的花卉。

不是用浪漫的方式，
这里根本没有理想的东西，
Nein[②]，
Nein。

本来可以不一样的，
Liebchen[③]，
假如我想象过自己，
穿一件橙色的礼服，
飘过空间，
像教堂墙壁上的一个人物。

---

① 德语："啊，母亲"。
② 德语："不"。
③ 德语："亲爱的"。

六幅有意味的风景画

I

一个老人坐
在一棵松树的阴影里
在中国。
他看见飞燕草,
蓝白色的,
在阴影的边缘,
随风而动。
他的胡子随风而动。
松树随风而动。
于是水流
过野草。

II

夜是一个
女子手臂的颜色:
夜,女性,
隐晦,
芬芳而柔顺,
掩藏她自己。

一个池子闪烁，
如一个手镯
在一段舞里晃动。

III

我量我自己
对着一棵高树。
我发现我高多了，
因为我一下就够到太阳，
用我的眼睛；
我也够到海的滨岸
用我的耳朵。
毕竟，我厌恶
蚂蚁爬行的方式
在我的影子里进进出出。

IV

当我的梦靠近月亮，
它衣袍的白色折痕
装满了黄色的光。
它的脚底
变红。
它的头发满是
某种蓝色的结晶

来自群星，
并不远。

V

不是所有灯柱的刀，
不是长街的凿子，
也不是圆顶
和高塔的槌棒，
都能雕刻
一颗星星能雕刻的东西，
透过葡萄叶发着亮光。

VI

理学家们，戴着方帽子，
思考，在方屋子里，
看地板，
看天花板。
他们把自己禁闭
到直角三角形里。
假如他们试过菱形，
圆锥，曲线，椭圆形——
譬如说，半月的椭圆形——
理学家或许就戴宽边帽了。

松树林里的矮脚鸡

穿着鞣革长袖衣带红褐色颈羽的
阿兹坎的伊弗尤坎酋长，立定！

该死的宇宙公鸡，仿佛太阳
是黑摩尔人要负载你炽烈的尾巴。

肥！肥！肥！肥！我就是那个体。
你的世界是你。我是我的世界。

你这小不点里的十尺诗人。肥！
滚开！一个小不点在这些松树中直立，

直立，指着它们的阿巴拉契亚气味，
而无惧壮硕的阿兹坎人或他的呼哈。

坛子轶事

我把一个坛子置于田纳西，
它是圆的，在一座山上。
它使得零乱的荒野
环绕那山。

荒野向它涌起，
又摊伏于四围，不再荒野。
坛子在地面上是圆的
高大，如空气中一个门户。

它统治每一处。
坛子灰而赤裸。
它不曾释放飞鸟或树丛，
不像田纳西别的事物。

婴儿宫殿

那不虔信者走过月照之地，
在锤锻的六翼天使的大门之外，
审视墙上的月斑。

那黄色的摇摇摆摆横过静止的立面，
不然就坐在尖顶上旋转，
同时他想象嗡鸣之声并入睡。

那月光下的行者独自行走，
而建筑的每扇空窗都阻碍
他的孤寂和他头脑里的东西：

假如婴儿们来到一间闪烁的屋子，
被稚鸟之翼的幻梦拉近，
那是因为夜将他们养育在它的折弯。

夜养育的不是他，在他黑暗的头脑中
黑色的众鸟攀升的翼翅旋转，
打造孤独的严酷折磨。

那月光下的行者独自行走，
在他心中他的不虔信已冰凉。
他的宽檐帽靠近他的双眼之上。

青蛙吃蝴蝶。蛇吃青蛙。猪吃蛇。人吃猪

的确河流探鼻而行像猪猡，
拖拉着堤岸，直到它们仿佛
困睡的饲料槽里乏味的腹声，

空气重载着这些猪猡的呼吸
肿胀的夏天的呼吸，并且
重载着雷声的噼呖啪啦，

那个竖起这间小屋，种植
这片地，并且照管了它一阵的人，
不知道比喻的吊诡，

他慵懒、无聊日子的时光，
因堤岸里的这番探鼻而奇形怪状，
这场困睡与噼呖啪啦，

它们似乎在用他无聊的存在哺育自己，
如同猪猡似的河流哺育自己
当它们朝着海走向入海口。

茉莉花在柳树下的美丽思绪

我的阵阵心痒并无脚注
而它们的记录是
特异音乐的乐句。

那份爱不会用一种
古老、卷发、高擎火炬的方式传递，
而只沉醉于它的怪癖之中，

如同一场真切的领悟
悟到超越了石膏之哑音的至福，
或狂喜的纸质纪念品，

悟到沉没到表象以下的至福，
来自一片室内汪洋的摇摆
由变幻的漫长赋格与合唱汇成。

罗森布鲁姆[①]的送葬队列

现在，嘲谑的罗森布鲁姆死了
而他挑剔的抬送者们踏步，
迈出一百条腿，这踏步
属于死者。
罗森布鲁姆死了。

他们抬着那枯槁的
角质颜色的那个
去到阴沉的山上，
踏着一种踏步
为死者而协调一致。

罗森布鲁姆死了。
抬送者的踏步并不停止
在山上，而是转身
走上天空。
他们正携他的遗体进入天空。

是厌世者的幼子
和无物的幼子

---

① Rosenbloom，普通的（常为犹太人）姓氏。

在踏过
这木造的上坡路，
死者的上升。

那是他们缠的头巾
和毛皮的靴子
当他们踩踏木板
在一个霜冻地带，
观望着霜冻，

跟随一面锣的啸鸣
和哭泣的杂音
和沉重的轧响
那是他们踏出的
无尽的踏步。

跟随一阵末日的铿锵
和一团词语的乱麻
属于激烈的诗篇
属于最严格的散文
属于罗森布鲁姆。

他们把他埋在那里，
身体和灵魂，
在天空中一个地方。
可悲可叹地踏步！
罗森布鲁姆死了。

文身

光像一只蜘蛛。
它爬过水面。
它爬过雪的边缘。
它在你的眼睑下爬
又在那儿铺开它的网——
它的两个网。

你双眼的网
被紧扣
到你的肉和骨
如扣住了椽子或草。

那儿有你双眼的细丝
在水的表面上
也在雪的边缘里。

有青铜利爪的鸟

在长尾鹦鹉的树林上方
一只长尾鹦鹉之长尾鹦鹉统治着，
众尾之中一粒生命的果仁。

（热带的基本原理就在四围，
象牙的芦荟，外壳生锈的梨子。）
他的眼睑是白的因为他的双眼是盲的。

他不是长尾鹦鹉的天堂，
他的黄金以太，金黄色警官的天堂。
除非因为他孵伏于此并且静止，

羽饰复羽饰，他的尾巴展开
向上又朝外，以释放绿色的形式，
他的尖端是一滴水充满了风暴。

但尽管狂暴的色调起伏
当他的纯粹智力实行它的律法，
他在他的青铜利爪上一动不动。

他边咀嚼一个干贝壳边施加
他的意志，完美的雄鸟，却从不停止
闪耀，在他岩石的日光白之中。

生命即运动

在俄克拉荷马，
邦妮和乔西，
身披印花布，
绕着一个树桩跳舞。
他们叫喊，
"哦嚯呀嚯，
哦呼"……
庆祝肉体
与空气的联姻。

建筑

I

我们应该建造何种建筑样式?

让我们设计一座 chastel de chasteté[①]。

De pensée[②]……

永远不要停止调配结构。

让劳工始终肩扛着基座。

耗去整整一生倾听石匠的凿子

凿石头的叮当之声。

II

这幢房子里,应该有何种话语样式?

何种天堂的酒神颂

和抒情曲?

何种滴水兽喋喋不休的琐碎形态?

言说应该是何种内容,

在那一道大理石的斜面

和顺从的支柱上?

---

① 法语:"贞洁的城堡/教堂","chastel"与"castel(小城堡)"或
"chapelle(小教堂)"音形相近。

② 法语:"从思想之中"。

III

那些来到此地的又该如何装束前来？

穿着他们唤起往事的丑陋法衣？

还是郁金香般的艳装？

当他们攀上楼去

来到那一簇娇宠着海丘巴①的芙罗拉②？

当他们攀上梯级

来到尽头

俯瞰完整的四季？

IV

让我们建造光的建筑。

将塔楼推升

至公鸡的顶端。

这些都是我们大厦的标注，

如同一棵华丽的棕榈，

应该装点平凡之物。

这些都是窗台

安静的月光之所在。

---

① Hecuba，荷马史诗《伊利亚特》中特洛伊国王普里阿摩斯（Priam）的王后。
② Flora，罗马神话中的花神。

V

我们该如何劈砍太阳，

将它切成方块，

来建造一座殷红的宫殿？

如何雕刻紫罗兰的月亮

嵌到缝隙里？

让我们安好门户，东西两面，

憎恶绿蓝色的北面与蓝绿色的南面。

我们最主要的圆顶是一个黄金的少妇。

用倾注的轴茎刺入内部，

在形形色色的房中。

也要用珊瑚空气的扶壁来刺

以及紫色的木料，

各种银色物质，

天空的浮雕花纹。

VI

还有，最后，要在地面安排守卫，

灰色的，可怕的牢骚鬼。

因为不可有一个骄傲者，或僵硬者，

不可有一个冷峻者，或苍白者，

不可有讨价还价者，前来

玷污秋海棠，或是用

神圣或崇高的忙乱来骚扰

露天狂欢的克里姆林宫。

VII

唯有健壮者与丰满者
应该走过
填满青铜的广场
和条条坚果壳大道。

风变幻

风就是这样变幻的：
像一个老人的思想，
她仍旧思考得热切
而绝望。
风如此变幻：
就像一个没有幻想的人，
她仍感觉得到心中非理性的事物。
风如此变幻：
像众人骄傲地逼近，
像众人愤怒地逼近。
风就是这样变幻的：
像一个人，沉重又沉重，
她不关心。

跟一个波兰阿姨的交谈

Elle savait toutes les légendes du Paradis et tous les contes de la Pologne. [1]

REVUE DES DEUX MONDES [2]

她

怎么我那些出自沃拉吉内[3]的圣人们，

蹬着他们的绣花拖鞋，让你动了肝火？

他

傻老头，春天的保姆！

她

想象是事物的意向……

———————

[1] 法语："她知道天堂的所有传说和波兰的所有故事"，出自法国批评家雷内·多米克（René Doumic，1860—1937）所作回忆波兰裔法国象征主义作家忒奥多尔·德·威泽瓦（Téodor de Wyzewa，1863—1917）的文章。

[2] 法语："《两个世界评论》"，创办于 1829 年的法国文学与文化月刊。

[3] Jacobus de Varagine（约 1230—1298），意大利编年史家、热那亚大主教，曾编纂记载诸位中世纪圣徒生平故事的《黄金传奇》（*Legenda Aurea*）。

因此，基于普通的劳作，
你梦到女人，裹着一身靛青，
把她们的书籍凑向较近的星星，
来阅读，在隐秘中，燃烧的隐秘……

Gubbinal ①

那朵怪花，太阳，
就是你说的。
随你便吧。

世界很丑，
人都很伤心。

那簇丛林羽毛，
那只动物眼睛，
就是你说的。

那火的野蛮人，
那颗种子，
随你便吧。

世界很丑，
人都很伤心。

---

① 源自 Gubbin，或指笨人，无用之人。

浓紫夜中的两个人物

我之欣然被旅馆的门房拥抱
恰如从月光中得到的无非
是你潮湿的手。

成为我耳中夜和佛罗里达的声音吧。
用朦胧的词语和朦胧的形象吧。
暗淡你的言说吧。

说吧，甚至，仿佛我没有听见你说，
但在我的思想中完美地替你说了，
构思着词语，

如夜在静默中构思海声，
并从嘶嘶响的擦齿音里奏出
一支小夜曲。

就说，小孩子，兀鹰伏在横梁上
边睡边用一只眼望着星星降落
到西礁岛之下。

就说棕榈清晰呈现于一种完全的蓝之中，
清晰又晦暗；说那就是夜；
说月亮发光。

理论

我是环绕着我的东西。

女人们理解这点。
一个人不是女公爵
离一辆马车一百英尺。

这些，于是就是画像：
一道黑色门廊；
一张被帘子遮蔽的高床。

这些仅仅是例子。

致虚构音乐的那一个

姐妹和母亲和更神圣的爱，
在虽死犹生的姐妹亲情之中的
最靠近者，最清晰者，在最清晰的花朵之中，
在芬芳的母亲之中的最亲爱者
和女王，又是属于更神圣的爱的昼日
与烈焰与夏天与甜蜜之火，没有一丝
云般的白银在你的袍中喷洒
它的名声之毒液，而在你头上
没有什么冠冕比简单的头发更简单。

现在，召唤音乐的诞生
将我们与风和大海相隔离，
却又把我们留在其中，直到尘世化作，
只因与我们所是的事物如此契合，
庞大的肖像和模仿，其中并无一曲
将律动赋予更澄明的完美，胜过
你所有的，那是由我们自身的不完美铸成，
至为稀少，或总有着血缘更亲的气息
裹在你所穿着的勤劳织物之中。

因为人们是如此囿于自我
音乐最强烈便是宣示

靠近的，清晰的，并夸耀最清晰的花朵，

而在所有冥想晦暗者的守夜之中，

那看见与命名的领悟最深，

如以你的名义，一个确信的形象，

在太阳的极致香料中间，

哦枝条和树丛和沁香的葡萄藤，在其中

我们将最相似的抒发给予我们自己。

但不要太相似，但不要相似得

太接近，太清晰，省下一点来赋予

我们的伪造以陌生的不相似，由此涌出

天堂的怜悯所带来的不同。

为此，乐师，在你固定的饰带里

抹上别的香水吧。在你苍白的头上

系一条缠绕的带子，镶以致命的宝石。

不真实者，把你曾经给予的还给我们：

我们曾经弃绝而今又渴望的想象。

来自一个西瓜棚的赞美诗

你这黑暗小屋里的居住者，
对于你西瓜总是紫色的，
你的花园是风和月亮，

在两个梦，夜与昼之中，
什么爱人，什么梦者，会选择
被睡眠遮蔽的那个？

这是你门前的芭蕉
和最好的红羽毛公鸡
它不到钟点就先打鸣。

一个妇人可能会来，叶般翠绿，
她的到来可能会引发狂喜
在睡眠的狂欢以外，

是的，而黑鸟也会张开尾巴，
于是太阳才可以生出斑点，
在它喳喳赞颂之时。

你这黑暗小屋里的居住者，
起来吧，因为起来并不会苏醒，
并且要赞颂，高声赞颂，高声赞颂。

彼得·昆斯①弹琴

I

正当我的手指在这些键上
奏出音乐，同样的声音
也在我的心灵上奏出一段音乐。

那么，音乐就是感觉，而非声音；
于是它就是我之所感，
在这间屋子里，渴欲着你，

想着你蓝色阴影的丝绸，
就是音乐。就像长者们身内
被苏珊娜②唤醒的曲调；

一个绿色的傍晚，澄明而温暖，
她在宁静的花园里沐浴，正当

---

① Peter Quince，莎士比亚《仲夏夜之梦》中的人物。
② Susanna，据《伪经但以理书》第十三章，苏珊娜是巴比伦城中一个
德高望重的犹太人的妻子，在被两位犹太长老勾引时她大声呼救，两
位长老却反诬说发现苏珊娜躺在一个青年人的怀中。她被判有罪并处
死。这时但以理出来打断了审判的程序，把两位长老分开审问，让他
们指出苏珊娜是在花园的哪棵树下与人幽会，两个长老的答案各不相
同。于是苏珊娜获释，而诬告者被处死。

红眼的长者们窥看着，感到

他们存在的低音部抽动
在魔法的和弦中，而他们稀薄的血液
搏动起和撒那^①的拨弦。

II

在绿色的水中，澄明而温暖，
苏珊娜躺卧。
她寻找
泉水的触摸，
并发现
隐秘的想象。
她叹息，
为了这么多的旋律。

在堤岸上，她伫立
于被耗尽的情感的
清凉之中。
她感觉到，在树叶之间，
古老奉献
的露水。

她在草上行走，

---

① Hosanna，赞美上帝的用语。

仍旧打着颤。
风像她的女仆，
脚步羞怯，
取来她的编织丝巾，
仍在飘动。

一丝呼吸触到她的手
让夜默声。
她转身——
一只铙钹撞响，
顿时喇叭轰鸣。

Ⅲ

未几，随一阵手鼓般的喧响，
走来她的拜占庭仆从。

他们不解苏珊娜为什么
向她身边的长者们喊叫；

而当他们耳语之时，叠句
像一株柳树被雨扫过。

立刻，他们灯盏高举的火焰
呈现出苏珊娜和她的耻辱。

然后，假笑的拜占庭人
逃散了，随一阵手鼓般的喧响。

IV

美在心灵中瞬息即逝——
一道大门的断续摹迹；
但在肉体中它却不朽。

身体死去；身体的美活着。
于是傍晚死去，在它们的绿色里行进，
一道波浪，无止境地流淌。
于是花园死去，它们温驯的气息仍有
冬天斗篷的衣香，结束了忏悔。
于是少女们死去，是去到那
少女合唱队的曙光庆典。

苏珊娜的音乐拨动了那几个白人长者
好色的琴弦；但，在逃散中，
只留下死亡反讽的挠痕。
如今，在它的不朽里，它奏响
她记忆的清亮弦乐器，
弹出一场持久的赞美之圣礼。

看一只黑鸟的十三种方式

I

二十座雪山之中，
唯一移动之物
是黑鸟的眼。

II

我有三种心思，
像一棵树
里面有三只黑鸟。

III

黑鸟在秋风里盘旋。
它是哑剧的一个小角色。

IV

一个男人和一个女人
是一。
一个男人和一个女人和一只黑鸟

是一。

V

我不知道该偏爱哪个，
是变调之美
还是暗讽之美，
是啸鸣的黑鸟
还是随后的。

VI

冰柱给长窗装满了
野蛮的玻璃。
黑鸟的影子
穿过它，来来回回。
情绪
在影子里追溯
一个难解的缘由。

VII

哦哈达姆①的瘦人，
为什么你们要想象金鸟？

_____

① Haddam，康涅狄格州一城镇，其镇民曾参与掘金。

你没有看见黑鸟是如何
绕着你身边
女人的脚在走么?

VIII

我知道高贵的重音
和明晰的,不可避免的节奏;
但我也知道
黑鸟和
我所知道的有关。

IX

当黑鸟飞出视野,
它标出了
许多圆圈之一的边缘。

X

看到黑鸟
在绿光里飞,
连悦耳之音的老鸹
也会尖叫起来。

XI

他穿越康涅狄格州
乘一辆玻璃马车。
一次，一份恐惧刺穿了他，
其时他误把
他座驾的影子当成了
黑鸟。

XII

河在动。
黑鸟必定在飞。

XIII

整个下午都是黄昏。
在下雪
并且还会下雪。
黑鸟栖
在雪松枝间。

究极的游牧者

当佛罗里达的浩大露水
呈现
大鳍的棕榈
和为生命而愤怒的绿葡萄藤,

当佛罗里达的浩大露水
呈现圣歌与
来自那目睹者的圣歌,
他目睹着所有这些绿色的侧面
和绿色侧面的金色侧面,

和至福的早晨,
为年轻鳄鱼的眼光而聚,
而闪电之色彩
于是,在我体内,便开始投掷
形体,火焰,和火焰的雪片。

茶

当公园里大象的耳朵

在霜中起皱，

而小路上的树叶

奔跑如鼠，

你的灯光落

在闪亮的枕上，

海洋色调与天空色调，

像爪哇的伞。

致咆哮的风

你在寻找什么音节，
咏唱之尊，
在睡梦的远方？
说出来吧。

《簧风琴》增补诗篇
POEMS ADDED TO HARMONIUM
（1931）

咽喉不好的男子

一年里什么时间已变得无关紧要。
夏天的霉菌和越来越深的雪
两者在我所知的惯例中都一样。
我对于我被关的禁闭太沉默了。

冬夏至点的风之随从
在大都会的百叶窗上吹,
搅动非诗人于其睡眠之中,敲响
乡村的伟大想法。

日发虐的疾病……
也许,假如冬天曾经可以穿透
它所有的散黑穗病到达最终的板岩,
阴冷地坚持在一团冰的雾霭中,

人就有可能依次变得不那么不同,
从这样的霉菌里摘出更纯的霉
并喷出新的寒冷之演讲。
人有可能。人有可能。但时间不会发慈悲。

士兵之死

生命缩短，死亡被预见，
如在一个秋日之季。
士兵倒下。

他并不化作一个三日名人，
强加他的离别，
召唤盛典。

死亡绝对而没有纪念，
如在一个秋日之季，
当风停止，

当风停止并且，在天空之上
云行进，无论如何，
朝着它们的方向。

否定

嗨！这造物主也是瞎的，
朝着他的和谐整体奋力而行，
弃绝中间的部分，
恐怖以及虚假以及谬误；
万有之力的无能主宰，
太过模糊的理想主义者，执迷
于一个挥之不去的灵感。
为此，于是，我们才忍受短暂的生命，
转瞬即逝的对称
均出自那位精细陶工的拇指。

超人的惊讶

官女们的 palais de justice①
将它的列柱高立于地平线之上。

若它失落在Übermenschlichkeit②里面，
或许我们的悲惨境遇很快就会好转。

因为不知何故它的诸王的勇敢附言
让我们有缺陷的人性之物更歪了。

---

① 法语："法庭"。
② 德语："超人性"。

充满云的海面

I

在特旺特佩克^①附近的那个十一月，
海的喷溅有一夜变得安静
而在早晨夏天给甲板染了色

令一个人想到玫瑰色巧克力
和镀金的伞。天堂般的绿色
把愉悦交给了海洋困惑的

机器，它安卧如清澈的水。
谁，那么，在那芬芳的纬度
从那道光里进化出了移动的花朵，

谁，那么，从云里进化出了海之花朵
在那太平的安宁里播散香油？
C'était mon enfant, mon bijou, mon âme.^②

海之云远在安宁之下变白

---

① Tehuantepec，墨西哥南部一地峡，位于坎佩切湾和特旺特佩克湾之间，太平洋的宽阔入口。
② 法语："那曾是我的孩子，我的宝石，我的心"。

并移动，如花朵移动，在那游动的绿色里
也在它的水光耀射中，而同时那

天空的色调在一道古代的反影中绕着
那些小舰队旋转。而有时大海
把灿烂的虹彩倾倒在闪耀的蓝色之上。

II

在特旺特佩克附近的那个十一月，
海的喷溅有一夜变得安静。
早餐时果冻黄给甲板打上了条纹

令一个人想起排骨房巧克力
和伪装的伞。而一种赝品般的绿色
以夏天之貌似来遮盖海洋绷紧的

机器，它安卧在险恶的平坦之中。
谁，那么，目睹了云的升起
迈着大步在那恶毒的光辉里沉没，

谁看见水的花朵那要命的宏大之数
在水的底板上移动？
C'était mon frère du ciel, ma vie, mon or.[①]

———————

① 法语："那曾是我的天空兄弟，我的生命，我的黄金"。

铜锣大声敲响，当风的轰鸣
在变暗的海洋之花里将它呼呼吹送。
铜锣变得安静。随之蓝色的天空

在海上铺展它水晶的穹隅
而水暗处的恐怖之物
在一片浩大的波动中飞逝。

III

在特旺特佩克附近的那个十一月，
海的喷溅有一夜变得安静
而一种苍白的银色在甲板上构图

并让一个人想起瓷器巧克力
和斑驳的伞。一种不确定的绿色，
擦亮如钢琴，保持着海洋恍惚的

机器，如一支前奏曲保持再保持。
谁，看见白色花朵的银花瓣
在水中打开，感觉肯定

确信最咸的大戟中的牛奶，听见，此刻，
海在沉落的云中打开？

*Oh! C'était mon extase et mon amour.*①

它们沉得那么深以至那些裹尸布，
那些裹尸的阴影，令花瓣变黑
直到转动的天空令它们变蓝，

一种远过下雨的风信子的蓝，
并且重击着树叶的裂口
以一片蓝宝石的蓝浸没了海洋。

IV

在特旺特佩克附近的那个十一月，
海的彻夜喷溅变得安静。
一个锦葵的早晨在甲板上瞌睡

并让一个人想起麝香巧克力
和虚弱的伞。一种太过流畅的绿色
暗示怨恨在海洋干燥的

机器里，思考着湿冷的计策。
那么谁目睹了云的形象
像花朵隐藏在密集的舰队里？

像花朵一样？像锦缎被抖落

———————————
① 法语："哦！那曾是我的迷狂和我的爱"。

自闪烁的必须之中松开的束带。

C'était ma foi, la nonchalance divine[①].

那赤裸或许会升起并突然翻转
胡子的食盐面具和咆哮的嘴，
或许会——但更突然地天空滚动

它最蓝的海云在思想着的绿色之中，
而那赤裸成了最广阔的花朵，
成海里的锦葵，为一个锦葵的太阳所勾引。

V

在特旺特佩克附近的那个十一月，
夜平息了海的喷溅。白昼
已至，弓身而健谈，上到甲板，

好个小丑……一个人想起中国的巧克力
和大伞。而一种混杂的绿色
跟随海洋肥胖的机器的

漂流，在懒惰中臻于完美。
是什么黄连木之色，机灵而滑稽，
曾凝望至高无上的云如同骗术

---

① 法语："那曾是我的信仰，那神圣的冷淡"。

而海如裹绿松石头巾的桑波①，精于

掷碟子——多云的变戏法的海？

C'était mon esprit bâtard, l'ignominie ②.

至高无上的云汇聚而来。忠实的

戏法的海螺鸣号。转变的

绿色花朵的风将混杂的色调烘脆

成为清朗的蛋白光。于是海

和天空滚卷为一并从这两者中

到来了新鲜之极的蓝的新鲜变形。

---

① Sambo，黑人与印第安人或欧洲人的混血儿。

② 法语："那曾是我的杂种精神，耻辱"。

革命者停下来喝橘子水

Capitán profundo，capitán geloso[①]，
别要求我们站在太阳下歌唱，
脊背多毛，两臂鼓起，
肋骨扁平，扛着大包，
音乐里没有精髓
除非是在某种虚伪之中。

Bellissimo，pomposo[②]，
唱一支蛇族的歌，
一千张树叶间的脖颈，
缠绕着水果的舌。
穿着小丑般的靴子歌唱
带子扣子都亮镫镫。

穿上一副面具的马裤，
外衣半闪光半纱带；
戴上一顶无理由的头盔，
簇生，歪斜，捻转又扭结。
放声歌唱，一副嗓子
比一块碾磨的页岩更粗。

---

① 西班牙语与意大利语混合，"深沉的队长，嫉妒的队长"。
② 意大利语："美丽的，华丽的"。

挂一根羽毛在你的眼边，
点点头现出狡黠之相。
这应当成为怜悯的出口，
深过一支更真确的小调
有关那折磨人的现实，
有关那扭曲的要害。

新英格兰诗篇

I

全世界包括言说者

为什么纠缠在赫克力斯[①]的想法上，堂堂？
要拓宽你的感觉。太阳之中一切事物都是太阳。

II

全世界除开言说者

我发现在月升与月落之间
世界是圆的。但并非始于我之为父。

III

Soupe Aux Perles [②]

健康哦，当姜与干酪蛊惑
穷与富的险恶对立。

---

① Hercules，希腊罗马神话中力大无比的英雄。
② 法语："有珍珠的汤"或"戴珍珠喝汤"。

IV

Soupe Sans Perles [①]

我于 38 年[②]乘西头[③]横渡。

这取决于你从哪路横渡，茶美人说。

V

有一本记事簿的波士顿

细瘦的百科全书家，题写一部伊里亚特。

零钱盘有一种 weltanschauung [④]。

VI

没有一本记事簿的波士顿

让我们在盆子[⑤]里竖起一座高耸的喷泉。

在池中受哺育，精神渴望一座水山。

---

① 法语："没有珍珠的汤"或"不戴珍珠喝汤"。

② 1838 年 4 月 4 日—22 日天狼星号（Sirius）蒸汽船进行从爱尔兰考
　　克（Cork）至纽约的跨大西洋航行。4 月 8 日—23 日大西方号（Great
　　Western）蒸汽船进行从纽约至英格兰阿丰毛斯（Avonmouth）的航
　　行。

③ *Western Head*，所指不详。

④ 德语："世界观"。

⑤ The Basin，或指新英格兰新罕普什尔州（New Hampshire）白山
　　（White Mountains）一处盆状地貌。

VII
热带的艺术家

Apothicaire①福玻斯②的第一份祝福：
有福者，他是他民族的多数。

VIII
北极的艺术家

而裁缝福玻斯的第二句谚语如下：
有福者，他的胡子是挡着雪片的斗篷。

IX
对着晴天的雕像

灰白的人在灰白的崖上凌驾于盐味的呼喝，
哦健壮、坚硬之蓝的灰白海军上将……

X
对着阴天的雕像

鹰架和起重机从礁石升上云层
冥想无形的人群的意志。

---

① 法语："药剂师"。
② Phoebus，希腊神话中的日神。

XI
蝗虫之地

对句的赞助者与长老，行走
在芳香叶间重负着热量却敏于谈话。

XII
松树与大理石之地

文明必被摧毁。北方多毛的
圣人已经靠他们的抱怨赚得了这份碎屑。

XIII
男裸体

黯黑的犬儒，脱衣沐晒随意。
没有帽子或束带，你依旧是犬儒。

XIV
女裸体

巴拉塔瞌睡在一张稻草长榻的凉爽里
在家，有点像最苗条的交际花。

XV

Scène Flétrie [①]

秋天的紫袍和钟楼的呼吸
暗喻了学院派死亡的秋日告别。

XVI

Scène Fleurie [②]

一只完美的果子在完美的氛围里。
自然作为 Pinakothek [③]。收声！雄鸡……

---

① 法语："败落的风景"。
② 法语："繁花的风景"。
③ 或指 Alte Pinakothek（旧美术馆）和 Neue Pinakothek（新美术馆），
　 德国慕尼黑的美术博物馆。

月之释义

月亮是悲伤与怜悯的母亲

当，在十一月更疲惫的尽头，
她陈旧的光顺着枝条移动，
柔弱，缓慢，依赖着它们；
当耶稣的身体悬在一片苍白之中，
人一般靠近，而玛莉亚的形象，
被白霜稍稍触及，收缩在一个掩体里
它是由已经腐烂和落下的树叶制成；
当房屋之上，一个黄金的幻象
带回一个更早的宁静之季
让黑暗里沉睡者的梦平静下来——

月亮是悲伤与怜悯的母亲。

单调之解剖

I

若我们来自尘世，它是那样一个尘世
它孕育了我们，作为由它生养的万物的
一部分，并且比现在更加淫荡。
我们的本性即她的本性。由此而来，
既然我们因天性而变老，尘世也一样
变老。我们与母亲的死平行。
她走过一个秋天，丰饶更胜于风
为我们呼号的，而寒冷也更胜于霜
在夏末刺入我们精神的，
而我们重重天际的赤裸空间之上
她看见一重更加赤裸的不弯的天空。

II

身体裸袒着在太阳之下行走向前
而，出于温柔或悲伤，太阳
提供舒适，好让别的身体到来，
令我们的幻想和我们的器具成双，
并以多变的动作、触摸与声音
往往令身体在欲望中垂涎

那更其精致的，更其残忍的和弦。
让它去吧。然而那宽阔与光明
身体在其中行走并蒙受欺骗，
从那致命的，那更赤裸的天空中落下，
而这恰被心灵看见而悲伤莫名。

公共广场

倾角的黑划出一道切线
像一座开裂的大厦
由蓝色的斜面支撑
陷于一场月亮的昏迷。

一道切线和大厦倾倒，
塔门和挂壁倒下。
一团山蓝色的云升起
像它们倒在其中的一物，

倒得很慢如同在夜里
一个懒洋洋的看门人提着
他的灯笼穿过柱廊
而建筑昏厥过去。

它变得又冷又静。随后
广场开始明朗起来。
阿特拉斯①的珠宝，月亮，
终与它的瓷光秋波同在。

---

① Atlas，希腊神话中被罚以肩顶天的巨神。

致汉斯·克里斯蒂安[①]的小奏鸣曲

如果任何鸭子在任何小溪里，
扑打着水
要你的面包屑，
仿佛那无助的女儿

来自一个
后悔生下了她的母亲；
或是来自另一个，
不育，而渴望她的；

那么鸽子，
或欧鸫，或任何鸣唱的神秘又如何？
那么树木
和树的声调又如何？

那么夜晚
将星星点亮又暗灭又如何？
你知道吗，汉斯·克里斯蒂安，
既然你看到了夜晚？

_____

① 即丹麦作家安徒生（Hans Christian Andersen，1805—1875）。

在葡萄的晴好季节

我们的土地与大海之间的山脉——
这山脉与大海与我们土地的交汇——
我可曾停下来想到它的岬角？

想到我们的土地时我想的是房子
和桌子，搁着一大盘梨，
绿上面抹着朱红，布好了来展示。

但在滚动的青铜之下这粗俗的蓝
让那些细选的涂鸦微不足道。
更炫亮的水果！一弹指之于日月，

若其意味不多于此。但确有更多。
山脉与大海也是。我们的土地亦然。
还有霜的翻滚和狐狸叫也是。

远远比那更多。秋天的通路
之上高悬着岩石的阴影
而他的鼻孔喷出食盐环绕每一个人。

诺福克①的两人

剪一下墓地里的草，黑小子们，
细看那些标记和安魂祈祷，
但要在桃金娘下面留一个床。
这副骷髅有一个女儿，那副有个儿子。

在他那时候，这一位没什么可说的，
最温柔的词语在他的头盖骨下无影无踪。
对他来说月亮永远在斯堪的纳维亚
而他的女儿是一样陌生的东西。

而那一位也从来不是个有心肠的人。
把自己儿子造出来是又一项义务。
当那男孩的音乐如喷泉般洒落，
他赞颂约翰·塞巴斯蒂安②，如所应当。

送葬的木兰花那片片黑暗的阴影
装满了贾曼达和卡洛塔的歌声；
那个儿子和那个女儿，他们来到黑暗里，
他为她火热的酥胸，她为他的怀抱。

———————————

① Norfolk，美国康涅狄格州城镇。
② 指约翰·塞巴斯蒂安·巴赫（Johann Sebastian Bach，1685—1750），德
国作曲家、风琴家、羽管键琴家、小提琴家。

这两人在如此充满夏天的空气中相会
并触摸彼此，甚至是亲近地触摸，
在他们亲吻的间歇从来少不了一次奔泻。
铺一个床吧，还要把鸢尾花留在里面。

印第安河

贸易风在印第安河的码头一边叮当奏响架子周围的网中的铃铛。
它是水在美洲蒲葵花的河岸下的树根之间的同一种叮当，
它是从雪松中挺胸面对橘树的红雀的同一种叮当。
但在佛罗里达没有春天，在看不见的灌木丛里也没有，在女修
　　院海滩上也没有。

《秩序的理念》

IDEAS OF ORDER

（1936）

告别佛罗里达

I

走吧，巍峨的船，既然此刻，在岸上，
蛇已将它的皮留在地板上。
西礁岛沉沦在庞大的云团之下
而银和绿将海洋铺满。月亮
在桅杆的顶端，而往昔是一个死者。
她的心将再也不会对我说话。
我自由了。高悬于桅杆之上的月亮
敞开澄澈之心，而波浪作出一支副歌
为了这：蛇已将它的皮蜕在了
地板上。穿透黑暗吧。波浪越空而返。

II

她的心始终将我周身束缚。棕榈炽热
仿佛我活在化为灰烬的地上，仿佛
那些树叶，风在其中延续它出自我那
寒冷北方的声音，呼啸在一个墓气森森的南方，
她的松树与珊瑚与珊瑚藻海洋的南方，
她的家园，不是我的，在终古常新的礁岛群，
她的白昼，她海一般的夜晚，召唤着

音乐，召唤来自礁石的低诉。
我在北方将何其满足啊，我航行的方向
为了确信也为了忘却那泛白的沙子……

III

我曾厌憎变化无常的帆艇，水池从那里
显露出海底与满是摇摆的野草
的荒野。我曾厌憎鲜艳的盛放之花
缠绕在无影的小屋之上，锈与骨，
骨般的树和半是沙，半是太阳的叶。
要在此伫立于黑暗中的甲板，要道出
告别，要获悉那片陆地已永逝
以及她将不会再跟随，以任何词语
或属望，在思想中也永远不再，除了
我曾经爱过她……别了。走吧，巍峨的船。

IV

我的北方无叶，坐落于一片冬季的泥泞
既是人的也是云的，一片人群熙攘的泥泞。
人在移动着，如水移动，
这暗黑的水，将它切开的是阴沉的隆起
抵着你的两侧，随后是推挤与滑动，
黑暗粉碎，泛起满是泡沫的涡漩。
要再获自由，要回归那狂暴的思想

亦即他们的思想，这些人，它会将我
周身束缚，载送我，多雾的甲板，载送我
去往寒冷，走吧，巍峨的船，走吧，向前冲。

鬼作为茧

草在种子里。幼鸟正飞行。
然而房子并未建成，甚至还没开始。

巢菜已变紫。可新娘在哪儿？
很容易对那些受邀者说——可在哪儿，

在哪儿，屠夫，诱惑者，血人，狂欢者，
哪儿是太阳和音乐和最高天堂的欲望，

比任何词语更深切地呼喊着它？
这个被碾轧，被玷污的半世界，发掘自

污秽之中……月亮不可能
用它鸽子翅膀的杂拌来涂抹此物。

她必须现在就来。草在种子里长高。
现在就来。那些即将出生的需要

新娘，爱是一次诞生，需要看见
与触摸她，需要对她说，

"玫瑰上的苍蝇阻止我们，哦季节

胜于夏天，芳香之鬼落

在粪上。"现在就来，珠璎粉黛，枝繁叶茂，
当处处穹顶回响一曲接一曲。

午餐后航行

伤人的是贬义这个词。
我的旧船支着个帆架转圈
而不朝前开。
在一年的这个时候
也在一天的这个时候。

也许是我们用过的午餐
或者是我们应该用过的午餐。
但我是，在任何情况下，
一个最不合适的人
在一个最不吉利的地方。

Mon Dieu①，听听诗人的祈祷吧。
浪漫应在此处。
浪漫应在彼处。
它就应该到处都是。
但浪漫必须永不留存，

Mon Dieu，必须再不回返。
这沉重的历史性航行

————————

① 法语："我的上帝"。

穿越湖里最霉臭的蓝
在一艘真正晕眩的船上
全是索然无味之极的伪造……

绝不是人们见过的东西。
只是人们感觉的方式，说
何处我的精神存在我便存在，
说轻风困扰船帆，
说水在今天流得迅疾，

擦除所有人而成为一个
华丽之轮的瞳仁，从而将
那轻微的超越交给肮脏的帆，
乘着光，人们感觉的方式，锐利的白，
并随后光明地驰过夏天的空气。

一支快乐华尔兹的悲伤曲调

真相是一个时刻到来
当我们再不能为音乐而哀伤
那是如此一动不动的声音。

一个时刻到来，当华尔兹
不再是一种欲望的模式，一种
显露欲望的模式并且空无阴影。

太多的华尔兹已结束。随后
才有那个心怀山岳的胡恩，
对他而言欲望从不是华尔兹的欲望，

他在孤寂中发现了所有的形体与秩序，
对他而言形体从不是众人之相。
此刻，对他而言，他的诸形已消失。

大海或太阳之内都没有秩序。
形体已失去了它们的闪耀。
有这些突如其来的人众，

这些突如其来的脸与手臂之云，
一场浩瀚的压制，被释放了，

这些哭泣而不知为何哭泣的嗓音，

除非是要快乐，却不知如何做到，
强推他们无法描述的形式，
要求他们无以言表的秩序。

太多的华尔兹已结束。然而嗓音
为之哭泣的形体，这些，也可能是
欲望的模式，显露欲望的模式。

太多的华尔兹——不虔信的史诗
啸鸣更频繁并且很快，很快会成为永久。
某位和谐的怀疑论者很快在一曲怀疑的音乐中

会统一这些诸人之相与他们的形体
会再一次随运动而闪耀，音乐
会成为运动并充满阴影。

恐怖群鼠的舞蹈

在火鸡天气的火鸡国度
在雕像的基座，我们打转一圈又一圈。
一段多美的历史，多美的惊喜！
Monsieur①在马背上。马上满是老鼠。

这舞没有名字。这是一场饥饿之舞。
我们将它舞到 Monsieur 的剑尖，
阅读铭文那至高无上的语言，
如同齐特琴②和铃鼓的合体：

国家的建立者。究竟是谁建立了
一个自由的国家，在隆冬之际，从群鼠之中？
一幅多美的画面，辉映色彩，巍然矗立，
青铜的手臂伸展迎击一切邪恶！

---

① 法语："先生，老爷"。
② Zither，一种中欧民间弦乐器。

天国与尘世之冥想

野性的鸣啭者们正鸣啭在那丛林
它属于生命与春天，和闪耀的洪流，
滚滚不息，属于我们回返的太阳。

日复一日，冬天由始至终
我们都强固自己依靠最蓝的理性生存
在一个风与霜的世界，

也靠意志，毫不动摇而又红润
在尖冰的早晨，
它穿过狭窄的天空超越我们。

但光芒的理性和光芒的意志是什么
要早早鸣啭在最欢悦的
夏日之树上，是酣醉的母亲么？

瑞典的狮子

别再多话，斯文森①：我曾经是

一个猎人，追寻那些灵魂

与储蓄银行的君王，Fides②，雕塑家的奖赏，

所有的眼光与尺码，和被惹怒的 Justitia③，

训练有素以摆平法律的桌面，

Patientia④，永远抚慰着伤口，

还有强大的 Fortitudo⑤，狂乱的低音。

但这一切将不会装点我的纪念品，

这些狮子，这些庄严的形象。

倘若错在灵魂，灵魂的

君王必定同样有错，首先有错。

倘若错在纪念品，这些却就是

灵魂本身。而灵魂的整体，斯文森，

如瑞典的每一个人都会承认的那样，

依旧执著于狮子，换句话说，

依旧执著于君王的形象。

---

① 或指 Eric Pierson Swenson（约1855—1945），纽约国家城市银行（National City Bank of New York）总裁。

② 拉丁语："信用"。

③ 拉丁语："公正"。

④ 拉丁语："坚忍"。

⑤ 拉丁语："勇气"。

倘若错在狮子，就送它们

回去它们的来处，杜菲先生的汉堡①。

植被依旧形式繁多。

① 参见法国象征主义诗人阿波利奈尔（Guillaume Apollinaire，1880—
1918）写于1911年的诗《动物寓言集或俄耳甫斯的扈从》（*Le bestiaire
ou Cortège d'Orphée*）中的诗句 "O lion, malheureuse image,/des rois
chers lamentablement,/tu ne nais maintenant qu'en cage/A Hamburg, chez
les allemands（哦狮子，不快乐的形象，/可悲地为帝王所有，/如今
你仅在笼中出生/在汉堡，在德国人之间）"。杜菲先生（Monsieur
Dufy）指 Raoul Dufy（1877—1953），法国野兽派画家，在为《动物
寓言集》制作木刻时使用汉堡为狮子的背景。

怎么活。做什么

昨晚月亮升到这块岩石之上
污浊照临一个未经清洗的世界。
男人和他的伴侣停下
来歇息在那豪迈的高峰之前。

冷冷的风落到他们身上
裹挟众多的声之威严：
他们，离开了太阳受惊的焰光
寻找一颗火焰更完满的太阳。

取而代之的是这块长草的岩石
巍然升起，高大而赤裸
超越所有的树木，抛掷的山脊
如巨人的手臂在云朵之间。

既没有声音也没有冠饰的形象，
没有颂唱者，也没有牧师。有的
只是这岩石的巨大高度
和他们两个在静立着歇息。

有的是寒冷的风和它发出的

声音，远离大地之上
他们留下的粪肥，豪迈的声音
愉悦而又欢腾而又确定。

几位帕斯卡古拉①朋友

再多给我讲讲老鹰吧，考顿，
还有你，黑机灵鬼儿，
给我讲讲他是如何
从早晨的天空降临的。

用低沉的嗓音
和高贵的譬喻来形容
他慢慢降落的轨迹
直下鱼腥的海洋。

这是一个至高的图景，
适合于怪诞一族。
再给我讲讲
飞行开始的那一点吧，

就说他沉重的翅膀是怎么样，
在日照古铜的空气上展开，
一点一点地偏转开去，
直下到沙滩，松树

在沙滩边缘的眩光，

---

① Pascagoula，美国密西西比州东南端港口城市。

沿着至高的圈环

从他炽热的巢中落下的。

说说那耀眼的双翅吧。

挥手再会，再会，再会

那大概是挥手，那大概是哭泣，
哭泣并且叫喊并且当真要告别，
眼里的告别以及中心的告别，
只须静立而一只手都不动。

在一个没有天国可追随的世界，停止
大概就是终结，比分离更痛切，更深奥，
而那大概就是说出告别，一再告别，
只须在那里，只须注目看。

要成为自己独一无二的自我，要蔑视
那存在，它产出这么少，获得
这么少，少到用不着关心，要转身
朝向永远欢欣的天气，要啜饮

自己的杯子而绝不说出一个词，
或是入睡或是仅仅静卧在那里，
只须在那里，只须被注目，
那大概就是道别，是道别。

人总喜欢操练这件事。他们操练，
够了，为了天国。永远欢欣者，
这里除了天气还有什么，什么精神
为我所有，除了它来自太阳？

西礁岛的秩序理念

她超越海的精灵而歌。
水从未成形为思想或声音,
像一个身体完全成为身体,甩着
它的空袖;而它模仿的动作却
发出持续的呼喊,持续地引来一阵呼喊,
并非我们所有,尽管我们理解,
不属于人类,而归于确凿的海洋。

海不是一个面具。她更不是。
歌与水并非混杂的声音
即使她的所唱就是她的所闻,
因为她的唱腔是一字对一字的发声。
或许在她的所有乐句里激荡过
那碾轧的水和喘息的风;
但我们听见的却是她而不是海。

因为她就是她所唱之歌的创造者。
那永远戴着头巾,姿态悲伤的海
仅仅是她漫步歌唱的一个地方。
这是谁的灵犀?我们说,因为我们知道
我们寻找的是那灵犀,并且知道
我们应当在她歌唱时频频发出此问。

倘若只是海的黑暗嗓音

升起，甚或被众多的波浪着色；

倘若只是外在的声音，发自天空

与云，发自被水包围的沉没之珊瑚，

无论多么清晰，它原本都会是深沉的空气，

空气的起伏的言语，在一个无尽夏天里

重复的夏之声响并且

仅仅是声响。但它却不止于此，

甚至不止是她的嗓音，和我们的，在

海水毫无意义的突进与风之间，

戏剧化的距离，高高的天际线上堆起的

青铜阴影，天空与海之间

如山的大气层。

    是她的嗓音使得

天空在消逝中尖锐之极。

她将它的孤寂对着时辰丈量。

她是这世界唯一的工匠

她就在其中歌唱。当她歌唱，那海，

无论它曾有过什么自我，便成了那自我

即她的歌，因为她是创造者。于是我们，

当我们谛视她独自一人在此迈步

便领悟从未有过一个属于她的世界

除了她歌唱的，她在歌唱中创造的那一个。

拉蒙·费尔南德斯①，告诉我，倘你知道，

为什么，当歌唱结束而我们转身

面向那城市，说说为什么玻璃的灯火，

在那里落锚的渔舟的灯火，

当夜降临时，倾侧于空中，

征服了夜并切分出了海，

设定着光芒闪耀的区域和炽热的桅杆，

安排着，加深着，魅惑着夜。

哦！至福的秩序之狂，苍白的拉蒙，

创造者之狂，要有序排列海的词语，

芳香的大门的词语，掩映着星光，

我们自己和我们起源的词语，

以更幽玄的划分，更锋利的声音。

---

① Ramon Fernandez（1894—1944），墨西哥裔法国作家，文学批评家，
常出现于《党人评论》（*Partisan Review*），《标准》（*Criterion*）等史蒂
文斯熟悉的文学刊物中，但史蒂文斯始终坚持此名并无所指。

美利坚之崇高

人们要如何站立
来注目那崇高,
来对抗嘲弄者们,
哂笑的嘲弄者们
和镀金的伉俪?

当杰克逊将军[①]
为他的雕像摆起姿势
他知道人们的感觉。
一个人该不该赤脚走路
眨着眼一派茫然?

但人们如何感觉?
人们渐渐习惯天气,
风景之类;
而崇高则降临
到精神自身,

精神与空间,
空的精神

---

① Andrew Jackson（1767—1845），美国军人，后成为第七任美国总统
（1829—1837）。

在空洞的空间里。

人们喝什么酒？

人们吃什么面包？

莫扎特，1935 年

诗人，在钢琴前就座吧。
弹奏当下，它的呼 – 呼 – 呼，
它的嘘 – 嘘 – 嘘，它的哩呀啦，
它嫉妒的哄笑。

如果他们扔石头到屋顶上
在你练习和音急弹法的时候，
那是因为他们顺楼梯搬下
一具褴褛的尸体。
在钢琴前就座吧。

那件往昔的澄明纪念，
嬉戏曲；
那段未来的轻快梦境，
无云的协奏曲……
雪正在下。
把刺骨的和音敲响。

汝当为声，
不是你。汝当为，汝当为
愤怒的恐惧之声，
这围剿的痛楚之声。

汝当为那冬日的声响
如巨风咆哮，
悲怆由此被释放，
被解除，被赦免
在一场星耀的抚慰之中。

我们可以回到莫扎特。
他曾经年轻，而我们，我们正年老。
雪正在下
而街道充满了哭喊。
就座吧，汝。

雪和星星

黑羽椋鸟鸣唱于春日之先
至为密集——哦！是的，极为密集。
他们鸣唱得正确而强大。

这雪和冬天星星的法衣，
魔鬼也取过它，将它穿上。
它或许会成为他的蓝穴。

就让他把它转移到他的地界，
一身的白，为他的军团而裹着星光，
并且大放砰音，高昂的砰。

它会是换回柳树的赎金
并注入山丘，在其中注入满满
的叮，叮，咚。

这个三月的太阳

这一轮初日过度的明亮
让我领悟我已变得多么黑暗，

更再一次照耀万物，它们往常
会在极浩大的蓝中化为黄金，融入

一个更早的自我里转变的灵魂。
后者也从冬天的空气里回返，

就像一个幻象前来眩迷
眼角。我们的元素，

寒冷是我们的元素而冬天的空气
发出狮子跑下来之类的声音。

哦！拉比，拉比，替我守护我的灵魂
并成为这黑暗自然的真正专家。

阿尔卑斯山的植物学家（1号）

全景图并非它们以往所是。
克劳德①已经死去很久
而顿呼在索道上是禁止的。
马克思已毁掉了自然；
暂时来说。

至于我自己，我靠树叶活着，
这样云的走廊，
云般的思想的走廊，
看上去就颇像是一个：
我不知道是什么。

但在克劳德的画中人多么靠近
（在一个停歇于柱上的世界，
透过一个拱门所见）
那中心的构图，
那首要的主题。

在这一切之中有什么构图：
一缕修长的光下修长的斯德哥尔摩，

---

① 指克劳德·洛兰（Claude Lorraine，1600—1682），法国画家、制图家、雕刻家。

一道升起的亚德里亚海 *riva* [①]，
雕像与星星，
没有一个主题么？

柱子伏倒，拱门枯槁，
酒店封上了木板，空空荡荡。
但那绝望的全景图
不可能是
这迷狂的空气的特征。

---

① 意大利语："岸滨"。

阿尔卑斯山的植物学家（2号）

女修道院屋顶上的十字架
锋利地闪耀，当太阳升起。

下面的东西存在于过去
像昨夜的蟋蟀，在下面很远。

而上面的东西存在于过去
确凿如所有的天使。

未来为什么应该跃过云团
天国的海湾，被照亮，被涂蓝？

唱吧，哦你这虔信者，在你的路上
漫长而崇高的死亡之诗；

因为谁又能容忍俗世
倘没有那首诗，或是没有

更凡俗的一首，咚，咚嘀咚，
如同相对于那些闪亮的十字架，

并且仅仅相对于它们的闪亮，
要有　面单纯愉悦的镜子？

没有天使的傍晚

> 人的巨大好处：空气与光，有一具身体的快乐，看的
> 肉感。

马里奥·罗西[1]

为什么六翼天使像鲁特琴手一样排列
在树木之上？又为什么诗人充当
永恒的 *chef d'orchestre*[2]？

                        空气就是空气，
它的空在我们周围到处闪烁。
它的声音不是天使般的音节
而是我们走形的精神，被领悟得
更锐利，在更狂暴的自我之中。

                         而光
它滋养六翼天使，对于他们乃是
光晕之理发师，多产的珠宝商——
太阳是为天使还是为人而调制？
悲伤的人把太阳当成了天使，又把
月亮当成了他们自己的鬼跟班，

---

[1]　Mario Manlio Rossi（1895—1971），意大利哲学家、作家。
[2]　法语："乐队指挥"。

后者领他们回归了天使，在死亡之后。

把这点搞清楚，我们是太阳的人
是白昼的人而从来不属于尖锐的夜，
那在一阵重复的和音之中重复
至为古旧的空气之声的人。然而，
倘若我们重复，那是因为风
环绕着我们，总是伴我们的言说而言说。

光，也一样，覆盖我们，显现
心的动作，并将形体给予
最易怒的无物，如同，对白昼的欲望
成就于无边闪耀的东方，
对休憩的欲望，在那片下降的
黑暗之海，后者在自身的黑暗之中
就是铺展成为睡眠的休憩与宁静。

……傍晚，当节奏跳过一拍
随后又是一拍，一拍接一拍，尽数
向一段火热的小调轻快转变。
赤裸的夜最好。赤裸的尘世最好。赤裸，赤裸，
除了我们自己的屋舍，低身聚拢
在拱门与它们熠熠发光的空气之下，
在火与火的狂想曲之下，
在此我们体内的那个声音发出一记真正的回响，
在此我们中间那个伟大的声音升起，
当我们伫立凝望圆满的月亮。

勇敢的人

太阳，那勇敢的人
穿过蛰伏以待的枝条而来，
那勇敢的人。

绿而阴郁的眼睛
在草的黑暗形体中
滚开。

美好的星星，
苍白的头盔与钉一般的刺，
滚开。

我的床之恐惧，
生之恐惧与死之恐惧，
滚开。

那勇敢的人自低处
升起，行走而毫不冥想，
那勇敢的人。

太阳的隐没

谁能想到太阳给云披上行头
当所有人都被动摇
或眩迷于夜晚，骄傲，
当人们苏醒
不停地哭喊求救？

自我这温暖的古物，
每个人，突然间变冷。
茶是坏的，面包忧伤。
世界如此古老怎能如此疯狂
让人们纷纷死去？

假如快乐可以没有一本书
让它存身，他们内在于自身，
假如他们会审视
自身的内在
而不会哭喊求救，

内在有如太阳的两极，
夜晚的支柱。茶，
酒便是好的。面包，
肉便是甜的。
而他们也不会死去。

灰石与灰鸽

大主教不在。教堂是灰的。
他留下了他的长袍叠在樟脑里
并且，身穿黑衣，他行走
在萤火虫之间。

嶙峋的扶壁，嶙峋的尖顶
在石头的云层下排开
立于一道固定的灯光里。
主教休息。

他不在。教堂是灰的。
这是他的假日。
司事移动，带着一道司事的凝望
在空中。

一阵犹豫的黄金落满每一处，
它将鸽子打湿，
它走鸟也走，
变干，

鸟从来不飞

除了主教经过之时，

在今天和明天团成球状，

穿着他的彩色长袍。

冬日钟鸣

犹太人去他的礼拜堂不是
要受鞭策。
但它是肃穆的，
那没有钟声的教堂。

他偏爱钟声的明亮，
衣袍的 *mille fiori*[①]，
无数世纪的声音
在僧侣般的留声机上。

那是个习惯
让他面对混乱的怒火
在去教堂的路上减轻，
依照他精神的规程。
生活多好啊，以得体为本，
被一大盘阉鸡遵循!

然而他始终向自己承诺
这些日子里要找一天去佛罗里达，

---

① 一种玻璃器皿的装饰图案，由意大利语"mille"（千）和"fiori"（花）
构成。

并在那边某一个
临海的小郡，
对此作进一步思考。

哈瓦那的学术讨论

I

金丝雀在早晨，乐队
在下午，气球在晚上。那是
一个区别，至少，不同于夜莺，
耶和华和大海虫。空气
并不是那么基本，尘世也不是
那么近。

　　　　　但荒野的食粮
并不在大都会里供养我们。

II

生活是公园里的一个旧赌场。
天鹅的喙平铺于地。
一阵荒凉之极的风冻着了绯红的法蒂玛①
而一场宏伟的沉沦如寒冷般落定。

---

① Fatima，法国民间故事中有杀妻习惯的贵族蓝胡子（La Barbe bleue）
的最后一任妻子。

III

天鹅……在天鹅的喙平落
于地之前，在做作的致敬
之编年史蒙骗了这么多书籍之前，
它们守卫了湖泊的空白水域
和岛的天篷，其限定继承权归于
那个赌场。远早于雨水
扫过它被封住的窗口而树叶
塞满加盖的喷泉之前，它们就排出了
神话般落花生可汗的薄暮之光。
将至的各个卓越之世纪
已如约升起并化作
树间飘浮的长号之真理。

那思想的
苦事引来了一份安宁，怪异于
眼而叮当于耳。粗粝的鼓
可以敲响，却不惊动普罗大众。
天鹅们懒散的进程
让尘世变得正当；一篇花生戏仿
给花生民族。

而更澄明的神话
从它完美的丰足之中构思，
六月般健旺，果实之多胜过

最成熟夏天的各星期，始终徘徊着
要再次触摸最炽热的花朵，要鸣响
再多一次最长的回音，要冠戴
最清澈的女人以合适的杂草，要抬举
最壮实的男人到最壮实的种马背上，
这急迫的，能干的，更澄明的神话
如一个马戏团经过。

                搞政治的人判定
想象为宿命之罪。
祖母与她满篮的梨子
必定是我们的概略的核心。
那足够世界了，还有更多，倘若人们
将她的女儿归入被出卖的象牙少女
塔楼都是为她们而建。市民的胸口，
而非一个钉满星星的精美太空，
必定是非凡之所在，否则
非凡的事物就是花招而已。世界不是
无眠者的小玩意也不是一个
要把一种普遍的精髓进口
到古巴的词。把这些乳状的材料记下来。
它们滋养朱庇特们。它们随便的粥糊
会像甜蜜一般滴落在空空的夜晚
当太伟大的狂想曲被任由废除
而贪婪的祈祷挑动新的热汗，于是，于是：
生活是树林里的一个旧赌场。

IV

诗人的功能在此仅仅是声音么，

比最华丽的预言更微妙，

来填满耳朵？它导致他作出

他无限的重复并融合

乌木之琴拨，翠鸟之琴拨。

它以拘谨者的良好逻辑将他重压。

恰如自然的一部分他是我们的一部分。

他的珍宝是我们的：愿它们恰切

并调和我们与我们的自我，在那些

真正的调和，黑暗的，太平的词语，

以及它们的落下构成的更灵巧的和谐之中。

关掉餐厅。罩上枝形吊灯。

月亮不是黄的而是一种白色

令永远虔信的城市静默。

那是个多么苍白又多么着魔的夜晚啊，

多么充满了海的呼气……

这一切比它最老的圣歌更老，

不比明天的面包更有意义。

但还是让诗人在他的阳台上

说话吧，这样睡眠者才会在睡眠里动弹，

醒来，凝视他们地板上的月光。

这可以是祈福，墓穴，

与墓志铭。然而，这也可以是

句咒语，由月亮定义

靠的仅仅是清晰到繁盛的例子。
而旧赌场也同样可以定义
我们自我的一句无限的咒语
在已遭毁灭的天鹅宏伟的沉沦之中。

首都的裸像

但赤裸，毛绒绒一团，涉及一种最私密的原子。
如果此物依然隐藏着，底部又有什么要紧？

殖民地的裸像

黑人，闪亮的 nouveautés^①让一个人，至多，拥有假名。
因此一个人最为暴露是在一个人最为匿名之时。

---

① 法语："新颖之物"。

罗曼司的再表达

夜晚对于夜晚的诵唱一无所知。
它是它所是如同我是我所是：
而在感知这一点时我最好地感知我自己

还有你。唯有我们俩可以交流
彼此得到对方必须给予之物。
唯有我们俩是一体，不是你和夜晚，

也不是夜晚和我，而是你和我，唯一，
如此之唯一，如此之深地囿于我们自己，
如此之远地超越偶然的孤寂，

以至夜晚仅仅是我们自我的背景，
彼此对其单独的自我都无上地真实，
在彼此向对方抛洒的苍白之光下。

读者

整夜我都坐着阅读一本书，
坐着阅读仿佛在一本
页面黯然的书里。

那是秋天，坠落的星星
覆盖了月光里蛰伏的
枯萎形体。

没有灯在我阅读时燃烧，
一个声音嘟哝着，"一切
都落回到寒冷，

哪怕是麝香般的麝香葡萄，
甜瓜，朱红色的梨
在无叶的花园里。"

黯然的页面无字印载
除了燃烧的星星的轨迹
在霜冻的天空。

污泥之主

春天的泥泞河流
正咆哮
在泥泞的天空之下。
头脑是泥泞的。

然而，对头脑而言，新的堤岸
一片鼓胀的绿
却并不是；
黄金的天边
并不是。
头脑咆哮。

小黑崽里最黑的，
有一个污泥之主。
光的箭杆
降落，在远处，从天到地，
那就是他——

桃花苞的造物主，
污泥之主，
头脑之主。

Anglais Mort à Florence[①]

对于他每个春天都回来得少一点。
音乐开始将他辜负。勃拉姆斯，尽管
他黑暗的密友，时常分开行走。

他的精神对欢愉越来越不确定，
确定它的不确定，其中
那黑暗的伴侣撇下他不得安慰

投奔一个主要是重现回忆的自我。
去年他才刚说过赤裸的月亮
不是他往日所见、所感的月亮

（月亮与情绪保持苍白的一致
在他年轻时），赤裸而异质，
从一片更高瘦的天空更枯瘦地映照。

它泛红的苍白已变得有如尸骸。
他调用他的理性，行使他的意志，
及时转向勃拉姆斯作为替代

在言说之中。他就是那音乐和他自己。

---

① 法语："佛罗伦萨的英国死者"。

二四二

他们是秩序的粒子，唯一的王权：
但他记得他独自站起的时候。

他最终站起靠的是上帝的佑护和警察；
但他记得他独自站起的时候。
他让自己屈服于那唯一的王权；

但他记得他独自站起的时候，
存在与乐于存在貌似是一回事的时候，
在色彩加深和变小之前。

纯粹循环的愉悦

花园随着天使飞转，
天使随着云朵飞转，
云朵飞转啊云朵飞转
云朵随着云朵飞转。

头骨里有没有秘密，
林中的牛头骨？
戴黑头巾的鼓手们
从鼓里敲出什么来？

安德森太太的瑞典婴儿
尽可以是德国人或西班牙人，
然而事情飞转再飞转
颇有一种古典的声音。

像一个黑鬼墓场的装饰

给阿瑟·鲍威尔[①]

I

在遥远的南方秋天的太阳正经过
如华尔特·惠特曼沿一道彤红的岸滨行走。
他正歌唱与吟诵的事物就是他的一部分,
曾有与将有的世界,死亡与白昼。
无物是终极,他吟诵。无人看得到结尾。
他的胡子是火做的,他的乐谱是一片跃动的火焰。

II

为我而叹吧,夜风,在喧哗的橡树叶之间。
我累了。为我而睡吧,山顶的天空。
为我叫喊吧,响之又响,欢乐的太阳,当你升起。

III

正是在十一月里树木刚刚无叶
而它们的黑变得明显的时候,人们第一次
懂得唯怪癖者为设计之根本。

---

① Arthur Powell Arthur Powell,(1873—1951),美国律师、法官、作家。
  1934 年在西礁岛曾说"人们通常在一座黑鬼墓场里发现的垃圾"。

IV

在霜席之下也在云席之上。
但介于其间的是我福运的境界
和霜与云的福运的境界，
全都一样，除了拉比们的规则，
快乐的人们，在分辨霜与云。

V

倘若对一份平静信仰的追寻终将结束，
未来或许不再会从往昔里浮现，
从那装满了我们的东西里面；然而追寻
和从我们中间浮现的未来貌似是一体。

VI

我们应当死去，若不是为了
披着白垩和紫色长袍的死。
不要死于一场教区的死。

VII

多么轻易，情感令这个下午流淌
漫过最简单的词语：
干活太冷了，现在，在地里。

VIII

出于神圣庙堂的精神，
空洞而又宏大，让我们来作圣歌
并悄悄歌唱它们，像情人那样。

IX

在一个普遍贫穷的世界里
唯有哲人会是肥胖的
对着秋风
在一个永无终结的秋天。

X

在告别与告别的缺席之间，
最终的仁慈与最终的丧失，
风与风的突降。

XI

云朝上升起如一块沉重的石头
失去了它的沉重，也是同一个意志
把绿灯转变为橄榄色再到蓝色。

XII

你体内蛇的感觉，阿南刻[1]，
和你躲避的跨步
丝毫未增添霜的恐怖
它就在你的脸和头发上闪烁。

XIII

鸟儿在黄色的天井里歌唱，
啄食着比我们身上更淫荡的表皮，
出于纯粹的 Gemutlichkeit[2]。

XIV

铅质的鸽子在大门入口
必定怀念一个铅质配偶的对称，
必定看见她的银扇子起伏。

XV

上吧，初雪下抹了胭脂的水果。
它们类似于一页图莱[3]

—————————

① Ananke，希腊神话中拿着纺锤的命运与必然女神。
② 德语："善意，好心"。
③ Paul-Jean Toulet（1867—1920），法国诗人、小说家。

在一个新社会的废墟里被读到，
秘而不宣，就着烛光并出于必需。

XVI

倘若思维可以被吹走
这却仍是居住之所
属于对简单空间有一种感觉的人。

XVII

亚洲的太阳在地平线上蠕动
爬进这枯瘦而乏味的空气，
一只因虚无和霜而跛足的老虎。

XVIII

我是否该与我的毁灭者搏斗
用肌肉发达的博物馆招式？
但我的毁灭者却避开博物馆。

XIX

夜尽时众多入口的一次开启，
一次向前的奔跑，两臂如操练的那样伸开。

第一场，第一幕，在一个德国 Staats-Oper[①]。

XX

啊，可那无意义的，自然的肖像！
启示的越轨应该出现，
眼中的玛瑙，丛毛的耳朵，
肥兔子，最后，在玻璃似的草中。

XXI

她是个阴影，在记忆里瘦得好像
积雪下面一个古老的秋天，
被人在一场音乐会或一个咖啡馆里回忆。

XXII

空洞之声的喜剧是起源
于真理而非对我们生活的讽刺。
跳木鞋舞吧，那就，紫色的杰克和绯红的吉尔[②]。

XXIII

鱼在渔人的窗口，

---

① 德语："国家剧院"。
② 杰克（Jack）和吉尔（Jill），常出现在英语儿歌中的男孩和女孩。

谷子在面包师的店里，

猎人喊叫正当野鸡落下。

考虑下后悔的怪异形态学吧

XXIV

一座桥在水的亮与蓝之上

与同一座桥在河水封冻时。

有钱的特威都顿，没钱的特威都迪[①]。

XXV

从金莺到乌鸦，注意音乐的

降格。乌鸦是现实主义者。但是，那么说，

金莺，也同样，可能是现实主义者。

XXVI

这比利时葡萄肥胖的淡草绿色超出

赭色光晕的全部节庆。

Cochon[②]！主人，葡萄就在此时此地。

[①] 特威都顿（Tweedle-dum）和特威都迪（Tweedle-dee）为英语儿歌中的两个人物，据说最早出自英国诗人约翰·拜戎（John Byrom，1692—1763）的一首讽喻诗，常被用来指称外貌和行为十分相似的两个人。

[②] 法语："猪猡"。

XXVII

约翰·康斯泰博[1]他们始终无法完全移植
而我们的流派拒绝昏暗的学院。
假定皮克特人[2]用另外的法子让我们铭记
凭借着留给铁狗和铁鹿的品位。

XXVIII

一只梨子应该到桌上来汁水爆裂，
在温暖中成熟也在温暖中奉上。用词
就像这些，秋天误导宿命论者。

XXIX

用表演出来的暴力噎住每一个幽灵，
踩掉磷光的脚趾，撕下
冒着唾液，横过骨骼的紧密纤维质。
沉重的钟正鸣响着聒噪。

XXX

那只雌雄鸡在半夜里打鸣而且不下蛋，
那只雄雌鸡整天打鸣。但小公鸡却尖叫，

---

[1] John Constable（1776—1837），英国浪漫派画家。
[2] Picts，古代苏格兰东北部的凯尔特人部族。

母鸡发颤：丰盛的蛋成了，下出来了。

XXXI

一个浇铸的磨坊水池或一颗狂怒的心。
灰的草风一般翻滚而去
而兀立的荆棘树在岸上打转。
实在之物是一份灵巧的遗赠。

XXXII

诗歌是一件挑剔的空茫之物
活得毫无把握而且不长久
却又耀眼地超越健壮得多的污迹。

XXXIII

为了他全部的紫，紫鸟必定有
音符来表达他的舒适可以让他重复
透过身为稀罕物的粗俗沉闷。

XXXIV

一个平静的十一月。田野里的星期天。
一个停滞的反影在一条停滞的溪中。
看不见的水流却明显地循环。

XXXV

人们与人们的事务很少涉及
这天气的博学者，他从未停止
思考人这一抽象，这滑稽的总和。

XXXVI

孩子们会在楼梯上不住哭泣，
在上床的半途，在那短语将被说出，
那星辰的享乐之徒将被生下之时。

XXXVII

昨天玫瑰正向上升起，
将它们的花蕾推到暗绿的叶片之上，
在秋天里高贵，却比秋天更高贵。

XXXVIII

柯罗①的画册不成熟。
再晚一点吧，到天黑的时候。
金色的雾不完全是雾。

---

① Jean-Baptiste-Camille Corot（1796—1875），法国风景画家。

XXXIX

并非鉴赏家们的海洋
而是丑陋的异乡人，是那面具在言说
莫名其妙，却得到理解的事物。

XL

永远是标准的曲目在列
那便可说是完美的，若是各自开始
靠的不是开始而是在最后一人的末尾。

XLI

菊花刺鼻的芳香每年到来
来掩饰那铿锵的机制
即是机器中的机器中的机器。

XLII

香肠制造者的上帝，神圣的行会，
或是有可能，最起码的守护圣人
如在一面镜中获封至圣之位。

XLIII

奇怪的是生命的密度
在一架特定的飞机上是可查明的
通过将一个人看见的腿数除以二。
至少人数可以由此被确定。

XLIV

清新不只是吹在人周身的东风。
没有秋季的天真这样东西，
然而，也可能是，天真从未失去过。

XLV

Encore un instant de bonheur[①]。词语
是一个女人的词语，不太可能满足
哪怕一个乡村美食家的品位。

XLVI

万物都像时钟一般嘀嗒作响。一个人
的橱柜发了疯，终究，为了时间，尽管
有布谷鸟，一个为时钟而狂的人。

———————————

① 法语："再多一瞬的快乐"。

XLVII

太阳正寻找某件明亮的东西去照耀。
树是木头的，草黄而且瘦。
池塘不是它寻找的表面。
它必要从它自身创造它的色彩。

XLVIII

音乐尚未但将会被写成。
准备是长久的并有着长久的倾向
为了声音会比我们自己更微妙的那一刻。

XLIX

需要天气透湿的沉重夜晚
来让他回归人民，在他们中间发现
他在他们的缺席中发现的无论什么，
一种愉悦，一种沉溺，一种迷醉。

L

最软弱者的联盟发展力量
而非智慧。所有人，合在一起，可否
向秋天已落下的树叶之一复仇?
但智者以在雪中建造他的城市来复仇。

一张来自火山的明信片

捡起我们骨头的孩子们
永远不会知道这些曾有一度
快得好像山上的狐狸；

不知道在秋天，当葡萄
用它们的味道让锋利的空气更锋利
这些曾有一道存在着的，呼吸着的霜；

最猜不到的是跟我们的骨头一起
我们留下的多得多，留下了依旧是
事物外貌的东西，留下了我们对于所见

之所感。春天的云吹送
在紧闭的庄宅之上
远过我们的大门，而起风的天空

呼喊出一声学识渊博的绝望。
我们久已知晓庄宅的外貌
而我们对它曾经的谈论已成了

它如今所是的一部分……孩子们，
仍在编织着发了芽的光环，

将言说我们的言说而永远不知，

将会谈论那庄宅，说看起来
仿佛曾经在此居住的人留下了
一个在空墙里咆哮的精灵，

一间脏屋在一个被掏空的世界里，
一块阴影的碎布尖端泛白，
抹上了丰饶太阳的黄金。

秋之副歌

啸鸣与叽哨，属于逝去的傍晚
和逝去的黑羽鸫鸟和太阳的悲怆，
太阳的悲怆，也已逝去……月亮和月亮，
有关夜莺的词语的黄月亮
合乎无韵之韵，对于我那不是一只鸟
而是一只鸟的名字和一曲无名小调的名字
我从来不曾——永远不会听见。然而在
已逝的一切的静寂之下，静寂地存在着，
静寂地存在与安坐着，长留着某物，
某种啸鸣着与叽哨着的残余，
将这些夜莺的遁词轧响
尽管我从来不曾——永远不会听见那只鸟。
而静寂就在音符里面，它全部都是，
静寂全在那荒芜之声的音符里面。

鱼鳞日出

悠扬的骷髅们，对于昨晚的所有音乐
今天是今天，舞蹈已结束。

露水躺在你当时演奏的稻草乐器上，
在你空空的路中车辙是红的。

你吉姆你玛格丽特①还有你 La Paloma②的歌手，
公鸡正在打鸣且是高声打鸣，

而我的头脑虽已感知这一刻背后的力，
但头脑比目光小。

太阳升起一片青绿在田野也在天空。
云层预示一场连绵的大雨。

---

① Jim，Margaret，指史蒂文斯的友人鲍威尔夫妇（James Powell and Margaret Powell）。
② 西班牙语："鸽子"，西班牙作曲家伊拉迪埃尔（Sebastián Iradier，1809—1865）的歌曲名。

壮丽的城堡

不好么，曾经来过此地
还发现床是空的？

人们或许发现过悲剧的毛发，
刻毒的眼，敌意而冰冷的手。

在一本书上或许有过一盏灯
点亮一两行无情的诗句。

或许有过浩大的孤独
为窗帘上的风所有。

无情的诗句？几个词被调校
又调校又调校又调校。

这很好。床是空的，
窗帘僵硬而古板而静止。

愉快的傍晚

一个十分可喜的傍晚，
赫尔·道克特[①]，而这就够了，
尽管你手掌上的脑门也许会悲伤

于光的本国语
（省略云的礁石）：
花园发紫的草地；

云杉伸开的手；
暮光满溢
虫豸的隐喻。

----

① Herr Doktor，虚构的名字。

《弹蓝色吉他的人》

THE MAN WITH THE BLUE GUITAR

（1937）

弹蓝色吉他的人

I

那人俯身于他的吉他，
像是一个裁剪手。日子青绿。

他们说，"你有一把蓝色吉他，
你弹奏事物并不如其所是。"

那人回答，"事物如其所是
在蓝色吉他上会被改变。"

于是他们说，"但是要弹，你必须弹，
一支曲子超越我们，却又是我们自己，

蓝色吉他上的一支曲子
奏出事物恰如其所是。"

II

我无法带来一个十分圆满的世界，
尽管我尽我所能将它拼合。

我歌唱一个英雄的头，巨大的眼
和长胡子的铜，但不是一个人，

尽管我尽我所能将他拼合
而经由他延伸几近于人。

倘若演奏小夜曲几近于人
就是由此而遗漏事物之所是，

不如说是一个人的小夜曲
弹奏一把蓝色吉他。

III

啊，但是要弹奏第一人
要把匕首插进他的心，

要把他的大脑放在板上
要把痛切的颜色挑拣出来，

要把他的思想横着钉在门上，
它的翅膀向雨和雪宽宽展开，

要敲打他活生生的嗨与嗬，
要嘀之嗒之①，变之为真，

———————————

① Tick it, tock it，指时钟般精确记录这一刻的生动（据史蒂文斯自释）。

要从一种野性的蓝中抨击它，
铿铿奏响琴弦的金属……

IV

那么，生活就是如此：事物如其所是？
它在蓝色吉他上拨弄其道。

一百万人在一根琴弦上？
还有他们在此事上的全部风格，

还有他们的全部风格，不论对和错，
还有他们的全部风格，不论弱和强？

那些感觉疯狂地，狡黠地召唤，
像秋气中一阵苍蝇的嗡鸣，

而于是这就是生活：事物如其所是，
这一阵蓝色吉他的嗡鸣。

V

别对我们谈论诗的伟大，
谈论在地下缕缕飘动的火把，

谈论一点亮光上穿窿的结构。
在我们的太阳下没有阴影，

昼是欲望而夜是沉睡。
什么地方都没有阴影。

大地，对于我们，扁平而赤裸。
没有阴影。诗歌

超越音乐必将取代
空空的天堂与它的赞歌。

我们自己在诗歌中必将取代它们，
即使在你吉他的喋喋不休之中。

VI

一支曲子超越我们之所是，
却没有什么被蓝色吉他改变；

我们自己在曲调中仿佛在空间里，
然而没有什么被改变，除了

事物如其所是的位置并且单是那位置
当你弹奏它们，在蓝色吉他之上，

如此，被置于变化的范围之外，
在一种终极的气氛中被觉察；

有一瞬间是终极的，正如
艺术的思考似乎终极于

神的思考是起烟的露水之时。
那曲子就是空间。那把蓝色吉他

成为事物如其所是的位置，
一种吉他的感觉之构成。

VII

是太阳分享我们的作品。
月亮什么也不分享。它是一片海。

我该何时说起太阳，
它是一片海：它什么也不分享；

太阳不再分享我们的作品
而大地活着，满是匍匐的人，

从未暖透的机械甲虫？
那么我该不该站在太阳下，像此刻

我站在月亮下，称它为善，
那无瑕的，那慈悲的善，

疏离于我们，于事物之所是？
不作太阳的一部分？站得

远远地而称它慈悲？
琴弦在蓝色吉他上是冷的。

VIII

那鲜明的，绚烂的，肿胀的天空，
透湿的雷霆滚过，

被夜晚淹没的早晨寂然，
层云辉煌得一片纷乱

而在寒冷和弦上沉重的感觉
向热情洋溢的合唱团奋进，

在云中呼号，震怒
于空中黄金的敌对者们——

我知道我慵懒、沉闷的铮响
就像一场风暴中的理性；

然而它让风暴生出结果。
我铮铮奏出并将它留在那里。

IX

而空气的色彩，那阴沉的蓝色
在其中蓝色吉他

是一个形式，得以言传却还艰深，
而我仅仅是一个阴影弓身

于箭一般，静止的弦上，
一件犹待创造之物的创造者；

那色彩像一个念头，从
一种心情中长出，演员的

悲剧长袍，半是他的手势，半是
他的台词，他意义的外衣，丝绸

浸透了他忧郁的词语，
他的舞台的天气，他自己。

X

树起最红的栏柱。敲打一口钟

拍响装满了锡的空穴。

把文件扔到街上，死者
的遗嘱，在火漆下威严堂皇。

而美丽的长号——注视
那无人相信者来临，

那人皆相信人皆相信者，
一辆漆亮的车上的一个异教徒。

在蓝色吉他上摇动一只鼓。
从尖塔上倾身。高声呼号，

"我在这里，我的敌手，
与你抗衡，呜呜吹响细瘦的长号，

却怀着一丝琐屑的苦痛
在心里，一丝琐屑的苦痛，

从来都是你结局的一支前奏，
那推翻人与岩石的一触。"

XI

慢慢地石头上的常春藤

成为石头。女人成为

城市，孩子成为田地
而波浪中的男人成为大海。

作伪的是琴弦。
海在男人身上回返，

田地诱陷孩子，砖头
是一种野草而苍蝇全都被捕，

没了翅膀而枯干，但活生生的。
不和谐音仅仅放大。

更深处于腹部的时间之
黑暗里，时间在岩石上生长。

XII

手鼓，c'est moi①。蓝色吉他
和我是一体。乐队

将高高的大厅装满曳行的人们
与大厅齐高。一大群人

———————————————

① 法语："这是我"。

回旋的噪音缩减，全已说完，
成为他的呼吸，醒着躺在夜里。

我认识那怯懦的呼吸。在哪里
我开始与结束？又在哪里，

当我乱弹这玩意时，我捡起
那事物，它郑重宣称

它自身不是我但却
必须是。它别的什么也不能是。

XIII

进入蓝色的苍白侵袭
是腐烂中的憔悴之色……哎嘀咪，

蓝色蓓蕾或漆黑花朵。满足吧——
膨胀，扩散——满足于成为

那无瑕的愚钝幻想曲，
那信使中心，属于蓝色的

世界，柔滑得有一百个下巴的蓝，
那着火的好色形容词……

XIV

先是一道光柱，又一道，然后
一千道在天空中辉耀。

每一道都既是星又是球；而白昼
是它们大气的财宝。

海补充它褴褛的色调。
海滨是遮没一切的雾之岸。

有人说一架德国枝形烛台——
一支蜡烛就足以点亮世界。

它令其清晰。即使在中午
它也在根本的黑暗中闪烁。

在夜里，它点亮水果与酒，
书与面包，事物如其所是，

在一幅明暗交织里
一个人坐着弹奏蓝色吉他。

XV

是否这幅毕加索的画，这幅"毁灭

的秘藏"，一幅我们自己的画，

如今，是我们社会的一个形象？
我是否坐着，畸形，一只赤裸的蛋，

想要抓住再会，收获之月①，
却看不到收获或月亮？

事物如其所是已经被毁灭。
我呢？我是否一个死去的人

在一张食物已冷的桌上？
我的思想是否一段记忆，不是活的？

地板上的污点，那儿，是酒还是血
而无论它是哪一个，是我的吗？

XVI

大地不是大地而是一块石头，
不是人倒下时支撑他们的母亲

而是石头，而像一块石头，不：不是
母亲，而是一个压迫者，而像

———————

① harvest moon，秋分之后的第一个满月。

一个压迫者嫉恨他们的死，
恰如它嫉恨生者的生。

活在战争里，活在战争时，
砍断愠怒的萨特里琴，

翻修耶路撒冷的下水道，
将光环电气化——

把蜜放在祭坛上便死去吧，
你们这些内心凄苦的爱人。

XVII

那人有一副铸模。但不是
它的动物。天使般的人们

谈论灵魂，心灵。它是
一只动物。蓝色吉他——

在那上面它的爪子伸出，它的利齿
清晰吐露它的荒凉日子。

那蓝色吉他是一副铸模？那贝壳么？
好吧，毕竟，北风吹响

一只号角，在上面它的胜利
是一只蛆虫在一根稻草上作曲。

XVIII

一个梦（就称它为一个梦），梦里
我能够相信，面对那物体，

一个不再是梦的梦，一件事物，
属于事物之所是，当蓝色吉他

在某些夜晚里长久乱弹之后
带来那些感觉的接触，不是手的，

而恰恰是它们触及风磨的光泽时
的感觉。或当白昼来临，

如光在一道峭壁的反映中，
从一片 ex^①之海中向上升起。

XIX

我可以将恶魔缩小为

---

① ex，英语词根，代表"离去"，"过去"，"已结束"，"已停止"等意。

我自己，随后可以成为自己

在恶魔面前，成为不止是
它的一部分，不止是那恶魔般的演奏者

奏着它恶魔般的鲁特琴里的一把，不单是
成为，而是缩小那恶魔并且成为，

两件事，两者合二为一，
演奏恶魔也演奏我自己，

或者不如根本不演奏我自己，
而把它演奏成它的智慧，

成为鲁特琴里的狮子
面对着锁在石头里的狮子。

XX

生命里有什么，除了一个人的理念，
好空气，好朋友，生命里有什么？

我相信的是理念么？
好空气，我唯一的朋友，相信，

相信会成为一个兄弟充满了

爱，相信会成为一个朋友，

友好得胜过我唯一的朋友，
好空气。可怜的苍白，可怜的苍白吉他……

XXI

对所有神祇的一个替代：
这自我，不是那高高在上的黄金自我，

独自一个，一个人被放大的影子，
身体的主宰，俯视着，

如同现在并被称为最高的，
巧克鲁瓦①的影子

在一个更广大的天国，高高在上，
独自一个，大地的主宰与

活在大地上的人的主宰，高高的主。
一个人的自我和他的大地的山岳，

没有影子，没有壮丽，
肉体，骨头，尘土，石头。

---

① Chocorua，山名，在美国新罕布什尔州。

XXII

诗是这首诗的主题，
这首诗从此发端并且

回返到此。在两者之间，
在发端与回返之间，有

一种缺席在现实之中，
事物如其所是。或者我们说是如此。

但这些是分离的吗？它是否
一种为这首诗而有的缺席，在其中

得到它真正的外貌，太阳的绿，
云彩的红，大地的感觉，会思想的天空？

从这一切中它获取。也许它是付出，
在那普遍的交合之中。

XXIII

一些终极的解决，如一场
跟殡仪员的二重奏：一个嗓音在云中，

另一个在地上，一个是一声

以太之音，另一个是酒气，

以太之音响彻，殡仪员的
歌曲之升腾在雪中

顿呼花圈，那云中的
嗓音宁谧而终极，随后

咕噜的气息也宁谧而终极，
想象的与真实的，思想

与真理，*Dichtung und Wahrheit*[①]，一切
迷惘被解决，如在一支副歌之中

一个人年复一年演奏不停，
关注着事物如其所是的性质。

XXIV

一首诗像泥淖里找到的
一部弥撒书，给那年轻人的弥撒书，

那位学者对那部书渴望之极，
正是那部书，或是少些，一页纸

———————————

① 德语："诗与真"（歌德的自传书名）。

或者，至少是，一个短句，那个短句，
一只生命之鹰，那拉丁化的短句：

求知；一部归于冥思之见的弥撒书。
要迎接那鹰的眼，畏惧的

不是那眼而是它的欢乐。
我演奏。但这正是我所想的。

XXV

他把世界顶在鼻尖
就这个样他轻轻一甩。①

他的长袍与符号，唉－伊－伊——
就那个样他旋转那玩意。

昏暗如枞树，液体猫
在草中移动不出一声。

他们不知道草周而复始。
猫养下猫而草变灰。

———————

① 参见古罗马讽刺家珀尔西乌斯（Aulus Persius Flaccus，34—62）《讽刺诗》（*Satyrae*）；"callidus excusso populum suspendere naso"（擅于一甩鼻子把大众顶在上面）。

而世界养下世界，唉，这个样：
草变绿草又变灰。

而那鼻子是永恒的，那个样。
事物如其所曾是，事物如其所是，

事物如其不久以后所将是……
一只肥肥的拇指敲出唉－伊－伊。

XXVI

世界在他的想象中被冲刷，
世界是一道岸滨，无论声音还是形状

还是光，告别的遗物，
岩石，属于辞行的回声，

他的想象向着它返回，
自它疾驰而去，空间里一片沙洲，

堆在云中的沙子，作战的巨人
对抗杀人的字母序列：

那大群的思想，那大群的
不可企及的乌托邦之梦。

一曲如山的音乐总是显得
正在降落也正在逝去。

XXVII

是大海刷白了屋顶。
大海漂流穿过冬天的大气。

是大海为北风所造就。
大海就在飘落的雪中。

这幽暝是大海的黑暗。
地理学家和哲学家们，

注目吧。要不是那咸涩的一杯，
要不是屋檐上的冰柱——

大海是一种嘲弄的形式。
冰山布景讽刺

做不了自己的魔鬼，
他巡游着去变更那变更着的场景。

XXVIII

我是这世上的土著
在其中思考如一个土著思考，

Gesu①，并非一个心灵的土著
思考着我称为自己的思想，

土著，这世上的一个土著
也像一个土著般在其中思考。

它不能是一个心灵，
水草在其中流淌的波浪

却又凝固如一幅照片，
枯叶在其中吹送的风。

这里我吸进更深刻的力量
并如我所是，我说话和行动

而事物一如我认为其所是
并说它们是在蓝色吉他上。

---

① 耶稣的旧拼法。

XXIX

大教堂里，我坐在那儿，一个人，
读着一本薄薄的杂志说，

"这些穹顶之中的品尝
反对往昔与节日。

那超出大教堂的，在外面，
以婚礼之歌来平衡。

那么它就是坐下来平衡事物
去到去到去到那静止的一点，

是说起它像的一副面具，
是说起它像的另一副，

是知道平衡并不全然静止，
面具是陌生的，无论多么相像。"

形状是错的而声音是假的。
钟声是公牛们的咆哮。

然而方济会的教士从来不曾
比在这多产的镜里更是他自己。

XXX

从这之中我要演化一个人。
这就是他的本质：那老木偶

把它的披肩挂在风上，
像台上的某物，被吹送出来，

他的步态被研究了数世纪。
最后，不顾他的风度，他的目光

支棱在一支电杆的横木上
撑着沉重的缆线，悬吊着

穿过奥克西迪亚①，低贱的郊区，
它的全部分期款项付清了一半。

露水般晶亮，噼啪响的烟囱盖，
从机器上方大堆硬壳中辉耀。

看哪，奥克西迪亚是种子
从这琥珀屑的豆荚里掉出，

---

① Oxidia，虚构的地名，源于 Oxide（氧化物）一词。史蒂文斯在 1953
年 7 月 12 日致波吉奥利的信中说人就好像"一名奥克西迪亚电灯
电力公司的雇员（an employee of the Oxidia Electric Light & Power
Company）。"

奥克西迪亚是火的烟灰，
奥克西迪亚是奥林匹亚。

XXXI

雉睡得多长又多晚……
雇主和雇员争吵，

争斗，谱写他们怪趣的事务。
起泡的太阳将腾出气泡，

春天闪耀而雄鸟尖叫。
雇主和雇员将听见

并继续他们的事务。尖叫
将折磨灌木丛。没有地方，

在这里，给固定在头脑中的云雀，
在天空的博物馆里。雄鸡

将抓伤睡眠。早晨不是太阳，
它正是这神经的状态，

仿佛一个愚钝的演奏者抓住了
蓝色吉他的妙谛。

必是这首狂想曲或者哪首也不是，
事物如其所是的狂想曲。

XXXII

抛开灯盏，定义，
说说你在黑暗里见到的事物

说它是此或者它是彼，
但不要使用腐烂的名字。

你怎会在那空间里行走而对
空间的疯狂一无所知，

对它滑稽的繁殖一无所知？
抛开灯盏。没有什么必须站在

你和你所取的形之间
当形的硬壳已被摧毁之时。

你如你所是？你是你自己。
蓝色吉他令你吃惊。

XXXIII

那一代的梦，被辱没
在泥淖里，在星期一肮脏的光下，

就是它，他们唯一知道的梦，
时间在其最终一段，不是

将至的时间，两个梦的一场争吵。
这里是将至的时间的面包，

这里是它确实的石头。面包
将是我们的面包，石头将是

我们的床而我们到夜晚将会睡去。
我们到早晨将会忘却，除了

那些时刻，当我们选择弹奏
想象中的松树，想象中的松鸦。

夜猫三叶草^①

I. 老妇与雕像

I

另一个公园的另一个傍晚，
一群大理石马插翅而起
在一圈树木的中央，树叶由此
与马匹一同疾行在明亮的飓风里。

II

雕塑家已预见了这么多：秋天，
广场之上的天空愈加宽阔
在马前，青铜的云团被强加于
黄金的云团之上，而绿色则吞没青铜，
大理石在光的风暴中跳跃。
他已设计了这么多：白色的前腿绷紧
到肌肉的最尖端只为那生机勃勃的一跃，
头高高扬起，汇聚成一环
在那群体的中心，臀部放低，
扭转，摇摇晃晃地戳向
地面，当身躯乘着羽翼升起，

---

① Owl's clover，北美直果草属植物，花苞状如猫头鹰的面部。

簇集的雕刻物，圆形，像磨钝的风扇，
为空想而排列以形成一条卷曲的
光边，沿着雕像的轮廓。
不止是他污泥的手在鬃毛里，
不止是他的头脑在羽翼之中。腐烂的树叶
在浩大的秋声里围着它们旋转。

III

但她他并没有预见到：苦涩的心思
披一件扑动的斗篷。她沿着小路走过
公园，垩白的额头黑而又黑地
被无法理解的思想划过
或者，它若理解就会压抑自己
在一场瞌睡的梦中没有任何怜悯。
化为青铜的金色云团，降临
的声音，并未触及她的眼睛也让
她的耳朵无动于衷。她是抱受折磨的那个，
如此穷困以至除了自己以外无物
保留，她身无一物唯有
一份对于她的阴影之形太过赤裸的恐惧。
整整一个下午寻找明晰
而不知道，然后在风之上
听见一个人的确凿孤独的抽打，
什么声音可以抚慰平息那突然的感觉？
什么路径可以一路偏离她原本所是
与原本所将是？可不可能正是这个，

这片有马匹升起的大气层，
这片大气层，她发霉的心思在其中
发黑并充满了畸形的黑？翅膀
和光对她来说比她的视野铺得更深。

IV

石头的巨体坍塌成为大理石空壳，
僵然而立，仿佛她原本所想的黑，
与那里移动的色彩相抵触，
将它们最终变成它欢欣鼓舞的色调，
欢欣鼓舞有如那始终向上的风
在树木之间吹送它毫无意义的声音。
树木上方的空间也许依然明亮
那光却虚假地落在大理石的头骨上，
大理石织就的鬃毛越空而过，那光
虚假地落在无可匹敌的骷髅上，
一种改变，一份恐惧她这般心知肚明，
现已心知肚明如此。青铜的云团
慢慢沉入平坦之中，尽数消失。
倘若随之而来的天空，比夜更小，
依然竭力维持着树叶上明亮的皱褶，
再一次漂白黑暗中无形的形体，
就仿佛透明触及了她的心思。
雕像矗立在水球一般的星星里，
被它们的绿，它们流动的蓝冲洗。
一份情绪已变得如此固定它成了

心思的一种样式，一份夜间的心思，
心思将它当作什么这夜便是什么，
一个等同于那心思的夜晚，被放大得
失去了平常的夜晚之形而化为
那至高之形，在一个诸形并现的世界里。
一个女人行走在秋叶之间，
思索着天堂和尘世和她自己
凝望着那个她行走于其间的所在，
如同一个万物静止不动的所在
除了那件她曾感到却不知晓的事物。

V

没有她，傍晚像一棵萌芽的紫杉
很快就会光彩夺目，事实如此，没等
丑婆自我和永远多病的命运
跑去哭喊它们荒凉的音节，没等
它们的嗓音与备受折磨的风声合二为一，
每一声都融于彼此之内，仿佛是一声，
按一种感冒般逼人的需要哭喊着，
要命而又低沉。它会成为一棵紫杉
长得伟岸而庄严超乎想象的树木，
枝叉穿透重重天宇，其上浓重的华彩
和它朦胧的幔帐，密布着星辰
散发如月的微光，暗色束带的巫师们
以简单之极的光线和真正的静寂眩人耳目，
其下的空间静寂，一个平滑的领域，

不为命运指派给这一刻的
苦痛所扰。在此马匹又将跃起，
却几乎不被看见而马腿也再一次
会在空中闪现，肌肉矫健的身躯伸出
马蹄碾轧顽强的地面，直到
轻翼腾起穿越晶莹剔透的夜之
空间。此景会被勾勒得何等清晰！

II. 世界尽头的雕像

I

此物是死的……一切都是死的
除了未来。永远是一切
存在的都是死的除了那应该存在的。
万物都毁灭自身或是被毁灭。
这些甚至都不是俄国动物。
它们是马匹恰如雕塑家心中所想。
它们或许是糖或面团或香橼皮
为一名厨师所制，他从未骑在
他的天使背上穿越天空。它们或许是污泥
被月照的无赖留在此地，当他们逃离
昼日的爆发，拂晓的影像
被打造来回忆一种他们从未经历的生活
在蛊惑心神的荒野，夜晚的蛊惑之术，
被打造来感染一个他们从未有过的梦，
仿佛心中一个词语刺向洋蓟

并始终含混不清，带乳酪的马匹。

那雕像似乎是来自施华茨①的一件东西，一件

阴湿想象之物，远远低于

我们的陈旧轮廓，事实构成的灼热巨构，

像一个理念般丑陋，并非美丽

如没有思想的续篇。披着最粗鲁的

秋日之红，这些马匹应当咔嗒咔嗒

沿纤薄的地平线而行，高贵更甚

于雕塑家纨绔之风的挥笔草就

在虫豸与它们口鼻部的奇怪雕刻

之后很久。

II

        来吧，所有天国的情人

无论是居留其间的傲慢云团，寒冷

而易碎的音乐剧，还是庙宇格调的神圣洞穴，

缠绕你们的手臂并且来回移动，

此刻像一段步伐笨拙的小儿芭蕾，

来为这个雕像吟唱嘶嘶作响的安魂曲。

要从无处摘下蜡一般的无物之花朵，

随你们怎样称呼它们只是不要散漫起名

在一支凡尘的摇篮曲之中，比如瓷器。

然后，当这音乐造就你们，你们自己也要造就

漫长秋天的华彩和噼啪剥落的声音有如

---

① Schwarz's，德国人施华茨（Frederick August Otto Schwarz，1836—
1911）创立的美国玩具连锁店。

啪嗒响的树叶之声，并且突然间以光，

星辰的与雪莱式的光，播散新的日子；

还要在这一圈大理石马匹之上倾洒

彩虹，照亮它熠熠闪烁的蛇行体

那颗攀上七十个大海的太阳的造物。

同意：果园里的苹果，圆

而又红，到那时不会更红，更圆

胜过当今。不：床上的耕夫也不会

任凭己意在那里睡得更熟，因为犁

和露水和耕夫依然会是合为一体才最好。

但这愚钝的灰泥不会在此地。

III

那些石头

会取代它，应当细加雕琢，"那物质

指定这些属于它自身的大理石像就是

它自身。"不过如此，没有遁词，

没有难忘的失误，坦荡而直率。

IV

对于某个庞大、孤寂的骨灰瓮，

世界尽头的一只垃圾桶，死者

放弃死去的事物，而生者转过身去。

在那里兀鹰把它们的棍子堆在

兀鹰的骨头中间吃富人的肚子，

肥得有千层黄油，而乌鸦

则啜饮穷人生命那野生的蜜，

他苦涩大脑的血；而太阳在此

照耀，交叉的柱上并无火焰，

白色捆在白色、威武、大理石的头颅上，

后者被斩落而滚入了无种的草地，

一动不动，不知露也不知霜。

那里搁着雕塑家的头颅，其中蜥蜴

的念头，在它的眼里，敏锐更胜于

曾经是那头盖骨中原生的念头；

还有那些白鬃毛的马匹的头颅，任何

风或任何天空都无可补救：

一个世界浩瀚无边的瓦砾的各部分

它被彻底荒废，从废墟走到

废墟，出于往昔那无望的废墟

进入将来一个有望的废墟。在那里甚至

这一具残骸置身其间的无色之光

也有微弱、不祥的反射，其色调与形状

属于玫瑰，或是将再一次上升为玫瑰之物，

在更年轻的身体，因为它们更年轻，上升

并吟唱它们诞生的玫瑰点之时，也在

又一次，只用一点时间，玫瑰胸的鸟儿

歌唱玫瑰信仰之时。在那尸灰瓮之上两道光

交相混合，不像太阳与月亮的混合

在黎明时分，亦不同于夏之光与冬之光

在一个秋日午后，而是两道浩大的

反影，回旋着分离并远远地叉开。

V

女士们，仅仅和解是不够的
在那陌生者之前，流过了泪并且想过
也说过了告别。那是不够的
仅仅用深景保留耕夫、孔雀、鸽子，
无论怎样黯然，来自往昔的伴侣们，
以及，沉重地，你们与它们在尘埃里同行。
你们仅仅无动于衷是不够的，
因为时间行进在交叉的柱上
也因为庙宇从来不是十分地沉着，
安静，呈绿松石色，而又恒久，
在海洋之上清晰可见。仅仅足以
连绵不绝地活在变化之中。看看
在依然装满了夏天的一日，当树叶
仿佛沉睡在一片沉睡的空气之中，
它们如何突然落下，而无叶的风声又如何
不再是一种夏日之声。如此巨大的改变
是恒定的。你们称为平静的时间降临
穿过一团行进着而永不结束的混乱。女士们，
树叶并非永远都在落下，而混乱
的鸟儿也并非永远悲伤或失落
在忧郁的远方。你们支撑着
彼此，在一支赞美诗中行进与舞蹈
在雕像一边，同时你们歌唱。你们的眼睛
肃穆，你们的法衣被吹起，哀痛

隐在每一声庙宇的音调之下。你们歌唱
一支悲剧的摇篮曲，有如瓷器。
但改变同样带来平静，而混乱达到
瞬间的安宁，蔚为壮观的一群群
深红衣袍与委内瑞拉绿的帽兜
和在草丛里整日听见的 z 声，尽管这些
都是混乱，属于古老的改变。你们又会不会，
那么，害怕一个激进的共同体，其演化
来自那回旋，缓慢并历经考验；或是害怕
男人会聚起来奔赴一场男人的宏大迁徙，
一场深不可测的移居，进入一种可能的蓝？

III. 最绿的大陆

I

大叶而多足的隐现，
是什么神祇统治着非洲，什么形状，
什么叔伯一辈的云 – 人比长矛更闪亮？

II

欧洲的天堂是空的。但那里曾经
有过一个天堂，一个尽是自我的天堂。它曾是
灵魂的主教区，被尊为神圣而高渺，
灵魂向它攀升，来增强
它自身，超越极致的增长来自
最年轻的白天或最年老的黑夜并远远

超越思想的规程。在那里每个人，

穿过长长的云修院门廊，独自行走，

一身高贵在修行的孤寂之中，

如一种太阳的孤寂，头脑在其中

获得透明并凝望自身

也凝望透明由来的那个本源；

在那里他听见了那些嗓音，它们曾是

人声的混乱，错综复杂

被意义所释放，那些意义被打造

成为一种从未被点触发声的音乐。

那里，他也看见了，既然他必须看见，蔚蓝的

穹顶环绕着一个上界的穹顶，至为明亮

因为它凌驾于它们全体之上，为

星辰的颤抖点点描画，白昼的欢乐

和它纯洁无瑕的火，中央的穹顶，

圣坛的庙宇，在那里每一个人

都凝望真理并知道它是真的。

III

那从来就不是非洲的天堂，此洲

并无天堂，有死亡不带一个天堂，死亡

在一个死亡的天堂。沉重的铂片之下，

闪闪发亮的绿叶之下，恐惧或可抚慰

爬虫或可成为一个神祇，目光迅疾，

从慵懒的盘绕中升起。倘若雕像升起，

倘若雕像曾经势将升起，倘若它矗立，

形容细瘦，在巨象般的棕榈之间，
滑溜溜地那爬虫会将自己拖曳而过。
马匹是一片北方天空的一部分
对于美洲虎的光太过无遮无掩地苍白，
他和狮子和爬虫藏身其中
甚至在睡梦之时，深处于睡梦的草丛，
在光的重压下摇摇欲坠的深草。
在那里睡梦与行走装满美洲虎人
和狮人和微微抖动的爬虫族
在鲜花盛开的国度，横冲直撞而又警觉。
并无神祇统辖非洲，并无王座，
独一无二，粗壮的象牙质地，嵌以黄金，
架设于我们所见之物的中心之上，
扫除那废墟或是让丛林闪耀，
璀璨而又神秘，神秘而又独一无二，一切
汇于一，除了一个王座被推举而凌驾
众人的骸骨，凌驾他们的呼吸，黑的崇高。
向着它，在夜晚，闪烁的爬虫攀登，
肤色暗黑而又曲折迂回，盘旋而上，
盘旋而又起伏，慢慢地，在空中起伏着，
将有毒的眼四下投射，如同獠牙，
嘶嘶作响，穿越静寂，强大的声响。
死亡，只不过，坐在爬虫的王座之上
沉默不语：死亡，象群的放牧者，
美洲虎向它喊叫而狮子咆哮
它们微不足道的挽歌，给亡故的森林之人

永远狩猎或被狩猎，在疾奔中经历

无尽的追索或是被无尽地追索，

直到每一棵树，每一道邪恶盛放的藤蔓，

每一枝焦躁的蕨草都落下一滴露水般的恐惧，

而非洲，沐晒着最古旧的太阳，

却不为它的子孙装下一吉尔①的蜜糖。

IV

从他们的壁龛里再一次向前

天使们到来，全副武装，光荣地斩杀

黑的那个并摧毁他坟墓般的王座。

Hé quoi！②天使跑去刺大象？

展开翅膀在美洲虎人的上空盘旋？

天使们蹑手蹑脚走在棕榈山峰

的雪锥之上瞄准机关枪？这些，

欧洲的六翼天使？从曙光中奔涌而至，

发自神圣之明净的生力军，心的精髓

的吟唱者们，戴胸甲的骑兵进击

最乳白色的弓手。这造就一种新的设计，

束发的天使在扑动的耳朵上空，

与丛林人激战争夺一块葫芦地，

释放黑奴以组成黑色的步兵，

从战争中返回的天使，佩着腰带

和串珠和黄金的镯子，高举着号角，

---

① Gill，美国液体容量单位，相当于1/4盎司或118毫升。

② 法语："什么！"。

用嘹亮的吹奏折磨着世界。这想必

仅仅是一场化装舞会抑或是一部罕见的

Tractatus①，论军事事物，附有图版，

被奇迹般地保存下来，精益求精之极，

论述一种时时闪现着反讽的想象

并以一只确信之手去劈斩

天堂上的雄鸡，弓手，以及葫芦，

那些神谕的号角圆而圆满地呼鸣着，

以莱奥纳多的方式，来放大

同轴同心的胡言。随后，向着他们的壁龛，

比亚梭斯山②更遥远，那光芒万丈的群落

回返，假作头顶玫瑰色光轮之状，

来凝望时间的金色武士

并下定决心，要听见野蜂嗡嗡响，要感受

意义的迷狂在一片感性的空气之中。

V

但雕像可不可以矗立在非洲？

大理石是在寒冷中想象出来的。

那些锋芒是取自纷繁无序的风

它在耳中敲出最薄的锋芒，

用眼打造成一份永不餍足的智慧，

它的表面都来自遥远的火；而它

旨在矗立，不是立于一片翻滚的绿色，

---

① 拉丁语："论著"。

② Athos，希腊东北部一山峰。

至为浓密而又宏伟，而是立于

平凡之处，让它构成它们的一部分

并且在那里，通过恰当的削减，打造

一顶可见清晰的帽子，一顶可见的花冠

给人们，给马匹、街道和肮脏的整体。

在那里它可以是平常梦幻的样式，

一圈马匹从记忆中腾起

或是依照欲望的指派而腾起，

灵魂的天然意象，递送者，

欢乐开端与光明结局的草图，

至尊的负载者或庄严的驮运者，陷身

于无尽的哀歌之中。但在非洲

记忆乘着豹子的四足而行，欲望

指派它身插双翅的华丽信使，

它们狂野跳跃，斑痕多彩，这般的喙，

舌头并未剪短而喉中却塞满了荆棘，

这般的爪，这般浸透了阳光，以至这些事物

将消息递送了一半。大理石是否依然

可以是大理石，在透湿的红，黯淡

而透湿的绯红之后，或持久延续？它到来

倘若不是来自冬天，便来自一个有如

冬天正午的夏天，其时色彩喷涌

自雪中，并将再一次重归于雪，

正如夏天也终将重归凋零的日子。

VI

致命的阿南刻是平凡的神。

他旁观着雕像，在它的所在，

而太阳和太阳烟气堆积并高耸在

被倾轧的蕨草之上，在它可能的所在，有着

眼睛形状的眼睛，像生硬的阴雕，

不过如此。他看见但并非通过视觉。

他并非通过听觉听见。他的灵魂知道

每种相貌与每种贫乏的呼喊，作为一个神

知道，知道他不在乎，并且知道，

知道并且决意他不可以在乎。

他在黑鬼的心中看见天使

在圣歌里听见黑鬼的祈祷，喷吐

自挤满高侧窗墙的烟斗。那

丛林里的声音正是一个枫丹白露的声音。

教区入夜时长长的退场赞美诗悲恸

环绕着布谷鸟的树木而马德里的遗孀

在塞戈维亚①哭泣。那个罗马的乞丐

就是波哥大的乞丐。克拉尔②

吟唱一种死亡，那是一种中世纪的死亡……

宿命的阿南刻是终极的神。

他的圣歌，他的赞美诗，他西特琴下的颂扬之歌，

是被剥夺了继承权之人的放逐，

---

① Segovia，西班牙中部城市。
② Kraal，围有栅栏的非洲村庄。

生命的外来者，污泥中苍白的异类，
那些人的耶路撒冷是格拉斯哥霜
或巴黎雨。他想到诸神高贵的
生命，而对他来说，一千次连祷
就像一个诗人头脑中长存的诗篇一样。
他就是那冥顽不灵的统治者，发号施令
为种族，而非为人，权力之大超乎
一种对自然的恩典，一个从无改变的元素。
他的地方大而又高，一片被他的呈现
点燃的以太，他无所不在的意志之所在。
他，只不过，引致那雕像被打造出来
他会确定它将要矗立的位置。
愿光荣归于这毫不仁慈的大祭司，
没有任何偏向的尊主，律法的
尊主与本原与光辉灿烂的终点，
非洲众苏丹的苏丹，无星的冠冕。

IV. 一只为晚餐准备的鸭子

I

保加利亚人说："用完了加新鲜薄荷的凤梨
我们去到公园里散步；因为，毕竟，
工人们不会起身，如维纳斯升起，
出于一片紫色的海洋。他们会略微起身
在公园里的夏日星期天，一只鸭子
对一百万只，一只有苹果而没有酒的鸭子。"

II

鹿皮裤加宽边帽，分界线的跨越者，
对他们来说人就该以自身为目的，
城市会像山脉在往昔一样繁殖么？对你来说
白昼降临到灵魂之上恰如生命到来
而深邃的风将你淹没；对于这些人，白昼到来，
一个小钱太阳在一片浮华天空里，不押韵，
而灵魂挣扎以求被唤醒，挣扎
以看见，又一次，这被劈碎的工具世界。
在他们尸白的伊甸园里，他们渴求
黄树叶之间同一颗摇摇欲坠的果子。
你曾有过的学术纲要，诗人的
印迹，保留给贫穷的意大利生活
对于这些人来说俗不可耐。
他们的命运也同样是机器恰如
死亡本身一样。它会的，它会被改变的，
时间的财富近了，无眠的睡眠者
被事物的苦闷所打动，它们会实现的，
会的，会的，除了怎样实现而他们全都在问。
这些生活不是你们的生活，哦自由，哦大胆
竟然直接骑走了你们的马匹。

III

尖酸的保加利亚人说，"不止有

卷毛狗在波美拉尼亚①。这些人，

受了非现实的传染，神魂颠倒

于密集的非理性，不可指责的势力，

被抛入了群魔的官殿，扑打、呼吼他们的

是超乎已知之和谐的和谐音。

这些队伍，这些群落，这些运动，他们又如何？

他们在思考何物，他们归属为，尽管有鸭子，

何物的一部分，他们感觉到何物的力量，

看见那些向上堆积的璀璨阴影，

拼写出法典与枯槁的纲要？

是每个人在思考各自的念头还是，就一次，

所有人在一起思考如一人，思考着

彼此的念头，思考着一个唯一的念头，

被呈现在万物之中，被超越，被摆正

以供那个音节，被摆正以供那轻触？但那个

天启被打造出来不是为了公园，

老鹳草预算，工资单瀑布，

旋转木马的叮叮当当，还有树木之下，

远方如羊群一般的陷落，

会聚于雕像之上，白而又高。"

然后瓦西里乌斯基在音乐台上演奏

"给飞机和钢琴的协奏曲，"

① Pomerania，中北欧波罗地海沿岸地区，现分属波兰和德国。

最新的苏维埃宣传。深刻的

流产，适于蛇精的魅惑。

他们碰巧认为：就当未来是失败的吧。

假如陈词滥调与灵感是一样的

如同恶之种种，又假如理性，愚昧的火，

只是又一个戴着面具的自我主义者，

什么样的民间传说之人会来重建这世界，

什么样的次等人会来度量太阳和月亮，

什么样的超等兽会来独裁我们的命运？

人即国家，而非国家即人，

万古长青的教条与红润之极的真理；

但人意味着更多，意味着万众和鸭子。

它不可能意味着一个宽如大海的国度满布着

污秽的牢房。它意味着，至少是，这帮暴民。

音乐台上的人可以是演说家，

某个嚼小石子儿的，精通提尔①语辞，

一个鬼影，拨弄着我们中间

迄今未知的乐器，此人

对抗一切反对派并转动一个球体，

它像一个气泡，由明亮的光彩造就，

有种一边膨胀一边飘浮而去的倾向。

瓦西里乌斯基没等它浮起便已膨胀，化为

焦糖色而不会、无法飘浮。然而

在一个同心暴民的时代是否任何球体

————————

① Tyrian，提尔（Tyre）为古代腓尼基港口，位于今黎巴嫩南部。

都逃避得了一切变形，这一个更远不可能，

这其他球体的本原与鼻祖，

这每一种未来的基础，生机勃勃的源泉，

顿呼之火山，注视之海？

假设，它并没有失败，而是永不会来，

这未来，尽管大象纷纷经过而那巨响之声，

被拖长，被重复并再一次拖长，

在一侧略微减弱而停止下来。

然而思考未来乃是一份天赋，

思考未来是一件事而那个

思考它的人则被刻上了墙并且一身

全副青铜站在巨大的底座之上。

V

雕像白而又高，白得光辉灿烂

胜于白色而又高过任何

升空的高度。草地上的摊伏者

所见不止于他们眼前的大理石，所见

不止于战栗着即将消失的马匹，一闪而过

感官被凿刻在明亮的石头上。他们看见

头脑的大主教，他们感受

那构造组成的中枢，他们在此

居住。他们看见与感受自己，看见

与感受他们所居的世界。鬃毛，

跳跃的躯体，来自那只好斗的手，

那道顽强的目光，属于那个驯服者，

他令鬃毛驯服于他的飘风之图像，

跳跃的躯体驯服于他的力量，震颤

来自最紧绷的翼翅，经由他的思想掀起。

雕像是雕塑者而不是石头。

在此物之中他雕刻自己，他雕刻他的年代，

他雕刻身边站立的被羽行者，

微微抽搐，用来自年轻本体的

原生纪念物，四月里的断肢。

超乎于性，他触摸另一个种族，

在我们的种族之上，却由我们自己变形而成，

化为瑭璜的狂怒的神性，

虚空的调合者，pater patriae[①]，

伟大的泥淖先辈，渗流者和亚伯拉罕，

戴着钻石的众冠之冠的祖宗，

未来自他的胡须里涌现之人，当选者。

更多我们自己在一个更属于我们的世界，

对于万众，或许，要两只鸭子而不是一只；

更多我们自己，生活的基调被加强

有如一个更多汁季节所为；还要更多属于我们的

有如彼此相对的，死者，状如幽灵者。

VI

如果这些都是理论性的人民，像

春天的小蜜蜂，嗅着一个即将到来的时节

————————

① 拉丁语敬语："祖国之父"。

最冷的花蕾——一抹恐怖将

蜜蜂化为乌黑倒钩的蝎子，一抹

畏惧将蝎子变成皮肤

隐藏在闪烁的草间，阴湿的爬虫皮。

民间的虚构，斑驳的理念，

约翰逊派①之作，抽象的人，

一切都是遁词如同一个重复的短语，

它通过自身的重复，开始承载

一个并无意义的意义。这些人拥有

一个意义在他们传达的意义之内，

行走着路径，望着镀金的太阳，

在他们被揭露出来时被横扫而过，

片刻时间，每一两个世纪一次。

给他们的未来永远是最深邃的穹顶，

穹顶最黑暗的蓝和那些翅膀，环绕着

他们最早祈祷时那颗巨型启明星。

每一两个世纪一次。但随后如此伟大，

如此史诗般的一个转折，灾难

对艾萨克·瓦茨②而言：天堂的梦想

从天堂转移到未来，作为一个神，

耗费时间与修补，曲调悠扬

而实用。遣往过去的使者

多半是给时钟再上一次发条。

---

① Johnsonian，约翰逊（Samuel Johnson，1709—1784）为英国作家与辞
典编纂者。

② Isaac Watts（1674—1748），英国公理会牧师、圣歌作者、神学家。

简而言之，这错综复杂的转变的节拍，
连同不断插入的浩大圣歌，血颂，
众多种族全体和随从乐队的游行，
以及蜜蜂，蝎子，思考的人，
公园里的夏日星期天，必定是
一段昏沉的嘀嗒之声呈环形展开。
我们该如何面对时间的锋刃？我们行走
在公园里。我们后悔我们没有夜莺。
我们必须要有歌鸫在留声机上。
我们在哪儿可以找到不止是嘲弄的词语？
什么时候华丽的合唱会盘旋穿透我们的火
并吓退那个老刺客，心的欲望？

V. 昏暗之形

I

有一个人，改变的狂想曲，
以他为缘由，却从未改变过他，
也永远不会，一个亚人，低于所有的
他人，最终他人都回归于他，
这个人下之人下之人，
沉湎于黑夜的鸦片，躲避白昼。

II

我们已对这个思考的人渐感厌倦。
他思考而那并不是真的。下面这个人

想象，是真的，仿佛他曾经

靠想象思考，反逻辑学者，敏锐

凭借一种不断变形的确定性的逻辑。

不是说他出生于另一个国度，

搽着原始的光芒之粉，与我们一同生活

于闪烁之间，边缘之上或置身尖端。

他出生于我们之中充当一个第二自我，

一个属于从未死去的父母的自我，

他们的生命重归，简简单单，在我们的嘴唇，

他们和我们的词语之上；我们所见中，他们的形色

并无一个季节，装束千奇百怪，

而我们的，却尺度严格，一个吝啬鬼的颜料；

而我们听见的主要是，被拂去的声音，

肘边的一阵咕哝，浮夸的曲调，

仿佛是昆虫或被云撞上的鸟，远去

再远去，隐姓埋名者之间的对话。

他居住在下面，下面这个人，他的所在

称不上身体也称不上心灵，食人怪，

住客，所在称不上形体，他的诸般形体

掩藏在模糊的记忆之中

却依然保留着相似性，保持着

种种回忆，一个光之原野的地方，

如同一座教堂是一口钟而人民是一只眼睛，

一声哭喊，一件衣服的苍白，一个轻触。

他将我们转变为学者，钻研着

音乐的面具。我们感知每一张面具

都是音乐家自己的，并且由此而成为
一群听众在倾听模仿之物，其中闪烁着
意义，被靠得最近的声音变成了双倍，
在乐器上演奏的模仿之物，被洞悉
在血的节拍之内。

        绿是我们所取的路径
在喀迈拉之间，并将花环装饰一路，
进入十一月之空无的衰颓没落。
雨水或降雪的自然生发
令不育的理性主义者吃惊，他们看见
盛开的少女，海洋之下的公牛，尸灰瓮
和橡树叶上的云雀被缠绕成诗韵。
此人，但不是下面这个人，对他而言
一片田野里的雉鸟就是雉鸟、田野，
除非它们在白色的空气中变化为鹰，
此人活在一种流动之中，不在一块坚石之上。
坚强的是一个时代，一个时期
有适用的，多半是英式的，家具，
只有可能样式的图形目录的理发师，
不会在雾中荡涤一空的城市，
人人都在自己的收容所里徘徊游荡，
靠圣诞节的希望维护治安。夏夜，
夜之黄金，和冬夜，夜之白银，这些
就是那流动，那猫眼的氛围，在其中
此人与下面这个人达成了和解，
东风在西方吹，秩序被摧毁，

那坚强之物的循环早已在转动。

III

高悬在天宇中一个蔓延的预兆徐行，
仿佛它的巨体内承载着所有的黑暗。
但这我们无法看见。蓬乱的顶端
沉湎于紧张的冥想之中，无休无止，
思索它所倚靠的城市，那里的人民，
它的影子落在他们的屋上，墙上，
他们的床上，他们陷入遥远沉睡的脸上。
这是看不见的。支撑的双臂
从两条地平线上伸来，从边界到边界，
而那蓬乱的顶端平心静气行事
一双肩膀转动，呼吸着浩瀚的企图。
这一切都隐在视野之外。

                  此形属于
这样一个时代，它并不知道自己，
依然疑问是否要将飞翔的群落撞碎。
下面这个人凝望着高悬的预兆，
他所造就的一个意象，不为目光所及。
这一年的昏暗延长在下面伸展开去
直至翻滚的石头，它明亮的投射铺排
最浅薄的虹彩于最空虚的目光之上。
未来必定在其内部承载着每一个过去，
少不了被摧毁的过去，华而不实的
音节，乌檀木上的白蜡，却依然

是一块盛放主教的葡萄的餐板，
革命为鉴赏家们所取的快乐之形：
这预兆可能自身就是记忆；
而记忆可能自身就是即将到来的时间
并且必定是，当这预兆，被改变了，戴上
一个从尘污里美妙地掬起的面具，
而记忆的主宰就是预言的主宰
并且迈步向前，祭司般一身肃然，
却是主宰，一个火焰的面具，最黑暗之形
一个迷路的天体在一条渐明的路径之上。

IV

高悬在天宇中一个蔓延的预兆徐行。
雕像在一只乌鸦透视的树木之间
矗立，满溢着白，以明暗对照法绘制
到空间。到空间？被绘制到空间的雕像
会是一圈头颅和腰臀，从体量上
被撕裂，后背大于眼睛，并非大理石
的肉体，而是厚重的大理石如同
那未见也不可见之物的推刺一般。
这预兆会成为人－野鹰，对于
一个侏儒种族而言，冥想的臂膀
和脑袋是被踩在马蹄下的一道影子，
对一个长星瘤的种族则是人－雾，叉开腿
在从中土之地砰然而起的喧嚷声中。
不是下面这个人的暗箱里的空间，

无可度量，他在这空间里懂得

蝗虫的吃吃窃笑和乌龟的饮泣。

雕像矗立在真正的透视之中。乌鸦

只把它们的颜色交给树叶。树木

装满了告别的号曲，当黑夜

和预兆在黑夜里终结，一片沉静，在

它的轮子开始转动以前。

雕像矗立

在单调乏味的空间里，告别，告别，白天

歌谣之眼的绿，白，蓝，夜晚

别的夜晚的镜子合而为一。

春天单调乏味得像一件乐器，

被一个人既无激情亦无目的地演奏着。

甚至连想象也有一个终点，

当雕像不是一件被想象出来的事物，一块石头，

诸般象征穿过他思绪的飞行，

继承而来的思想。要挥舞我们身披的大氅

在夜里，要抽身远离那些可憎的

告别，并且在黑暗里，要再次感受到

那调和之道，一个时间的狂喜

这时间没有想象，没有过去

也没有未来，一个当下的时间，这是不是

那一份，与诗人的嗡鸣毫无关系，

被我们藏起的激情？一份激情，要掀起

为一帮群众而修饰的大氅，用一个

在姿态的一闪念中耗尽的姿态，一份仅仅

为存在之乐而存在的激情，Jucundus[①]而不
属于黑血的学者，云之人，要成为
别的中间人之中的那个中间人，
将被修剪的大氅，将被重新设计的夜晚，
它的国土之呼吸将被窒息，它的颜色被改变，
黑夜与想象为一体。

---

① 拉丁语："欢乐的，愉悦的"。

一念回旋

I. 机械的乐观主义者

一个将死于糖尿病的女士
听收音机，
碰上较次的酒神颂。
天堂就这样集合它咩咩叫的羔羊。

她无用的手镯深情地摇摆，
划出有旋律的旋涡，
上帝的理念不再唾沫飞溅
在她漠不关心的卷发根。

阿尔卑斯山的理念变大了，
不过仍非一样可以死在其中的东西。
似乎更安详的是就这样死去，
乘着最花团锦簇的驳船漂逝，

陪伴在身边的注释
是熟悉的事物，嗓音悦耳，
就像圣诞和所有颂歌的前一夜。
垂死的女士，欢乐吧，欢乐吧！

II. 神秘的花园和平凡的野兽

诗人阔步行走在雪茄烟店，
瑞安午餐，帽店，保险和药房之间，
否认抽象是一种恶习，除非是
对于笨人。这些是他的地狱墙，
一个空间，由石头，无可索解的基座
和飞越可能的形容词的尖峰构成。
一个人，人的理念，那就是空间，
他所漫步其间的真正的抽象。
人的理念的时代，披风
与维吉尔的言辞掉落，那就是他行走的所在，
那就是他的圣歌挤作一团的所在，英雄圣歌，
山脉之声的赞美诗与道德的吟唱，
快乐多于神圣但却快乐而高亢，
白昼的圣歌而非排成星座的韵律，
有关争斗的圣歌，争斗于神的理念
与人的理念之间，神秘的花园与
平凡的野兽之间，天堂的花园
与创造了花园并殖人于其中的他之间。

III. 罗马式的杜撰

他寻找一个尘世的首领，那人可以站立
而身无羽饰，帽无徽章，
只做人的儿子和众人的太阳，

将校于外，圣贤于内，

是松木，梁柱与祭司，
是声音，是书，是隐秘的井，
饥饿者的宴乐与果实满载的星辰，
是父亲，是硬鼓的敲打者，

在午夜拨动吉他的他，
那孤独者，那阻碍，那巴黎的
波兰人，celui qui chante et pleure①，
在胸中谋划着夏日的冬天，

被袭击的，雷鸣的，被照耀的夏日，
是盾牌却又是夏日之矛的抛掷者，
他所有的属性绝不是神而是人
众人之人，他们的天堂在其自身之内，

不然就是他们的地狱，冒着他们的血沫
和他们临死的哭号那不绝的回声，
一种被咏叹的命运，一种他们死前的死，
歌唱并哭泣而不知为什么的种族。

---

① 法语："那歌唱而又哭泣的人"。参见雨果《另一首歌》(*Autre Chanson*)："那歌唱而又哭泣的情人"(L'amant qui chante / Et pleure aussi)。

IV. 首领

瞧啊，这道德家骑士
他的婊子是晨星
披着金属，丝绸与石头，
丁香，蟋蟀，他的跳蚤。

他阅读多么严肃的一本书啊，
直到他的鼻子越来越瘦而又紧
而学识在他的心上滴落
它留下蚀斑的毒，半夜里。

他喜爱人类更高贵的作品，
围绕早先广场的黄金立面，
透过快乐的光而澄澈的青铜像。
他对着这样一个布局自己哼唱。

他坐在被露水打湿的乞丐中间，
听见狗吠着光秃秃的骨头，
独坐，他的大脚趾像一个号角，
日光的清晨最中心的裂隙。

正在倒下的人们

上帝与所有天使把世界唱到入睡，
此刻月亮在炽热中升起

而蟋蟀们在草间再次变响。月亮
在心中燃点起失去的回忆。

他躺下，这里夜风吹在他身上。
钟声越来越长。这不是睡眠。这是欲望。

啊！对了，欲望……此物倚在他的床上，
此物倚在他的肘上，他的床上，

谛视着，在午夜，看着黑色的枕头
在灾祸的房间里……超乎绝望，

像一份更强烈的直觉。他欲望的是什么？
但这个他不可能知道，那思索的人，

而生活本身，欲望的实现
在碾轧的浪形镶边之中，持续地注目

于黑暗中枕头上的一颗脑袋

不止是汗巾①，说着绝对事物的

言语，并无身体，一个脑袋
由暴动与叛乱呼叫而来的厚嘴唇，

正在倒下的人们中的一个的脑袋，置放
于枕头之上来休憩与言说，

言说并道出纯净无瑕的音节
他仅凭做他所做的事就说出了它们。

上帝与所有天使，这就是他的欲望，
他的脑袋躺在这里模糊不清，为此他死了。

血的滋味在他化身为烈士的嘴唇上，
哦领养老金的人们，哦煽动家和付钱的人们！

这死亡是他的信仰尽管死亡是一块石头。
这人爱尘世，不爱天堂，足以去死。

夜风吹拂那梦者，他正埋首
于词语，亦即生活的流利言谈之上。

---

① Sudarium，古罗马人的擦脸布，现常指印上耶稣面容的汗巾。

《一个世界的各部分》

PARTS OF A WORLD

（1942）

区域性主题

长尾巴的矮马跑来嗅探松树林地，
山上射击的巴黎人的矮马。

风吹。在风中，声音
有着尚未完全是它们自己的形状，

是由一名吹手吹成了形的声响，
吹手挤到了假声最细的咪。

猎人们跑来跑去。沉重的树，
咕哝的，拖行的枝条，健壮的，

夜晚的，古老的，蓝绿的松树
把感觉加深到非人的深度。

这些就是森林。这健康是神圣的，
只听见这哈罗，哈罗，哈罗盖过那些人的

喊叫，对于他们一间方屋是一团火，
那些为雕像所折磨与压迫的人。

这健康是神圣的，一个自我的这段合唱，

这强大之物的野蛮吟唱，这鸣叫。

但拯救在此处？棍子在罐子盒子上的
啪啪响又如何？被风吃掉的马又如何？

当春天到来而猎人们的骨架
把自己铺开歇在他们第一个夏天的日头里，

春天将拥有它自己的健康，无一声
秋天的哈罗在它的毛发里。于是，紧随不舍，

健康跟在健康之后。拯救在彼处：
没有生命这样东西；或者如果有的话，

它快得胜过天气，快得胜过
任何角色。它比任何场景都更多：

断头台或任何令人着迷的绞刑的场景。
把世界拼起来，男孩子们，但别用你们的手。

诗歌是一种破坏力

那便称之为苦痛，
无物可为心中所有。
要么拥有，要么空无。

那是可以拥有的一物，
一只狮子，一头牛在他胸口，
要感觉它在那里呼吸。

Corazon[①]，恶狗，
小公牛，罗圈腿的熊，
他尝它的血，不是唾沫。

他就像一个人
藏于一只猛兽之躯。
它的肌肉为他所有……

狮子睡在阳光里。
它的鼻子搭在爪上。
它可以杀死一个人。

---

① 西班牙语："心"。

我们气候的诗歌

I

清水在一只闪耀的碗里，
粉色与白色的康乃馨。光
在屋里更像一团雪亮的空气，
映射着雪。一场新下的雪
在冬日尽头，当下午回返。
粉色与白色的康乃馨——人的欲望
比那多得那么多。日子本身
被简化了：一碗白色，
寒冷，一件寒冷的陶瓷，低而又圆，
其中所有的无非是康乃馨。

II

即便说，这完全的简单
卸去了人身上所有的苦恼，隐藏起
那邪恶地复合的，活跃的我
令它在一个白色的世界里更新，
一个清水的世界，边缘闪亮，
人依旧会想要更多，会需求更多，
多过一个白色与雪香的世界。

III

还会留下那永不停歇的思想，
于是人便会想要逃避，回返
到已被构思了如此之久的事物。
不完美是我们的天堂。
记住，在这苦涩之中，愉悦，
正因不完美在我们体内如此的炽热，
就在于拙劣的词语和倔强的声音之中。

客体的前奏

I

倘若在死后他将成为天堂，
倘若，他活着时，他听见自己
在音乐中鸣响，倘若太阳，
起风暴者，是一个自我的颜色
确凿无疑恰如夜晚是一个
自我的颜色，倘若，不怀感伤，
他就是他的所闻与所见，又倘若，
不怀怜悯，他感觉到他的所闻
与所见，绝不是别的事物，
绝不拥有别的事物，他不必
去到卢浮宫来审视他自己。
假设每幅画是一面玻璃，
墙壁是倍增的镜子，
大理石是胶粘的拼合之作，楼梯
是一种不可能的优雅的延伸，
而从窗口所见的臭名昭著的风景
是报废的蜡，不为 S.S. 诺曼底[①]
所企及的君主国，假设

———————————

① S.S. *Normandie*，1932 年起通航的法国远洋客轮。

人永远在看着，感觉着自己，
那并非偶然。结论如是：
那游击战的我应当被写成书
装订起来。它的黑鬼神秘主义者应当
换滑稽帽为假发。学院
例如一所悲剧科学院应当崛起。

II

诗人，拍打着更多从海里
起泡的荒唐，构想吧，为这些
学院的殿堂，构想更神圣的健康
以平常的形式显现。建构起
嶙峋的黑，那意象。设计
触摸。固定安静。占据
父母，祖先中最粗鄙者的位置。
我们在你的空想中被构想。

两只梨的研究

I

Opusculum paedagogum[①]。
梨子不是六弦古琴，
裸体或瓶子。
它们跟什么都不相似。

II

它们是黄的形体
由曲线构成
向底部膨胀。
上面点染着红。

III

它们不是平面
有弯曲的轮廓线。
它们是圆的
向顶部收尖。

————————
① 拉丁语："教学小册子"。

IV

给它们塑形的方法里
有少许的蓝。
一片干硬的叶子悬
自茎秆。

V

黄闪烁。
它闪烁各样的黄，
柠檬，橙和绿
沿表皮绽放。

VI

梨子的阴影
是绿布上的墨痕。
梨子在眼中所见
不同于观者所愿。

杯水

杯子可能会在高温中熔化，
水可能会在寒冷中凝固，
表明这物体仅仅是一种状态，
多态中之一态，在两极之间。所以，
从形而上来讲，才有此两极。

此处，杯子立于中心。光
是跑下来饮水的狮子。在那里
那种状态下，杯子就是一个池子。
他的眼是红的，他的爪是红的
在光跑下来沾湿他起沫的下巴之时

而缠绕的水草在水中盘旋。
在那里，另一种状态下——那些折射，
那种 *metaphysica*[①]，诗篇可塑的部分
在思想中碰撞——但，肥胖的 Jocundus[②]，担忧的
是此处立于中心的事物，而不是杯子，

但在我们生命的中心，这时候，这一天，
那是一个状态，这个春天在打牌的

———————————————

① 拉丁语："形而上学"。
② 拉丁语："快乐者"。

政客中间。在一个土著的村子里，
人或许依然要去发现。在狗和粪中间，
人或许要继续跟自己的理念争斗。

将此加入修辞

它摆好就摆好了。
但在自然中它仅仅成长而已。
石头在坠落的夜里摆姿势；
而乞丐们正倒头睡去，
他们摆好自己和自己的烂衫。
切……淡紫的月光落下。
建筑在天空中摆姿势
而，在你画画时，云彩，
纯灰色画，嵌着珍珠，深远，
噗……用你说话的方式
你安排，东西摆好，
在自然中仅仅成长的东西。

明天当太阳，
为了你的所有意象，
作为太阳升起来，牛火，
你的意象会留不下
它们自己的影子。
言辞的姿势，绘画的，
音乐的——她的身体卧躺
筋疲力尽，她的手臂垂下，
她的手指触及地面。

她头顶上，左边，
一抹白色，那晦暗者，
并无一形的月亮，
一个隐窝中一只流苏的眼。
感觉创造姿势。
它在其中行动与言说。
这是形格而非
一个回避的隐喻。

将此加入。即是要加入。

干面包块

它等同于活在一个悲惨的国度
活在一个悲惨的时代。
现在看看那些倾斜的，如山的巨岩
那条拍打着石头奔流而过的河。
看看活在这个国度的人们的小屋。

那就是我画在面包块后面的东西，
岩石甚至都没有被雪触及，
沿河的松树和干渴的人们，被吹成
面包一般棕褐，在想着鸟儿
正从着火的国家和棕褐的沙滩飞来，

鸟儿到来有如波浪里的脏水
流过岩石，流过天空，
仿佛天空是一道水流载着它们，
将它们铺开有如波浪平铺在岸上，
一浪接一浪将群山冲刷一净。

它是我听到的鼓声拍打。
它是饥饿，它是哭喊的饥饿
和波浪，波浪是正在移动的士兵，
在一个悲惨的时代行进又行进

在我下面，在柏油上，在树下。

它是士兵们一路行进跨过岩石
而鸟儿依旧前来，水一般成群而来，
因为它是春天，鸟儿必须前来。
毫无疑问士兵必须在行进
鼓声也必须在翻滚，翻滚，翻滚。

英雄的习语

我听到两个工人说："这混乱
很快就会被终结。"

这混乱不会被终结，
红房与蓝房会被混淆，

而非被终结，永远永远不会被终结，
软弱的人会被修理，

贫穷的人在夜里
会被照料

像富有而正确的人一样。
伟大的人不会被混淆……

我是所有人里最穷的。
我知道我无法被修理，

在层云，空气的盛景以外，
至少我被它结交为友。

垃圾堆上的人

白昼爬下去。月亮爬上来。
太阳是一篮花，由布朗什①月亮
摆放在那里，一支花束。嘀嘀……垃圾堆
满是意象。日子经过像滚轮印出报纸。
花束在报纸里到来。于是太阳，
于是月亮，两个也都到来，还有门房的
日常诗篇，梨子罐头上的贴纸，
纸袋里的猫，胸衣，爱沙尼亚寄来的
盒子：老虎匣，装茶用的。

夜的清新已清新了很久。
早晨的清新，白昼的吹拂，有人说
吹得像柯内利乌斯·尼波斯②读起来，吹得
更多，更少或吹得像这样或是那样。
绿拍打在眼睛上，绿中的露
拍打如一只罐头里的清水，像海
在一只椰子上——多少男人抄袭过露
来做纽扣，多少女人曾经用露
裹身，露的衣裙，露的钻石和珠链，最像
花的花冠被露缀上最像露的露。

---

① Blanche，法语女性名，意指"白色的，苍白的"。
② Cornelius Nepos（公元前100—公元前25），古罗马传记家、历史学家。

人会越来越恨这一切除非是在垃圾堆上。

此刻，在春天的时节（杜鹃花，延龄草，
桃金娘，荚蒾，黄水仙，蓝福禄考），
在这样那样的厌恶之间，身边尽是
垃圾堆上的东西（杜鹃花等）
和将会在上面的东西（杜鹃花等），
人感觉到净化的改变。人拒绝
破烂堆。

　　　　就是那一刻月亮爬上
巴松管的喋喋不休。就是那时候
人打量轮胎的大象颜色。
一切都被卸下；月亮作为月亮升起
（它所有的意象都在垃圾堆上）而你看见
作为一个人（不像一个人的意象），
你看见月亮在空空的天上升起。

人坐着敲打一只旧铁罐，猪油桶，
人敲了又敲为了他相信的东西。
那就是人要接近的东西。可不可能最终
仅仅成为自己，至高无上如耳朵
之于乌鸦的嗓音？夜莺是否折磨过耳朵，
塞满过心脏或抓挠过思想？耳朵是否
用愠怒的鸟安慰过自己？这是不是安宁，
是不是一个哲人的蜜月，被人发现

在垃圾堆上？是不是要坐在死人的床垫，
瓶，罐，鞋和草之间并低语最恰当的傍晚：
是不是要边听黑羽椋鸟的聒噪边说
看不见的牧师；是不是要喷吐，要将
白昼扯成碎片并喊叫诗节我的石头？
人最早是在哪里听说了真理？那一个那个。

回家路上

就是在我说，
"根本没有真相这回事"的时候，
葡萄看上去更肥了。
狐狸从他的洞里跑出来。

你……你说，
"有很多真相，
但它们不是一个真相的各部分。"
然后那树，在夜里，开始变化了，

透过绿色冒烟并且冒蓝烟。
我们是一片树林里的两个人影。
我们说我们单独站立。

就是在我说，
"词语不是唯独一个词语的各种形式。
在各部分的总和里，只有部分。
世界必须用眼来量"的时候；

就是在你说，
"偶像们见过很多贫穷，
蛇和黄金和虱子，

但没见过真相"的时候；

就是那时候，沉默极大
也极长，夜晚极圆，
秋天的芳香极暖，
极近也极浓。

最后获释的人

厌倦了对世界的老旧描述，
最后获释的人六点起床坐在
自己的床边上。他说，
                    "我设想有
一种学说属于这道风景。然而，刚刚
逃离了真相，早晨是色彩与雾，
这就够了：此刻的雨和海，
此刻的太阳（隐约看见的壮汉），
正将这道风景的学说压倒。对于他
和他的作品，我很确定。他在雾中沐浴
像一个没有学说的人。他发送的光——
他就是这样发送他的光。他就是这样闪耀的，
腾身而起高过那些卧床的
和床上的博士……"
                    获释的人如是说。
太阳就是这样照进了他的房间：
存在而并无一种存在的描述，
在升起的一刻之间，在床边上，存在，
让自我的蚂蚁变成一头牛
与它器官的隆隆震响，被改变
从一个博士到一头牛，在起立之前，
要知道那变化和那牛一般的斗争

来自那份力量，也就是太阳的力量，

无论它径直而来还是来自太阳。

他就是这样自由的。他的自由就是这样到来的。

是没有描述的存在，是存在为一头牛。

是户外树木的重要性，

橡树叶的新鲜，不在乎

它们是橡树叶，更重要的是它们的外表。

是一切都更为真实，他自己

在现实的中心，正在看见。

是一切都在膨胀和燃烧并且因自身而巨大，

挂毯的蓝，维达尔①的肖像，

*Qui fait fi des joliesses banales*②，椅子。

---

① Anatole Vidal（？—1944），巴黎书商，史蒂文斯的友人，据说法国画家拉巴斯克（Jean Labasque，1902—1983）为其绘制的肖像曾挂在史蒂文斯的卧房里。
② 法语："他根本瞧不上庸脂俗粉"。

美利坚合众女眷[①]

没有足够的树叶来遮盖

它所戴的脸。这是演讲者说话的方式：

"群众什么也不是。一大群人的

人数什么也不是。群众不比

群众里单一个人更伟大。群众制造

其模范给每一个人。"没有足够的

树叶来藏起那个人的脸，

他属于这帮或那帮死群众。风里或许

满是脸就像满是树叶，一张张嘴呼啸，

日复一日哭喊又哭喊的嘴。

这些可能都是，听起来是，我们自己么，

我们的脸围绕着一张中心的脸

---

① 史蒂文斯的友人，美国经济学家，律师蒙塔格（Gilbert Holland Montague，1880—1961）曾在美利坚殖民女会（The Colonial Dames of America，由17—18世纪英国殖民者后裔女眷组成的机构）发表题为"民主原则的加冕礼（Coronation of the Democratic Principle）"的演讲。

② 法语："我试图，保持确切地说，做诗人。"

③ Jules Renard（1864—1910），法国作家。

然后就再次一无所在，远而又远?
而一张脸却不断回返（从来不是那一张），
群众之人的脸，从来不是那张
暗黑礁石上的隐士原本会看见的脸，

从来不是那赤裸的政客，曾经受教
于智者。没有足够的树叶来加冕，
来遮盖，来加冕，来遮盖——随它去吧——
那终将慷慨宣读我们的终场的演员。

乡语

我在一个州里唱了一曲，
可爱的咕咕，哦，布谷鸡，
在伯莎撒①的一个州
唱给伯莎撒，腐烂的岩石，
一个腐烂民族的支柱，
在那儿一棵柳树下面
我站立并歌唱并充满了空气。

这是一支古老的叛逆之歌，
一道歌的锋刃，从未消失；
但假如它消失了……假如悬在
心头和思绪周围的云
从北面放晴，而在那个高度
太阳出现并染红了伟大的
伯莎撒的额头，哦，统治者，一身粗鲁
戴着当时的红宝石，现在倾听我吧。

我的感觉寻找的是什么？
我从它所触摸并扔到一边
并扔到身后的一切之中得知。

———————

① Belshazzar，公元前 6 世纪巴比伦的最后一位国王。

它愿那颗钻石的心轴闪亮。
它愿伯莎撒正确地诵读
他膝上那些发光的书页，
关乎存在，不止是出生或死亡。
它愿词语随他的气息而阳刚。

侏儒

现在是九月，网已编成。
网已编成而你只得披上它。

冬天被造就而你只得忍受，
冬天的网，冬天已编成，风以及风，

至于夏天的所有想法，在头脑中
随之而去，稻草的蛹，碎布娃娃。

被编织的是头脑，被抽拉的头脑
簇集在散落的雷霆和破碎的阳光里。

是你所是的全部，你最后的侏儒，
被编织又编织并且等着被磨损，

既不做面具也不做衣装而是作为一种存在，
从乏味的夏天撕下，为了寒冷的镜子，

坐在你的灯旁，那里供轻啃的香橼
和咖啡滴落……霜在残株之内。

作为幽灵之王的一只兔子

在白昼尽头思考的困难，
当不成形的影子将太阳遮蔽
不留一物，除了你皮毛上的光——

那只整天泼奶的猫在那里，
肥猫，红的舌，绿的心，白的奶
加上八月这最安宁的月份。

要存在，在草丛里，在最安宁的时候，
而没有那座猫的纪念碑，
被遗忘在月亮上的猫；

要感觉光是一道兔子光，
其中万物都是为了你
而什么也不需要解释；

于是就没有什么要想。它兀自前来；
东面赶到西面，西面赶到下面，
没关系。草长得满满的

满是你自己。周围的树木是为了你，
夜的所有宽广是为了你，

一个触及所有边缘的自我，

你成为一个填满夜的四角的自我。
红猫在皮毛－光里躲藏起来
而你就在那里被拱得高高的，拱到上面，

你被拱得越来越高，黑得像石头——
你坐下，脑袋像空间里的一幅雕刻
而小绿猫则是草丛里的一只虫子。

寂寞在泽西城①

鹿和达克斯猎犬②是一体。
嗯，诸神是从天气里长出来的。
人是从天气里长出来的；
诸神是从人里面长出来的。
Encore，encore，encore les dieux ...③

暗黑的尖塔和第一万零三块
鹅卵石之间的距离
超出一条七英尺的尺蠖
可以用六月的月光丈量的范围。

吻吧，猫儿：因为鹿和达克斯猎犬
是一体。我的窗是二十九乘三
对我来说够多的窗了。
尖塔是空的，人也一样。
无论什么可看的都没有，
除了波兰佬开着汽车经过
还有整夜拉六角手风琴。
他们认为事情全都很顺利，
既然鹿和达克斯猎犬是一体。

———————————————————

① Jersey City，美国新泽西州东北部城市。
② Dachshund，一种短腿长身的德国猎犬。
③ 法语："又是，又是，又是诸神……"

任何东西都是美的只要你说它是

在多花蔷薇下面
烦躁的姘头
说，"吭！噗！"
她低语道，"Pfui！[①]"

那个娼妇
在夹层上面
也说，"吭！"，
还有一句"嘿嘚咻嘟！"

蜜蜂或许有所有的甜
以供他的蜜 – 巢 – 哦，
采自多花蔷薇 – 哦，
就这样，姘头就这样唱 – 哦。

枝形吊灯则很干净……
但它们娇美的，大理石般的眩光！
我们很冷，鹦鹉呼叫，
在一个如此温雅的地方。

––––––––––––––––

① 德语："吭！"

约翰尼斯堡酒^①，汉斯。

我爱金属葡萄，

生锈的，砸坏的

梨子和奶酪的形状

和窗子的柠檬光，

神经质的真正意志，

横过窗格的裂缝，

窗台沿线的污垢。

---

① Johannisberger，德国黑塞州（Hesse）莱茵郡（Rheingau）内出产的上
等葡萄酒。

山中的弱头脑

有屠夫的手在。
他一捏，血
从指间喷出来
落到地板上。
随后身体就倒了。

所以后来，在夜里，
冰岛的风和
锡兰的风，
汇合，抓住我的头脑，
抓住它也揪住我的思想。

海洋的黑风
和绿风
在我身上疾转。
头脑的血落
到地板上。我睡了。

然而在我之内有一个人
本可以升到云端，
本可以触及这些风，
将它们扭弯，压倒，
本可以在空中猛地站起。

小曲情歌

你在哪里思考，巨蛇，
你在哪里躺卧，在雪下面，
闭着眼睛
在一道地缝里呼吸？

你在什么穴洞里品尝
毒物，在什么黑暗里镶嵌
闪烁的鳞片，尖起
倾斜的舌头？

而它又在哪里，你，人们，
你思考的它在哪里，困惑
于生活的渣滓，
透过冬天的冥想之光？

你在什么缝隙里发现
前额是冷的，尽管眼睛
看见那被拒绝的，
一心报复，被生活的手势遮蔽

它们属于你不会经历的生活，
属丁将被荒废的日子，

属于将至的夜晚，无非是
乖戾的面具和毁灭者？

（这是若干想法之一
属于那个从所有头脑中
构造自己的头脑，
那样一种统治的歌曲之一。）

穿睡袍的姑娘

灯熄灭。窗罩拉起。
看一眼天气。
整个春天始终有一阵嗡鸣，
一段来自林荫道尽头的叠句。

这是夜的静寂，
这是不可能被动摇的事物，
满是星星和星星的意象——
还有那冬天般的沉闷的嗡鸣，

像一阵摇摆，一场坠落和一个结局，
去而复来，始终在那里，
漫无边际的鼓声和闷响的小号，
由感觉而非意识所认知，

一场万物冲撞的动乱。
乐句！但却归于恐惧与宿命。
夜应该温暖而笛手们的好运
应该在早晨到来时在树林里上演。

它曾经是，夜的安详，

是一个地方，强大的地方，可在其中入睡。

它现在动摇了。它将爆裂成火焰，

或是现在或是明天或是那之后的一天。

混乱鉴赏家

I

A. 一种暴力的有序是无序；以及
B. 一种大的无序是一种有序。这
两件事是一件事。（数页诠释）

II

如果春天全部的绿曾经是蓝的，现在也是；
如果南非的花朵曾经是明亮的
在康涅狄格州的桌子上，现在也是；
如果英国人在锡兰曾经没茶也过，现在也过；
而如果一切都曾经以一种有序的方式进行，
现在也如此；一个内在对立的，
本质统一的法则，就像港口一样愉快，
就像画笔挥写一段树枝一样愉快，
一段较高的，特别的树枝在，例如，马尔尚①之中。

III

毕竟，所有生与死的漂亮对比

---

① Jean Hippolyte Marchand（1883—1941），法国画家。

都证明这些对立的事物都共属于一物，
至少理论曾是如此，在主教们的书籍
解决了世界之时。我们回不去那里。
扭曲的事实超出鳞片状的心智，
如果可以这么说的话。而关系却出现了，
一个小关系扩展如沙滩之上
一片云的暗影，一座山侧面的一形。

IV

A. 唔，一种旧的有序是一种暴力的有序。
这什么也证明不了。只是又一个真理，又一个
置身真理的广大无序之中的元素。
B. 这是四月如我所写。风
吹着，在连日持续的雨后。
这一切，当然，很快就会来到夏天。
但假设真理的无序终究会达到
一种有序，金雀花①之极，确定之极……
一种大的无序是一种有序。现在，A
和 B 并非类似雕像一般，端起姿势
摆给卢浮宫的一道深景。它们是用粉笔
写在人行道上好让沉思的人看见的东西。

① Plantagenet，12—15 世纪统治英格兰、法兰西、爱尔兰和威尔士的皇室家族。

V

沉思的人……他看见那老鹰飘浮
对于它错综复杂的阿尔卑斯仅仅是一个巢。

夏日空气中的蓝色建筑

I

科顿·梅瑟①死的时候我还很小。那些书
他整天，整夜，夜夜不停地读，
并未让他抵达任何地方。那怀疑一直都在，
令他布道愈发响亮，向往一座教堂
他的嗓音可以在里面翻滚它的抑扬顿挫，
在宣讲之后，好让墙上那只老鼠静声。

II

在木造的波士顿，闪闪发光的拜占庭
就是科顿·梅瑟所是的一切
还不止。然而来自那老鼠的显赫雷霆，
教堂的一道道拱门里的碾轧，
石膏的掉落，均匀地滴落，落下，
那老鼠，那苔藓，那岸上的女人……

III

假如老鼠会吞下尖塔，在它的时间里……

————————

① Cotton Mather（1663—1728），新英格兰牧师、作家。

那是一个神学家的针，对此而言
实在太尖。岸滨，大海，太阳，
它们穿透窗格的光芒，损伤了
枝形吊灯，它们清晨的釉彩沿着
墙壁和地板播撒着蛋白石的斑点。

IV

低头看吧，科顿·梅瑟，从空白里看。
天堂在不在你原先所想的地方？肯定在。
它肯定在你现在所想的地方，就在
床单之上的光里，盘中的一只苹果里。
它是那目有所见之人的蜂巢。
它是那鸟儿带回到船上的树叶。

V

去吧，老鼠，去啮咬坟墓里的列宁。
你不是 le plus pur① 么，你这古老的家伙？
把夏季切开两半，来找蜂巢。
你是一只……到他的头发里去搜寻蜂蜜。
你是那些不可计数的老鼠中的一只
整天，整夜地寻找，寻找着蜂巢。

---

① 法语："最纯粹的，最纯洁的"。

Dezembrum [①]

I

今夜唯有冬天的星星。
天空不再是一个旧货店，
尽是标枪和旧的火球，
三角形和姑娘的名字。

II

一遍又一遍你已经说过，
这伟大的世界，它把自己一分为二，
一部分是人，另一部分是神：
想象的人，僧侣般的面具，脸。

III

今夜星星像脸汇成一团
绕着天空边走边唱
边笑，是人汇成一团，
他们的歌唱是一种笑的样式。

———————————
① 生造词，或为英语 December（十二月）的变体。

IV

绝非天使，与死者无关，
脸要住满夜的光辉，
边笑边唱边高兴，
边把想象的需求填满。

V

在这严格的房间，一种更强烈的爱，
不是玩具，不是那个叫啥——
理性根本什么都给不了
就像对欲望的反应。

写在早晨的诗

一个日光天完整的普桑风格[①]
把它与它自己分开。它是这或那
而又不是。

　　　　　凭借比喻你描画
一物。由此，凤梨曾是一只皮革的果子，
给锡器的一只果子，有刺有棕榈叶的蓝果子，
由冰人们奉上。

　　　　　感官用比喻
描画。汁液芬芳
胜于最湿的肉桂。它曾是筛选而得的梨子
滴着一份早晨的树液。

　　　　　真理必定是
你并非看见，你体验，你感觉，
是丰满的眼仅把它的元素
带给全物，一个无形的巨人被强推
向上。

　　　　　绿色曾是那头上的发卷。

[①]　Poussiniana，普桑（Nicolas Poussin，1594—1665）为法国古典主义画家。

战舰上的生活

I

对资产阶级的强奸已达成，男人们
登回阳刚号。那一夜，
舰长说，
　　　　"阶级之间的战争是
一个初级的，乡土的阶段，
属于个人之间的战争。有朝一日，
当地球变成了天堂，它会是
一个载满刺客的天堂。假设我夺取
这艘舰，将它占为己有，并且一点一点地，
夺取船坞和码头，机械和人众，
像别人一样，然后，又与别人不同，
并非成批地造舰，而是造
单单一艘舰，海上的一片云，可能的
最大机器，一副钢铁的神性，
由我做它的舰长。依照我的意图，
这艘舰会成为世界的中心。
我的舱房作为舰的中心而我
作为舱房的中心，神性
的中心，神性的头脑，世界
的头脑只须鸣笛前行！

会做到的。假如，只为愉悦我自己，

我说过人都应戴上石头面具并且，为让

这个词得到尊重，射了一万枪

在大西洋中部，怒吼着，发号施令，

会做到的。而此事一旦做成，

一旦刺客们都戴上了石头面具并且行事

如我所愿，一旦他们向后倒下，当我的呼吸

对着他们猛吹，或是撅起屁股鞠躬，当我转过

头去，世界的悲伤，除非

人是自然的，就会达到一个终结。”

‖

端起架子，舰长起草了世界的法则，

Regulae mundi[①]，师从于

笛卡尔：

          第一。那宏大的简化将

自身缩减为一。

                    对此舰长说道，

“这是一个次于那唯一本身的法则，

除非它就是唯一本身，否则

阳刚号，被放得极大，那片

海上的云，便是法则与证据两者合一，

如那最终简化的本意所在。

---

① 拉丁语："世界的法则"。

显然它不是一个道德的法则。

它似乎是生命被浓缩为自身的例证

所得的结果，一种神性

跟别的一样，为君之凭证是王冠，

他胡须里的珠宝，神秘的权杖，

称帝只因死亡，来对抗

尊崇的武器，象征性的角，代表战斗

的红，代表胜利的紫。但假如

它即是绝对，为何它必定是

这无可追忆的壮丽，为何不是

一个海扇壳，一枚微不足道的徽章却因

它的终极之力而伟大，一件不止在

语句中无敌的事物？有真正的阳刚在，

灵魂的环与封印，赤裸的心。

这是一个拉比的问题。让拉比们回答吧。

它暗喻战舰的一个缺陷，一个失败

仿佛归于一场妄想。

III

　　　　第二。部分

是整体的对等物。

　　　　　　　舰长说，

"青年①说有的只是整体，

————————

① 　Ephebi，古希腊雅典 18~20 岁获得完全公民资格的青年。

种族，国家，邦国。但社会

是一个阶段。我们走向一个没有

社会的社会，政客们

走了，像在卡吕普索①的岛上或号召之中，

在那里我或者一或者部分是

整体的对等物。十二支管弦乐队的声音

或许会急于扑灭那主题，低音捶打

而小提琴噼啪，号角呀呼，长笛

击火，但部分是整体的对等物，

除非社会是一个神秘的物质。

这是一件将哲人的睡梦拨响的东西，

一个真空，供十二个管弦乐队

去填满，至为古老时代的磨石，

巴黎的早餐，音乐和疯狂和污泥，

透视的蠕动，当它试图成为

一个形状之际，扭曲和燃烧的深景，一件

被踢穿过屋顶，在河边得到爱抚的东西。

阳刚号上有人当机立断，举枪开火。

但人活着就要想到这生长，这进取的生活，

葡萄藤，在根本上，这西礁岛的葡萄藤，蔓生无度，

一天早晨覆盖着蓝色，又一天早晨则是白色，

自东方而来，将自己逼向西方，

热带部分和热带整体的丛林。"

---

① Calypso，希腊神话中将俄底修斯困在俄吉吉亚岛（Ogygia）上七年的
女神。

IV

第一和第二个法则被调和

在第三个之内：整体的存在不可以没有

部分。因此：从他的思想的数量之中

思想家获悉。公社的枪手

杀死公社。

        舰长，至高的舰长，怎么样了，现在？

我们的事务，我们的命运，我们的杂碎？

你的枪支不是狂想的诗节，红

而又真。那善，那力，那权杖从

统帅移向神灵，从地上移向空中，

权杖的圈环正在变大

并随着它越移越大，移向

一只未能抓住它的手。至高的舰长，那些宏大的

简化逼近却并不触碰

那终极的一个，尽管它们是它的各部分。

没有它们它不可能存在。这是我们的事务，

这是你这艘壮丽的战舰和你的

Regulae mundi……那么多都不着边际。

假如权杖重返地面，仍在移动，依然

弥足珍贵出自那手的领域，依然闪耀着

圣洁的想象和殉道者的

污点，以我们的需要为傲，

它会是我们拥有的一切。我们的命运归我们自己：

我们的善，那狂想的诗节从此中流淌，

穿过先知和后继的先知，他们的预言

变大并且越来越大。我们的命运归我们自己。手，

它必须是一人的手，它必须是

一个人的手，抓住我们的力，会抓住它来

仅仅成为一个圆环的中心，铺展

到最终的完满，一个没有修辞的尽头。

比这个生过更多婴儿的女人

I

海边的一名杂技演员
瞩望波涛，涨潮和巨浪
和沙滩上铺展的第一排；再看，
涨潮和巨浪，预备动作
和冒着泡盖过沙子的第一排；再看，
涨潮和巨浪，第一排的闪烁，
像一个舞者的裙，翻卷又平息下来。
此景日复一日在重演。波涛
机械，强健。它们从不改变，
它们从不停止，一种被持续重复的
重复——有一个女人比这个
生过更多的婴儿。仅仅在旋转的轮子
回返又回返，沿着干咸的海岸。
有一个母亲她的孩子不止需要这个。
她不是风景的母亲而是那些人的
他们在岸上质疑那重复，
倾听着整个大海想要一个声音
或多或少，在苦修中满足
于友好的调子。

                杂技演员瞩望

那宇宙的机器。在那里他察觉到
一个强声部，一段恒常移动的音乐的需要。

II

催眠曲，跨大西洋。孩子都是男人，老人，
每当他们思考和谈论那中心之人，
谈论中心之人的哼鸣，全部的
海洋之声，海洋中心的哼鸣，
都是老人，被一个母性的嗓音所吹送，
孩子也是老人也是哲人，
秃脑袋们，他们母亲的嗓音仍在他们的耳中。
自我是一条回廊满是被追忆的声音
和被遗忘得如此遥远的声音，就像她的嗓音，
他们不识而将它归还。自我
探察到一个将自身倍增的嗓音之声，
披着欲望的意象，言说的形式，
携一种言说的意义向它走来的理念。
那些老人，那些哲人，困扰于那
母性的嗓音，夜间的诠释。
他们不止是宇宙机器的各部分。
他们孤独中的需要：就是那需要，
那欲望，对着火热的摇篮曲。

III

如果她的脑袋

立在一道大理石的平面上，高而又冷；

如果她的眼睛是麻雀在里面筑巢的裂缝，

如果她是聋的，耳中有落草——

但那里不止是一颗大理石的，巨大的脑袋。

他们在噼啪作响的夏夜里找到她，

在城镇的 *Duft*① 里，靠近一扇窗，靠近

一盏灯，在这星期里的一天，春天以前的时间，

一种步态，黄色的水果，一栋房子，

一条街。她有一颗超自然的脑袋。

在她的唇上熟悉的词语变成

一种升华的词语，整体的一剂灵药。

---

① 德语："芳香"。

音乐家所作的雷霆

足够确定，移动着，雷霆变成了人，
一万个，被劈中并翻倒的人，
一万人的乌合之众，互相倾轧，
这样或那样。

慢慢地，一个人，比其余的更野蛮，
站起身，高大之极，在黑日之下，
在空气中直立而起，砸开
别人的缠抓。

并且，依照作曲家，这屠夫，
手里握着曾经闪现过的
柔美蛋宝石（像恶意的音乐收尾
于透明的和弦）。

原本会更好，那构想出来的时间，
倘若当初让他握住——什么？
他的手臂会颤抖不止，他会软弱，
哪怕他喊叫。

天空会飘满木头般的尸体。
原本会有死者的哭喊

生者会说个不停，
就像一个靠自己养活的自我。

原本会更好，让他的双手
被震颤，倘若当初留下一个
比旁人更野的人的手（像被磨钝的音乐，
却就是那只手的声音）。

平凡生活

那是市区的中楣饰带，
基本上是教堂的尖顶，
一条黑线抵着一条白线；
而发电厂的烟囱，
平坦空气上拉过的一条黑线。

那是一道病态的光
他们站在光下，
像一盏电灯
在一页欧几里德上。

这道光下一个男人是一个结果，
一段论证，而一个女人，
没有玫瑰也没有紫罗兰，
缺席于欧几里德的阴影，
对一个男人来说不是一个女人。

纸更白
对于这些黑线。
它耀现于下，覆有结成网的
线条，墨水的设计，
应该有天才的平面，

大理石废墟般的体积，
勾出了轮廓并有字母顺序的
标记和脚注。
纸更白
男人没有影子
而女人只有一面。

变戏法人的感觉

一个人的伟大飞行，一个人的星期天沐浴，
一个人在灵魂的婚礼上的痛饮
说来就来。就这样泛蓝的云
来到空房之上而杜鹃花的
叶子喋喋不休着它们的黄金，
仿佛有谁住在那里。如此的白之洪流
从云际爆发而来。于是风
把它扭曲的力量抛满了天空。

你究竟有没有说过蓝雀会突然
俯冲向大地？那是一个轮子，是光线
环绕着太阳。那轮子活得比神话长。
云中的火眼活得比众神长。
想到一只有石榴糖浆之眼的鸽子
和身为短号的松树，于是它就来了，
还有一座满是鹅与星星的小岛：
或许那无知的男子，唯独他一个，
有任何机会将他的生命配给身为那
肉感的，珠玉般的配偶的生命，那个
即使在最寒冷的青铜里也一样流畅的生命。

蜡烛一个圣人

夜是绿色，绿被点燃和装饰。
是她走在天文学家中间。

她迈步于那兔子和猫之上，
像一个尊贵的形象，出自高天，

移行在那些睡者，男人中间，
那些躺着吟唱夜是绿色的人。

夜是绿色，从疯狂中编织而成，
那同一种疯狂，属于天文学家

和那个人，他看得比天文学家更远，
看见黄玉的兔子和翡翠的猫，

看得比他们更高，看见在他们之上升起，
那尊贵的形象，那基本的阴影，

移行与存在着，达至源头的意象，
那抽象的，古老的女王。夜是绿色。

俄罗斯的一盘桃子

用我的全身我品尝这些桃子，
我触摸它们，嗅闻它们。谁在说话？

我吮吸它们如同安茹①人
吮吸安茹。我看见它们像一个情人看见，

像一个小情人看见春天最初的蓓蕾
又像西班牙黑人弹他的吉他。

谁在说话？但必定是那个我，
那动物，那俄国人，那流亡者，为了他

小教堂的钟声抽出声音之芽在
心田。桃子大而又圆，

啊！而又红；它们还有桃绒，啊！
它们满满的汁水，软软的皮。

它们满是我的村庄的色彩
和好天气，夏天，露水，安宁的色彩。

_____
① Anjou，法国中西部一地区。

屋子静静的，它们所在的地方。
窗子开着。日光注满

窗帘。甚至窗帘的飘动，
这般轻微，也在打扰我。我不知道

如此的凶暴竟能把一个自我
从另一个身上撕下，如这些桃子所为。

费城的拱廊往昔

只有富人回忆往昔，
曾在亚平宁的草莓，
被蜘蛛吃掉的费城。

他们坐在那里，把自己的眼睛捧在手里。
奇怪，在这座众耳的瓦隆布罗萨①里，
他们从来听不见往昔。看，
听，触，尝，闻，就是现在，
就是这样。他们是否触摸自己看见的东西，
感受它的风，闻它的尘埃？
他们并不触摸它。声音从未鸣响
自他们的所见之中。他们将自己的眼睛
在手中擦拭。紫丁香很久以后才到。
但镇子与芳香从来都不是一体，
尽管蓝色的灌木盛开——又盛开
依旧盛开在玛瑙之眼中，红蓝色，
红紫色，从不完全是红色本身。
舌头，手指，和鼻子
是滑稽的垃圾，耳朵是污秽，
但眼睛是手掌之中的人。

---

① Vallombrosa，意大利佛罗伦萨市附近的大修道院。

这个？一个人必定贫穷之极
仅有一种感觉，尽管他闻得见云，
或是要在星期日看海，或是
要触摸一个死尸一般的女人，
有仿佛一个尘世的贫穷，要品尝
干的第二道和寡淡的第三道，
要听见他自己而不发一言。

曾在亚平宁的草莓……
它们看上去有点像是画的，现在。
山脉被刮过和用过了，明显的赝品。

一道紫光下的哈特福德①

很久以来你总在完成这旅行
从勒阿弗尔②到哈特福德，Master Soleil③，
带来挪威的光辉及诸般一切。

很久以来大洋总在与你同行，
甩着水，就像一只鬈毛狗，
飞溅出无尽的千百滴，

每滴都是一组细微的三色。为此，
帕萨迪纳④的阿姨们，回想不绝，
憎恶西部马匹的石膏，

博物馆的纪念品。只是，尊主，光有
阳刚的光辉与阴柔的光辉。
这紫色又是什么，这把遮阳伞，

这歌剧的舞台灯光？

---

① Hartford，美国康涅狄格州首府，史蒂文斯自 1916 年起在哈特福德事
　故与赔偿公司（Hartford Accident and Indemnity Company）任职直至
　去世。
② Le Havre，法国西北部沿海城市。
③ 法语："太阳尊主"。
④ Pasadena，美国加利福尼亚州南部城市。

它就像一个满是吟诵的区域。
它就是一道紫光下所见的哈特福德。

一刻之前，阳刚的光，
劳动着，大手挥舞，在镇上，
设定了它的英雄姿态。

但现在仿佛置身于一场女人的情事
紫色将紫色四下设定。看吧，尊主，
看见河水，铁路，大教堂……

当男性的光落在镇子赤裸的
背脊之上，河水，铁路一片明彻。
现在，每一块肌肉都满溢而出。

嗨！把它摇掉，鬈毛狗，拂去
大洋的浪花，那永远清新宜人的，
彩虹色的大块之上，那石头的花束。

Cuisine Bourgeoise [①]

这些剥夺继承权的日子，我们尽情
享用人头。真的，鸟儿重筑
旧巢，树林里有蓝色。
教堂的钟在这星期里的一夜猛敲。
但那一切都已完结。就是以往的样子，
他们总躺在草地上，冒着炎热，
男人在绿床上，女人半晒太阳。
词语被写下，尽管还没说出来。

就像那个季节，在夏天以后，
是夏天却又不是，是秋天
却又不是，是白天却又不是，
仿佛昨夜的灯继续点着，
仿佛昨天的人们继续望着
天空，半是陶瓷，乐此不疲却不愿
甩掉曝射下的沉重身体，那强光
来自这当下，这科学，这未被认识者，

这前哨，这 douce [②]，这哑的，这死的，在其中
我们尽情享用人头，盛在树叶上端进来，

冠以最初的，寒冷的嫩芽。我们靠这些过活，
再也不靠种子、杏仁和
熟果做成的古老蛋糕。这苦肉
供养我们……那么，他们是谁，坐在这儿？
桌子是一面他们坐在其中观瞧的镜子么？
他们是吃着自己的反影的人么？

力，意志与天气

在牛轧糖的时候，黄色同辈
在傍晚叹道他毫无想法地
活在一个毫无想法的大陆上，
这黄色的 pair①，这同辈。

就是在牛轧糖那个时候，那个地方。
那里山茱萸，白色的和粉色的，
一片片盛开，在它们盛开之时，而女孩，
一个粉色的女孩牵着一条白狗在走。

狗必须要走。它必须要牵着。
女孩必须向后拉向后倾身才拉得住它，
在山茱萸的时候，一把把抛起来
播撒色彩。没有一个想法

在莫斯科的这一边。有反想法
和对立想法。人们有过的都没有。没有
任何马匹可骑也没有人骑它们
在山茱萸的树林里，

没有大型的白马。但有毛绒绒的狗。

————————————
① 法语："同辈"。

有高挂在较老树木上的一片片，
看似为液体如同云做的树叶，
水下的贝壳。这些都是牛轧糖。

它必须是正确的：牛轧糖。这是现实的
一个转变，那个，它在其中可能是错的。
天气就像一个拿着托盘的服务员。
一个人已早早来到一家崭新的咖啡馆。

论一只旧号角

I

那鸟儿一直在说鸟儿曾经是人，
或者原本会是，有着人眼的动物，
肥如羽毛的人，数着呼吸的吝啬鬼，
有一种可以歌唱的忧郁的女人。
然后那鸟儿从他红润的腹中吹出
一支绕树的小号。可不可以说这是
一个婴儿长着老鼠的尾巴？

        石头
是紫色，黄色，绛紫，粉色。鸢尾
的草上长着白花。那鸟儿随后沉声而鸣。
可不可以说他歌唱了石头的色彩，
虚假如心，而不是芳香，因太阳
而温暖？

      在他嗓音的微小，或诸如此类，
或更少之中，他发现了一个人，或更多，对着
灾难，宣示他自己，被宣示。

II

倘若一体而行的星辰，被拆散了，
在一个夜的洞穴里火虫般乱飞，
噼哌噜，噼哌啦，噼哌伦……别的都腐烂了。

*Belle Scavoir*①的花束

I

唯有她是要紧的。
她造就了它。很容易说
那些修辞格，如她为何选择了
这朵黑的，特别的玫瑰。

II

其中的一切都是她自己。
然而树叶的新鲜，色彩
的烧灼，是华而不实的改变，
出自光与露水两者的改变。

III

多少次他曾行走
在夏日与天空之下
来将她的影子纳入心中……
可悲那并不是她。

———————————

① 法语："美的学问"。

IV

天空太蓝，大地太宽。
她的思绪把她带走。
她化身其他事物的形式
是不够的。

V

她的映像在这儿，然后在那儿，
是另一道阴影，另一个逃避，
另一个否定。她若无处不在，
她便无处存在，对他而言。

VI

但这她已做到。它若是
另一个意象，便是她造就的那个。
她正是他要的，想要直视的，
某个在他眼前可见可知的人。

一个夏日的若干变体

I

说说鸥鸟吧说它们正飞翔
在深蓝海面上的淡蓝空气里。

II

一曲音乐多于一次呼吸，但少
于风，次音乐如同次言语，
无意识事物的一次重复，
岩石与水的字母，可见的
元素的词语，和我们的。

III

山崖的岩石是狗头
变成鱼并跃
入海洋。

IV

孟希根①上空的星，大西洋之星，

没有掌灯者的灯，你飘行，

你，一样，在飘行，无视你的航程；

除非在黑暗里，璀璨地加冕，

你就是那意志，倘若有一个意志，

或是一个曾经存在的意志的先兆，

那曾经存在的意志的先兆之一。

V

海的树叶被摇晃又摇晃。

有一棵树，它是一位父亲，

我们曾坐在树下唱我们的歌。

VI

永远年轻是寒冷的，

要来到悲剧的岸滨并漂流，

一身天青色，环绕日光漂白的石头，

身为，对于老人，他们的时光的时光。

---

① Monhegan，美国缅因州一岛名。

VII

一只麻雀值得上一千只鸥鸟，

在它歌唱之时。鸥鸟坐在烟囱顶上。

他嘲弄意国佬，挑衅

乌鸦，激起各样风情。

麻雀报答人，并无企图。

VIII

一段观察世界的练习曲。

根据这个动机①！但人看的是大海

当他即兴发挥，在钢琴之上。

IX

这多云的世界，借助于陆地和海洋，

夜与昼，风与静，生出

更多夜，更多昼，更多云，更多世界。

X

要改变自然，不仅仅是改变观念，

要从身体里逃逸，以便感觉

---

① Motive，音乐术语，指一个旋律的片段。

身体所妨碍的那些感觉，

在这里环绕我们的大自然的感觉：

如同一艘船在切开蓝色水体时感觉。

XI

现在，在沛马奎德①

曾经热得打滚的猫尾草尖梢泛银

并且寒冷。月亮跟随太阳如同一段

对一位俄国诗人的法语翻译。

XII

到处是云杉树将战士埋葬：

休·马奇②，一名军士，一名红衣③，被杀了。

跟他的手下，在堡垒的那一边。

到处是云杉树将云杉树埋葬。

XIII

用沙玫瑰④把大海盖没吧。把天空

---

① Pemaquid，美国缅因州林肯郡（Lincoln County）城镇布里斯托（Bristol）的旧名。

② Hugh March（1673—1695），其墓碑见于沛马奎德。

③ Redcoat，美国独立战争时的英国军人。

④ Sand rose，一种由石膏与含丰富沙粒的重晶石构成的晶簇状花饰。

填满，用光芒四射

的喷洒。让所有的盐都消失。

XIV

词语增添感觉。那些词语，指称云母的

眩光的，草的抖动的，

死树的阿剌克涅①覆盖物的，

都是变得更大，更敏锐的眼。

XV

最后的岛与它的居民，

两者相似，都会辨别各样的蓝，

直到空气与海的不同

仅仅凭借神恩存在，

于物品之中，如白的这个，白的那个。

XVI

走过一轮又一轮的是水钟

走过一轮又一轮的是水本身

和那身为自己动作的最高点之物，

它所在的穹顶的钟，声音的守护者。

---

① Arachne，希腊神话中善织绣的少女，其技艺遭雅典娜嫉妒，而被雅典娜点化成蜘蛛。

XVII

穿门而过，穿墙而过吧，
那些抹香膏的，抹着它田野的芬芳，
将睡眠带给睡眠的松树之形。

XVIII

低的潮，平的水，湿热的太阳。
人观望最深邃的阴影滚动。
达玛里斯科他①哒哒嘟。

XIX

一个男孩在一个浴缸下游泳，一个坐
在上面。呼噜，人船来了，
一派人造范，比那不勒斯还匀称。

XX

你几乎看得见她闪烁中的铜器，
看不太清。那时雾之于光就是现在
红之于火。而她的主桅收细到无物，
不曾摇摆一毫米的尺度。
那时她栏杆上的珠子似乎要抓住透明。
还不到无畏地纵身一跃的时辰。

──────────

① Damariscotta，美国缅因州林肯郡河名。

黄色午后

仅在尘世里
他才处于事物与他自己
的底部。在那里他可以说
我属于这个，这个就是族长，
这个就是我一提问便回答的，
这个就是哑巴，最后的雕像
沉默围绕着它躺在沉默之上。
这个毫无分别休憩于春日
和满布着藤架与古铜的秋天。

他说我有了这个我可以去爱，
就像人们爱有形与回应的平和，
就像人们爱自己的存在，
就像人们爱那就是结局并且
必须被爱的东西，就像人们爱那个
人们归属于其中仿佛一个联合体的东西，
这联合体便是人们所爱的生活，
让人们活在构成它的所有生活里
如同战争那致命联合体的生活。

一切都降临到他身上
从他的领域的中心。尘世

的气味比任何词语刺得更深。
他在此触碰自己的存在。在此如他存在
他存在。那个念头，就是他发现这一切
在男人之间，在一个女人身上——她抓住了他的呼吸——
但他回返如人们从阳光下回返
去躺在自己黑暗中的床上，靠近一张
无眼也无嘴，望着他说话的脸。

威武之华章

I

今晚我才又一次看见天空中低垂的
晚星，在冬季之初，那颗星
在春天会登临每一道西方的地平线，
又一次……仿佛它归来，仿佛生命归来，
不在于一个后来的儿子，一个不同的女儿，另一个地方，
而是仿佛夜晚发现我们都年轻，依然年轻，
依然行走在一个我们自己的当下。

II

就像突然的时间在一个没有时间的世界，
这个世界，这个地方，我曾存在其中的街道，
没有时间：因为不存在的没有时间，
不存在，或是属于那曾经有过的，充满了
军队之前的沉默，既无军号亦无战鼓
的军队，指挥官们哑口无言，武器
抛落于地，被紧锁在一场深刻的失败之中。

III

这颗星与它点亮的世界何干，
与英格兰之上，法兰西之上，亦笼罩着
德国营地的苍茫天空何干？它移开了眼光。
却正是这一颗终将留存——它本身
就是时间，除开任何过去，除开
任何未来，那永远活着与存在的，
那永远呼吸和移动的，那恒久不灭的火，

IV

临近的当下，已实现的当下，
不是符号而是符号所代表的那一个，
空气中永不改变的鲜明之物，
尽管空气改变。今晚我才又一次看见它，
在冬季之初，而我又一次行走与
说话，又一次生活与存在，又一次呼吸
又一次移动和又一次闪亮，时间又一次闪亮。

人与瓶

心是冬天浩大的诗篇，是人
他为了发现什么才足够，
摧毁玫瑰与冰的
浪漫屋舍

在战争的国土。不止是人，它是
怀有人之一族的暴怒的人，
众多灯盏最中心的一盏灯，
众人最中心的一个人。

它必须满足关注战争的理性，
它必须劝慰说战争是它自身的一部分，
一种思维方式，一种摧毁的
调式，如同心摧毁一切。

一种厌恶，如同世界嫌避
一种古老的幻灭，一场与太阳的旧情，
一次与月亮的不可能的越轨，
一种和平的粗鄙。

不是雪在充当羽笔，纸页。
诗篇比风抽打得更猛烈，
就像心，为了发现什么才足够，摧毁
玫瑰与冰的浪漫屋舍。

论现代诗歌

行动中的心的诗篇，要发现
什么才足够。它并非总是必须
发现：布景已搭好；它背诵
早已在脚本里的东西。

                  随后剧场被改造
成了别的什么。它的过去已是一件纪念品。

它必须是活的，去学习当地的言语。
它必须面对当时的男人，去遇见
当时的女人。它必须思考战争
必须发现什么才足够。它必须
建构一个新舞台。它必须登上那舞台，
并且，像一个贪心的演员，缓慢而
沉吟地，念出台词，在耳轮中，
在最精致的心之耳轮中，重复，
分毫不差，它想听见的事物，那声音
为一群隐身的观众所倾听，
不是听剧，而是听自己，表达在
一份为两人所有的情感之中，如同两份
情感合二为一。演员是
一个黑暗中的玄学家，弹拨着
一件乐器，弹拨着一根丝弦

送出声音穿透突然的恰当性，完整地
将心包容，更低的所在它无法沉落，
更高的超越它无意攀升。

        它必定
是一种满足的发现，可以是
一个男人在滑冰，一个女人在跳舞，一个女人
在梳头。心之行动的诗篇。

抵达华尔多夫 [1]

从危地马拉回家，回到华尔多夫。
这场抵达在灵魂野性的国度里，
所有的途径消失，完全就在那里，

在此处野性的诗篇是一个替代
替代一个人所爱或应当爱的女人，
一支野性的狂想曲是另一支的赝品。

你触摸酒店的样子就像你触摸月光
或日光，你哼唱乐队便也
哼唱，于是你说"世界在一行诗里，

一个世代被封存，男人比山更遥远，
女人在音乐和运动和色彩里隐形，"
在那异国，直白，绿而实在的危地马拉之后。

———————————

[1]　Waldorf，指纽约华尔多夫·阿斯托里亚酒店（Waldorf Astoria）。

有船的风景

一个反主之人，多花月季的苦行者。

他拂去了雷霆，然后是云，
然后是天堂的巨型幻象。只不过
天空还是蔚蓝的。他想要无可觉察的空气。
他想看见。他想让眼睛看见
而不为蔚蓝所触动。他想知道，
一个赤裸的男人，他审视自己在空气的
玻璃之中，寻找蔚蓝之下的世界，
它并无蔚蓝，并无任何绿松石色调或色相，
任何天青的底面或余色。骸骨
的纳波布①，他拒绝，他否认，以抵达
那中性的枢心，那不祥的元素，
那单色的，无色的，原初的。

并不是仿佛真理就在他以为的地方，
像一个幻影，在一个被灭绝的夜晚。
认为它就在那里比较容易。假如
它不在别处，它便在那里，而因为
它不在别处，它的位置唯有假设，

---

① Nabob，印度莫卧儿帝国（Mogul）的地方总督。

它本身唯有假设，一件假设的事物
在一个假设的地方，一件为他所及的事物
在一个为他所及的地方，通过拒绝他的所见
和否认他的所闻。他会抵达的。
他唯有不活，在黑暗中行走，
被一个虚空射入
另一个。

   他的本性就是要假设，
要接纳别人曾经假设的，而不
承认。他接纳他所否认的。
但作为将被承认的真理，他假设
一个超越一切真理的真理。

     他从未假设
他可能是真理，他自己，或它的部分，
假设他拒绝的事物可能是部分
不规则的绿松石，是部分，愈加浓密的
可感知的蔚蓝，是部分，眼被如此地触动，被云如此地
利用，耳被雷霆如此地
放大，是部分，以及所有这些事物合在一起，
是部分，以及更多的事物，是部分。他从未假设神圣的
事物可能外表并不神圣，假设若没有什么事物
是神圣的则一切事物皆是，世界本身，
若没有什么事物是真理，则一切
事物皆是真理，世界本身就是真理。

倘若他原本更可以假设：
他可能会坐在一张沙发上，在一个阳台上
俯瞰着地中海，绿宝石
正化为复数的绿宝石。他可能会观看手掌
拍打炎热中的绿耳。他可能会细察
一支黄色的酒并跟随一艘汽船的轨迹
说道，"我低哼的事物似乎是
这出天国哑剧的节奏。"

论风景的恰当性

小猫头鹰飞越了夜晚，
仿佛空中的人
受了惊吓而他也惊吓他们，
就凭置身于此，

那些人转过身来
躲避那对明亮，偏航的翅膀，
躲避中心事物的
嘻哈噜哈噜呼，

也不会在他们空空的心里感觉
太阳血红的红，
萎缩到一种无知无觉的，
小小的遗忘，

远过感觉得到痛苦的人们
最强烈的钻石日，
当公鸡苏醒，抓着他们的床
来重归于存在，

还有那些为此而转向公鸡者
转向一日之始与树木

与夜晚之躯背后的光
和太阳，仿佛这一切

以往便是它们现在所是，最锋利的太阳：
最锋利的自我，可感觉的范围，
它们所是之和的外延，它们
交换的力量，

所以那最受苦者渴望
红鸟最甚，还有最强大的天空——
并非空中的人，他们听见
那小猫头鹰飞行。

Les Plus Belles Pages [①]

送奶工来到月光之下而月光
比月光更少。无物凭自身存在。
月光似乎是如此。

        两个人，三匹马，一头牛
和太阳，海中汇合的波浪。

月光和阿奎那[②]似乎是如此。他说话，
不停地说话，谈论上帝。我把这个词改成了人。
自动机，在逻辑上是自足的，
凭自身存在。还是圣人活得更长？
几个灵魂是否仅仅呈现一个形体？

早餐后的神学粘在眼睛上。

---

① 法语："最美的篇章"。
② Thomas Aquinas（1225—1274），意大利哲学家、神学家、天主教修
　 士、教会博士。

有节奏的诗

蜡烛和墙之间的手
在墙上变大。

这道或那道光与空间之间的心思，
（这个男人在一个有世界图像的房间里，
那个女人在等待她爱的男人）
对着空间变大：

在那里男人最终将图像看清。
在那里女人将她的情人纳入她心里
并在他胸前哭泣，尽管他永不到来。

必定是那只手
有一个意志要在墙上变大，
变得更大更沉也更强，胜过
那道墙；而那个心思
转向自身的形态并宣布，
"这图像，这爱，我用这一切构造
我自己。置身于这一切，我向外涌现。
置身于这一切，我显出一派生气勃勃的洁净，
不在空气，亮蓝色相似的空气之中，
而在我那面愿望和意志的强大镜子里。"

看一瓶花的女人

就仿佛雷霆成形于
钢琴之上，那一刻：当太阳与天空
粗糙而满含醋意的堂皇
把自己撒遍了花园，就像
风融化为飞鸟，
云成为梳辫子的姑娘。
就仿佛海又被倾倒出来
在夜间扣打百叶窗的东风里。

呼鸣吧，她体内的小猫头鹰，
高处的蓝是如何变得细致
在叶子与花蕾之中，红色又是如何，
轻拂之下的碎片，空气中的点，
变成了——中心的，本质的红是如何
逃脱它巨大的抽象，变成了，
先是夏天，随后是一个较短的时间，
随后是桃子的，灰梨的侧面。

呼鸣吧，非人的色彩是如何
在她身边就位，她的所在，
就像人的调解，更像
一场更深刻的和解，一个行动，

一次免于怀疑的确认。
粗糙而满怀醋意的无形
变成了事物的形式与芳香
而毫无洞见，靠近她。

衣着讲究的蓄须男子

在最终的不之后到来一个是

未来的世界取决于那个是。

不曾经是夜。是这当今的太阳。

倘若被弃绝之物，被否定之物，

滑过了西方的大瀑布，然而一件，

只一件，一件曾经牢固之物，甚至

不比一只蟋蟀的角更大，不多于

一个被整天排演的念头，一段言说

属于必须以言说维持自己的自我，

一件留存的，绝对无误的事物，大概

就够了。啊！那事物的 douce compagna①！

啊！ douce compagna，蜜在心中，

绿在体内，出于一个微小的短语，

出于一件被信任之物，一件被确认之物：

枕上的形体在一人沉睡时哼鸣，

哼鸣的屋子之上的光环……

它绝不可能被满足，思想，绝不。

_____

① 法语："温柔的平原"。

有关亮蓝色的鸟儿与节日的太阳

有些东西，niño[①]，有些东西是这样的，
它们在刹那间并且本身就是快乐的
而你我正是这样的东西，哦最可悲的……

有一刻它们是快乐的，是一个元素的
一部分，对我们而言最精确的元素，
我们在其中把欢乐念得像我们自有的一个词。

正是在此处，并不完美，与这些东西一起
深谙幸福的学问，却什么都没学到，
我们欢乐地身为我们自己，我们思考

而无思想之劳苦，在那个元素之中，
并且我们感觉，以一种孤立的方式，有一刻，仿佛
在我们自身之外有一种明亮的 *scienza*[②]，

一份愉悦亦即存在，而非仅仅知道，
要存在并在信仰中完全的意志，
激起一阵笑声，一派和谐，在突然之间。

---

① 西班牙语："男孩，小子"。
② 意大利语："科学"。

阿尔弗莱德·乌拉圭夫人

那又怎样呢别人
说道并且太阳沉落
而，在傍晚的褐色忧郁里，夫人说道，
对着驴子的耳朵，"我恐怕优雅
必定要苦斗，像别的一样。"她攀登，直到
她膝上的月光，让她的天鹅绒变色，
和她的衣裙融为一体，她说，"我始终
对一切说不，为了找到我自己。
我已将月光像泥一样抹掉。你天真的耳朵
和我，如果我裸身骑行，是剩下的全部。"

月光碎裂成退化的形体，
当她抵达了真实者，在她的山顶，
与至高的黑暗同在。驴子在此可骑行，
耳朵可把持，即使它想望一个铃铛，
虔诚地想望一只弄虚作假的铃铛。
月光连这也改变不了。而对于她，
存在，无视天鹅绒，从来不可能
多于存在，她从来不可能别样地存在，
她的不和不令是成为不可能。

是谁骑着匹一意孤行的马掠过了她，

是什么无所不能的想象之人物？
谁的马咔嗒咔嗒跑在她攀升的路上，
奔下山去，视而不见她的天鹅绒和
月光？那是不是一个专注于太阳的骑手，
一个青年，一个头发闪着磷光的情人，
衣着寒酸，因涌流的强力而狂傲，
沉迷于敛集殉道者的骸骨，
奔离那真实之物；并且无所不能？

村庄沉睡，当那无所不能的人驰行而下，
时光抽响了村庄的钟表，梦境是活的，
巨大的铜锣给它们的声音安上刀锋，
当那骑手，既非骑士而又衣着寒酸，
不耐烦那声声钟响与午夜的形体，
奔过嶙峋的岩石，驰下道路，
并且，无所不能，最后的胜利者，
在自己的心中创造了，用殉道者的骸骨，
那终极的优雅：那个想象的国度。

双簧管上的副曲

序章结束。这是一个问题，现在，
有关最终信仰。这样，姑且说最终信仰
必定在一个虚构里。是选择的时候了。

I

那陈腐的虚构，那条宽阔的河在
一片空的陆地上；布歇①杀死的众神；
和被时间化为颗粒的金属英雄——
哲人之人仍独自披着露水行走，
仍在海边低吟乳白色的诗行
关乎一种完美无瑕的比喻。
如果你说在高音双簧管上人是不够的，
永远不能立身为神，终究是错的
归根结底，无论如何赤裸，高大，都仍有
那不可能而可能的哲人之人，
那曾经有过时间去思考个够的人，
那中心的人，那人之地球，反响
如一面有声音的镜子，那玻璃之人，
他在一百万颗钻石里将我们总结。

_____

① François Boucher（1703—1770），法国洛可可风格画家。

II

他是此地的透明，在他存在的
所在，在他的诗中我们找到和平。
他安放好这小贩的馅饼并在夏天哭泣，
那个玻璃人，寒冷而来日无多，露水般哭泣，
"汝非八月除非吾令汝如是。"
想象的楼梯上秘密的梯级
攀越黑夜，因为他的布谷鸟在叫。

III

有一年，死亡与战争阻止了茉莉的香气
而茉莉的岛屿成了血腥的殉道。
那么中心的人又是怎样的情形？我们是否
找到了和平？我们找到了人的总和。我们找到了，
若我们找到了中心的恶，那中心的善。
我们不用茉莉花冠就埋葬了逝者。
没有什么痛苦他不曾经受，没有；我们也是。

并不是说仿佛茉莉花曾经回返。
但我们和钻石地球最终已合而为一。
我们一直是局部的一体。正是在我们终于
看到他时，我们才成为全部的一体，当我们听见
他为那些葬身自己血泊的人吟唱，
在茉莉花出没的树林里，我们便认识了
那玻璃人，而无需外部的参照。

向精微理念学院致辞之摘录

I

一张被揉皱的纸发出一阵嘹亮之声。
起皱的玫瑰叮当，纸做的那些，
耳朵是玻璃，噪音疾行于内，
假的玫瑰——比较一下太阳和雨的
无声玫瑰，活在自己气味里的血玫瑰，
跟这纸，这尘埃。其理自明。

                    Messieurs[①]，
这是一个人造的世界。纸的
玫瑰有着它的世界的性质。
海是如许的书面文字；天空
蔚蓝，澄明，多云，高远，晦暗，宽而又圆；
山岳将自身铭刻在墙上。
与此不同，雨的玫瑰是属于
赤裸的男人，属于雨一般赤裸的女人。

那个夏天何在，温暖得足以迈步
在淫荡的毒药之中，净而不染，

---

① 法语："先生们，诸位"。

我们又能在何种隐秘之所，赤裸着，存在
超乎赤裸的知识，作为
现实的一部分，超乎何为真实的
知识，一个超乎心灵的国土的一部分？

雨是一个不可忍受的暴政。太阳是
一个怪物制造者，一只眼，仅仅一只眼，
一个塑形者，塑只为眼而存在之形，
那些事物绝不比纸做的事物更好，那些日子
是纸做的日子。假的与真的是一体。

II

眼睛相信，它的交流获取。
心灵笑看眼睛相信
而它的交流获取。现在即是如此。
就让瓷器的秘书去审视
被造就为魔法的恶，如在灾祸之中，
若是上釉均匀，会变成无异于
一个皇帝的水果，一个亲王的茄子。
善是恶的最后发明。就这样
灾祸的造就者发明眼睛
并通过眼睛将一万宗死亡等同
于单单一只好脾气的杏子，或者，不妨说，
一只好空气的茄子。

　　　　　　　我的胡子，专注

于恶的笑：那暴烈的 ricanery①

其间有凶狠的 chu-chot-chu②，那啜泣

让呼吸笑得更响，更深的喘息

提升那极度完整的冷嘲

之修辞，那些赋格始于脚趾

而终于指尖……那是死亡

它是一万宗死亡和恶的死亡。

要平静，在你的伤口之中。那是好的死亡

它了结恶的死亡并死去。

要平静，在你的伤口之中。抚慰之星

应该成为你所经历的死亡的驯服者

而无助的哲人们说着依然有助之事。

柏拉图，变红的花，色情的鸟。

III

教堂拱门的瘦猫，

那是旧世界。在新的里面，人人皆祭司。

他们传道，他们正传道于一个

有待描述的大陆。他们正传道于一个

有待描述的时间。何物的福音传人？

若他们能将他们的论纲合并为一，

-----

① 由法语"ricaner"（冷笑）而来的生造词。
② 由法语"chuchoter"（低语）而来的生造词。

将他们的思想汇聚为一，

化为单独一个思想，就这样：化为一个女王，

一个依仗天赋通感的仲裁者，

或是化为一个深蓝的王，*un roi tonnerre*[①]，

他的仅仅存在便是他的勇毅，

首领与居中之心与头脑之头脑——

若是他们可以！又抑或是众多的思想，

像头脑深处的昆虫，它会杀死

那单独一个思想？众多的人

会杀死那单独一个人，饥饿的脑袋，

一个人，他们的面包和他们记得的酒？

教堂拱门的瘦猫

晒着太阳，它们在其中感觉透明，

仿佛是由 X，至尊之主所设计。

它们感受一番它们的设计并品尝

阳光。它们欢快地承载那超乎其自身的

一点点，那稍有不公正的绘画即

它们的天才：时间的精妙错误。

IV

在一个四月初的星期天，一个乏力之日，

他对冬天的山丘感觉好奇

---

① 法语："一个雷霆之王"。

并对湖中的水惊异莫名。

自十二月以来始终很冷。雪落下，先是，

在新年，自此一直到四月，铺

在一切之上。现在它融化了，留下

灰草地像一个草垫，被紧紧压着；

和污秽。风吹在那个空的地方。

冬季的风吹在一个空的地方——

那个和一个之间有这一种区别，

他自己和无人之间的区别，

在一个空的地方听见风的无人。

是时候再一次成为他自己，看一看

这地方，尽管枯萎，是否依然

在那区别之内。他感觉好奇

水是不是黑的并且甩来甩去

或者冰是不是依然覆盖着湖面。依然有

雪在树下也在北边的岩石上，

死的岩石不是绿的岩石，活的岩石。倘若，

在他看时，水涌到空中或是变白

映着冰的锋刃，抽象就会

被打破，冬天就会被打破与完成，

而存在就会是再一次存在为他自己，

存在，成为看见与感觉与自我，

黑水碎入现实。

V

混乱的法则是理念的法则，
即兴创作与信仰之四季的法则。

理念即人。意义之众与
人之众是一体。混乱不是

意义之众。它是三四个
理念或者，比如说，五个人或者，可能是六个。

最终，这些哲学刺客抽出
左轮枪将彼此射杀。只剩一人。

意义之众又一次设定。
剩下的那个拿一件乐器演奏

他自身与夜晚之间一份良好的协议，
人之众与他自身之间的一段和音，

远远超越爱与夏天那些假定的
坎佐尼①。那刺客在混乱中

歌唱，他的歌是一份安慰。

————————
①　Canzones，16—18 世纪意大利或普罗旺斯的歌谣形式。

那是意义之众的音乐。

然而却是一支奇特的浪漫曲，
鲜血世界里留给纯粹理念的这份温暖，

这份找不到一个声音的无能，
紧附着头脑像那正确的声音，那一支

剩下的刺客之歌，他歌唱
于至高的想象之中，欢庆凯旋。

VI

有关系统性思考……赫克力斯[1]，
哦，你的皮肤与脊椎与头发，赫克力斯，
你躺在你的洞穴里思索着什么？
思索它即是思索死亡之道……

那另一个想要思考他走向生活之道，
确实终极的诗就是头脑，
或是有关头脑，或者有关头脑在这些
极乐之境，这些日子，半是尘世，半是头脑；
半是太阳，半是太阳的思考；半是天空，
半是对天空漠不关心的欲望。

---

① Ercole，Hercules（赫克力斯）的意大利语写法。

他，那一个，想要思索他走向生活之道，
快乐之道，因为人们都在思考以存在。
他们只得思考它以存在。他想要那样，
想要面对天气而无法说出
它有多少是光，有多少是思想，
在这些极乐之境，这些起源，
这唯一的地方，我们存在与停留其中
除了我们用它来制造的意象，
并且为它制造，我们由此思索求道，
并且，毫不快乐，谈论幸福
并且，谈论着幸福，知道它的意思就是
头脑即目的而必须得到满足。

它不可以半是尘世，半是头脑；半是太阳，
半是思维；直到头脑已得到了满足，
直到，对他而言，他的头脑得到了满足。
时间费尽苦心造就那救赎的思想。
有时在困倦的中午它会成功，
太过模糊，它理应被恰当写下。

VII

已然满足了头脑并转而看见，
（那是我们所有尽可能深的信仰）
转而观望并说有的无非是

这个，唯独这个我可以信仰，

无论它是什么；于是一个人的信仰

抵制每一个过往的启示录，否弃

锡兰，不求一物于海洋，*la belle*

Aux crinolines[①]，抹开疯狂的群山。

                              一个人

所信之物便是要紧之物。迷狂的种种同一性

在一个人的自我与天气与天气的

事物之间，是对他的元素的信仰，

悠闲的聚会，久久沉思之后的

屈服，一再重复的说辞即

再没有别的什么，只须

信仰天气，信仰有关天气的事物

与人，信仰一个人的自我，作为其中一部分

而再无其他。于是假如一个人去了月球，

或是更远的所在，去往一个不同的元素，

他或许会被淹没在不同的空气中，

失去信仰之力，在那不同之中。

随后从月球回返，若是一个人呼吸到

寒冷的傍晚，没有任何香气或任何

女人的影子，眼望见最弱的灯光

和最遥远，孤单的颜色，即将改变，

赤裸一身无任何幻想，陷于贫穷，

———————————

① 法语："穿撑架裙 / 的美人"。

陷于最确切的贫穷之中，若是此刻
一个人呼吸到寒冷的傍晚，最深的吸气
或许会来自那朝向微妙中心的回返。

VIII

我们活在一个营中……最终和平的诗节
在于心的残渣之内……阿门。
但它会不会是阿门，在唱诗班里，若是曾经
在全面战争里我们死去又在死后
归来，再不能死去，命中注定
要忍受此后每一场致命的创伤，
超越第二次死亡，作为恶的结局？

只不过我们可以死去，就为了逃避
那些创伤。然而葬在恶土之中，
倘若恶永不终止，便是在
死后回归于恶，无法再死去
而命中注定要忍受下去超越
一切致命的结局。最终和平的圣歌
在于心的残渣之内。

        我们怎能
诵唱，假如我们生活在恶之中，之后
又被粗暴地葬在那里？

倘若尘世要消解

它死后的恶，它的消解必在
我们活的时候。那时会传来最终的圣歌，
那冥想者的圣歌，他在寻找言辞最锐利的
尖锋：要穿透心的残渣
并在那里找到音乐给唯一的一行，
与记忆相等的一行，其中
不可或缺的音乐将词语整齐排列。

看呐，那些戴头盔的人负起钢铁，
失去了颜色，看他们将会怎样失败。

Montrachet-le-Jardin ①

除了我爱过的还有什么可以去爱?
要是再没有别的, 哦闪亮的, 哦闪亮的,
小鸡, 谷仓和草绿的香葱

和大月亮, 蟋蟀乐队指挥,
还有, 嗝, 人口不多的镀紫的往昔,
嗝, 嗝, 跪下来休息的蓝牛。

哩! 时钟嘀嗒, 要是再没有别的。
可要是, 可要是有别的什么可以去爱,
什么东西在此刻一个无意义的音节里,

头脑中的一个影子, 一个舞动
与声音相似的声音的人, 花枝招展,
向情感靠近或是从情感中投下,

这些别的影子, 并不在头脑之中, 无声的
演奏者, 从零和更远的所在
调谐而得, futura②乱七八糟的团块,

① 法语: "蒙特拉谢花园"。蒙特拉谢 (Montrachet) 为法国勃艮第
　（Burgundy）博纳山坡 (Côte de Beaune) 的著名白葡萄酒产地。
② 西班牙语: "未婚妻", 亦指一种几何无衬线字体。

但要是有别的什么可以去爱，阿门，
阿门给予熟悉事物的情感，
有福的君王披着匕首的露水降临，

阿门给予思想，我们奇异的骷髅，
轻弹食盐者，阿门给予我们习惯的牢房，
牢房里的月光，墙上的词语。

今晚，夜晚未经破解的低语
靠近囚徒的耳朵，变成一个咽喉
触手可及，既不是青铜也不是大理石，

英雄的咽喉，词语在其中言说，
来自其中的圣歌靠近耳边，
从英雄的存在里涌出，那递送者

用他的词语递送囚徒，
如此那月光下的骷髅才能歌唱，
歌唱一个牢房外的英雄世界，

不，并不相信，而是要化牢房为
一个英雄的世界，他是其中的英雄。
人必须成为他的世界的英雄。

咸的骷髅必须跳舞因为

他必须，在夏夜的芳香之中，
放荡的紫罗兰与好色的玫瑰，

仲夏的爱与最柔软的静默，
夜间生物的天气，也是整天吹哨，
回响着多于我们所有的修辞。

他听见世间最早的诗篇
诗中人是英雄。他听见那些词语，
在言说者最年轻的一息被夺去之前！

绝不要惧怕野蛮的云朵或冬之停歇
还要让海的水腹咆哮起来，
也不要感受其他人的 x 咒骂，

既然在我们前去的英雄之国土，
每经过一个群体都更近一分，
我们来到那里如同进入有边槽的平原，

血中的毒素将已被清除，
一个内在的奇迹与太阳圣礼，
重大的奇迹之一，它落下

有如苹果落下，并无天文学，
两次呼吸间的若干圣礼之一，
只因它们造就的改变而神奇。

那骷髅说这是一个裸男的
问题，那裸男作为最后
也最高的英雄与 plus①最享乐的 vir②。

想一想无语、无形的诸神原先
如何统治我们，从亚洲过来，仅凭
我们对他们意志最起码的领悟。

在亚洲必定有怜悯以及学者的
神圣阴影俯首于他们的书籍之上，
神圣的致辞来自瘦削的管堂司事

论善，讲述人们嗓音中的善。
所有人都可以用神的嗓音谈论它。
但要简单地谈论善就仿佛是去爱，

去将本源之人与超人等量齐观，
本源之人攀爬着，被他的大众折磨，
超人理了卷发，拥有与被拥有。

天堂之地的短短一刻
被我梦见，有秋天的河，绿色丛林，
在雪中高耸的貌似神圣的山上，

---

① 拉丁语："最"。
② 拉丁语："男人"。

但在那场梦里一个沉重的区别
在不断苏醒，而一份悲伤的感觉找到了，
生命的季节或死亡的元素，归于徒劳。

杂种的城堡和如烟的少女们，
不再。我可以建造我自己的塔楼，
在那里凝望，在那里宣示，回应之

事实的恩典与免费的酬报，
将赤裸之人投入一个事实的境况之中，
作为最尖锐的善与苦行的收藏品。

项目：鸡鸣，鸟啼，而
太阳铺展，有如一个重复在
一线之上，一个绝对，一成不变

朝向一个无可企及的，纯净的声音。
项目：风从来不是圆转的 O
并且，并无形迹，它本身即是最多，

将它永恒的一知半解遍空间放置。
项目：绿色芦苇间沉思的绿色鱼
是一个绝对。项目：大瀑布

作为事实飞降有如回春的雨，

穿过赤裸向着赤裸飞降，
落向头脑中冥想的极光生物。

项目：呼吸吧，在那呼吸的中心之上
呼吸生命最近的，数以千计的感觉。
但要让这一个感觉成为唯一的主体。

然而昨天的奉献又有什么好？
我确认，于是在午夜时分这只大猫
从炉边迅速跃起，随即消失。

新闻与天气

I

他的红帽章里的蓝太阳
今天走过了美国，

比任何眼光可以看见的更高，
比任何人可以活得更老。

他撞上了旗帜和人的
警戒线，环绕汽车厂：

他的风格将它们擦亮。他兜着圈
走在喧闹的长蛇阵里。他操练。

他的红帽章让一次游行圆满。
他的风格采取它可以找到的一切，

呈现他抛到身后的绿油油的绿
和他心里钢琴的声音。

II

索朗热①，我对它说话的木兰花，
一棵黑鬼树而且有一个黑鬼名字，

我对它说话，我靠近它站立和说话，
我就是索朗热，悦耳的灾星，她说。

我是冬天尽头的一味毒药，
与枯萎的天气，皱褶的云同服，

将那歪扭灵魂的苦痛窒息。
吸入紫的芳香。它成为

几乎是一种黑鬼芳香，一个奥秘
给见弃于智慧而无助的灵魂。

这一年里有一个时刻，索朗热，
当深呼吸迎来生命的又一年。

---

① Solange（？—约 880），法国维叶蒙（Villemont）地区的牧羊女，因反
抗强暴者而被其斩首，后被当地人尊为基督教圣女。

变形记

蟥的，蟥的，蟥的，
老虫子，我狡猾的遁词，
风如何拼出
Sep-tem-ber①……

夏天在骨头里。
知更鸟儿在加拉加斯。
念哦，念哦，念哦，
Oto-oto-bre②。

而粗鲁的叶落下。
雨落下。天空
落下跟虫子躺在一起。
街上的灯

是那些被吊死的，
摇摇晃晃在一种没逻辑的
来来又回
回的 Niz-nil-imbo③。

———————————

① "September"（九月）被断开。
② "October"（十月）被断开和变形。
③ "November"（十一月）被断开、变形和分解。

相反的命题（Ⅰ）

此刻葡萄奢靡于藤蔓之上。
一个士兵在我门前行走。

蜂房都重重地装满蜂巢。
在前，在前，在前，在我门前。

而六翼天使簇集于穹顶，
而圣徒们光灿灿身披新袍。

在前，在前，在前，在我门前。
阴影在墙垣之上减弱。

房子的赤裸回返。
一道酸性的日光注满厅堂。

在前，在前。血玷污橡树。
一个士兵在我门前迈开大步。

启明星就着他自己的光阅读

很难阅读。书页是暗的。
他却知道他指望的是什么。

书页是空的或是一个没有玻璃的镜框
或一片空的玻璃，在他看的时候。

夜的绿意铺在书页上，渗到
下面的深处，在空玻璃之中……

看呐，现实主义者，不知道你指望的是什么。
绿落在你身上，在你看的时候，

不断落下并且产生和给予，甚至是一种言说。
而你认为那就是你指望的，

那根本的起源，那绿夜，
在传授一个朦胧的字母。

寻找免于运动的声音

整个下午留声机
喋喋不休西印度天气。
斑马叶，海
和它全都说到了一起。

多节的海，树叶
和它全都说到了一起。
但是你，你用了这个词，
你的自我是它的光荣。

整个下午留声机儿，
整个下午留声机儿，
世界作为词语，
喋喋不休西印度飓风。

世界活着如同你活着，
说话如同你说话，一个生物
重复自己的重要词语，却抵消
一个音节的音节。

巨物

树木像铁棒一样被拔掉
而巨物，那响亮宏阔广大者
一个劲唱了又唱，自在如狂。

音乐家是谁，软到肥腻
自在如狂，他抓挠的拇指
在耳边抓挠着这些辅音？

变形者是谁，他本身已被变形，
他唯一的存在，唯一的形
是他们与我们的相似之处？

那虚无中的同伴，
响亮，宏阔，广大，肥腻，柔软
狂野而又自在，那次要之人？

云－小丑，蓝的画师，太阳如号角，
山－学者，从不存在的人，
那糟糕的被言说的缺乏者，

纳西索斯①的祖先，次要之人

的王子。并无岩石

与石头，只有这个造像者。

① Narcissus，希腊神话中爱上自己池中倒影而死的美少年。

相反的命题（II）

中秋里一个化学的午后，
当地与天宏大的机械学靠近之时，
甚至洋槐的叶子都是黄的，

他肩扛着他一岁的男孩在走。
太阳普照，狗吠，婴儿睡了。
叶子，甚至是洋槐的，绿洋槐的。

他想要并寻找一个最后的庇护所，
远离冬天夸夸其谈的讽喻
和时髦的殉道者们。他走向

一种抽象，对于它太阳，狗，男孩
都是轮廓。寒冷正冻着行域宽广的天鹅。
叶子正落下像音符出自一架钢琴。

抽象突然在场而又再次离去。
黑鬼们正在公园里玩足球。
他看见的抽象，就像洋槐叶子，一目了然：

那个前提，万物都是从中导出的结论，
那高贵的，亚历山大式的激情。苍蝇
和蜜蜂依旧寻找菊花的清香。

作为一个存在的手

在最后圣歌的第一曲，
太过警觉同一刻有太多的东西，
我们的男人注视那裸体的，无名的夫人，

抓住她并且疑惑：为什么在树下
她在他面前将手举到空中，
让他看见，编结盘绕她闪亮的头发。

太过警觉同一刻有太多的东西，
在最后圣歌的第一曲，
她的手平静了他也平静了树。

风已抓住了树而且哈，哈，
它举起那颤抖的，那摇动的枝条，
随后在高涨的湖中沐浴其身。

她的手平静了他像一只手出现，
有一种非个人的姿势，一只陌生人的手。
他太过警觉太多的东西

在最后圣歌的第一曲。
她的手抓起他的将他拉近她。

她的头发落在他身上而吾鸟①飞

向花园尽头更通红的灌木丛。
对于她，唯有她，他终于有所了解
便挨着她躺在了树下。

---

① Mi-bird，"mi"或解作"me"（我）。

橡树叶是手

在希达斯匹亚①，靠近霍岑
住着一位女士，洛岑女士，
对于她存在之物曾是别的事物。

芙罗拉她有一度是。她明艳红润，
一名学士，通奇幻魔障
无可捉摸与变形悚栗之术。

麦克摩特②她曾经是，之前，
生有十二只脚在她祖先的地狱，
编织又编织数不清的手臂。

即使现在，也是别的事物的中心，
仅仅凭将手放到额头，
几个世纪沉思下去像贝壳一样。

如同橡子在原先的橡树上沉思
在北方之声的纪念物之中，
从真实中提取它的不真实，

———————

① Hydaspia，希达斯匹斯河（Hydaspes）流域地区。Hydaspes 为巴基斯坦旁遮普省杰赫勒姆河（Jhelum）的希腊名字。
② Mac Mort，"死亡之子（或女）"的苏格兰盖尔语变体。

就这样她在希达斯匹亚创造
从几个词语的运动之中，
芙罗拉·洛岑激活了

古代与未来的事件，
在闪闪发亮的七色变化之中，
靠近霍岑，多彩的洛岑。

战时对英雄的检视

I

武力是我的命运，不是粉色簇集的
罗马也不是阿维格农①也不是莱登②，
冷酷则是我的元素。死亡是我的
主宰，而暗无光明地，我居住。在那里
雪沉沉地悬在岩石之上，将它送来的
是一阵寻找遮掩以避雪的风。于是
人人都在冬天说话了。而人人说的却都是
武器的光辉，说罗马已荒废
在它自身的污秽里，说阿维格农已是
一个和平时代的和平，说莱登
始终是另一番心思。武器的
光辉，与冷酷相反的意志，命运
在自己的洞穴里，比任何慈悲都更微妙的翼翅，
这一切都曾是它们的西比尔③的圣咏集。

———————

① Avignon，法国东南部城市。
② Leyden，荷兰南部城市。
③ Sybils，古代希腊、意大利、小亚细亚等地传说中有预言能力的少女。

II

我们尊奉的神有能力解救
我们。好的化学，好的平凡人，那柄
天使之剑又如何？十乘以
十倍爆炸力的造物，痉挛的
天使，痉挛的粉碎者，枪，
咔嗒，咔嗒，我们尊奉的神依旧，
依旧，有能力解救我们，依旧神奇，
依旧在烟雾中动却又不动，依旧
与我们合一，在翻腾的噪音里，依旧
是队长，有技术的人，专家
首领，爆裂的色彩与
彩虹魔咒的创造者，野蛮的武器
对抗敌人，对抗那祭司，
普莱斯图[①]，他的低语令精神刺痛。

III

他们厌恶每一种旧的浪漫，去而复来，
厌恶每一支旧旋转舞，那音乐
像一曲仙乐在一所仙乐的
博物馆里，一张来自努比亚[②]的皮，

---

① Presto，意为"急板"，或为取"祭司（prester）"的相似词形而虚构的
名字。
② Nubia，古代非洲东北部的帝国。

一支氦气号角。英雄多么奇怪
对于这道精确、苛求的目光。视线
用闪光布料悬起天堂。视线
是一座所见之物的博物馆。视线，
在战争里，深刻地观察每一个人。
是的。但这些突然的升华
之于战斗就是他的激扬
之于未经认可的先知或是
任何暴怒之于它高贵的中心。

IV

要掌握英雄，那怪癖者
在马上，在飞机上，在弹钢琴——
弹钢琴，调音阶，奏琶音
与和弦，做早操，
下午读书，晚上思考，
此为制造一位名家之法。
一艘潜艇的训练。那征途
远过牡蛎的床，靛青的
阴影，上至浩大的海再下行
并黑暗地贴近火山一般的
海之塔楼，海之尖峰，海之山脉。
那信号……海之塔楼，被动摇，
轻轻摇摆，所有的尖峰战栗。

山脉崩塌。肖邦风格①。

V

平凡的人就是平凡的英雄。

平凡的英雄就是英雄。

官方认证。但于是也有了平凡的福运，

由你所愿之物促成：一只猫的

内脏，给魔鬼的十二美元，

一个跪着的女人，一颗月亮的告别；

亦有平凡的福运，促成它的是无物，

不期而至，偶然，风最起码的

驰行，一个干燥九月的雨，

布谷鸟的即兴之作

在一间钟表店里……士兵，想想吧，在黑暗里，

重复着你被指定的步伐

在两个精心测量的驻地之间，

在不那么精心测量的平凡地方。

VI

除非我们信任英雄，又有什么

---

① Chopiniana，俄国作曲家，指挥家格拉祖诺夫（Alexander Glazunov，1865—1936）将波兰作曲家肖邦（Frédéric Chopin，1810—1849）的音乐改编为管弦乐曲以向其致敬的一组作品，后由俄国编舞家米哈伊尔·福金（Mikhail Fokine，1880—1942）编为同名芭蕾舞，又名《仙女们》（*Les Sylphides*）。

可以信任？机敏的何物，何种美德
的同道。设想一下。用泥塑造他，
为每一天。以一种更民间的方式，
设想，设想，并且塑造他，用冬天
最冰冻的核心，一颗北方的星，位居
我们遗忘的中心，用夏天的
想象，金色的救援：
心的面包与酒，获得允准
在一个苦修的房间，它的桌子
跟一块桌布一样红，它的窗口
为西印度式，最极端的权力
活着，存在于我们周围并且就是
我们的，像一个熟悉的同伴。

VII

*Gazette Guerrière*①。一个人或许正巧
更爱看 *L'Observateur de la Paix*②，既然
Gazette 的英雄和 *L'Observateur*
的英雄，古典的英雄
和资产阶级的，是不同的，大相径庭。
古典的已改变。曾经有过很多。
现在多的是资产阶级的英雄。
英雄多过他们的大理石碑。

----

① 法语：《战报》。
② 法语：《和平观察》。

大理石是对一个理念的修剪，

而在大理石后面却有着那个理念，

为公共花园而设的事物的理念，

适合公共羊齿草的人们……英雄

滑向他的聚会像一个情人

咕哝着一个秘密，激情洋溢的消息。

VIII

英雄不是一个人。色诺芬①

的大理石碑，他的墓志铭，应当

展示色诺芬，曾经的他，既然

无论他的头还是马还是刀还是

传奇都不归属于曾经的他，一件静物

的形态，象征，褐色的东西，要在褐色的

书中思考。曾经的他的大理石矗立

如同仅仅一个白色的抽象，一个感觉

在一团有感觉的质量里，一种空白的情感，

一种反悲怆，直到我们称之为

色诺芬，它的工具与表演者。

隐晦的撒旦啊，做一个模型吧

为这种元素，这种武力。将它转变

为一种野蛮以充当它的形象。

---

① Xenophon（约公元前430—公元前354），希腊历史学家、哲学家、军人，苏格拉底的弟子。

IX

倘若英雄不是一个人，他的
象征，即使是色诺芬，似乎
站着比一个人站着更高，拥有
一个更宽的额头，更大而不太像人的
眼睛和兽类的耳朵：一个蒙昧者的
人形躯体。他走一种更灵巧
也更轻柔的步子。他的双臂沉重
而他的胸膛是伟大。他的所有言语
都是长片语形式的奇迹。
他自清澈的源头产生的思想，
显然是在空中，从他身上掉落
像歌吟落自一个多产的
诗人，仿佛他曾愉悦地思考，身受
一种天生音乐的逼迫来到此处。

X

而倘若那现象，经过放大，又被
进一步放大，sua voluntate①，
超越他的环境，被投射向
高，低，远，宽，映衬着距离，
在有如几辆马车的游行队列里，

————————————

① 拉丁语："如其所愿"。

被疯子涂画，被视为魔法，
新叶般长出形容词如私下的
与特殊的与恰当的光荣，
甚至登临彩虹之上的王位，目睹者
为海中的鱼，彩色的
鸟和人，在太过浩瀚的
空气尘世间——我们能否凭干的描述过活，
感觉一切都在挨饿除了肚子
并以异想天开的碎屑滋养我们自己？

XI

但一场亵渎的游行，低音部
唱出擦，擦擦的前奏，为那个
将皇帝引入了歧途的人，雄猫吹喇叭
回旋环绕尖塔和人们，
声音的大象，老虎
在长号里为孩子们咆哮，
小男孩们扮作糕点，嘀嘀，
年轻人如蔬菜，嘀嘀，
家与田野送出赞美，呼啦，嘀，
嘀嘀，呼啦。永恒的早晨……
骨上的肉。骷髅抛开
他的外壳吃着这肉，饮着
这圣龛，这道圣餐，
睡在日光下一物也不去回想。

XII

它不是一个形象。它是一种感觉。
英雄根本没有形象。
有一种感觉作为定义。
怎么可以有一个形象，一个轮廓，
一个设计，一块被鸽子弄脏的大理石？
英雄是一种感觉，一个被看见的人
仿佛眼是一种情感，
仿佛通过看见我们看见了我们的感觉
在被看见的对象里，并保留了那神秘之物
对着那视线，那穿透一切的，
纯粹的眼。并非寓言，
我们拥有并且就是那个人，有能力
发动他勇敢的疾行，属于人类
而貌似非人类的加速度。

XIII

他的这些信件写给小小的，
想象的，嬉戏的鬼魂，它们
把生命的盐抹在自己的嘴唇上尝
它的味道，信中藏匿着
太多的指涉。英雄
在现实中行动，增添无物
予他所做之事。他是英雄的

行动者与行动而不被分割。
那是他的观念的一部分，
即他不应被构想，身为真实者。
不妨说英雄就是他的民族，
被统一在他身上，并在这说法中
摧毁一切指涉。这行动者
是无名者，对此无能为力。

XIV

一千个水晶的鸣响之声，
如同灯光的影影绰绰回旋着
化为瞬间的一体，都被混合，
汇入圣歌，历经璀璨斑斓的改变，
诵唱英雄的领悟。
这些圣歌就像一片执著的光明
不断逼近，在时间与地点的
黑暗逼近之中，变得确凿，
这回响的有机中心，
坦然无碍，一千个水晶。
冥想最高的人，并非
他理应达到的最高并超乎其上，
创造的是，在更心醉神迷的感知里，
调和在音乐中创造的事物。

XV

最高的人，没有什么高过
他自己，他的自我，那拥抱
英雄的自我的自我，太阳的唯一者，
人之日，人之月，人之地，人之海，
在音节 *fa* 上作诗或是
从云上跃起，或是从自己的窗口，
看见二月漂亮的镀金……
人之日身为英雄拒绝那
虚假的帝国……这些都是工作与消遣
属于那最高的自我：他细察墙上
的纸，桌上的柠檬。
这是他的日子。什么也不曾失去，他
抵达人之人，如他所愿。
这是他的夜和冥想。

XVI

每样假的东西都会结束。夏之花束
变蓝，在它的空桌上
它陈腐，而水也变了色。
真正的秋天于是就站在门口。
在英雄之后，熟悉的
人令英雄变得虚假。
但夏天是假的么？英雄呢？

我们是如何想到秋天
是名副其实的季节，那熟悉的
人是名副其实的人？于是
夏天，聒噪着最野蛮的钻石并
披着它蔚蓝双倍的深红，
也许会真的承受它英雄的福运
为那巨大的，那孤单的形体。

——————

　　宏大的战争诗歌与一种想象之作的诗歌是两件不同的东西。在战争的暴力现实面前，意识取代想象。而一场宏大战争的意识是一种对于事实的意识。如果这是对的，随之而来的便是战争诗歌作为一种对于各个国家的胜负的意识，是一种对于事实的意识，不过是意识到英雄豪迈的事实，这样一种尺度的事实，仅仅意识到它就会影响到人们思维的尺度并会构成一种对英雄豪迈的参与。

　　在最近的时期里这么说很是容易，就是一切都倾向于成为真实的，或者不如说，一切都在朝着现实的方向移动，就是说，朝着事实的方向。我们离开事实又回归于它，回归于我们希望事实成为的样子，而不是它原先的样子，不是它太多次始终保持的样子。一种想象之作的诗歌在不断地阐明那场根本而无尽的，与事实的争斗。它处处都在发生，甚至在我们称为和平的时期。但在战争中，朝着事实如我们所愿的方向移动并且迅速移动的欲望是压倒性的。

　　永远不会有任何东西平息得了这份欲望，除了一种对于事实的意识，因为人人至少都满足于令它存在。

W.S.

《运往夏天》

TRANSPORT TO SUMMER

（1947）

上帝是好的。这是个美丽的夜晚

回看周围，褐色的月，褐色的鸟，当你升空飞行，
回看那脑袋和齐特琴
在地面上。

回看你周围，当你开始升空，褐色的月，
看书与鞋，枯萎的玫瑰
在门口。

这是你昨夜前来的所在，
飞到近前，飞过来而不升到远处。
现在，又一次，

在你的光下，脑袋在说话。它诵读那书。
它再次成为学者，寻找天际的
约会点，

在锈烂之极的弦上拨出单薄的音乐，
挤出最红的芳香，从夏的
残枝。

庄严的歌从你炽热的翼翅掉落。
你这个时代的伟大空间之歌刺穿
新鲜的夜。

某些声音现象

I

电话中的蟋蟀是静止的。
一朵天竺葵在窗台上枯萎。

猫的牛奶在碟子里干了。星期天的歌
来自蝗虫翅膀的拍打，

它拍打不是因为疼痛，而是日历，
来来回回的时候也不冥想世界。

有人已经动身去乘气球了
或是在一个泡泡里检查气泡。

房间比虚无更空。
却有一只蜘蛛在床下的左鞋中结网——

而老约翰·洛克特①在枕头上瞌睡。
对着一个时间送回的声音睡觉是安全的。

———————————

① John Rocket，不详，或为虚构的人名。

II

于是你又到家了，红杉漫游者①，马上就能
美餐一顿……将芒果切片，纳门②，并加

白葡萄酒、糖和酸橙汁。然后把它，
等我们喝完了摩泽尔③，端到花园里最浓的

树荫下面。我们必须做好准备聆听漫游者的
故事……那支滑溜的奏鸣曲的声音，

正寻路从房中传来，让音乐仿佛
是一个自然，一个所在，在其中它本身

就是产生其他一切的事物，在其中
那漫游者是一个比红杉更高的声音，

正从事着最多产的叙事，
一个正在产生被言说之物的声音。

---

① 或指史蒂文斯在康涅狄格州哈特福德事故与赔偿公司（Hartford
Accident and Indemnity Company）的同事，副总裁坡塞（Addison
Posey），当时刚迁居到加利福尼亚红杉地区。
② Naaman，或为史蒂文斯所在公司的司机。
③ Moselle，法国摩泽尔省出产的白葡萄酒。

III

尤拉莉亚①，我在医院的门廊上闲逛，
在东边，嬷嬷与修女，又满满撑开了
一把遮阳伞，是我找到的，对着
太阳。一把遮阳伞的内部，
是一种人们在其中见有所见的空茫。
如此地看见，我谛视着你行走，白色，
被太阳耀射成金，如我所见觉察着
对于那道光尤拉莉亚就是名字。
于是我，塞米拉米德②，音节晦暗，
将我们两个名字现出反差，思虑着言说。
你是以你的名字创造的，那词语
就是那个以你为人物的东西。
并无任何生命除了在它的词语之中。
我写下《塞米拉米德》，在剧本之中
我存在并拥有一个存在并扮演一个角色。
你就是那身负此名的白色尤拉莉亚。

---

① Eulalia（约290—约304），罗马天主教殉道者，其名源自希腊语
   eulalon，意为"言辞美妙"。
② Semiramide，意大利作曲家罗西尼（Gioachino Rossini，1792—1868）
   有关古代亚述女王塞米拉米斯（Semiramis）的歌剧名。

隐喻的动机

你愿意它在秋天的树下，
因为一切都死去了一半。
风像一个跛子在树叶间移动
重复着没有意义的词语。

同样，你在春天是愉快的，
对于四分之一事物的半色，
稍亮一点的天，融化的云，
单只的鸟，晦暗的月——

晦暗的月照着一个晦暗的世界
它属于永远无法被完全表达的事物，
在那里你自己从不完全是你自己
也没想要或非要是，

渴望着变化的喜悦：
隐喻的动机，萎缩自
原初的正午的重量，
存在的ＡＢＣ，

火红的性情，红与蓝

的锤子，剧烈的声音——

钢铁对暗示——锋利的闪光，

那紧要、傲慢、致命、统治性的 X。

巨人之战 ①

他们带不了很多东西，像士兵那样。
在他们的遗忘里没有过去，
在大块头里没有自我：更勇敢的存在，
那永远伤不了的躯体，
那永远结束不了的生命，无论
谁死去，就是一种抽象的存在，
藏在血管里的一颗巨人之心，全是勇气。

但剥去自满的鸡毛蒜皮，
除开无时不在的诱惑，
因其缺乏悲剧而拒绝那剧本，
用最平凡的眼光对抗变迁，
那就是审视战争所夸大的事物。
它已被增加，被放大，弄得简单，
弄成单一，弄成一个。这不是否认。

每个人自身都已成为一个巨人，
因庞大而倾侧，承受着重
与高，从别人那里获取，
如出自一种非人的高处

---

① Gigantomachia，希腊神话中巨人（giants）与奥林匹斯山诸神之间的战争。

与起源，一个非人的人物，
一副面具，一种精神，一套装备。
对于士兵，新月延展二十英尺。

公鹿郡①的荷兰墓地

愤怒的人与狂暴的机器
从地平线上小块的蓝汇聚
成正中高处巨大的蓝。
人四散开来遍布云层。
轮子对于任何噪声都太大了。

而你们，我的同类，在熏黑的居所里
无声地轻拍着骷髅鼓。

有呼喊与嗓音。
有人在空中徒步曳行。
人们在移动与行军
并轻轻地曳行，那沉重的轻盈
属于那些行军的人，众人聚在一起。

而你们，我的同类——旧荷兰旗
在细小的黑暗中飘扬。

太阳之内一圈圈的武器。
空气专注于被擦亮的枪支，

① Bucks County，位于美国宾夕法尼亚州，史蒂文斯的父系祖先（部分荷兰血统）的故乡。

仿佛声音正在形成，
出于它们自身，一段言辞，
一个富有表现力的传闻，一则声明。

而你们，我的同类，被双倍地杀死
以埋没在荒漠和荒废的土地之中。

旗帜是新近发现的自然。
来复枪在视野之上更锐利。
有一阵秋日行军的轰鸣，
没有任何软袖将我们从中释放。
命运是当下的亡命之徒。

而你们，我的同类，都是外壳
在你们时间与地点的皱缩之中。

有一阵鼓的捶打。喇叭
高鸣，在强大的心中鸣叫。
一股力聚合，会鸣叫得更响亮
胜过最铿锵的音乐，更响亮，
如一段本能的咒语。

而你们，我的同类，在全部的
回忆之中并无一物同属于我们自己。

一个终结必会在一场无情的胜利中到来，

一个恶的终结在一种更深的逻辑之中，
在一场不止是一个避难所的和平之中，
在人所共有之物的意志之中，
从筋疲力尽的生与筋疲力尽的死中获释。

而你们，我的同类，一身乡下绿，
知道往昔不是当下的一部分。

还有别的士兵，别的人，
人在太阳到来时到来，清早的孩子们
而迟晚的流浪者在夜的钩刺下爬行，
年复一年复一年，终于被打败而落进
一场沉睡的无知之中什么也没赢到。

而你们，我的同类，知道这时间
并不是一个清早的时间耗到了晚间。

但这些并不是那些生锈的军队。
有最淫荡的也有最精壮的，
健康与拥有的纷乱喧嚣，
太多太多丧失了继承权的人
在一场被撕碎的遗嘱的风暴之中。

而你们，我的同类，知道你们的孩子
不是你们的孩子，不是你们的自我。

那些喃喃自语的老派密友是谁，
心怀往昔之念，古板而枯槁的怪物？
头脑中这一阵声音的爆响又是什么，
这一阵古代自由的噼噼啪啪，
有千百种自由却无一种为我们所有？

而你们，我的同类，你们的狂喜
曾是荒野之中天堂的荣耀——

自由就像一个杀死自己的人
每夜都杀，一个无尽无休的屠夫，他的刀
在血中变得锋利。军队杀死自己，
在它们的血中一种古老的恶死去——
无可救药的悲剧之行。

而你们，我的同类，在盲无所见中目睹
一种新人的新荣耀汇聚起来。

这是苦痛的深坑，即平和的结局
理应是幻象，诞生的暴民们
避开我们陈腐的完美，在寻找
他们自己的，一直等到我们离去
好在我们留下的废墟里野餐。

于是星星，我的同类，喀迈拉们，
正照在那些生者的生命之上。

这些当下的凶暴行进者，
沿着秋天的地平线隆隆震响，
在拱门之下，拱门之上，划出
一场不止在秩序中构成的混乱的弧线，
向一代人的中心行进。

时间并未荒废在你们精微的庙宇。
不：也未将分歧搞得太陡而跟不下去。

没有负鼠，没有面包片，没有土豆

他不在这里，老太阳，
好像我们睡着了一样缺席。

田野封冻。树叶干了。
恶在这道光下是最终的。

在这萧瑟空气里断茎
有无手的胳膊。它们有躯干

而无腿或者，因此，无脑袋。
他们的脑袋里面一声被俘的叫喊

不过是一只舌头的移动。
雪迸出火花像目光落到地球上，

像视觉明亮地落到了一边。
树叶蹿起，在地上打闹。

一月已深。天空坚硬。
秸秆牢牢扎根在冰里。

就在这孤独里，一个音节，

从这些笨拙的飞掠之中，

吟出它唯一的空无，
冬日之声最野蛮的窟窿。

就在这里，这片恶之中，我们抵达
善的知识最后的纯粹。

乌鸦飞起时像生锈一般。
明亮的是他眼中的怨恨……

有一只在那里跟他做伴，
但隔一段距离，在另一棵树上。

某某斜倚在她的长榻上

她侧着，斜倚在她的肘上。
这机制，这呈现，
假设我们称之为投影 A。

她浮在空中，与眼
齐平，完全匿名，
诞生，仿佛是，于二十一岁，

没有族谱或语言，只有
她臀部的曲线，如同不动的姿势，
滴着蓝的双眼，要知道的就这么多。

如果就在她头顶上挂着，
悬在空中，最轻的皇冠
有歌特式的尖齿和练习的亮彩，

那悬浮，如在固态的空间里，
那悬着的手已抽离，或许就是
一个无形的姿势。不妨把这叫作

投影 B。抵达没有姿势
的物就是抵达作为

理念的它。她浮在争论、流动里

介于作为理念的物与
作为物的理念之间。她是创造了她的人的一半。
这是最终的投影，C。

布局包含画家的
欲望。但人总信赖没有
隐藏的创造者的东西。人轻松地走过

未经描绘的岸滨，接受世界
为除雕塑以外的任何事物。再见，
帕帕多普洛斯①太太，谢谢。

① Pappadopoulos，希腊姓氏。

巧克鲁瓦^①致它的邻居

I

要在这样的距离静静地说话，要说话
而又被听见就是要在空间里巨大，
后者，像你自己的一样，是巨大的，因此，要成为
天空、海洋的一部分，巨大的土地，巨大的空气。就是
要感知人而不参照他们的形。

II

军队是数字呈现之形，正如城市。
军队是运动中的城市。但一场
城市间的战争是诸形构成的一种态势，
一场数字之于数字的蜂拥，不是
一只逼近的脚，一只抬起的手臂。

III

昨夜在夜尽之时一颗晶亮的星，
水晶锋芒的清晨之星，升起

<hr />

① Chocorua，美国新罕普什尔州一山名。

并将雪照成一道光契合

于这庞然巨影，他随后到来

身披一袭基本的自由，锋利而寒冷。

IV

他的感受是白天的感觉，

属于未曾得见的一天，在其中

看见即是存在。他是给里亚多夫[1]的

一首诗中的人物，众多自我的自我：

想到他就摧毁了身体之形。

V

他是一个深蓝色玻璃的壳，或是冰

或是收在一篇深度随笔中的空气，

或是有形的光，或近乎于此，一道闪亮

在不止是肌肉发达的肩、臂与胸之上，

蓝色的最后透明在它化为黑色之时，

VI

一个存在的闪烁，眼睛

予以接受然而无物予以理解，

---

[1] Anatole Liadoff（1855—1911），俄国作曲家、指挥家。

一场夜的融合，它那蓝之极点的蓝
与沉思的头脑之蓝，仅仅专注于一个细微的
运动之启迪，在他呼吸之时。

VII

他高如一棵树位居夜的
中央。他的身体的物质似乎
既是物质又是非物质，发光的肉体
或匀称的火：来自一个下界的火，
度数不及火焰亮光也较少。

VIII

在我的顶端之上他呼吸尖锐的黑暗。
他不是人却又不是别的什么。
如果在头脑中，他消失了，在那里占据
头脑自身的局限，像一件可悲的事物
并无存在，处处存在。

IX

他在水晶尖的变化中呼吸全部的
夜之体验，仿佛他呼吸
一种来自孤独的意识，从
形如白银的宏阔中吸入一种自由，

与昼日的全部体验相对。

X

那银色无形、黄金镶嵌的
天光之宏阔在他安坐思考时到来。他说，
"那些扩大的时刻无视
我的所是之内最单纯战士的
喊叫的扩大，当他倒下。对于我的所是，

XI

那喊叫是一部分。我的孤独
是一个中心的头脑的沉思。
我听到灵魂的动作而那秘密之物
的声响成为，对于我而言，一个嗓音
我自己的嗓音在我的耳中说话。

XII

其中所有的是苦难，最冷的线圈
紧缠住那中心，那真正的剧痛，就是生命
本身有如一场贫穷在生命的空间之中，
于是在这里围绕着我的风的拍打
便是某件我抓不住的碎烂之物。"

XIII

尽管如此，他的庞然巨体依然
强大起来，仿佛怀疑从未触动他的心。
这份力量关乎何物？来自何种欲望
来自何处思想，他的耀射光芒？
他的身体是诞生于何种新的灵魂？

XIV

他不止是一种外在的威严，
超越那些不知者的睡眠，
不止是一个夜的发言人去说
现在，时间立定。他来自睡梦之外。
他起身因为人们想要他存在。

XV

他们想要他白天存在，以成
他们权力的图像，而不是那人，思想，
而不是思想者，在他们的巨大之中巨大，超越
他们的形，超越他们的生命，却归于他们自己，
凭借他的巨大而排除他们的缺陷。

XVI

昨夜在夜尽时他熠熠星光的脑袋，
像命运的脑袋，在黑暗中瞭望，部分
为它所有，部分是欲望，部分是对于
人之所是的感觉。集体的存在知道
确有其他人像他一样在屋顶之下：

XVII

他枕上肮脏的队长，伟大的
红衣主教，念出最早的白昼的祈祷；
那石头，那绝对的肖像；
和那母亲，那音乐，那名字；那个学者，
他的绿色头脑以复杂的音色吹号：

XVIII

从人山中引出的真正的变形者们，
为被贬低者而生的真正天才，天体，
各个群落的庞大胚胎，
阴影中的蓝色朋友，富有的密谋者，
泄密者和安慰者和至高的亲族。

XIX

要用人之声表述不止于人之物，
那不可存在之物；要表述人之物用不止
于人之声，那同样不可存在之声；
要人一般言说，从人之物的高处
或是深处，那尖锐之极的言说。

XX

现在，我，巧克鲁瓦，将这道阴影说成
一件人之物。这是一种崇高，
但归于虚无，睡梦的渣滓，必将
随着夜晚的特殊事物，一点一点地，
消失在白昼的星座里，却又留下，却存在，

XXI

不是父亲，而是纯粹的兄弟，megalfrere[①]，
或者以随便哪个粗鄙的名字一个人
可能会召唤那共同的自我，内在的丰[②]。
而底下，咕噜咕噜的完全之人，
有一种先驱气质的政治流浪汉，

----

① "megal-"为源自希腊语的拉丁语前缀，意为"巨大，庞大"；"frère"
　　为法语，意为"兄弟"。
② Fons，喀麦隆的部落酋长。

XXII

云般不经意，形而上的隐喻，
却靠在我身上，在我的雪中思考，
若眼睛够快的话是实有的，
于是，他在哪里，那里便激起一阵燃烧，他
在哪里，空气便改变而新鲜宜于呼吸。

XXIII

空气改变，创造又再创造，如同力量，
而呼吸是欲望的一种满足，
一次澄清，一场探测，一个完成，
一种被经历而非构思的巨大，一个空间
即一个瞬间的自然，光彩夺目。

XXIV

为聚合而聚合，军队的伟大
武器，坚强的人们，令寓言宏大。
这是他们的队长与哲学家，
那身为堡垒之人，尽管他理当
难以察觉也更难以触及。

XXV

昨夜在夜的尽头和天空之中，
更少的夜，比早晨更少光，
落在他身上，高而又冷，在寻找着
他在那个高度与生俱来的东西，寻找
他的灵魂在寒冷中的乐趣。

XXVI

他作为人是多么独一无二，多么巨大，
倘若不是更甚于此，对于这一刻，巨大
在我面前，这伴侣拥有众多的在场
大于我的在场，拥有他的渴求，首脑
以及，拥有人的认知，粗犷的君王……

Poésie Abrutie[①]

I

小溪在田野里激荡，
此刻，小溪在处处田野里激荡
而酷寒的 Januar[②]已下了地狱。

II

坑都是水坑
而冰依旧在 Februar[③]。
它在 Februar 依旧是冰。

III

往昔的人物披斗篷而走。
他们迈步在雾和雨和雪中
行走，走得缓慢，但他们在走。

---

① 法语："愚蠢的诗"。
② 德语："一月"。
③ 德语："二月"。

IV

绿色温室在绿色村庄里
比太阳本身更明亮。
瓜叶菊有一道说话的光泽。

缺乏静息

一名年轻男子坐在他的桌旁
手捧一本你从未写过的书
谛视着词语的分泌当
它们泄露自身。

这不是午夜。这是中午，
年轻人完全暴露了，是帮派的一员，
安德鲁·杰克逊[①]大概。但这本书
是一团云里有个嗓音在咕哝。

它是一个幽灵住在一团云里面，
不过是安德鲁的一个幽灵，并不瘦，患有黏膜炎
一脸苍白。那是他曾经喜爱的祖父，
有一份理解因死亡而交复融合

更有超乎死亡的联系，哪怕只是
时间。多难置信的一件事，即
一个人竟会理解，当一个
法语意义的父辈被激烈披露之时。

---

① Andrew Jackson（1767—1848），美国军人、政治家、第七任美国总统
（1829—1837）。

而尚未写下这样一本书，书中
一个人已成祖父，已在那里置入了
若干有意义的声音，给并发症
一个刹那的终结，是善的，是一种善。

Somnambulisma[1]

在一道古老岸滨，粗俗的海洋翻卷
无声，无声，形同一只瘦鸟，
它思考安顿，却从未安顿，在一个巢上。

翼翅不停地铺展，却从不是翼翅。
爪子不停地挠着页岩，浅滩的页岩，
回响的浅滩，直到被水冲走。

这鸟世世代代全都
被水冲走。它们跟随其后。
它们跟随，跟随，跟随，在水里冲走。

没有这只从未安顿的鸟，没有
它的世世代代在它们的宇宙里跟随，
海洋，沉落又沉落在空空的岸滨，

会是一门死者的地理学：不是关于那片
他们或许早已前往的土地，而是关于
他们活过的土地，他们在那里缺少弥漫的存在，

---

① 拉丁语·"与梦游相关的事物"。

在那里没有哪个学者，独自居住着，
倾倒出精美的鳍，笨拙的喙，个性之物，
它们，作为一个感受万物的人，曾经是他的。

粗糙的门厅

思想是虚假的幸福：那理念
即仅靠思索一个人就能够，
或可以，穿透，不是可以，
而是能够，一个人肯定有能力——

即在思想的尽头有着
一个精神的门厅在一道头脑的
风景里，我们安坐于其中
戴着人性的凄凉冠冕；

在其中我们阅读天堂的评论
说这是一个喜剧演员
的作品，这评论；
在其中我们安坐并呼吸

一种天真，来自一种绝对的，
虚假的幸福，因为我们知道我们
只把眼睛当作天赋来用，头脑
就是眼睛，而这头脑的风景

是一道只属于眼睛的风景；并且
我们是无知的人，无力营造
最小的，次等的，活的隐喻，满足于，
最终，在那里，结果却在这里。

一名年轻上尉的重复

I

一场暴风雨在剧场上轰响。很快，
风在屋顶与半壁之中敲打。
废墟在一个外部世界矗立不动。

它原本是真的。它是海外的某件
我记得的东西，某件我记得是
海外的东西，矗立在一个外部世界。

它原本是真的。现在不是了。风的
撕扯和那道闪烁现在都是真的，
在一个新现实的奇景之中。

II

人们坐在剧场里，在废墟里，
仿佛什么都不曾发生。那阴暗的演员说话。
他的双手成了他的感觉。他粗壮的身形

发出轻快蹦跳的细瘦分秒。
此刻裹得朦朦胧胧，一层月的薄纱

走向舞台上的他，随后他们拥抱。

他们为一对伉俪的拥抱增光
生来即老的一对，熟知心的深处，
像一台任由开动，开到停下的机器。

它是一道蓝色的场景在雨中洗白，
像某件我记得是海外的东西。
它是海外的某件我记得的东西。

III

数百万至大的人对抗他们的同类
造就的不止是雷霆的乡村隆响。他们造就
他们每一个人所成为的巨人

在一场精心计算的混乱之中：那个成形
于他人之形的人，比曾经的他更大，
装备有少许那样的力量

它催动太阳在早晨之路上
成为巨大的红，催动一种巨大的感觉
成为那份打造要紧事，无一事要紧的心思，

直到战争年代这场要紧事的打造，
这存在处于一个现实之中超越

记忆内部吹毛求疵的幽灵，

这升华，他在此显得十分高大，
令他升至屋宇之上，俯视。
他的路径贯穿他头脑中的一个意象：

我的路径贯穿我头脑中的一个意象，
它是数百万乳众寻得的路径，
一个未将任何事物甩得太后的意象。

IV

倘若这一切只是我正在言说的词语
冷漠之声而不是先驱性的嚯
来自那明显的君王亦即现实，

来自那至为明显的现实亦即君王，
我该怎样重复它们，不停地重复它们，
仿佛它们绝望于一种知而又知，

对一种中心恐惧的中心反响，
天使的土坯？恒久不断，
在火车站，一名士兵迈步离开，

看见一座熟悉的建筑浸在云中
并去往一个外部的世界，而与地点

全然无关。地点没有任何变化

时间也没有。出发的士兵就如其所是，
却不会以这种形式归来。不过
他是否会找到另一个？感觉的巨人仍是

一个没有身体的巨人。倘若，作为巨人，
他分享一场庞大的人生，那是因为
那庞然大物有一种属于自身的现实。

V

凭借有关世上真实之物的若干词语
我滋养自己。我保护自己抵御
无论什么残余。对于真实之物我说，

那究竟是年老的，红润的父辈还是
叮当而来，被亲吻和捧起的新娘，抑或
是自我的精神和所有标志？

若干词语，一份滔滔不绝的备忘录
记述那巨大的感觉，庞大的甲胄
与这世间之事扭动的轮子，

在劲风中将鞭子噼啪抽响的驭者，
向着天空拉拽并在那里安顿下来的

浩瀚领域是群山的岩石和大海，

而远过白昼，远过步履迟缓的
夜晚的杂物，那实有的，普遍的力量，
没有一个修辞之语——就在那里。

一部人民的备忘录跃然呈现
源于那份力量，它的军队设定自身的浩瀚领域。
若干词语记述真实之物或可能之物

或是闪闪发亮的参照，有关真实之物，
那增补未能实现之物的宇宙，
寻找自身在两者中间那一点的士兵，

那有组织的安慰，完整的
精神之社会，当它
孤立之时，悬在空中的半弧

沉着，与不完整者相得益彰，
由尘世中央的半弧支撑。
我身为其中之一的数百万个例子。

VI

倘若是要以戏剧对戏剧，
施粉的人物角色对巨人的暴怒，

蓝色与它在月球之中的深度反转

对暗影庞大的黑色里被抽得发红的金，
她模糊的"将我从现实中隐匿，"
他的"愿现实隐匿自身"

选择已完成。绿色是雄辩家
陈说我们激情的高度。他披着一袭丛生的绿色，
为那些人投掷绿色，让绿色为他们说话。

要在现实中隐匿我们。它就在那里
我的雄辩家。就让这巨大倒下
并且一无所得。就让雨的弧线

与可悲的堂皇在天空中变干。
要在现实中隐匿我们。要发现
一种平民的赤裸好在其中存在，

在其中用最确切的力量来承受
命运的精准，没有什么被哄骗，或是被改变
在一种滴血不见的优美语言之中。

声音的创造

倘若 X 的诗歌本是音乐，
好让它凭自身之力达至于他，
并无理解，出于墙外

或天花板之内，在未选中的声音里，
或是被迅速选中的，在曾是它们的元素的
一种自由里，我们就不该知道

X 是一个阻碍，一个
太确切是自己的人，而有些词语
最好没有一个作者，没有一个诗人，

或是有一个单独的作者，一个别样的诗人，
一种来自我们的累积，智慧得
超越智慧，一个人造的人

隔着一段距离，一个次等的诠释者，
一个声音的存在，人达到他并非
通过任何夸张。从他那里，我们收集。

告诉 X 言说并非肮脏的静默
被澄清。它是静默被弄得更肮脏。

它不止是一种为耳朵而进行的模仿。

他缺少这种庄重的繁复。
他的诗不属于生活的第二部分。
它们不是让可见变得稍稍难以

看见，也不是回荡不绝地补足头脑
用奇特的号角，它们本身也由
声音自发而生的细节来补足。

我们不像在诗里那样说我们自己。
我们在音节里说自己，它们从
地板上升起，在我们不说的言说里升起。

现实中的假日

I

那是某种可见的东西，即它们的白色是不同的，
鲜亮如一月阳光里的白色油漆；

某种可感的东西，即它们需要另一种黄色，
比斯德哥尔摩少些艾克斯①，几乎根本不是黄色，

一种并非理所当然的活力，来自
一个几乎无色的寒冷天堂里的太阳。

他们已然知道根本没有哪怕一种普通的言说，
一个不存在的普通人的 Palabra②。

为什么他们不该知道他们拥有自己的一切
因为每一个都有一个特定的女人与她的触摸？

毕竟，他们知道要成为真实的每一个都必须
为自己找到他的土地，他的天空，他的海。

---

① Aix，法国普罗旺斯一地区。
② 西班牙语："词语"。

以及为它们而生的词语和它们拥有的色彩。
在杜兰－卢埃尔^①不可能呼吸。

Ⅱ

开花的犹大生长自腹中或是根本就没有。
胸口覆盖着紫罗兰。那是一片绿叶。

春天是脐带不然就不是春天。
春天是春天的真相或是虚无，一件废物，一件赝品。

这些树和它们的白银，它们黑暗增色的树枝，
从灵魂里生长出来不然它们就是不可思议的尘埃。

苹果的萌芽是欲望，下落的黄金，
猫鹊在半醒之清晨的咯咯鸣叫——

若我让这一切真实它们才是如此。啸鸣吧
为了我，为了我而长成绿色，当你啸鸣并长成绿色，

不可捉摸的羽箭颤抖并扎进皮肤
而我从舌根品尝真实之物的不真实。

————————

① Durand-Ruel，法国画商杜兰－卢埃尔（Paul Durand-Ruel，1831—
　1922）在巴黎和纽约开设的美术馆。

Esthétique du Mal [①]

I

他正在那不勒斯写信回家
并且，在他的信笺之间，阅读
论崇高的段落。维苏威已经呻吟了
一个月。坐在那里很愉快，
正当闷热之极的闪电，明灭着，
将夹角投在玻璃之中。他可以形容
那声音的恐怖因为那声音
是古老的。他试图记住那些短语：痛苦
午时依稀可闻，折磨着它自己的痛苦，
恰在痛苦的一点上杀死痛苦的痛苦。
火山在另一个太空中颤抖，
如同身体在生命的尽头颤抖。

差不多是午餐时间。痛苦是人性的。
凉凉的咖啡馆里有玫瑰。他的书
令最正确的灾难确切无疑。
除我们以外，维苏威或许会
在固体的火中消灭最远的尘世而不知晓

---

① 法语："恶之美学"。

任何痛苦（无视公鸡啼唤我们起身
去死）。这是崇高的一部分
令我们畏缩不前。然而，除我们以外，
全部的往昔被毁灭时并无任何感觉。

II

在一个金合欢生长的小镇，他躺卧
在他夜晚的露台上。颤声的歌唱变得
太暗，太远，有太多的重音来自
困苦不堪的睡眠，太多的音节
会构成自己，合拍，并传递
他的绝望的智慧，表达
冥想从未完全达成的东西。

月亮升起仿佛它已逃脱了
他的冥想。它避开他的头脑。
它是一种永远在他之上的超然的
一部分。月亮永远不为他所系，
如夜晚不为他所系。影子轻触
或仅仅像是轻触着他，当他言说
他在空间里发现的一种挽歌：

是痛苦对天空漠不关心
即使有金合欢的黄色，它们的
芬芳在空气中依然沉沉垂挂

在灰白垂挂的夜晚。它不关心
这自由，这超然，而在
它自身的幻觉里永远看不见
那否弃它的最终是如何拯救它的。

III

他坚定的诗节垂挂如蜂巢在地狱
或曾为地狱之处，既然现在天堂和地狱
是一体，就在这里，哦无虔信之地。

谬误与一个太过人性的神同在，
他凭借同情已将自己造就为一个人
而无从分辨，在我们因受苦

而哭泣之时，我们最老的父辈，
心之民众的同伴，最红的主，
在经验中已先我们而去。

但愿他不会如此怜悯我们，
削弱我们的命运，减轻我们的悲伤
无论大小，一个命中的永恒同道，

一个太过，太过人性的神，自怜的亲属
和缺乏勇气的创世纪……看上去
仿佛世界的健康或许就足够了。

看上去仿佛平常夏天的蜜

或许就足够了，仿佛金色的梳子

足以成为一种维生之物本身的一部分，

仿佛地狱，经过如此的修正，已然消失，

仿佛痛苦，不再是撒旦的模仿，

是可以承受的，仿佛我们定能找到前路。

IV

Livre de Toutes Sortes de Fleurs D'Après Nature[①]。

各种各样的花。就是那个感伤主义者。

当 B. 在钢琴边坐下并打造

一种透明，我们在其中听见音乐，打造音乐，

我们在其中听见透明的声音，他是否奏响了

各种音符？抑或是他仅仅奏响了一个音符

在一场迷醉之中，内有它的种种联想，

音调的种种变体，都源自单独一声，

最后一声，或是孤单得仿佛一声的若干声？

然后是那个玫瑰的西班牙人，这花本身

就顶着热冠，流着黑血，他解救玫瑰

于自然，每当他看见它，便令它，

———————————

① 法语："遵从自然的各种花朵之书"。

在看见它之时，存在于他自己特殊的眼中。
我们能不能设想他解救得少些，
设想他错过女主人而去找她的几个女佣，
设想他先行释放最赤裸的激情以备光着脚
调情？……不幸的天才
不是一个感伤主义者。他就是
那邪恶，那自我中的邪恶，从中
以绝望的圣徒之德，粗犷的姿态，谬误
倾倒在一切之上：头脑的
天才，即我们的存在，错而又错，
身体的天才，即我们的世界，
在头脑的虚妄交战中耗尽。

V

轻柔地让真正的同情者都来吧，
无需悲伤的发明或是超越了
发明的哭泣。在我们允许的事物之内，
在实有、温暖、靠近的一切之内，
如此伟大的一种团结，就是幸福，
将我们与我们所爱者维系起来。对于这熟悉的，
这兄弟，哪怕在父亲的眼中，
这母亲的咽喉中说出一半的兄弟
与这些徽章，这些披露出来的东西，
这些星云般的光芒，在那存在最深沉的至爱
最小的凝视之中，我们放弃了

哀叹，甘愿丧失队列的

唉唉，在更晦暗的野树林畔。
靠近我，再近一些，摸我的手，语句
复合了亲爱的关系，说过两次，
一次经由嘴唇，一次经由中心的
感觉之助力，这些细枝末节指的不止
是云彩，善行，遥远的头颅。
这一切都在我们允许的事物之内，栏内之物
在贫乏中精美绝伦，相对于栏外
复数的太阳，保留诸般属性的栏内之物
我们一度将它们赋予那些金黄的形体
和金黄形体锦绣斑斓的记忆
以及栏外的花和节日的火
都来自金黄形体锦绣斑斓的记忆，
在我们完全拥有人性并认识自己之前。

VI

太阳，披着小丑般的黄色，但并非小丑，
引领着白昼达至完美然后失败。他身居于
一个无上的鼎盛之中，却依然渴欲
一个更高的无上。这个阴历月份
他进行温柔之极的研究，旨在
一场嬗变，只要为人所见，它便会显得
歪斜。而空间里装满了他的

被弃绝的岁月。一只大鸟在啄他
求食。大鸟瘦骨嶙峋的食欲
像太阳的一样不知餍足。那只鸟
从它自有的一种不完美中腾起
以绿松石叶上掉落的黄色水果的
黄色花朵为食。在太阳的
风景里，它最粗俗的食欲变得不那么粗俗，
被修正时，却有它奇特的间隔，
它的闪烁，它平静放纵的
占卜，出于天象的全部视野之外。

太阳就是乡村无论他在何处。那只鸟
在最明亮的风景里朝下飞旋
鄙视每一场酸涩的成熟，
避开发红的一点，不满足于
休憩在一个小时或季节或漫长的时代
乡村的色彩簇拥着抵挡着它，因为
黄色草匠的头脑依旧广大，
依旧承诺被抛弃的完美。

VII

士兵的伤口这朵玫瑰多么鲜红，
众多士兵的伤口，所有士兵的伤口
他们已经倒下，在血中鲜红，
时间的士兵长成了不死的伟岸身型。

一座山，其中从来找不到安心，
除非对更深的死亡的漠然
就是安心，矗立于暗中，一座阴影之丘，
就在那里时间的战士获得不死的歇息。

阴影的同心圆，不动的
是它们自身，却正乘风而动，
出自神秘的回旋，在时间的红色士兵
卧床上不死的睡梦之中。

他同伴的阴影将他团团环绕
深夜里，夏天为他们吹送
它的芬芳，一派沉沉困倦，而为他，
为那时间的士兵，它吹送一夏的睡眠，

他的伤口在其中安好因为生命曾在。
他从没有任何一部分是死亡的一部分。
一个女人伸手抹平自己的前额
而时间的士兵静躺在那轻抚之下。

VIII

撒旦之死是一场悲剧
对想象而言。一个首要的
否定在他的房屋里摧毁了他

以及，随他一起，诸多蓝色的现象。
这不是他曾经预见的结局。他知道
他的复仇创造了来自后代的
复仇。而否定是偏轴的。
它丝毫无关乎裘力斯的雷雨云：
刺客的闪击与轰响……他被否定了。
幻影啊，你们留下了什么？是什么下界？
什么地方，在其中存在并不足以
存在？你们去吧，可怜的幻影，无地
像目光之鞘中的白银一样，
在闭眼之际……那空虚多么寒冷
当幻影离去后那动摇的现实主义者
首次看到现实。那凡尘的不
有它的空无和悲剧的终期。
然而，悲剧或许已经开始，
又一次，在想象的新开始之中，
在现实主义者的是之中，它被说出因为他必须
说是，被说出因为在每一个不之下
都有一份对是的激情从来不曾被打断。

IX

恐慌，面对着月球——浑圆的阁下
或他在其中漫步的磷光之睡梦
或是堆满了磷光之果的锡釉瓷盘
他将它奉上，出于他自己心中的善意，

给任何到来的人——恐慌，因为
月亮不再是这一切也不是任何东西
什么也没有留下除了滑稽的丑态
或一种光闪闪的虚无。阁下，那
已然失去了月之愚妄的他成为
纯粹贫乏的格言的王子。
要丢掉感性，要见其所见，
仿佛眼光并不拥有自身奇迹般的节俭，
只闻其所闻，唯独一种意义，
仿佛意义的天堂已不再
是天堂，穷困之境就是如此。
这是被剥夺了泉水的天空。
此处在西方冷漠的蟋蟀诵唱
穿过我们冷漠的危机。然而我们需要
另一段诵唱，一句咒语，如在
另一个后来的创世纪，音乐
拍打它可能的翠鸟之形
对抗野鹰……一片响亮、浩大的水
在夜晚沸腾而起淹没蟋蟀的声音。
那是一个宣言，一场原初的狂喜，
真理的恩惠被洪亮地展现出来。

X

他曾钻研过种种怀旧。在其中
他寻找拥有最粗野的母性者，那个

最多产地抚慰了他的造物，那最温柔的
有一副朦胧胡须的女人而非淡紫的
*Maman*①。他的灵魂喜爱它的动物
喜爱它未经驯服，因此家
就是一场朝向诞生的回归，一个存在
重生于最野蛮的严酷之中，
凶猛地渴欲着，一个母亲的孩子凶猛
在他的身，更凶猛在他的心，残忍无情
要成就他智慧之中的真理。
确实也还有其他的母亲，在形式上
独一无二，爱天堂也爱尘世者，女狼
与林中的雌虎以及混同于大海
的女人。这一切都不可思议。有一些家
像被自己吞咽的声音淹没的事物一样，
从来不曾完全静止。最温柔的女人，
因为她就像她曾经的所是，现实
那粗野的，那多产的，证明了他，直面
非个人的痛苦的触摸。现实已获解释。
这是最后的怀旧：就是他
应该理解。他可能会受苦或者
他可能会死去都是生的无罪，倘若生命
本身无罪。说它曾经存在
将他从圆滑的慰藉之道中解脱了出来。

---

① 法语："妈妈"。

XI

生命是一盘苦涩的肉冻。我们不在
一枚钻石的中心。黎明时分，
伞兵降落，他们在降落时
修剪草坪。一艘战舰沉入人的
波浪，当巨大的钟涛从它的洪钟之上
在村庄的塔尖发出钟嚷。紫罗兰，
遍地丛生，萌发自不诚实的穷人们
被埋没的房屋，尖塔为了他们，
长久以来，鸣响告别，告别，告别。

贫穷的土著，厄运的孩子们，
语言的欢乐是我们的领主。

一个胃口苦涩的人鄙视
制作精良的一幕，伞兵在其中
选择再会；而他鄙视这个：
一艘船驶过一片精心调制的大洋，
天气是粉色，风在移动；还有这个：
尖塔的顶端高过古典太阳的
排列；以及紫罗兰的发掘。

舌头轻抚这种种恶化。
它们作为美食压着它，将自己
与它的根本之味区分开来，

如同饥馑以它自身的饥饿为食。

XII

他将世界分门别类，如此：
住人和不住人的。在两者之中，他都是
独自一人。但在住人的世界里，还有，
除了人以外，他对他们的知识。在
不住人的世界里，有他对自己的知识。
哪一个更加绝望，在那一刻
意志要求他的所想为真的时候？

他知道的是他在他们之内还是他们
在他之内？若是他自己在他们之内，他们
对于他无秘密。若是他们在他之内，
他对于他们无秘密。这种对他们
和他自己的知识将两个世界一齐毁灭，
除了他逃离它的时候。独自
一人就是不知道他们或他自己。

这便创造了一个没有知识的第三世界，
在其中无人窥视，在其中意志根本不提
要求。它接受任何存在之物皆为真，
包括痛苦，否则它便是假的。
于是，在第三世界便没有痛苦。对，但是
人在这样的岩石中有什么爱人，什么女人，

无论多么熟识，在心脏的中央?

XIII

或许一个生命是一个惩罚
对于另一个人，如儿子的生命对于父亲的。
但那就要涉及那些次要的人物。
这是一场零零碎碎的悲剧
在普遍的整体之中。儿子
与父亲相似，并且都同样地，
每一个人，都被身为他自己的
必要性，这无可更改的必要性所耗尽
就是身为这无可更改的动物。
这运转中的自然之力乃是主要的
悲剧。这是毫无困惑的命运，
最幸福的敌人。而或许
在他的地中海修道院里一个人，
斜倚着，放下了欲望，会确立
那可见的，一个蓝与橙杂色斑驳
的领域，确立一个时间
来眺望伪装成火的海洋并称之为善，
最终的善，肯定一个
最长冥想的现实，那极点，
刺客的那一幕。恶中之恶是
相对的。刺客暴露自己，
毁灭我们的力暴露了，在这

极点之内，一场须以最彬彬有礼的无奈

经受的冒险。天呐！

人感觉它的情节在血液里移动。

XIV

维克多·谢尔盖[①]说："我追索他的论辩

怀着人们在一个讲逻辑的疯子面前

可能会感到的那种茫然的不安。"[②]

他说的是康斯坦丁诺夫[③]。革命

是逻辑疯子们的事务。

情感的政治必须看上去

是一种智慧的结构。那事业

创造了一种逻辑，与疯狂

无从分辨……人们总希望可以散步

在日内瓦湖畔，思考逻辑：

想到那些坟墓里的逻辑学家

想到那些逻辑的世界，在它们巨大的墓葬之中。

湖泊比海洋更有道理。因此，

头脑的庄严雄伟之中的一场散步，

在一座湖边，云彩有如巨大墓葬里的灯火，

---

① Victor Serge（1890—1947），俄国作家。

② 谢尔盖：《革命的末路》（*The Revolution at Dead-End*），登载于《政治》（*Politics*）杂志 1944 年第 1 期。

③ Konstantinov，苏联特务机构契卡的审讯官，1920 年曾与谢尔盖会面交谈。

总给人一种茫然的不安，仿佛

他可能会遇见康斯坦丁诺夫，后者的疯狂

大概会妨碍。他大概意识不到那座湖。

他大概会是一个理念的疯子

在一个理念无数的世界里，他大概会让所有人

在那理念中生活，工作，受苦和死去

在一个理念无数的世界里。他大概意识不到云彩，

正用白色的火点燃逻辑的烈士。

他的逻辑之极端大概会不合逻辑。

XV

最大的贫穷不是要生活

在一个物质的世界里，感到一个人的欲望

太难与绝望区别开来。也许，

在死后，非物质的人们，上了天堂，

它本身是非物质的，可能，偶然地，看见

绿色的玉米在闪闪发光而体验到

我们所感觉之物的小项。人性中的

冒险者未曾构想过一个

完全物质的种族，在一个物质的世界里。

绿色的玉米闪闪发光而形而上之物

都摊卧在八月炎热的大项之中，

那些圆润的情感，未知的天堂。

这是书写在愉悦中的论题，

回响的圣歌，恰当的赞美诗。

人们原本或许会想到视觉，但谁能想到
它的所见，为了他所见的全部灾患？
言说找到了耳朵，为了全部的恶声，
但那些黑暗的斜体它却无法提议。
而在人们的所见和所闻之外，在
人们的所感之外，谁原本可以想到去打造
那么多的自我，那么多感性的世界，
仿佛空气，中午的空气，正满是
形而上的变化，它们仅仅发生
在生活之中，在我们生活之时与之地。

老约翰·泽勒①的床

这诸多理念的结构，这些幽灵般的
心智的序列，结果只是灾难。接下来，
偶然的诗人，将你自己的混乱加入灾难

更令它变本加厉。很容易企望另一个
诸多理念的结构并像往常一样说必须有
其他幽灵般的序列以及，大概会是，光明的

序列，是在夜晚古老峰顶的天体之间想到的：
这是企望的习惯，仿佛一个人的祖父躺卧
在他心中，企望如他始终企望的那样，因其

混乱而在那张床上无法入睡，谈论着幽灵般的
序列，大概是睡眠和叮当的辗转反侧，好让
他可以慢慢忘记。更难的是逃避

企望的习惯并且认可事物的
结构为诸多理念的结构。至少那是
事物的结构，是在夜晚的古老峰顶想到的。

----

① John Zeller（1809—1862），史蒂文斯的外曾祖父。

愈来愈少人性，哦野蛮的灵魂

倘若必须存在一个神在房中，必须存在，
说着屋子里和楼梯上的事物，

就让他移动如阳光在地板上移动，
或是月光，静静地，如柏拉图的幽灵

或亚里士多德的骷髅。让他把他的星星
挂到外面的墙上。他必须安静地居住。

他必须不能够说话，闭上了，
如同那些：如光，为了它的所有动作，存在；

如色，即使是离我们最近的，存在，
如形状，尽管它们预示着我们，存在。

那人性的正是那陌生的，
那在月球上没有表亲的人性。

正是那人性的在要求他的言说
来自众兽或来自无以沟通的群众。

倘若必须存在一个神在房中，就让他成为一个

我们说话时他不会听见我们：一份凉意，

一片抹上朱红的虚无，任何一帮群众
我们是其中太过遥远的一部分。

野鸭，人和远方

世界的生命取决于他是
活的，人们是活的，取决于
有村庄和他们的村庄，无关乎
雾蒙蒙的那一个并与她远离。

我们指望过活在别的生命里么？
我们这么快，太快了，就习惯了土地本身，
一个元素；习惯了天空，一个元素。
人们也许会分享但从来不是一个元素，

像土地和天空。于是他并未变成别的
他们也不是别的。那是一年将尽。
野鸭们被包围了。天气很冷。
然而，在走向孤独的迁徙之下，

依然有村庄的烟。它们的火
居于野鸭无法跨越的远方的
中心，根本没有任何天气，除了
别的生命的天气，从那里不可能

有什么迁徙发生。正是它们曾在那里
令远方无法靠近：村庄
令最后的，宿命的远方无法靠近，
在我们与我们曾经站立的所在之间。

纯粹的理论之善

I

快乐的所有前奏

是时间在胸中跳动，也是时间
对着头脑拍打，沉默而骄傲，
知道自己被时间摧毁的头脑。

时间是一匹在心中奔跑的马，一匹
没有骑手的马，在一条夜晚的路上。
头脑坐而倾听，听见它经过。

那是某个在街上疾速行走的人。
窗边的读者已经读完了他的书
凭借声音的迟晚获悉钟点。

甚至呼吸也是时间的跳动，一样：
它的拍打的一次延迟，
一匹古怪地绷紧的马，一个步行者像

尘世中央的一道阴影……假如我们提出
一个塑成巨像的，柏拉图式的人，免除了时间，
并为他想象出他无法言说的话语，

那么，一个形式，不为拍打所伤，或许就会
成熟起来：一个无所不能的存在或许会取代
黑马和疾速行走的步行者。

快乐，啊！时间是披头巾的敌人，
充满恶意的音乐，巫者施魅的空间
在其中被巫魅的前奏据有其位。

II
一个柏拉图式人物的描述

随后巴西到来以滋养那消瘦的
浪漫，用她的体重之梦，绿色的
爬虫湿地如慢炖的 z 形河流，

绿色的湿地和度假酒店和未来
的世界，在其中回忆已然离弃了
一切，飞舞着裸体的旗帜，

裸体的旗帜在度假酒店之上。
但有一面无效的在那绿色的湿地里
而在那块手帕旌旗之下，冷峻，

醒目，一个出自孤独的人物，
那是人们的曾经所是与依然所是，

他躺在床上抵靠着大海的西墙，

苦于一个问题如一场疾病，
苦于他思想中一个恒久的问题，
为快乐的意义而不快乐。

那是不是——一种感觉并超越了智慧？
未来可否倚靠于一个感觉并超越
智慧？当下又倚靠何物之上？

这个柏拉图式人在世上发现了一个灵魂
并在他的度假酒店将它钻研。
他是一个来自欧洲的犹太人抑或原本是的。

III

乳脑中的火怪

男人，并非生于一个女人而是生于空气，
他乘着太阳战车来到此地，
如修辞乘着眼睛的叙述一般——

我们知道一个父辈必定是神圣的，
美目之亚当，来自肥胖的埃利西亚①，
他的头脑将今晨的隐喻塑成了畸形，

———————

① Elysia，希腊神话中的来世天堂。

当所有的树叶流金。他的头脑打造清晨，
在他睡时。他在一个隐喻中苏醒：这是
一个天堂的变形记，

塑成了畸形，世界是畸形的天堂……
此刻，耳朵凑近来细听这不确定的
音乐的变化，音符的更迭

在改变的那一瞬间并未被全然察觉
而此刻，它细听那困难的差异。
说太阳战车是垃圾

并非一个变体而是一个终结。
然而要将整个世界说成隐喻
依然是要坚持头脑的内容

以及那份相信一个隐喻的欲望。
就是要坚持关于信仰的更好
认识，即它所信仰的并不是真的。

IV

干鸟在蓝叶中扑翅——

它从来不是事物而是事物的版本：
女人的芳香不是她的自我，

她的自我在她的仪态中不是固体一块，

白昼在它的颜色里不是沉思的时间，
时间在它的天气里，我们至高无上的主，
天气在词语里而词语在声音的声音里。

这一切毁灭是一种破坏性的
精神的消遣，它狗一般挖，
在它的洞里悻悻而吠让它的小狗来看，

一跃而出，块头很大，而在尘埃里，
小小的，刻写凶猛的字母，
飞行如一只蝙蝠在飞行中伸展，

直到它的翅膀带走夜中央的女巫；
却依然保持原样，光的野兽，
用发挥了一半的喉音呻吟

它的元素的需要，最终的需要
就是对它的元素的最终获取——
就是如诡异之书的一页般的获取，

突然间被普遍的闪耀触及了
片刻，在这片刻里我们阅读并重复
光之效能的雄辩术。

与何塞·罗德里格斯 - 费奥①一言

作为月亮，无知女王的
书记员之一，你曾悲叹过
她如何统辖痴人。夜晚
令一切怪诞。是不是因为
夜是人的内在世界的本性？
月之哈瓦那是不是自我的古巴？

我们必须放胆进入那个内在世界
来捡拾起已知者的松弛。
例如，这个卖橘子的老人
睡在他的篮边。他打鼾。他膨胀的呼吸
回爆。什么未被完全察觉的
想法转变在一个动作中起皱像

一个胚胎的哭泣？精神疲倦，
它疲倦已久了，对于这样的想法。
它说有一种绝对的怪诞。
有一种本性是怪诞的，就在
将军们的林荫大道之内。为什么
我们要说那是人的内在世界

① José Rodríguez-Feo（1920—1993），古巴作家、翻译家、文学批评家，史蒂文斯的友人。

或是看见夜晚那荒废、无意识的形状，
要伪称它们是另一种意识的形状？
那怪诞者并非一个天谴。它
并非幻影而是显现，部分
属于那简化的地理学，在其中
太阳升起仿佛来自非洲的新闻。

乡民编年史

至大的人是什么样？所有人都勇敢。
所有人都坚忍。伟大的队长是机遇
的选择。最终，最庄严的埋葬
是一部乡民编年史。

     人活着就为
受人尊崇而所有人，于是，活着
就为受众人尊崇。国家活着
就为受诸国的尊崇。这种族勇敢。
这种族坚忍。这种族葬礼的堂皇
是个体之堂皇的群集
而人类的编年史也就是
乡民编年史的总和。

     至大的人——
那另当别论。他们是超越
现实，构想自其中的人物。他们
是创造自众人的虚构之人。
他们是人但却是人造之人。他们是
没有可能相信的
虚无，甚于偶然的英雄，甚于

作为神话的塔尔吐夫①，最莫里哀者，
久已被禁止的简易投射。

巴洛克诗人或许会将他仍旧视为一个人
如维吉尔，抽象者。但你要自己去看他，
那虚构的人。他或许就坐在
一家咖啡馆里。或许有一盘乡下奶酪
和一只凤梨在桌上。必定是如此。

---

① Tartuffe，法国剧作家莫里哀（Moliere，1622—1673）同名戏剧的主
人公，著名的伪善者形象。

终极政客素描

他是总体建筑的最终建造者，
总体梦想的最终梦想者，
或将会是。建筑和梦想是一体。

有一个总体建筑，也有
一个总体梦想。有关于此物的词语，
在一场风暴中，围绕形体敲打的词语。

有一场风暴像极了风的哭喊，
出自我们的词语像内在的词语，
溃烂了很多辈子而不发一声。

他能听见它们，像墙上的人们，
穿插在平凡言辞的上升里，
在那言辞倾倒时哭喊仿佛是为了失败。

有一座建筑在摧毁一切的风暴中矗立，
一个被打断的梦想出自往昔，
从我们身边，从我们尚未生活的地方。

飞行者的坠落

此人逃脱了肮脏的命运，
知道自己做得很壮丽，在死去之时。

黑暗，人死后的虚无，
将他接纳并羁留在空间的幽深处——

Profundum[①]，物质的雷霆，其中的维度
我们相信而无须信仰，超越信仰。

---

① 拉丁语："深处，深渊"。

Jouga ①

物质的世界在今晚毫无意义
而别的并不存在。有哈埃米②，他坐着
弹吉他。哈埃米是一只野兽。

抑或他的吉他是一只野兽，抑或他们是
两只野兽。但都是同一类——两只共轭的野兽。
哈埃米是雄兽……一个痴呆，

他敲出一记声响。吉他是另一只野兽
在他的嘀 – 嗒 – 嗒下面。是她在回应。
两只野兽但两只是同一类然后并不是野兽。

然而两只并不完全是一类。就像在这里。
这些野兽有很多从不为人所见，
如此这般移动，落脚轻微而近于无物。

今天下午风和海就像是那样——
再过一阵儿，等到哈埃米去睡觉了，
一场美洲虎的狂奔会发出一点点声音。

———————————

① 普罗旺斯语："游戏，演奏"。
② Ha-eé-me，所指不详。

生命与思想的碎片

近而又暖的事物是那么少。
仿佛我们从来没做过孩子。

在屋里坐下吧。在月光下的确
仿佛我们从来不曾年轻过。

我们不应该苏醒。正是由此处
一个亮红色的女人将要升起

并且，站在夺目的黄金里，将要梳理她的头发。
她会深思熟虑地说出一行词语。

她会思索它们不太能歌唱。
此外，当天空这么蓝的时候，事物自己歌唱，

甚至是为她，已经是为她。她会倾听
并感觉到她的色彩是一种冥想，

快乐之极却不像它以往那么快乐。
留在这里。说一会儿熟悉的事物吧。

没有地点的描述

I

有可能貌似——即是存在，
如太阳是貌似的某物而又存在。

太阳即是一例。它貌似何物
即存在，而在如此的貌似中万物存在。

因此事物就像太阳的一种貌似
或者像一种月亮或夜晚或睡梦的

貌似。曾有一个女王令它貌似
凭借她的名字那赫赫有名的虚无。

她的绿心思曾令她周围的世界成绿。
女王即是一例……这位绿女王

在她的太阳的夏天的貌似之中
凭借她自己的貌似曾令夏天改变。

在金色空缺中她曾到来，并到来，
貌似存在于她名字的言说之上。

她的时代重又适于，如它曾经适于
她声名的冠冕与平日花环。

II

如此这般的貌似是实有的：事物
每天，每个早晨所见的样子，或

女王，这位或那位女王特有的风格，
那次要的貌似，原本出自眼睛盲目的

向前之势，这眼在它的向后之势中，看见
至大的心思更伟大的貌似。

一个时代是取自一位女王的一种样式。
一个时代是绿或红。一个时代相信

或是否定。一个时代是孤独
或是一个阻挡独一无二之人的障碍

凭借那不可计数的复数。于是
它的身份便仅仅是一件貌似之物，

在眼中一份原初的貌似之中，
在一位女王至大的样式之中，那绿的，

那红的，那蓝的，那白银的女王。不然，
幻影又会拥有何种微妙？

　·

在平板的外表之中我们应该存在并且存在，
除了细微的，未经解释的叮叮当当。

这一切都是实有的貌似，为我们所见
所闻，所感与所知。我们如此感，知它们。

III

有种种潜在的貌似，傲然
存在，如在最年轻诗人的书页之上，

或在黑暗的乐手之中，倾听
以更明亮地听见刻意构想的和弦。

有潜在的貌似，纷繁迷乱
在一名士兵的死亡之中，像莫大的意志，

鲜血那超乎人类的寻常之事，
疾涌而上随即消失的呼吸，

和从死亡中浮现的另一种呼吸，
为他言说如死亡所赐的貌似。

或许也还有一场改变更为浩大，胜过
一个诗人的隐喻，在其中存在将会

成真，音乐之火中的一点，在那里
眩光屈从于一种明彻而我们观察，

而观察即完成，我们便满足了，
在一个收缩到一个直观整体的世界里，

我们不需要理解它，完整
而头脑中并没有它的秘密安排。

在春天的翻卷怒放中或许会有
一个紫色跃动的元素，向前

会用它的貌似如此让整个天堂起泡，
一个尚属未知的头脑的意图，

一个居住在一颗种子里的人的精神，
本身就是那种子成熟的，不可预测的果实。

事物一如其貌似，对于加尔文[①]或英格兰的

---

① John Calvin（1509—1564），法国神学家、宗教改革家、基督教新教
加尔文教派创始人。

安妮①，对于锡兰的巴勃罗·聂鲁达②，

对于巴塞尔的尼采③，对于湖边的列宁。
但这些往昔的结合就像

一座 *Museo Olimpico*④，这么多，
这么少，我们的事情，也就是可能的

事情：将会存在的种种貌似，
有可能或许会成为的种种貌似。

IV

尼采在巴塞尔研究
这些色彩异变的深池，精通

它们形体的移动和移动
在空白时间杂色斑驳的运行之中。

他的空想是池的深度，

————————————

① Anne（1665—1714），英格兰、苏格兰和爱尔兰女王（1702—1707），
　　大不列颠女王（1707—1714）。
② Pablo Neruda（1904—1973），智利诗人、外交官、政治家，1971 年
　　诺贝尔奖获得者，1928—1930 年任驻锡兰领事。
③ Friedrich Nietzsche（1844—1900），德国哲学家、诗人、作家、语文
　　学家，1869—1878 年任瑞士巴塞尔大学语文教授。
④ 西班牙语或意大利语："奥林匹亚博物馆"。

正是那座池，他的思想那些着色的形体，

人形的怪异纪念品，
裹在他们的貌似里，堆挤在好奇的人群之上，

处于一种完全的富足之中，全都是最初，
全都是最终，那些颜色在空想中从属

于一种天生的宏伟，一道天生的光，
尼采的太阳在为池子镀金，

是的：在为蜂群般的癫狂镀金
在持久的革命中，一轮又一轮……

列宁在一座湖边的一条长凳上打扰
天鹅。他不是为天鹅而生的人。

他身体的低垂与他的外表并未
处于最温雅的保养。鞋子，衣服，帽子

契合那些沉默的颓丧，
他就坐在其中。战车都已淹没。天鹅

在他们躺卧的被掩埋的水上移动。
列宁从口袋里掏出面包，抛撒——

天鹅逃往外面更偏的水域，
仿佛它们知道遥远的海滩；并且被

溶化。空间和时间的距离
是一体而远方的天鹅是终将前来的天鹅。

列宁的目光留住远方的种种形体。
他的头脑举起，淹没在水下的，那些战车。

而水域，海滩，明日的地带则变成了
一种启示录军团的思维。

V

倘若貌似是没有地点的描述，
精神的宇宙，那么一个夏季之日，

甚至于一个夏季之日的貌似，
就是没有地点的描述。它是一种感觉

我们将经验归于它，一种匿名的
知识，沙漠里的柱子，

鸽子落在上面。描述是
由一道漠然以对眼睛的视线构成的。

它是一个期待，一个欲望，
一株升起而越过海洋的棕榈，

与现实有一点点不同：
我们在我们所见中辨出的不同

与我们有关那种不同的纪念物，
来自天空的明亮细部的喷洒。

未来是没有地点的描述，
绝对的谓项，那弧线。

它是一道凋萎的星光渐渐变得年轻，
在其中老的星星是早晨的星球，新鲜

在新日子光彩夺目的描述之中，
在它到来之前，对于恰当的造物的

正确的预期，一派喜悦，
在稀薄的空气中专心致志的形式。

VI

描述即是启示。它不是
所描述的事物，也不是虚假的摹本。

它是一件存在的人造事物，
处于自身的貌似之中，直白可见，

然而并未过于贴近地成为我们生命的复本，
比任何实际生命可能的样子更强烈，

我们应当生而即是的文本，我们或许会阅读，
比太阳与月亮的经验更加

明晰，调和之书，
一种概念之书，它唯一的可能

在于描述，以自身为中心的圣典，
最丰饶的约翰[①]的论题。

VII

因此描述的理论才至关紧要。
它是给予那些人的词语的理论

对于他们那个词语即是世界的创造，
嗡鸣的世界和口齿不清的穹苍。

它是一个达至其尽头的词语的世界，

---

① John the Apostle（约6—约100），《圣经》中耶稣的使徒之一，被认为是《启示录》的作者。

其中并无任何坚实之物是它坚实的自我。

因为，人将自己变成他们的言说：坚强的骑士
活在他的言说那山脉的品格之中；

而在那山脉之镜中西班牙获取
有关西班牙与骑士帽的知识——

一种西班牙人的貌似，一种生活风尚，
一个国家的发明，以一个短语，

以一个从空洞明亮中掏空出来的描述，
依旧是半夜的主体的工匠。

它事关紧要，因为关于往昔我们所说的
一切都是没有地点的描述，一种

想象的投射，打造于声音之中；
又因为我们所说的关于未来的话必须预示，

以它自身的貌似活着，貌似存在
像被发红的红宝石染红的红宝石一样。

里亚多夫的两个故事

I

你记不记得火箭是如何前进
再前进，在夜晚，最终
在一场辉煌形式的喝彩中爆炸——

喝彩之上的喝彩来自蓝色的巨型男人
身着火的马裤，还有孵出来的女人，
像熔化了的真空之公民？

你记不记得孩童在那里像灯芯一样，
不断地闪耀着他们细小的黄金？镇子
已经挤到火箭里面触及了引信。

那一夜，里亚多夫，在他死后很久，
坐在一架云中的钢琴之前练习，
在一架黑色钢琴上练习异世曲调。

你记不记得镇上的人所说的一切
当他们倒下，当他们听见里亚多夫的云
和它悲剧性的，它闹鬼的琶音？

那是不是真的，即他们倒下时所说的一切，
曾由里亚多夫在一段叙述中重现过，
叙述不可信的色彩离去，离去而后消失？

Ⅱ

里亚多夫的感觉被改变了。那
改变的瞬间正是这首诗，
当那团云突然催迫从思想中开始的

全面回归，像一记狂暴的脉动出自云本身，
仿佛里亚多夫不再是一个幽灵
并且，身为稻草，化为绿色，反逆而活，分享

不可思议的血液那不可思议的机运，
直到他的身体将他窒息，直到
他的存在感觉到了飞翔的需要，需要

空气……但此刻那云，那钢琴正置于
它的所在，哦美妙的末节车厢……它是
那有待感知的瞬间的一部分，紧跟着那震惊，

即火箭只是一团次等的云。
并无任何区别在镇子与
他之间。两者只求同一物。两者都寻找

他的异世曲调，耳朵的颜色，
那些很快就会变成一种流利言说的声音——
流利却又古老而难以听见。

一个主题的分析

主题

我向小布朗迪娜[①]讲述三脚长颈鹿那天我多么高兴。

分析

在意识的世界里，浩大的云
在夏日天空中漫游。
那是一个省——

属于丑陋的，潜意识的时间，其中
没有美丽的眼睛
也没有真的树，

那里没有潜意识的地方，
只有地心海式的[②]
相似物

对应地方：时间枯槁的混血儿。

---

① Blandina，史蒂文斯族谱中一位生于 1743 年的祖先的名字。
② Indyterranean，基于 Mediterranean（地中海的）而生造的词。

而在时间的半深处，
在它抽象的运动中，

它非物质的怪兽移动，
并无身体的迂腐
或任何名字。

无形，它们移动并存在，
不是说话的虫子，也不是
羽毛多变的鸟，

纯粹的闪亮，处于超越
想象之所，完好
而无可企及，

即使在巴黎，在季候
的花园①里，
在一个假日。

对充满光明以太的事物的知识
载我们走向时间，在它
完成式的翼翅之上。

---

① Gardens Of Acclimatization，即巴黎季候公园（Jardin d'Acclimatation），
  始于 1860 年的植物和动物园。

我们享受直背的骆驼和长毛的
铅锤，如同 Herr Gott①
享受他的彗星。

———————————
① 德语："我主上帝"。

来自没药山的晚间圣歌

解开你的发网，女士，因为星星
正闪耀在奈弗辛克①所有的山眉。

此刻绿色的夏鸟已然飞翔
远去。夜蝇向这些行星致谢，

本已注定要归于今晚，这夏天的响声
与地点。明天会与今天一般相貌，

会如它一般呈现。但它会是一个表象，
一个遗留的轮廓，同样的双翅伸展，

同样的色彩鲜活有力，成群结队，
但并未完全融化，不完全是流动之物，

被机巧的微末稍许改变，被
来自青草的闪烁改变。这些并不是

早先的星座，从那里发来最初的
明彻暗示——不确定的爱情，

———————————
① Neversink，宾夕法尼亚州的山脉。

存在的认知，没有时间感的感觉。
摘起你发间的钻石把它们放下。

麂草很细。猫尾草是褐色的。
一个外部世界的阴影趋近而来。

人携物

诗篇必须抵抗智慧
几近圆满成功。例证:

一个黯淡人物在冬日傍晚抵抗
同一性。他所携之物抵抗

最穷困的意义。接受它们吧,那就,
作为次要(明显的整体中

未尽感知的部分,确定的固体中
不确定的粒子,不为怀疑所及的首要,

像头一百片雪花一般飘落的事物
出于一场我们必须彻夜忍受的风暴,

出于一场次要之物的风暴),
一场恐怖,来自骤然成真的念头。

我们必须彻夜忍受我们的念头,直到
明亮的显然在寒冷中伫立不动。

碎片

二月的金丝银屑，八月的金丝银屑。
人心中除了他的理性还有东西。
回家来吧，风，他总在呼号又呼号。

雪闪耀于它在空中的瞬间，
千花玻璃被蓝蓝地放大的瞬间——
回家来吧，风，他攀上楼梯时说——

水晶在水晶之上直到水晶的云彩
成为一种出自冰的超水晶，
喷吐这些它自身的创造。

声音里有一种感觉超乎它们的意义。
八月飘落的金丝银屑像一道火焰
在地面呼吸，蓝胜于红，红

胜于绿，关乎一切的火的躁动。
风像一只跑开去的狗。
但它像一匹马。它像运动

活在空间里。它是一个人在夜里，
一个家庭成员，一条纽带，
一个飘渺的表亲，另一个千花之人。

一组全新的客体

由大地中央一条斯古吉尔河①里浮现出
小小的舰队，为意志与需要所牵引，载送着

朋友们的阴魂，他认识的人，每一个
都从他信仰的水也从欲望之中带来

由大地之中，人类之中的创造者
创造，而不知道，或无意于使用的东西。

这些随时间被埋没的翠绿而翠绿的形象
前来装填他们的独木舟，千千万万，

载送着如此的形状，带来如此的缓解，
令那观者知晓他们微妙的目的，

深知这些形状是最准确的形状
属于一个在冥想中老去的浩瀚之民族……

在梯尼肯②或小小的科汉塞③之下，
创造者们的父辈或许正长眠与风化。

_____

① Schuylkill，美国宾夕法尼亚州一河流。
② Tinicum，美国宾夕法尼亚州一城镇，史蒂文斯有父系祖先葬于此处及科汉塞的墓地。
③ Cohansey，美国新泽西州一城镇。

成人的警句

精确之浪漫并不是
不精确之疲惫浪漫的元音省略。
它是始终永远不变的同一，
再，这女主角－夫人的一个亮相。

同一首诗的两个版本

不可确定的一首

I

又一次他转向那不可确定者
在海边，不牢固的岩石，洪亮者，并说道：

印度水手，那边有个尸体么，上下翻卷
随时间漂流，躺在摇摆的水中，一身浮肿

满是思想，却没法将它看透？它是否
纵向而卧像睡眠的云，不太

安宁？它是否有一颗强大的心脏
来鸣响它的脉搏，它自我的活力？

印度水手，和从未得名的水尸，
这些活力创造出，加三倍三重音节，

可能形体的难解意象，
现在无法确定。唯独那里

有一阵搏动，大海中心的
一阵搏动，一种四处翻腾的力量，

就像越来越多正变为越来越少，
就像空间在分割它的蓝并经由分割

正从空间被改变为水手的领域，
或者说从那曾经被构想的变为那

被实现的，就像理性的恒久废墟。
深睡吧，好鳗鱼，在你乖戾的舰队。

II

人之海洋搏动，对着这块大地
的岩石，对着它升起，潮来潮去，

无穷无尽。而老约翰·泽勒伫立
在他的山上，看起起落落，说道：

这些都是何物所造就，什么元素
或者——对，什么元素，未经调和

因为此处并无黄金的溶剂？
倘若他们仅仅是大海的造物，

但却是单数，他们将会，就像水，度量
事物取长补短的顶与尖，承载他们的

是这些洞穴的尸体，半死半睡。
但倘若构成他们的是海，陆地，天空——水

与火与空气与不因无知而不安
的事物，并非一个不可分割的整体，

那便是一片汪洋，充满水的形象
与火的轮廓，以及将它们击倒的风。

也许这些形体正在寻路逃脱
尸体般的起伏。安息吧，旧模具……

词语做的人

我们会是什么，若没有性的神话，
人的空想或死亡的诗？

月亮粥糊的阉歌手——生命系由
有关生命的命题构成。人的

空想是一场孤独，在其中
我们构思这些命题，撕碎它们的是梦，

是失败的可怕咒语
也是对失败与梦是一回事的恐惧。

整个种族是一个诗人，写下
其命运的怪癖的命题。

对一种隐喻意象之间关系的思考

木鸽在佩奇欧门①沿岸歌唱。
鲈鱼藏得很深，依旧害怕印第安人。

在渔夫的一耳之中，他全神贯注于
一耳，木鸽歌唱着一首唯一的歌。

鲈鱼总是抬头看，面朝上游，对着一个
方向，躲闪一支支水矛的

喷吐和飞溅。渔夫全神贯注于
一眼，在眼中鸽子恰与鸽子相似。

有一只鸽子，一条鲈鱼，一个渔夫。
然而咕变成了噜－咕，噜－咕。多么接近

于那未道出的主题啊，每一个变体……
在那一耳之中它或许会完美地叩击：

道出那揭示。在那一眼之中鸽子

---

① Perkiomen，宾夕法尼亚州同名城镇里的小溪，在史蒂文斯父亲的农
场的下游。

或许会跃入视野却依然是一只鸽子。

渔夫或许是那个唯一的人
在他的胸口，鸽子，栖落着，会趋于静止。

动与不动的混乱

哦，这鞭挞着的风是某件事物，大于
鲁德威格·里赫特[1]的精神……

雨正倾泻而下。这是七月份。
有闪电和最粗重的雷霆。

这是一场演出。第 10 幕变成第 11 幕，
在 X 系列，第 IV 场，等等。

人们摔出窗子，树木纷纷倒下，
夏天被换作冬天，青年变老，

空气里满是孩子，雕像，屋顶
和雪。剧场在旋转，

跟聋哑的教堂和视觉的火车相撞。
最宏大的女高音们在唱各种音阶的歌。

而鲁德威格·里赫特，狂乱的倒霉蛋，
已失去了他被纳入的整体，

---

① Adrian Ludwig Richter（1803—1884），德国画家、蚀刻家。

懂得欲望却没有一个欲望的对象，
全是心智与暴力而什么也感觉不到。

他知道他没有别的什么可以思考，
就像那同时鞭挞万物的风。

房子曾经无声而世界曾经安宁

房子曾经无声而世界曾经安宁。
读者曾经成为书；而夏夜

曾经像书的有意识的存在。
房子曾经无声而世界曾经安宁。

词语曾经被说出仿佛没有书，
除了读者倾身在书页上，

想要倾身，一心想要成为
学者，他的书对于他是真的，对于他

夏夜就像一种思想的完美。
房子曾经无声因为它必须如此。

无声的曾经是意义的一部分，心的一部分：
完美通向书页之道。

而世界曾经安宁。一个安宁世界的真理，
其中没有别的意义，它自身

安宁，它自身是夏天和夜，它自身
是读者倾身到晚间并在那里阅读。

跟一个沉默的人的连续交谈

老的褐色母鸡和老的蓝天，
在两者之间我们生活和死去——
山上断裂的大车轮。

仿佛，当着大海，
我们曾经晒网、补帆
并谈及永不结束的事物，

永不结束的意志之风暴，
一个意志和很多意志，以及风，
树叶之中的很多意义，

被吹落到屋檐下的一个人那里，
那场暴风雨和农场的联系，
青绿色母鸡与天空的锁链

以及在大车开过时断裂的轮子。
那不是一个嗓音在屋檐之下。
那不是言语，我们在这交谈里

听见的声响，而是事物
和它们的运动的声响：那另一个人，
一个青绿色怪物来回移动着。

一个女人唱歌因为一个士兵回家

伤口杀人不见血。
它没有护士或亲属去了解
也没有亲属去关心。

那人死去而不倒下。
他行走并死去。无物幸存下来
除了曾经存在之物，

在白云下堆积又堆积
像汇聚起来的遗忘，
在沉睡的空气里。

云在村上，镇上，
那行走的人对它说话
讲述他的伤口，

而无一言以对众人，除非
有一个人会偶然前来，
这个或那个人，

根本就是此地的一部分，几乎算不上
一个他认识的人，他可以跟后者

聊聊天气——

然后随它去，一无所失，
就在村外，在它的边缘，
在那里的宁静之中。

表象的山形墙

年轻的人们在树林里行走，
搜寻那伟大的装饰，
表象的山形墙。

他们搜寻一种形式，单凭其形式，
不靠钻石纹章或遮雨板或
环境的链条，

单凭其形式，凭其正确，
凭借其高，便是
他们在找的那块石头：

那野蛮的透明。他们四处高喊
世界就是我自己，生命就是我自己，
呼吸着仿佛他们曾经呼吸自己，

心中装满了他们丑陋的主，
他们言说的短语循着
这根本性的装饰的视线

在树林里，在这盛开的五月，
领悟的月份。山形墙
在他们面前抬起沉重的蹙额。

死得不值的市民

这两个石墙边上的人
是死亡微小的一部分。
草依旧是绿的。

但有一种完全的死亡，
一种毁灭，一种巨大高度
和深度的死亡，覆盖了一切表面，
充满了头脑。

这两个是死亡的小小市民，
一个男人和一个女人，像两片叶子
一直紧连着一棵树，
直到冬天凝冻和变黑——

有巨大的高度和深度
没有任何感觉，一个沉默的帝国，
其中一个颓丧的形象，用一件乐器，
奏出空洞的尾音。

人的排列

圈于地点或圈于时间在傍晚的雨中
并圈于一种不变的声音，

除了它会开始和结束，
再开始又再结束——

没有变化的雨，无论是内在还是来自
外部。在这个地点与这个时间

在这不变的声音里，
雨在其中完全是一件东西，

在天空之上，一把想象的木椅子
是一座建筑的澄清点，

从无物中被强推而起，傍晚的椅子，
蓝色支柱的尊席，真的——并不真实，

种种变形的中心，它们
为变形的自我而变形，

在一阵闪烁即一场生命之中，一块黄金
即一个存在，一份意志，一种命运。

善人无形

多少个世纪他活在贫困中。
唯有上帝是他唯一的优雅。

后来一代接一代他愈来愈
强壮和自由，略微富足一点。

他活过每一生因为，倘若它是坏的，
他就说好的一生将会是可能的。

终于好的一生到来了，好的睡眠，明亮的水果，
而拉撒路斯①将他出卖给了其他人，

他们杀死了他，把羽毛戳进他的肉身
来嘲弄他。他们在他的坟墓里放上

苦酒来温暖他，空书一本供阅读；
他们又在上面竖了一块凹凸不平的标牌，

他死亡的题铭，写的是，
善人无形，仿佛他们知道一样。

① Lazarus，《圣经》中的人物，死后被耶稣施展神迹而复活。

红蕨草

大叶的白昼生长迅猛，
在这熟悉之地打开
它不熟悉的，困难的蕨，
一催再催红而复红。

这蕨草有分身在云团里，
沉稳不及父辈的火焰，
却浸透了它的特征，
映像与分枝，模仿微粒

与雾螨，摇晃的次生物，长到
超越了与父干的关系：
那炫目，鼓胀，最明亮的核，
狂野燃烧的为父之火……

婴儿啊，在生命里言说
你的所见就够了。不过要等
等到视象唤醒困睡的眼
并刺穿事物有形的困局。

来自阿那卡西斯①的题囊

在他的题囊里阿那卡西斯发现如下字行：
"农场肥沃而它所在的土地
在早晨看似一个假日。"

他写下它们是在雅典附近。农场是白的。
建筑是大理石的，立于大理石的光下。
是他的透彻令这道深景明亮。

一个属于皮维②的主题。他会构想
这画面在他的灰色玫瑰加紫色岩石之中。
而布卢姆③会看见皮维的所为，抗议

并谈论最红润的现实……
在所有圆圈的正中心白色
显得真切。离它最近的圆圈分享

它的颜色，但随它们退却而减少，被
差异随后又被定义冲击

---

① Anacharsis，公元前 6 世纪的斯基泰人（Scythian，欧亚游牧民族）哲学家。
② Puvis de Chavannes（1824—1898），法国壁画画家。
③ Bloom，所指未详。

当一个调性定义自身并区隔

而圆圈加快，晶莹的颜色到来
并闪耀，而布卢姆带着他浩大的积累
伫立并谛视并重复原始的线条。

腹中的鸽子

表象整个就是一件玩具。为此，
腹中的鸽子筑巢并咕咕叫，

瑟拉①，狂暴的鸟。怎会是如此
河流闪耀并举起它们的镜子，

有如美德收罗美德？
怎会是如此，木然的树起立

而活，堆积它们的绿之筐篓
将它们举过闷热的白昼？为什么

这些山脉，如此之高，还要明亮，
与永不落地的雪一同被想起？

而这片玉米的旷大空地，宽多少英里
是某一件被企望而终于应验之物

并且不止于此。而身着戏装的人们，

---

① Selah，见于《圣经·诗篇》的希伯来语词，或为咏唱休止或咏者起身
的信号。

虽然穷困，虽比废墟更褴褛，依然有这个

在他们体内以供露台——哦，美好的祝福！
深处的鸽子，在你的隐秘中将你抚慰。

布满了猫的山脉

浅水里满都是鱼的海洋，任由
独一颗种子狂野生长的树林，俄国的
火车站，同一尊斯大林塑像在那里迎接
同一位铁路旅客，古树
在它球果的中心，红色摹本
穿过相关树林的华丽飞行，
村庄里的白色房屋，黑色的报信者——
条目太过宽泛。

相反，要注意不成立的
人格，身遭遗弃，没有权力的意志
而又无能，如同想象在寻求
传播想象抑或如同
战争的奇迹在孕育和平和奇迹。

弗洛伊德的眼是性力的显微镜。
凭借运气，他的灰色幽灵或许会冥想
所有无能死者的灵魂，清透可见，
并迅速领悟，没有自己的肉体，
千真万确他们不曾是他们的所是。

对往昔的偏见

日子是孩童之友。
它是玛丽安娜的瑞典马车①。
它是那个又是一顶很大的帽子。

局限于自身所见，
鹰钩鼻的学究看待马车，
视为心的遗物之一。

他们看待哲学家的帽子，
被轻率地弃下了，
视为头脑的遗物之一……

那么，孩童眼中的日子
本就是鹰钩鼻学究所谓的
时间之纪念，逝去的时间，

再会，形体，意象——
不，不属于日子，而属于其自身，
不属于永久的时间。

---

① Marianna's Swedish cart，参见美国诗人玛丽安·摩尔（Marianne Moore, 1887—1972）：《一架来自瑞典的马车》（*A Carriage from Sweden*）。

因此，鹰钩鼻的学究发现
哲学家的帽子为头脑的一部分，
瑞典马车为心的一部分。

奇异的指涉

母亲扎起孩子的发带

她便拥有安宁。我的雅科明蒂[①]!

你的曾祖父是一名印第安战士。

图尔佩霍肯[②]的清凉太阳指涉

它生有倒刺的野蛮升起并拥有安宁。

这些早先之时血与脑的

流散,作为奇异的指涉

对于普通的人、地、事物,

在某一种褒扬之中令我们平静。

我的雅科明蒂!这战后的第一个春天,

你父亲死去之季,依然为他呼吸

并再次为我们呼吸一口脆弱的呼吸。

在继承而得的花园里,一个二手的

威耳廷努斯[③]创造出一种均衡。

孩子的三条丝带在她的辫发之中。

---

① Jacomyntje,荷兰人名,见于史蒂文斯家谱。

② Tulpehocken,美国宾夕法尼亚州一城镇(史蒂文斯的外曾祖父弗兰克·泽勒的家乡),亦指当地的一条小溪(史蒂文斯的求婚地点)。

③ Vertumnus,罗马神话中掌管四季变化、庭园和果树之神。

发现生活的尝试

在圣米盖尔德洛斯巴尼奥斯[1]，
女侍应生堆起黑的 Hermosas[2]
壮丽有如一座火山。
在它们四周她撒开当地的
玫瑰，蓝的和绿的，两种都有条纹。
而白玫瑰花瓣上有祖母绿的色调
出于最致命的热度。

有一个形容枯槁的人进来了，
他鞠躬，边鞠躬边带来，裹着披肩，
一个明艳而肤色苍白的女人，
有炽烈的眼和修长的臂膀。
她与他一起站在桌前，
微笑并舔湿自己的双唇
在凝重的空气里。

绿色的玫瑰从桌子上飘起
驾着烟雾。蓝色的花瓣成了
渐渐化为黄色的璀璨骚动，

---

[1] San Miguel de los Baños，古巴马坦萨斯省（Matanzas）一地，以矿物温泉著名。

[2] 西班牙语："美丽的"，一种玫瑰花名。

在黑花与白花的骚动之间。

形容枯槁的人们被赶走了。

在他们曾站立于近前的桌上

两枚硬币躺着——dos centavos①。

---

① 西班牙语："两分"。

许多人在一条溪流中洗澡

就像是穿过一条界线跃入
注满阳光的水中，明净的叶片
与枝条掩映，从此岸到彼岸一片透亮。

星星就是这样在白天闪耀。那里，此刻
曾经就是昨日的黄色，焕然一新，
化为今日，在我们的孩子和

我们中间，融入最清的绿——就称之为绿吧。
我们沐浴在黄绿和黄蓝之中
而在这些滑稽的色彩里垂挂着，

如它们的特殊角色，斑斑点点的
嗜瘾者们，长着尖角的无名体
在芦苇间吞吐以求成形。毫无疑问，

我们都是适当的胚芽，还称不上
生物，属于两岸之间的天空，
空间的涌流之中涌流的水。

那就是穿过一条界线，漂浮而无头
并且赤裸，或几近于此，进入赤裸

或几近于此的异景，在一个赤裸

的世界里，在阳光的陪伴之下，
异景中的造福者，大庄园主，
一个风趣而言辞温顺的外国人。

多好啊，夜晚又回到家中
铺床，在居所的框架里，并移步
环绕各个房间，它们仿佛从不改变……

夏天的信仰

I

此刻仲夏到来，傻瓜被尽数屠宰
而春天的激愤已过去，还有很长一段路
才到秋天最初的深吸，小雏儿
在草中，玫瑰沉甸甸带着一袭浓重的
芳香，心则将它的麻烦搁到一旁。

此刻心将它的麻烦搁到一旁并思考。
回忆的彷徨来到此处。
这是某个年头的最后一天
过后时间就再没有什么留下。
它抵达此处与那份想象的生命。

再没有什么被铭刻，被想到或感觉到
而这必定使心核安慰，面对
它虚假的灾难——这些环立四周的父亲，
这些触摸着，诉说着，近在咫尺的母亲，
这些在柔软的干草上等待着的情人。

II

推迟夏天的解剖，作为
形而下的松树，形而上的松树。
让我们看见真正的事物而不是别的。
让我们用最热的目之火来看见它。
把一切不属于它的烧成灰烬。

在泛白的天空四下追踪黄金的太阳
而不靠哪怕一个比喻的遁词。
审视它，看进它本质的荒芜
并将此道出，这是我寻找的中心。
将它固定在一团永恒的树叶之中

并用被囚禁的和平填满那树叶，
如此一种持久的欢乐，正确的无知
对于依旧可能的改变。放逐对
不存在之物的欲望。这就是
肥沃之物的荒芜，再也得不到更多。

III

它是整个世界的自然之塔，
观察点，绿的绿色极点，
但却是一座比辽远之景更宝贵的塔，
一个高踞如王座的观察点，

万物的轴心，绿的极点

和最快乐的乡土，尽是婚礼的圣歌。
它是那座塔矗立其上的山，
它是终极的山。太阳在此，
无眠，吸入他正确的空气，并休憩。
这是结局所创造的庇护所。

它是站在塔上的老人，
什么书也不读。他红润的古老
汲取红润的夏天而得到抚慰，
来自一种令他的年纪完满的领悟，
来自一种无力再做任何事的感觉。

IV

现实的诸多限制之一
在欧莱①自我呈现，当干草
历经长日烘烤，堆成了草垛。它是
一块对谜语来说太成熟，太静穆的大陆。
在那里远方辜负洞见的眼

而耳朵的次级感觉
充满了，不是次级的声音，而是合唱，

—————————
① Oley，美国宾夕法尼亚州一城镇，位于史蒂文斯出生地雷丁市
（Reading）东北。

不是召唤而是最后的合唱，最后的声音
没有别的混合物，满满承载，
一种没有词语的语言的纯粹修辞。

事物在那个方向停止，而既然它们停止
方向便也停止，我们接受存在的
就是好的。极致必定是好的并且的确是
就是我们的福运与储藏在树林里的蜜
和一个节日里色彩的混合。

V

一天丰富一年。一个女人令
余者低眉。一个男人成为一个种族，
高傲如他，像他一样持续不尽。
抑或是别的日子丰富这一天？
而女王是否像她表面上那么谦恭？

她全体皇族的仁慈威仪？
僵立的士兵，打着风蚀的斑点，隐现
在阳光下，是一个孝敬的形式也是
这国土的子民之一，轻易诞生，是它的肉体，
不是粗布。那不止是随随便便的蓝

容纳这一年份和别的年份和圣歌
与众人，没有纪念品。这一天

丰富这一年，不是作为装饰。
被剥离了回忆，它展现它的力量——
青年，活力之子，英雄的势力。

VI

岩石不可能被击碎。它是真理。
它从土地与海洋升起并覆盖它们。
它是一座山，绿到一半而后，
那无可丈量的另一半，如此的岩石
仿佛是平静的空气所化。但它并非

一个隐士的真理亦非隐居所里的符号。
它是那看得见的岩石，那听得见的，
一种确凿的安详光芒璀璨的慈悲，
在这当下的地面上，最明澈的安详，
在确定之中支撑我们的确定之物。

它是夏天的岩石，那极至者，
一座明亮的山，鲜花开到一半
然后一半处于最极至的光下
自中天闪现的蓝宝石之光，
仿佛十二个王子坐在一个国王面前。

VII

远在树林里他们唱起不真实的歌，
安然无恙。很难当着对象的面
唱歌。歌手们必须避开自己
不然就是避开对象。深处于树林
他们歌唱平凡田野里的夏天。

他们边唱边渴欲一个近处的对象，
当着它的面欲望再也不曾移动，
也不曾将自身当作它无法发现之物……
连着三次那专注的自我掌握，连着三次
那三倍专注的自我，早已占有了

那对象，以野蛮的细察将它紧握，
一次是俘获，一次是征服
或屈从于征服，一次是宣示
那俘获的意义，这艰难的奖赏，
完全成就，完全呈现，完全被发现。

VIII

早晨的喇叭在云中吹响，穿透
天空。这是被宣告的可见之物，
这是那不止于可见的，不止
于锐利的，显赫的场景。喇叭呼喊

这是那不可见者的继任者。

这是它的替代者，出于精神
的谋划。这，在视觉与记忆里，
必要取而代之，恰如可能之物
取代不可能之物。那回响的呼喊
就像一万个翻筋斗的人翻筋斗而下

来分享这日子。喇叭预设
有一个心灵存在，知晓分别，知晓
它作为小号的呼喊，它的措辞方式
如同人群之中一个要人的方式：
在不真实之中变得可敬的人心。

IX

飞低点，明亮的鸡，停在豆架上。就让
你褐色的胸脯变红，在你等待温暖的时候。
用一只眼看着柳树，不要动。
花匠的猫死了，花匠不在了
而去年的花园长出淫荡的野草。

一个情感交错的结分崩离析，
在一个被弃的地点。柔软，文明的鸟儿，
你所审视的衰败：属于被安置者

也属于被安置者的精神，*douceurs*[1]，
Tristesses[2]，生与死的储备，娴雅的树丛

和精心润饰的野兽，这个结分崩离析。
而在你的豆架上，或许，你察觉
另一个其他情感交错的结，并不
那么柔软，那么文明，于是你发出一个声音，
不是听者自身感觉的一部分。

X

夏天的人物所演的角色属于
一个非人的作者，他沉思
与金龟子一起，在蓝草坪上，在深夜里。
他听不见自己的角色谈话。他看见
他们杂色斑驳，披着心绪万变的戏装，

蓝和黄，天空和太阳，束着带
打着结，系绳接缝，半调的红
半调的绿，有恰当的习惯给
宏大的礼仪，那个时候的风尚，
夏天的整体中斑驳心境的一部分，

在其中角色说话只因他们想要

---

① 法语："温柔"。
② 法语："悲伤"。

说话，那些肥胖的，那些红润的角色，
片刻之间，免于恶意和骤然的哭喊，
在已完成的一幕里完成，说着
自己的戏份如在一场青春的欢乐之中。

一个教会修女

终于，在她阳寿的最末一年，
业已达成一份当下的至福，
她说诗歌和神化乃是同一。

这是她使用的例证：
若我遵此法而活我便活在
一场浩大无边的活动里，其中

一切化为早晨，夏天，英雄，
狂喜的女人，幽隐的夜，
受苦的男人，在那里安卧着，

身心中并无他的嫉妒之痛，
值得嘉许的风的转变
如同出自一个普遍存在或人的宇宙。

还有另一个例证，在其中
两件事比照它们紧密的相似之处：
各自仅在其构想之物中才重要。

牧师骑士

它的帽子对一个形体的重要性变得
更加确定。伸展的帽檐
将这形体解作最仁慈的首领，

若观者如是说：浮夸的
表达式，一支狂想曲中的手。
它的线条疾速移动跟随它

即兴的天才，直到最后，
它将那头颅装进一个活跃的氛围，
一个活跃的，线性的氛围里。焰光

在伸展的边沿成为一声
人之召唤的起源，如此昭然
令无名的它造出一个挚爱的名字，

源自最深矿井的形容词。
实有的形体外在地承担这恩典，
一个头脑的意象，一个内在的伴侣，

高大而无烦忧，一个理应
在这片毒林里顶起毒冠的形象，

高如我们全体的高度之高。

这令人生畏的头盔现在什么也不是。
这两者相处融洽，弯曲的边沿
与安宁的时时刻刻那绿色的招摇。

朝向一个至高虚构的笔记

致亨利·丘奇[①]

又是对什么，除了对你，我感觉到爱？
我是否催迫那最智慧者的最极端的书
他就在我近旁，日夜隐藏于我体内？
在单一，确凿的真理那不确凿的光下，
在活着的变化不息中等同于那道光
在其中我与你会面，在其中我们安然而坐，
片刻间在我们存在的中心，
你带来的鲜明的透彻是安宁。

它必须是抽象的

I

开始吧，青年[②]，通过感知
这个发明，这被发明的世界的理念，
不可思议的太阳之理念。

你必须再次成为一个无知的人
用一道无知的眼光再次看见太阳
清晰地看见它在它的理念之中。

---

① Henry Church（？—1947），文学与艺术资助人，史蒂文斯的好友。
② Ephebe，古希腊雅典 18~20 岁获得完全公民资格的青年。同 ephebi
（见《战舰上的生活》脚注）。

绝不要假设一个发明的头脑是
这理念的源头也不要为那头脑构想
一个卷帙浩繁的大师折叠在他的火中。

见于其理念之中的太阳多么澄明,
在一个天堂最遥远的澄澈之中被洗净
那里早已驱除了我们和我们的意象⋯⋯

一个神的死亡是所有神的死亡。
让紫色的福玻斯躺在棕土的收获里,
让福玻斯在秋天的棕土里入睡和死去,

福玻斯死了,青年。但福玻斯曾是
某个绝不可名之的事物之名。
曾有过一个给太阳的计划并且还有。

有一个给太阳的计划。太阳
必须无名,黄金的繁盛者,但却存在
于它将存在为何物的困境之中。

II

是单元住所的天国之厌倦
把我们送回到最初的理念,这发明
的核心;而如此有毒的

是真理的迷狂，如此致命之于
真理本身，这最初的理念成为
一个诗人比喻中的隐士，

他整天来而复去又来而复去。
会不会有一种最初理念的厌倦？
还会有别的什么，才具非凡的学者？

这修道之人是一个艺术家。哲人
指定人的位置在，姑且说，今天的音乐之中。
但牧师欲望。哲人欲望。

而不拥有是欲望的开始。
拥有不存在之物是它古老的循环。
是欲望在冬天的尽头，当

它观望毫不费力的天气变蓝
看见毋忘我在它的树丛之上。
身为阳性，它听见日历唱圣歌。

它知道它拥有的是不存在的
并将它扔弃如另一个时间的事物，
如早晨扔开陈腐的月光和破旧的睡眠。

III

这首诗更新生命来让我们分享，

在片刻间，那最初的理念……它满足
对一个无瑕的开始的信仰

并送我们，乘着一片无知觉的意志之翼，
到一个无瑕的尽头。我们在这些点之间移动：
从那初始的率真到它迟晚的复数

而它们的率真是那强烈的快乐
属于我们出自所思的所感，属于
在心中搏动的思想，仿佛新到的血，

一副灵丹，一番激动，一股纯粹的力量。
那首诗，经由率真，再次带回一股力量
给万物一个率真的种类。

我们说：夜晚一个阿拉伯人在我屋子里，
用他该死的呼不啦呼不啦呼不啦嗥
将一门原始的天文学铭记在

未来投下的不曾涂写过的前端
并将他的星星扔在地板周围。白天
那木鸽时常吟诵他的呼不啦呼

而海洋最为下流的虹彩依然
呼吼着呼升起又呼吼着呼落下。
生命的荒唐用陌生的关系刺穿我们。

IV

最初的理念不是我们自己的。亚当
在伊甸园是笛卡尔的父亲
而夏娃让空气成为她自己的镜子,

她的儿女们的反照。他们发现自己
在天堂如在一面镜中;第二个尘世;
在这尘世本身之中他们发现了一片绿色——

一片漆光锃亮的绿色的居民。
但最初的理念不是要在模仿之中
塑造云。云先于我们。

曾有一个泥泞的中心在我们呼吸之前。
曾有一个神话在神话开始之前,
庄严而又清晰而又完整。

这首诗由此涌现:我们活在一个地方
不属于我们自己,更有甚者,不是我们自己
尽管有徽章闪耀的日子它依然艰苦。

我们是模仿者。云是学究。
空气不是一面镜子而是空白的板,
侧面布景的明暗,悲剧的光影技法

和玫瑰的滑稽色彩，在其中
深不可测的乐器奏出果仁般的声音
来自我们加于其上的广泛意义。

V

狮子对着惹人发怒的沙漠咆哮，
用他的红色噪音让沙子变红，
挑衅红的空无来进化他的对手，

凭足爪与双颚也凭鬃毛称王，
最顺从的挑战者。大象
用嚎鸣打破锡兰的黑暗，

蓄水池表面的闪烁波动，
将最天鹅绒的遥远震碎。熊，
沉重的棕褐色，在他的山中嗥吼

夏天的雷又睡透冬天的雪。
但是你，青年，从你的阁楼斜窗观望，
你的双斜坡顶屋租有一架钢琴。你躺卧

在你的床上沉默着。你紧抓
枕头的一角在手里。你辗转并从
你的辗转里逼出苦痛的一声，哑默，

却道尽哑默的暴力。你观望

越过屋顶有如魔符又有如看守
在你的中心标识它们并受威吓……

这些都是英勇的孩子，时间养育他们
对抗最初的理念——鞭打狮子，
给大象披上盛装，教熊变戏法。

VI

不被认识因为不
被看见，不被爱或恨因为
不被认识。弗朗兹·哈尔斯[①]作的天气，

被刷子般的风在刷子般的云中刷亮，
被蓝打湿，因白而更冷。不
被说到，没有一个屋顶，没有

最初的果实，没有鸟的维吉诺琴[②]，
暗风吹拂下松开的束带，未被放弃。
快乐是，快乐曾是，快乐的连翘

而黄色，黄色稀薄北方的蓝。
没有一个名字也没有什么可欲望，
但愿仅仅被想象但要想象得好。

---

① Frans Hals（1580—1666），荷兰画家。
② Virginal，16—17世纪流行的一种长方形无足的小型古钢琴。

我的房子在阳光下略有改变。
木兰花的芬芳来到近前，
错的斑，错的形，但是亲缘很近的错。

它必须可见或不可见，
不可见或可见或两者皆是：
在眼中的一种见与未见。

天气与天气的巨人，
说天气，仅仅是天气，仅仅是空气：
一种血染的抽象，如思想之于一个人。

VII

感觉很好，如同没有那巨人，
一个最初理念的思想者。也许
真理取决于绕着湖边的一场散步，

身体疲惫时的一番静想，一次驻足
来看獐耳细辛，一次驻足来细察
一个变得确凿的定义，以及

一次等待在那确凿之内，一次休憩
在湖边松树的垂花饰之中。
也许有一些时间内含本质的卓越，

当雄鸡在左边啼鸣而万物

皆宜，不可计数的平衡，
一种瑞士的完美在其中到来

而一种熟悉的机器音乐
设定它的 Schwärmerei^①，不是我们成就的
平衡而是就这样发生的平衡，

如一个男人和女人一见钟情。
也许有一些苏醒的时刻，
极端，幸运，私密，在其中

我们不止是苏醒，坐在睡眠的边缘，
如在一种升华之上，并凝望
像一团雾中的构造般的学园。

我们可否构想一座城堡－要塞－家，
即使靠着维奥莱－勒－杜克^②的帮助，
并在其中把那个麦克库劳^③设为至大的人？

最初的理念是一件想象出来的事物。
沉思的巨人伏在紫色的空间里

———

① 德语："狂热，狂想"。
② Eugène Viollet-le-Duc（1814—1879），法国建筑师、神学家，以修复中世纪建筑著称。
③ MacCullough，英美人姓氏。

可能是那个麦克库劳，一个权宜之计，

逻各斯和逻辑，晶莹的假设，
起首和一种言说这词语的形式
和这个词语里每一件潜在的副本，

Beau[①]语言学家。但那个麦克库劳是麦克库劳。
接下来并非至大的人是人。
倘若麦克库劳自己懒洋洋躺在海边，

浸没在它的冲刷之中，在那声音里阅读，
领会最初理念的思想者，
他也许会养成习惯，无论是从波浪还是短语，

或波浪的力量，或深化的言辞，
或一个更纤细的存在，正向他逼近，
拥有更伟大的才智与悟性，

仿佛波浪最终再也不被打断，
仿佛语言突然，轻而易举地，
说出它曾费尽力气说出的事物。

IX

浪漫的吟咏，慷慨陈词的洞见

---

① 法语："美丽的"。

是颂扬的组成部分，恰当
而又合乎其本性，由此而为习语。

它们不同于理性的咔嗒，它实用的
闪现。但颂扬并非
那至大的人的起源。他到来，

紧裹着不可见的箔片，来自理性，
在午夜被好学的目光点亮，
襁褓般裹在空想里，那是头脑中

难以捉摸的思想之嗡鸣的对象，
隐匿于其他思想，他靠在
一个因那触摸而永远珍爱的胸前，

为了他四月的善温柔地降落，
落下，公鸡恰在此刻啼鸣。
我的夫人，为这个人唱精确的歌吧。

他存在或许存在然而哦！他存在，他存在，
这被感染的过去的弃儿，如此聪明，
他的手样子如此动人。

但别看他有色的眼睛。别给他
任何名字。把他从你的意象中摒除。
他的热在心中是最纯粹的。

X

至大的抽象是人的理念
而至大的人是它的诠释者，在抽象中
比在他的单数中更强，

作为原则比粒子更多产，
快乐的生产力，花朵盛开的力量，
在存在中更多于一个例外，平凡者的

一部分，尽管是一个英勇的部分。
至大的抽象是那平凡者，
那无生气的，难解的容貌。这是谁？

是什么拉比，怀着人的希望变得愤怒，
是什么酋长，独自行走，哭泣得
至为悲伤，至为慷慨激昂，

并未逐一看见这些单独的形象，
却看见唯一的一个，穿着他的旧外套，
他懒洋洋的马裤，远过镇子，

寻找着曾经存在之物，它曾经的所在？
早晨无云。就是他。那个
穿着那件旧外套，那条松垂的马裤的人，

就是要用他，青年，来造就，来调制
最后的优雅，不是去慰藉
也不是尊崇，而是坦白地呈现。

它必须改变

I

老旧的六翼天使，局部镀金，在紫罗兰之间
吸入指定的气味，当鸽子们
如幻影从年表中升起。

意大利姑娘们发际戴着长寿花
六翼天使见过这些，早就已经见过，
在母亲们的束发带上，还会再看见。

蜜蜂嗡嗡而来仿佛它们从未离去，
仿佛风信子从未离去。我们说
这个改变那个改变。于是那不变的

紫罗兰，鸽子，姑娘，蜜蜂和风信子
便是无常目标的无常对象
在一个无常之宇宙。这意味着

夜之蓝是一件无常的事物。六翼天使

是萨图恩①的萨提儿②，依据他的思想。
这意味着我们对这片凋败场景感到的厌恶

是它改变得不够。它留存，
它是一场重复。蜜蜂嗡嗡而来
仿佛——鸽子在空中叽叽喳喳。

一阵色情的香氛，半是身体的，半
是一种明显的酸，对自己的意图确定无疑
而那嗡鸣粗鲁，并未在微妙中破碎。

II

总统下令要蜜蜂成为
不死的。总统下令。但是否
这身体举起它沉重的翅膀，启动，

再一次，一个无穷尽的存在，升起
凌驾于最高的敌手
嗡嗡道出它雏子的绿色短语？

为什么蜜蜂要重温一场失去的欺骗，
在一支号角里找到一声深远的回响并嗡鸣
那无底的战利品，新号手跟着老的？

---

① Saturn，罗马神话中的农神。
② Satyr，希腊罗马神话中半人半兽的森林之神。

总统有苹果放在桌上
有赤脚的仆人围在身边，来调整
窗帘到一个形而上的 t

而国家的旗帜招展，爆发
于旗杆上一阵红蓝色的炫光，重击
升降索。为什么，那么，当金色狂暴中

春天抹去冬天的残片，为什么
要有一个回归或死亡的问题
在记忆的梦中？春天是一场睡眠么？

这温暖是给爱者的，他们终会达成
他们的爱，这开始，不是恢复，这阵
嗡鸣和新来的蜜蜂的嗡鸣。

III

杜·普依将军①的伟大雕像
静止不动，尽管附近的灵车
把居民载离了它高贵的广场。

那匹马抬起的右前腿
暗示，在最终的葬礼上，
音乐停仁而马匹静立不动。

---

① General Du Puy，或指法国历史悠久的 Du Puy 骑士家族中的某位将军。

在星期天，律师们在散步中
走近这巍然升起的雕像
来研究过去，而博士们，已经

仔细沐浴过自己，找出了一个悬停，
一份永久的冷静框架，如此僵硬
使得这将军有一点儿荒谬，

把他真实的肉身变成了一块非人的铜。
从没有过，从未能有过，这样
一个人。律师们怀疑，博士们

说作为生动的，杰出的装饰，
作为给天竺葵的一个装置，那将军，
那座杜·普侬之位，其实，就居于

我们更退化的心理状态之中。
无物曾经发生因为无物曾经改变。
然而将军最终就是垃圾。

IV

两个本质相反的东西似乎
彼此依赖，像一个男人依赖
一个女人，昼依赖夜，想象之物

依赖真实之物。这是改变的起源。
冬与春，冰冷的连结，拥抱
于是狂喜的细节涌现。

音乐落在寂静之上像一个感觉，
我们感受，而非理解的一种激情。
早晨和下午被紧扣在一起

而北方与南方是内在的一对
而太阳和雨是一个复数，像两个情人
漫步离开如一个人在最绿的身体里。

在孤寂中孤寂的小号
不属于另一种孤寂的回响；
一根细弦为一大群声音说话。

参与者参与那改变他的事物。
孩子触摸就从那事物中取得性格，
从他触摸的，那具身体。船长和他的手下

是一体而水手和大海是一体。
跟上，哦我的同伴，我的伙计，我的自我，
姐妹和安慰，兄弟和欢乐。

V

一片宽如天空的水域，一座蓝色岛屿

野橘树继续开花又结果，
在栽种者死后很久。几只酸橙留下来，

在他的房子倾颓之处，三棵枯瘦的树负载
被混淆的绿。这些是栽种者的绿松石
和他的橙斑，这些是他的零点绿，

一种在最绿的太阳下烤得更绿的绿。
这些是他的沙滩，他的海中番樱桃在
白沙里，他在长长的海泥上的拍击。

在他所不及处有一座岛上憩息着，
一座向南的岛，上面憩息如
一座山一般，一只菠萝酸涩如古巴的夏天。

而 là-bas, là-bas①，凉爽的香蕉生长，
沉甸甸地悬在大香蕉树上，
它穿透云层弓身于半个世界之上。

他时常想起他所来自的土地，
那国家整个就是一只瓜，粉色
如果看得正确，却又是一种可能的红。

一个毫不造作的人在一道负面的光下

---

① 法语："在那边，在那边"。

无法承受他的劳作也不曾死去
叹息他应当离开班卓琴的弦音。

VI

哔啾①我，麻雀说，向那开裂的叶片，
还有你，还有你，在你吹送时哔啾我
当你在我的矮林里看见我存在。

啊，唧！这嗜血的鶸鹩，邪恶的雀鸟，
唧唧，喳壶嗓子的知更鸟在倾倒，
哔啾，哔啾，哔啾我在我的林间空地。

雨中有这么白痴的歌吟，
这么多铃锤在动而没有铃，
以至这些个哔啾构成一声天堂般的锣响。

一个声音重复着，一个不倦的唱诗歌手，
单一个短语，唧唧，连成的短语，
单一行文本，花岗岩的单调，

唯一的一张脸，像一幅命运的相片，
吹玻璃者的宿命，冷血的主教，

———————————

① Bethou，鸟鸣的拟声词，同时意指"用'你'（而非敬而远之的'您'）来称呼"。"哔啾我"（Bethou me）为雪莱《西风颂》（Ode To The West Wind）中的"Be thou me"（愿你成为我）的戏仿，意为"用'你'称呼我"。

无眼睑的眼，不做任何梦的心灵——

这些都属于没有歌吟的吟游诗人，
属于一个地球，在其中第一片叶是众叶的
故事，在其中麻雀是一只

石头的鸟，从不改变。哔啾他，你
还有你，哔啾他又哔啾。它是
一个无异于其他的声音。它会结束的。

VII

在月亮的一道光泽之后，我们说
我们没有对任何天堂的需要，
我们没有对任何诱人的圣歌的需要。

这是真的。今晚紫丁香放大
轻易的热情，躺在我们中间的爱者
时刻留情以待的爱，而我们呼吸

一种什么也不唤起的气味，绝对。
我们在死寂的午夜遇见
那紫色的气味，那丰盛的绽放。

那爱者叹息仿佛为了易得的赐福，
他能够用他的呼吸将它摄入，
在心中占有，隐藏而不为人所知。

因为轻易的热情和时刻留情以待的爱
属于我们尘世的诞辰和此地与此时
和我们生活之处，我们生活的每一处，

如同在一个五月夜晚的最高云层里，
如同在那无知之人的勇气里，
他照书吟诵，在那写下这本书的学者

的热情里，热望又一份易得的赐福：
那确定性的波动，那感知的
程度变化，在学者的黑暗里。

VIII

在她周游世界的旅程里，南济亚·农济欧[①]
遭遇欧齐门迪亚斯[②]。她独自
而行，像一个准备已久的处女。

我是那配偶。她摘下她的项链
把它放在沙里。如我所是，我是
那配偶。她解开她奇石镶嵌的腰带。

我是那配偶，被剥夺了明亮的金子，

① Nanzia Nunzio，姓氏源于拉丁语 nuntius（"信使，使者"）。
② Ozymandias，即古埃及第十九代法老拉美西斯二世（Ramesses II）。在雪莱的同名十四行诗中，它是沙漠里的破碎石像上刻写的"万王之王"的名字。

超乎绿宝石或紫水晶的配偶，

超乎我所负载的燃烧的身体。

我是那女人，脱得比赤裸

更赤裸，站在一个固不可变的

秩序之前，说我是那被预期的配偶。

对我说，那被说出的，将以它自己

唯一宝贵的饰物装扮我。

给我安上精神的钻石后冠。

将我全身裹进那终极的细丝，

好让我怀着如此的爱颤抖，如此众所周知

而我自己便因你的完成而宝贵。

然后欧齐门迪亚斯说那配偶，那新娘

从未赤裸。一块虚构的遮盖物

编织起来永远从心与头脑中闪着亮光。

IX

这首诗从诗人的胡言乱语走到

通俗文①的胡言乱语又来一次。

它是来回移动还是两者

---

① Vulgate，大众的平凡言语，亦指罗马天主教认可的《圣经》版本，基
于公元 5 世纪初的哲罗姆（Jerome，347—420）版本编纂而成。

同时进行？它是一种发光的掠动

还是一个多云之日的浓缩？

是否有一首诗从不抵达词语

又有一首用闲言碎语把时间送走？

这首诗是否既特殊而又普遍？

那里有一种冥想，其中似乎有

一种逃避，一件未被领悟或

未彻底领悟的事。诗人是否

逃避我们，如在一种无感觉的元素里？

逃避么，这热烈的，服从的演说者，

我们最愚钝的障碍前的发言人，

一种言说形式造就的诠释者，一种

跟舌头仅仅沾点边的言说的发言人？

他寻找的正是通俗文的胡言乱语。

他通过一种特殊的言说试图说出

普遍之物的特殊效力，

来混合想象的拉丁文与

那 lingua franca et jocundissima①。

———————————

① 拉丁语："混合与谐趣的语言"。lingua franca 为一种混合了普罗旺斯
语、意大利语、西班牙语、葡萄牙语、法语、希腊语、阿拉伯语等的
语言，在 11—19 世纪地中海东岸作为商业和外交语言使用，后泛指
不同语种的人们互相交流的语言。

X

一条长椅是他的强直性昏厥，修辞
的戏剧。他坐在公园里。湖水
充满了人工的事物，

像一页音乐，像一团上层的空气，
像一种瞬间的色彩，其中天鹅
是六翼天使，是圣徒，是变化的要素。

西风是音乐，是运动，是力量
天鹅向它腾跃，是一种改变的意愿，
一种在空白之上制造虹彩回纹的意愿。

有一种改变的意愿，一个紧迫
与当下的途径，一次呈现，一种
易变的世界，太持久而无可否定，

一个流浪汉在比喻中的眼光
抓住我们自己的。偶然的事物
是不够的。变形的新鲜是

一个世界的新鲜。它是我们自己的，
它是我们自己，我们自己的新鲜，
而那必要性与呈现

是磨拭我们所窥看的一面镜子。
对于这些开始，又快乐又绿，提议
合适的恋情吧。时间会把它们写下。

它必须提供快乐

I

要歌唱 jubilas^①在精确、习惯的时间，
要加冠于顶披上一头众量的鬃毛
并投身其中，随它宏大的嗓音欢跃，

要谈论欢乐并将它歌唱，被抬上
欢乐的人们的肩头，要感觉那颗心
它就是那共同的，那最华丽的基础，

这是一场粗浅的操练。哲罗姆^②
生出了簧管音栓和烈风的琴弦，
金色的手指弹拨暗蓝色的空气：

为了那里成群移动的嗓音，
要找到声音最凄凉的祖先，
要为光找到一种流淌的音乐

---

① 拉丁语："纵情欢闹"。
② Jerome（347—420），基督教护教论者，以将《圣经》从希腊语和希
  伯来语译成拉丁语，并成为天主教会认可的标准版《圣经》的基础而
  著名，后被罗马天主教会和东正教会封为圣徒。

它以超乎肉欲的调式落于其上。
但最困难的严苛即刻到来，
在我们所见之物的意象上，要从那

非理性的瞬间抓到它的不思辨，
当太阳升起来，当大海
澄清于深处，当月亮悬在

天堂避难所的墙上。这些不是变形的事物。
我们却为其所动仿佛它们曾是如此。
我们用一种更迟晚的理性来思辨它们。

II

蓝色的女人，闪亮的链环与发蜡，在窗前
并不渴求羽毛般的银子
是寒冷的银，也不要泡沫的云

起泡，成为起泡的波浪，像它们一样动，
也不想要性感的花朵平息
不再有猛烈的嗜瘾，也不要夏天的

热量，在夜里变得芳香，
去强化她流产的梦，并在
睡眠中呈现它自然的形式。对她来说

她回忆了就已足够：春天的
银子到达它们在葡萄叶间的位置
阴凉它红润的脉动；泡沫的云

无非是泡沫的云；泡沫的花
凋落而没有青春期；而在之后，
当八月松树的和谐热量

进入房间，它瞌睡并成为夜晚。
对她来说她回忆了就已足够。
那蓝色的女人观望并从她的窗口命名

山茱萸的珊瑚，寒冷而清晰，
寒冷，寒冷地描画，本就是真，
清晰而，除了对于眼睛，没有侵扰。

III

一副恒久的容颜在一片恒久的灌木丛里，
一张石头的脸在一片无尽的红色里，
红的翠绿，红割开的蓝，一张板岩的脸，

一个古老的前额悬挂着沉重的头发，
雨的渠沟，那红玫瑰红的
风化的以及那红宝石水蚀的，

绕着咽喉的藤蔓，不成形的嘴唇，

像毒蛇在眉头晒太阳的蹙额，
那被耗尽的感觉本身一点也不剩，

红中之红的重复从未
消失，有一点生锈，有一点胭红，
粗糙了一点也更粗鲁了，一顶皇冠

目光无以逃避，一份红色的名声
在乏味的耳朵上吹送自己。
一道黯淡了的光辉，晦暗的光玉髓

已被过分尊崇地用尽。那或许存在过。
它或许并且或许存在过。但其实，
一个死去的牧人从地狱带来了庞大的合唱队

并吩咐羊痛饮。或者是他们如是说。
爱上它们的孩子携来早开的花朵
四下播撒，没有两朵一样。

IV

我们用更迟晚的理性思辨这些事物
并将我们的所见，我们清晰看见
与曾见之物，当作一个依赖我们自己的地方。

在卡陶巴①曾有一场神秘的婚姻，

————————
① Catawba，美国南卡罗来纳州一地区，

在正午它是在这一年的日中
在一个伟大的首领和少女葆达之间。

这是他们典礼的圣歌：起初
我们曾经相爱却并不愿作婚配。起初
一个曾经拒绝接受另一个，

曾经誓不呷饮婚姻之酒。
彼此接受必定不是为他高大的，
他有力的外表亦非她微妙的嗓音，

秘密铙钹的嘘嘘嘘环绕四周。
彼此必定把对方作为征象，简短的征象
要制止旋风，阻挠自然元素。

伟大的头领爱永远的山脉卡陶巴
因此娶了葆达，他在那里找到了她，
而葆达爱首领如同她爱太阳。

他们婚姻美满因为结婚的所在
是他们的所爱。既不是天堂也不是地狱。
他们是爱的角色面对着面。

V

我们喝默尔索[①]，吃孟买龙虾就芒果

---

① Meursault，产于法国同名地区的干白葡萄酒。

酸辣酱①。随后阿斯匹林教士高谈起
他的姐妹，在一派何其明智的迷醉中

她住在她的宅子里。她有两个女儿，一个
四岁，一个七岁，她给她们穿衣
用一个 pauvred② 色彩的画家作画的方式。

但她仍旧描画她们，契合
她们的贫穷，一种灰蓝色加上黄的
缎带，属于她们的严格声明，缀以白色，

星期天的珍珠，她的寡妇之乐。
她把她们藏在简单的名字下面。她用
弃绝梦想令她们与她靠得更近。

她们说出的言辞是她听见的嗓音。
她向她们望去就看见她们所是
而她的所感击退了最赤裸的短语。

阿斯匹林教士，说完了这些事，
沉思，哼出一支赞美的赋格的
轮廓，一个由唱诗班完成的变格。

---

① Chutney，一种由水果、蔬菜、醋、香料和糖等制成的印度调料。
② 自造词，意为"被弄得贫穷的"，源于法语的 pauvre（贫穷）和
s'appauvirir（变穷）。

然而当她的孩子们睡去，他的姐妹自己
所求于睡眠的，在寂静的兴奋之中
只是睡眠那未混淆的自我，为了她们。

VI

在漫长的午夜当那教士入睡
而正常的事物用哈欠把自己打发走，
虚无是一种赤裸，一个点，

超越了它事实无法作为事实前进。
在它之上人的学习再一次
领悟了夜的苍白启示，黄金

在下，远在他眼睛的表面之下
而又清晰可闻，在他耳朵的
山脉之中，正是他的心灵的材料。

于是他就是他所看见的上升之翼
乘着它们在轨道的外围星辰中移动
降落到孩子们的床头，她们就

躺在上面。随即向前以巨大的可悲力量
直至他所飞越的夜之终极冠冕。
虚无是一种赤裸，一个点

超越了它思想无法作为思想前进。

他必须选择。但它并非一个
互斥的事物之间的选择。它不是一个

之间，而是属于的选择。他选择包括
彼此互相包括的事物，那整体，
那复杂的，那汇聚的和谐。

VII

他强加秩序如他认定的样子，
如狐狸和蛇所为。这是一件勇敢的事。
随后他造起议会大厦以及走廊之中，

比蜡更白，声势宏大，如其所是的名声，
他树立理性之人的雕像，
他们超越最有学问的猫头鹰，最博学的

大象。但强加并不是
发现。要发现一种秩序如同
一个季节的秩序，发现夏天并懂得它，

发现冬天并熟知它，要找到
不要强加，全然不要有过思辨，
要从无物中产生了至大的天气，

这有可能，可能，可能。必定
可能。必定是到了时间

真实者就会从它天然的混合中到来，

起初，仿佛一只被吐出的野兽，并不相像，
被一杯绝望的牛奶温热。要发现真实者，
要剥离掉每一种虚构除了一种，

一种绝对之虚构——天使，
在你发光的云彩里安静一下，听听
正确的声音那发光的旋律。

VIII

我要相信什么？如果天使在他的云中，
安详地凝望狂暴的深渊，
弹拨他的琴弦来弹拨深渊的荣耀，

向下飞跃穿过傍晚的启示，而
在他伸展的翅膀上，所需唯有深邃的空间，
忘记那黄金的中心，金色的命运，

在他飞行的不动之动中变暖，
想象的我是不是这不太满足的天使？
那对翅膀是他的吗，那天青石出没的空气？

将这体验的是他还是我？
那么是不是我在不停地说有一个小时
充满了可表达的赐福，在其中我没有

什么需要，快乐，忘记需要的金手，

满足于没有予人安慰的尊主，

而如果有一个小时就有一天，

有一个月，一年，有一个时间

在其中尊主是那自我的一面镜子：

我没有但我存在而因我存在，我存在。

这些外部的区域，我们用什么充满它们

除了倒影，死亡的恶戏，

在屋顶下面自我实现的辛德瑞拉[①]？

IX

大声吹哨吧，太过瘦削的鹪鹩。我能

做天使能做的一切。我像他们一样享受，

此外还像人们，像人在隐蔽的光里，

享受天使。吹哨吧，被迫的号手，

鸣号寻配偶，在巢窝附近，

雄鸟号手，吹哨又鸣号又戛然而止，

红知更鸟，在你的前奏里停下，练习

纯粹的重复吧。这些事物至少包含

---

① Cinderella，欧洲民间传说《水晶鞋与灰姑娘》的主人公。

一个生计，一种练习，一项工作，

一件事物终极于自身，因此便是善：
浩大的重复中的一个，它们终极于
自身，因此便是善，这回转

又回转又回转，这纯粹的回转，
直到纯粹的回转是一种终极的善，
酒到达树林中一张桌子的方式。

而我们像人们一样享受，一片叶子
在桌子上空旋转它持续的旋转的方式，
于是我们怀着愉悦望着它，望着

它旋转它怪癖的节拍。也许，
人之英雄不是例外的怪物，
而是那身为重复的极致大师的他。

X

肥姑娘，地球，我的夏天，我的夜，
为何我发现你在差别之中，在那儿看见你
在一条移动的周线，一场未尽完成的改变里？

你是熟悉的却又是一种反常。
女士，我是文明的，但在
一棵树下面，这未挑动的激情要求

我直白地命名你，不浪费词语，

阻止你的躲闪，令你面对你自己。

即使如此当我想到你是强壮或疲惫，

投身于工作，焦虑，满足，孤单之时，

你就总是不止于自然的形象。你

成为脚步柔软的幻影，非理性的

扭曲，无论如何芳香，无论如何珍爱。

就是这样：不止于理性的扭曲，

感觉所导致的虚构。是的，那个。

他们有朝一日会在索尔邦①搞通它的。

我们会在黄昏时从讲座中返回

欣然于那非理性者是理性的，

直到被感觉轻叩，在一条镀金的街上，

我直呼你名，我的绿色，我的流利的 mundo②。

你将已停止了旋转，除了在水晶里。

————————

士兵，有一场战争在心灵

与天空之间，在思想与日夜之间。正是

① Sorbonne，1257 年成立的神学院，巴黎大学的前身。

② 西班牙语："世界"。

为此诗人永远在阳光中，

在他的屋子里把月亮修补起来
应和他的维吉尔式韵律，上下，
上下。它是一场永不结束的战争。

然而它取决于你这场。两者是一体。
它们是一个复数，一个右和左，一对，
两条平行线，它们相遇但愿只在

它们阴影的会合中或是相遇
在一个兵营里的一本书，一封寄自马来的信里。
但你的战争会结束的。而在它之后你返回

带着六块肉十二瓶酒不然就两手空空
走到另一个房间……Monsieur①和同志，
士兵贫穷，倘没有诗人的诗行，

他的微不足道的提纲，那些粘在
血液中的声音，在不可避免地调整。
而战争对战争，彼此都有其勇武的种类。

多么简单啊虚构的英雄成为真的；
多么愉快啊以正确的词语士兵死去，
如果他必须，或靠信誓旦旦的言辞之面包而活。

————————
① 法语："先生"。

《秋天的极光》

THE AURORAS OF AUTUMN

（1950）

秋天的极光

I

这是那巨蛇居住之所，那无躯体者。
他的头是空气。在他夜晚的尖端下面
眼睛在每一重天睁开凝视我们。

或者这是挣脱蛋卵的另一番扭动，
洞穴尽头的另一个意象，
另一个呈现躯体之蜕皮的无躯体？

这是那巨蛇居住之所。这是他的巢，
这些田野，这些山岳，这些染色的远方，
和在海上方与周沿与旁边的松树。

这是有形在无形之后狂吞，
皮肤闪耀直到渴望中的消逝
以及巨蛇的躯体闪耀而没有皮肤。

这是浮现的高点和它的基点……
这些光也许会最终抵达一极
在最中心的午夜并发现巨蛇就在那里，

在另一个巢中，主宰着那个
躯体和空气和形式和意象的迷津，
残忍无情地将快乐占有。

这是他的毒药：即我们应当不信
即使是此物。他在羊齿草丛里的冥想，
在他动得如此细微以便确定太阳之时，

也曾让我们同样确定。我们曾在他的头颅中看见，
岩石上缀着黑珠子，长斑点的动物，
移动的草，印第安人在他的林间空地里。

II

告别一个理念……一座小屋矗立，
荒废无人，在一片沙滩上。它是白的，
如随一种风俗或是遵循

一个祖传的主题或是作为一个
无限过程的结果。靠墙的花
是白的，略微干枯，仿佛一个标记

让人想起，试图让人想起，一种
曾经不同的白，另一样东西，在去年
或更早，不是一个苍老午后的白，

无论更新鲜还是更阴暗，无论属于冬日的云
还是冬日的天空，从地平线到地平线。
风正吹着沙子掠过地板。

这里，成为可见就是成为白色，
是成为白的固体，一个极端主义者
在一场练习中的成就……

季节改变。一阵冷风让沙滩寒颤。
它长长的线条长得更长，更空，
一种黑暗聚集尽管它并不降下

而白色在墙上变得不那么鲜明。
那行走着的人在沙上茫然转身。
他观察北方是如何永远扩大着那改变，

用它寒冷的光耀，它蓝红色的拂掠
和巨大燃烧的迸发，它极地的绿，
冰和火和孤寂的色彩。

III

告别一个理念……母亲的脸，
这首诗的目的，充满这间屋子。
他们在一起，在这里，很暖，

绝无对即将来临的梦的预见。
傍晚了。房子就是傍晚，半已溶化。
只有他们从来不能拥有的那一半留存，

仍披着星光。他们拥有的是母亲，
她把透明给予他们当下的安宁。
她令它比温柔可以成为的更温柔。

而她也被溶化了，她被摧毁了。
她呈现透明。但她已经变老。
项链是一道铭刻不是一个吻。

柔软的手是一个动作不是一个触摸。
房子会粉碎而书籍会焚烧。
他们安憩于一个心灵的庇护所

而房子属于这心灵和他们和时间，
一起，全都一起。北方的夜
看上去会像霜一样当它接近他们

移向母亲，在她入睡之际
在他们道晚安，晚安之际。楼上
窗口会被点亮，不是屋子。

一阵风会四下铺展它起风的威严
并像一支来福枪托一样敲门。

风会用不可战胜的声音来命令他们。

IV

告别一个理念……那些取消，
那些否定从不是最后的。父亲坐
在凄凉注视的空间里，无论他坐在哪里，

是一个双眼的浓毛里透着强壮的人。
他向不说不又向是说是。他向不
说是；而在说是时他说告别。

他度量改变的速率。
他从天堂跃向天堂之迅疾胜过
坏天使们从天堂跃向着火的地狱。

但此刻他坐在安静而绿色的一天。
他估算空间的巨大速度并拍打它们
从云到无云，无云到强烈的晴

在眼与耳的飞行里，最高的眼睛
和最低的耳朵，那深耳洞悉，
在傍晚，伴随它的事物，直到它听见

属于它自己的超自然前奏，
在那一刻，当天使之眼界定

它结伴走近，戴着面具的演员们。

主哦主就座于火边
却也在空间里一动不动却也
是运动的永远照耀的起源，

深沉，却又是王却又是王冠，
看这当下的王位吧。什么样的同伴，
戴着面具，能用赤裸的风将它合唱？

V

母亲邀请人性到家里
围桌而坐。父亲找来故事的讲述者
和对故事多多沉默，多多沉思的音乐家。

父亲找女黑人来舞蹈，
在孩子中间，像舞蹈成熟中的花样
呈现奇怪的丰满。

为这一切音乐家们作出阴险的曲调，
抓挠着他们乐器的单调之音，
孩子们笑着鼓噪一段铁皮般的时光。

父亲凭空找来庆典游行，
戏剧的布景，深景和木墩

和幕布，像一道睡眠的天真掩饰。

在这一切之中音乐家们奏出本能的诗。
父亲找来他的未曾放牧的畜群，
有野蛮的舌头，流涎和喘息的两半股

呼吸，服从他喇叭的节拍。
于是这就是沙蒂荣[①]或随你想。
我们站在一个节庆的喧哗之中。

什么节庆？这吵闹，无序的闲逛？
这些 hospitalier[②]？这些畜生般的客人？
这些音乐家笃击着一场悲剧，

笃笃，笃笃，它以此构成：
没有可说的一行行台词？没有戏。
或者，角色们仅凭身在此处就演了一场戏。

VI

它是一场透过云层浮现的戏剧，
本身是一团云，尽管由薄雾的岩石
和像水一样奔行的山构成，一波接一波，

---

① Gaspard de Chatillon（1519—1572），法国海军上将和新教领袖。史蒂
 文斯可能的祖先。
② 法语："医院牧师，医者骑士团成员"。

穿过光的波浪。它是由变形的云构成
云又再变形为云，懒懒地，方式
恰如一个季节改变色彩到无尽，

除了它自己在改变中的挥霍，
如光从黄变到金又从金
变到它的蛋白色元素和火的愉悦，

宽宽地飞溅因为它喜欢华丽
与华丽空间的庄重乐趣。
云懒懒地飘流穿过想起一半的形式。

剧院充满了飞翔的鸟，
野蛮的楔形，如一座火山的烟，目如棕榈
并且渐渐消逝，一张网在一道走廊

或巨大的门廊里。一座主神殿，
可能是吧，正在浮现或刚刚
崩塌。结局必须推迟……

这是无物直到容纳于单一个人体内，
无物，直到这被命名的无名事物存在
并且被摧毁。他打开他着火的

房子的门。一根蜡烛的学者看见

一道北极的光辉闪耀在
他所是的一切的框架上。而他感觉恐惧。

VII

有没有一种想象登基而坐
严酷一如它慈善，身为正义者
与不正义者，在仲夏停步

想象冬天？当树叶枯死，
它是否在北方就位并把自己折起，
山羊跳者，晶莹而明亮，安坐

于最高的夜？这些天空是否装饰
和宣示它，白色的黑之创造者，用熄灭
来喷涂黑，甚至熄灭可能存在的行星，

甚至地球，甚至是视觉，在雪中，
除非是出于辉映至尊荣光之需，
在天空中，作为王冠与钻石的秘法？

它跃过我们，跃过我们所有的天空，
熄灭我们的行星，一个接一个，
只留下，我们曾存在与观望之处的，

我们彼此认识并彼此想起之处的，

一份颤抖的残余，冰冷而已逝，
除了那王冠和神秘的秘法。

但它不敢在自身的黑暗里随便腾跃。
它必须从命运变化到微小的无常。
于是它喷射而成的悲剧，它的墓石

和形状和哀伤的打造转而要去发现
什么必须，以及最终，什么能够将它打破，
比如说，月亮之下一场轻浮的交流。

VIII

也许永远有一个天真的时间。
从没有一个地点。或假如没有时间，
假如它是一个无时间，亦无地点的事物，

唯独存在于它的理念之中，
在对抗灾祸的意义之中，它并不
少些真实。对于最老也最冷的哲人，

有或也许有一个天真的时间
作为纯粹的原则。它的本质是它的尽头，
即它应该是，却不是，一个

掐痛那可怜人的怜悯的事物，

像一本在晚上美丽但不真实的书，
像一本在上升之际美丽而真实的书。

它就像一个以太的事物，存在
几乎是作为谓语。但它存在，
它存在，它可见，它是，它是。

于是，这些光并非一道光的符咒，
一声出自云端的言语，而是天真。
一种尘世的天真而不是虚假的征兆

或恶意的象征。我们参与其中，
像孩子一般躺卧于这神圣里，
仿佛，苏醒着，我们躺卧于睡眠的安静里，

仿佛天真的母亲歌唱，在屋子的
黑暗里，和着一架手风琴，依稀可闻，
便创造了我们呼吸于其中的时间和地点……

IX

并且属于彼此的思想——在那作品
的习语中，在一个天真尘世的习语中，
不属于有罪的梦之谜。

我们曾经成天像丹麦人在丹麦一样

彼此熟识，精神健旺的同胞们，
对于他们异国风味是一星期里的

另一天，比星期日更古怪。我们想法一样
那让我们成为一家里的兄弟
在家里我们以当兄弟为食，进食

并发福像是在吃一座有教养的蜂巢。
我们生活的这出戏——我们用睡眠紧贴而卧。
这命运的活力的感觉——

约会，当她独自而来，
以她的到来而成为两人的自由，
一场只有两人能够分享的孤立。

我们会在明年春天现身悬吊于林间么？
这是属于哪一场灾难的急迫：
裸肢，裸树与盐一般锐利的风？

星星正系上它们闪烁的腰带。
它们将斗篷甩过肩头，闪现
有如一道巨大阴影最后的修饰。

它也许会在明天以最简单的词语到来，
几乎作为天真的一部分，几乎，
几乎作为最温柔和最真确的部分。

X

一个快乐世界里一群不快乐的人——
读吧，拉比，这种差异的各相。
一个不快乐世界里一群不快乐的人——

这里有太多的镜子给苦难。
一个不快乐世界里一群快乐的人——
这不可能。那里没有什么可以滚动

在表达的舌，发现的利齿上。
一个快乐世界里一群快乐的人——
滑稽歌手！一场舞会，一出歌剧，一个酒吧。

回到我们开始所在的地方吧：
一个快乐世界里一群不快乐的人——
现在，庄严宣读那些隐秘的音节。

读给集会听，为了今天
也为了明天，这极境，
这一场天体之幽灵的谋划，

谋划平衡以谋划一个整体，
那生机勃勃的，那用之不尽的天才，
实现他的冥想，无论伟大与细小。

在这些不快乐者里他冥想一个整体，
福运的全部和宿命的全部，
仿佛他活过所有的生命，他或许认识，

在恶妇的门廊，而非肃静的天堂，
去向风与天气的争执，凭着这些光
像一道夏日稻草的烈焰，在冬天的切口。

出自一个故事的页面

在那个冬日坚硬的光亮之中

海被冻得结结实实而汉斯，

在他漂移的火边，在岸上，听出了

喧响的水和喧响的风之间的差别，介于

那没有精确音节的东西与那

高喊 *so blau* [①] 又再高喊 *so lind*

Und so lau [②] 的东西之间，介于无意义的声音与

正在升起，由泥土与柳枝做成 [③] 的言辞之间，

并且听见它 [④] 落到幽深的心核里 [⑤]。

一艘蒸汽船在他近旁，陷入冰层。

So blau，so blau……汉斯在火边倾听。

宽一英尺的新星出来并

闪耀。并在那里造一间小屋 [⑥]。

So lind。他们歌唱时风燃烧。*So lau*。

那艘大船，巴莱涅 [⑦]，凝冻在海里。

---

① 德语："那么蓝"。

② 德语："那么轻又那么柔"。海涅：《抒情间奏曲》（*Lyrisches Intermezzo*）XXXI："Die Welt is so schön und der Himmel so blau,/Und die Lüste die wehen so lind und so lau"（世界这么美天空又那么蓝，/欲望吹拂得那么轻又那么柔）。

③④⑤⑥ 叶芝：《茵尼斯弗里岛》（*The Lake Isle of Innisfree*）。

⑦ Balayne，未详。

一英尺的星星是它的死亡信使

送达其居所的荒野边界。

这些不是冬眠地带的温柔之星

在午夜与寂寞的空间里却至为美丽，

它们用野蛮的面孔回望汉斯的凝望。

潮湿的野草噼啪作响，火熄灭，寒冷

像一场沉睡。海是他梦见的一片海。

汉斯躺在那却完全醒着。并独居

在蜂鸣的空地里①。蒸汽船上的灯光移动。

人们会在黎明起身在岸上行走。

他们会害怕太阳：它或许会是的东西，

害怕那些天空的乡村天使，

鳍翼的扑打与冰的喘息，

仿佛水中的无论什么都在奋力言说

一场记忆的断裂中破碎的方言。

太阳或许会升起或许不会，而倘若

它升起，灰白与红黄，每一色

都不通透，打着橙色的环，比以往

任何时候都更近，不再是已知，

不再是那件被大部分事物带回已知的事物，

而是用这道为此而来的光将它完全摧毁

的事物，或是一个未见于种种天文学的运动，

---

① 叶芝：《茵尼斯弗里岛》。

超越感觉的习惯，无约束的形体
炽烈燃烧——它或许会或许不会在那
哥特式蓝色之中，将它的预兆加速推至尽头。

它或许会成为一个车轮，红白辐条
呈交替的条纹汇聚于轨迹上的
一点火焰，下有第二个车轮，
恰在升起之时，陪伴着，正待跨越，
穿过汹涌翻腾的启示，巨浪
的丘峰，俯冲而下，驶向流火的岸滨。
它或许会从混乱之中，运来同族
被抹黑，被烟熏，沉醉于微薄的药力，
抽打着大气中的形象，他们
被套上笼头，关进栏内，眼蒙在手中，

并能发无能为力的邪恶之想：
微小的动作，足以令触手可及的冰开裂
或将大角星融化成一滴滴滴落的锭块，
或在璀璨的隐没中将夜泼洒，
黑暗的旋涡在光的旋风里……
水的迷蒙骚乱，风的
发声词，玻璃珠般闪亮的
心的微粒——他们很快就会攀下船舷。
他们会以单列行进，带着电灯，警惕
下面一场潮汐的波动。

巨大的红人在诵读

有一些鬼魂回到尘世听他的话语，
当他坐在那里，朗声，诵读蓝色的大 tabulae[①]，
他们是来自星辰荒野，曾经期待更多的那一些。

还有回来倾听他的那一些，听他从生命的诗里诵读
炉上的锅，桌上的盆，它们中间的郁金香。
他们是原本会流着泪赤脚踏入现实的那一些，

原本会流泪和幸福，本会在严霜中颤抖
并呼喊以再次感受它，本会将手指掠过树叶
抵住最弯卷的棘，本会抓住丑陋之物

而大笑，当他坐在那里诵读，读紫色的 tabulae，
存在的纲要与它的表达，它的律法的音节：
Poesis[②]，*poesis*，文学的符号，先知的字行，

在那些耳朵里，在那些瘦小的，那些被耗尽的心中，
呈现出色彩，呈现出他们所是之物的形状与大小
并为他们说出感觉，那正是他们始终缺少的。

---

① 拉丁语："（复数的）写字板"。
② 拉丁语："诗"。

瀑布的这一份孤寂

他对那条斑驳的河从未有两次同样的感觉，
它不停流淌而从未有两次同样的方式，流淌

穿过很多地方，仿佛它静止地站在一处，
固定如一汪有野鸭扑翅的湖水，

弄皱它平常的反影，若有所思的座座孤山。
似乎曾有过一句不曾被念出的顿呼。

曾有过那么多是真的事物根本不是真的。
他想要用同样的方式感觉一遍又一遍。

他想要那河继续以同样的方式流淌，
不停地流淌。他想要走在它边上，

在悬铃树下，在一轮被牢牢钉住的月亮之下。
他想要他的心停止跳动，他的头脑休息

在一场永久的领悟之中，没有任何野鸭
或并非是山的山，只为知道那会是怎样，

只为知道那会是什么感觉，从毁灭中获释，

成为一个铜人在古老的天青石下呼吸，

再没有行星来来去去的摆动，
呼吸着他的青铜呼吸在时间蔚蓝的中心。

在敌对的环境之中

倘若这是一个没有天才的世界，
它被打造得快乐之极。那么，在这里，

我们问哪个最有意义，对于我们，所有的天才
还是一个，对于我们，比他们更伟大的人，

骑着他阔步而行的金马，像一头臆想的野兽，
在它的羽饰和呼啸中有如奇迹一般？

鸟儿鸣啭着众魔之域①，围绕
骑士之骑士的理念，

那至为沉着者，在他锃亮的孤独之中，
那高塔，古代的重音，冬季的尺码。

而北风强大的厚底靴似乎落
在一条额外的走廊里，唉！

---

① Pandemoniums，弥尔顿《失乐园》（*Paradise Lost*）中的地狱之都。

在一个坏时代

他该有多么疯狂才会说，"他注视
一个秩序，随后他便归属
于它"？他注视北方天空的秩序。

但乞丐凝望灾祸
随后他便归属于它，属于
得之不易的面包，苦痛味道的水。

对于他寒冷的冰冻之美是他的命运。
无须领悟，他便归属于它
和夜晚，和午夜，以及之后，它的所在。

他有什么？他有他所有。可是什么？
这不是一个捉弄人的急转弯问题。
他有什么成为他强大的心核？

他有他的贫穷而再无其他。
他的贫穷成为他强大的心核——
一种处于极点的夏之遗忘。

肮脏的墨尔波墨涅①，干吗在空台面上迈步，

_____

① Melpomene，希腊神话中司悲剧的缪斯。

没有布景或灯光，在剧场的砖墙之内，
全副打扮披着天芥菜无常的色调，

苦难的缪斯？说出更高妙的诗行吧。
喊出声来，"我是紫色的缪斯。"确保
观众注视的是你，不是你的长袍。

开始

于是夏天最终来到这几块污迹
和她曾穿过的门扉的锈腐之中。

房子是空的。但她曾坐在这里
梳她带露的秀发，一道毫不触碰的光，

被它黑暗的虹彩所纠缠。
就是这面镜子，她曾在其中观看

那一刻的存在，没有历史，
被完美感知的夏之自我，

感受它的乡村欢乐并微笑
吃惊与颤抖，手和嘴唇。

就是从这把椅子这里她曾拢起
她的衣裙，极为谨慎，宽松的编织

被一个织工编成了十二个铃铛⋯⋯
她的衣裙被扔弃，横卧于地。

此刻，悲剧最初的 tutoyers①
柔声而语，启始，在屋檐之下。

————————————

① 法语："以'你'称呼"。

乡人

斯瓦塔拉①，斯瓦塔拉，黑河，
奔流而下，从午夜的峰顶，
朝向海角，你由此
进入黝黑的海，

斯瓦塔拉，斯瓦塔拉，群山沉重
如此，悬在你头顶，当你移行，
移行得漆黑而没有水晶。
一个乡人走在你身边。

他冥想的既不是峰顶也不是海角，
而只是你黝黑的运动，
而总是那黝黑的水，
斯瓦塔拉是它的呼吸，

名字。他不在你身边说话。
他在那里因为他想在
因为在那里置身沉重的群山之中
一路沿着水的移行——

---

① Swatara，美国宾夕法尼亚州中西部沙士克哈纳河（Susquehanna）的
支流。

在那里就是在一个地方，
如同一个无处不在的角色，
那地方属于一个黝黑的存在，缓缓
移行，去往一个黝黑之名的表相。

终极的诗是抽象的

这日子与何物相缠绕？演讲者
论我们这美丽世界，他平静下来
把星球哼哼为玫瑰又把它哈哈得成熟，

鲜红，并且正确。特殊问题——这里
对特殊问题的特殊回答
不在点子上——问题在点子上。

倘若日子缠绕，不是跟启示缠在一起。
人继续问问题。于是，那就是一个
范畴的问题。已然如此道出，这宁静的空间

即被改变。它不像我们以为的那么蓝。要是蓝的，
必须没有问题。它是一种智能
充满了四下的迂回和来回的躲避，

错误的斜度和距离之下的缠绕，
不是一种令我们迅捷的智能：同时
呈现于空间的每一处，沟通

的云－极。这或许就足够了
若我们曾经，就一次，在中间，被固定

在我们这美丽世界里而不像现在，

无助地处于边缘，只要完整
就够了，因为在中间，即使仅仅在感觉里，
在那大而无当的感觉里，单纯地享受。

阳光里的玫瑰花束

不妨说这是一个粗略印象，黑红，
粉黄，橙白，过于如其所是
而难以成为一屋阳光里的其他东西，

过于如其所是而难以被隐喻改变，
过于实在，这些事物以其真实
而令它们的任何想象成为次要的事物。

然而这种印象是我们的感知方式的
一个结果，因此并不真实，除了
在我们对它，我们对最丰腴的红，

对作为第一色的黄，对白的感觉里，
知觉静躺在其中，像一个人躺着，
大而无当，在一种对自身真理的完成里。

我们对这些事物的感觉改变它们便改变，
不是隐喻中的那样，而是在我们对它们的
感觉里。因此感觉超越所有的隐喻。

它超越光的沉重改变。
它就像一道意义之流并无任何言说

而有像人一样多的意义。

我们是两个使用这些玫瑰如我们所是的人，
在看见它们之际。就是这令它们似乎
如此远超修辞学家之所及。

石棺里的猫头鹰

I

两个形体在死者中移动，至高的睡眠
他以他的高平息他们，至高的安宁
甚至诸天都停歇在他的肩上，

两兄弟。又有第三个形体，那个
黑暗里说再见的她，在那里静静地说着，
向那些自己无法说再见的人。

这些形体是可见的，对于需要的眼，
出于视觉的全部必需而需要。
第三个形体说话，因为耳朵重复，

而不闻一声，告别的种种发明。
这些形体不是夭折的形象，岩石，
穿不透的象征，一动不动。他们移行

巡游夜间。他们不靠我们的光活着，
在一个并非时间之沉重的元素里，
现实在其中就是奇景。

在那里长兄睡眠也是父亲，
而安宁是有一百个名字的表亲
而她，在那个生死之间的

音节里迅疾呼喊，用声音的一闪，
留住你，留住你，我已离去，哦把你留住
充当我的记忆，她是我们全体的母亲，

那尘世的母亲，也是死者的
母亲。只有那黑暗之三者的思想
是黑暗的，黑暗欲望的形体的思想。

II

来过一个日子，有过一个日子———一天
一个人行走，活在思想的诸多形式中间
看它们的光釉真切得如其所是

并在和谐的奇景中存在，
片刻，构想着他的行程进入一个时间
它自身始终静止不动，持续经年，

时间不如说地点，地点不如说地点之念
并且，若循其实，是尘世的一种拟像，
曾以相似将他弹奏得透而又透，

释放着一种深渊般的旋律，
一种际会，一种光明中的浮现，
一种属于回忆也属于视觉的炫目。

III

在那里他看清了那些皱褶，在睡眠的
高处，白色被折叠为更少，
像众多的衣袍披挂，如移动的大物，

如一座移动的山，移动着穿越昼
与夜，点染着远方的色彩，位居中心
在明亮的激奋渐渐平息之处，

在一种变化不定的，最平静的统一之中，
那独一无二的沉着，最刺眼的条纹被结合
在一种正消逝－已消逝的紫色里，紫色

在那巨体的周身缠裹它皱褶的意义，
那编织与那波折与那扰动，
如在一个风中午后的水上

在风已经过之后。被实现的睡眠
是身为终极的智能的白，
一颗超越火焰的钻石喜悦，

把它的力量给予打着野性之环的眼。
于是他深沉呼吸睡眠那深沉的
大气，那完满的，那充实一切的空气。

IV

在那里安宁，戈多尔芬①与同伴，分开了，分开了，
从他们中间被劈开如同树叶的茎秆，
颤动的幕与闪烁的光的亲王，

伫立而繁荣着世界。他那闪耀的高度
和空洞被它的闪耀所平息，
它的光明燃烧如同善的安慰鼎沸。

这是死后的安宁，睡眠的兄弟，
如此相像，如此亲近的非人的兄弟，
却披着一种陌生的绝对，

装饰着隐秘的钻石与滑动的光彩，
一个虚无之中纯净无瑕的角色，
整个精神在它的衣襟上煜煜闪亮，

————————

① Godolphin，始于1706年的英国贵族头衔，源自英国政治家，第
一戈多尔芬公爵西德尼·戈多尔芬（Sidney Godolphin, 1st Earl of
Godolphin，约1640—1712）。亦或指阿拉伯的格多尔芬（Godolphin
Arabian，约1724—1753），著名阿拉伯种马，现代良种赛马的三大祖
先之一。

世世代代的想象都堆积

在它的针脚，它的丝线的风格之中，

在环绕它的需求之奇迹的编织里，

还有置于其上的最初的花朵，一个字母

神圣的末日与结局要靠它来拼写，

一只蜜蜂为幸福的回忆而生。

安宁伫立装饰着我们最后的血，最后的心，

披着绿的原生之作的锦缎，

被打垮的勇敢者的一千回生养。

这是驻扎于我们结局的那个形象，

永远，沐着光辉，致命，终极，其构造

出自我们的生命以将我们留在死亡之中，

注视我们，在地下的塞克洛普斯[1]

的夏天，一个国王如我们床前的烛光

将我们的荣誉披作长袍，在守护之际。

V

但那说再见的她正在自我中失去

———————————

[1] Cyclops，希腊神话中的独眼巨人。

自我的感觉，从玫瑰的幻象中现出
玫瑰色，高立于并非象征的自我，迅疾

而有力，一种被感到而不是看到的影响。
她用手作出向后的姿态说话。
她用发现将众人拉到近前，

几乎就像速度发现一样，以此方式
看不见的改变发现被改变之物，
以此方式曾经存在者已不再是存在者。

她曾经拥有的不是她的外表而是一份知识。
她曾是一个知晓的自我，一个内在的事物，
比外表的宣讲更微妙，尽管她的动作

带有一种悲伤的华丽，超乎诡计，
因她所拥有的知识而激情洋溢，
就在遗忘的边缘那里。

哦，呼气，哦没有袖筒的猛掷
和向外的运动，映着红光，决然
远离视野，在随她的遗言而来的沉默里——

VI

这是现代死亡的神话

而这些，闷声不语，挽歌的怪物，
由他们自己的惊叹造就，由怜悯造就，

复合再复合，一生又一生，
这些是死亡自身的至高意象，
为父为母的空间之纯粹完成，

一种欲望即意志的孩子，
甚至是死亡的孩子，心的存在物
在被光束缚的心的空间，花饰的焰光……

它是一个唱歌哄自己入睡的孩子，
心，置身于它所造就的生灵，
它因之而生与死的众人之间。

圣约翰与背痛

背痛

 心智是世上最恐怖的力量，父亲，

 因为，总而言之，它，仅仅，能够抵御

 它自己。任它摆布，我们有赖

 于它。

圣约翰

   世界是呈现而非力量。

 呈现并非心智。

背痛

    呈现是 *Kinder-Scenen*[①]。

圣约翰

 它在心智可以思考之前充满存在。

 客体的效果超乎心智

 最极端的一掐，并且轻而易举，如在

 海上一片突然的色彩之中。但它并不是

 那大笔刷的绿。或在一种悲剧模式下，

 如在一年的这一刻，嘀嗒，

 秋天朝半裸的夏天咆哮。但

 它并不是她的黄色诡计的拆解。

 呈现并不是女人，偶然碰见，

---

① 德语："童年景象"。

尚未习惯，却又，一见之下，仁慈

至最不可思议的深度。我在

七弦琴的张力之下言说。我的观点是

这些例证既非天使，不是，

亦非其精彩的吹送，嘀哩嗒啦，

亦非一个人的所有运气汇于一段弦乐演奏之中。

它们帮助我们面对我们与客体之间

那道那令人沮丧的深渊，外在的理由，

那等同于一切的小小的无知，

不可见的树上可能的巢穴，

它在一个如今不为人知，被否认，被拒斥的

复合季节里，或许会抓住一条蛇，它

在我们蛊惑人心的赞美诗中响亮，直立而弯曲，

它的毒液和它的智慧必将是一体。

之后那只陈腐的龟会因年老而日渐蹒跚。

我们将沉沉地装满那一天的知识。

背痛

或许，或许。有可能。

呈现的所在实在太深，让我难以了解

它非理性的反响，有如出自痛苦。

Celle Qui Fût Héaulmiette [①]

出自春天最初的温暖，

也出自铁杉的光芒，

赤裸而弯曲的树木之间，

她发现一份来自寒冷的帮助，

像虚无中的一份意义，

像积雪在变得柔软

并缩成小片之前，

像一个庇护所不在弯拱下

而在一个圆环里，不在冬天

的弯拱下，在夏天无缺的

圆环里，在风吹的边缘，

锋芒现于天空的冰影之中，

因这一切而蓝且白而坚硬，

却带着水在阳光下奔流，

金铂闪烁，随后消失不见，

---

① 法语："曾是制盔之女的她"。参见法国雕塑家罗丹（Auguste Rodin，1840—1917）的雕塑《曾是制盔人之娇妻的她》（*Celle qui fût la belle heaulmière*）与法国诗人维永（*François Villon*，1431—约 1474）的诗《制盔人娇妻的悔恨》（*Les regrets de la belle Hëaumière*）等。

又是一派美国式的庸俗。

她溜进那面本土的盾牌，
一个理念的女主人，这孩子
有一个模糊的双臂被斩断的母亲
和一个在火中长胡子的父亲。

心象

谁能举起不列颠的重量，
谁能移开德国的负荷
或是对法国人说这里又是法国了？
心象。心象。心象。

那不算什么，没什么大不了，也不是
破旧黄金的十重光辉之人
和好运的石头。它移动它的
运动之队列在头脑与心脏里，

一种华丽的坚忍。中庸的人
在二月听见想象的圣歌
并看见它的形象，它的动作
与动作的众量

并感觉到想象的仁慈，
在一个不止是太阳和南风的季节，
从一个更深的区域回返的某物，
一座从谵妄中疾奔而过的冰山，

将这块沉重的石头打造为一个地方，
并非由我们的生命构成……
轻些再轻些，哦我的土地，
再一次轻轻移过空气吧。

一个原人如一个天体

I

事物中心本体的诗歌，
提琴灵性的奏弄造就的咏叹调，
已经用善填饱了我们生命的铸铁
和我们劳作的铸铁。不过，亲爱的先生们，
这是一份艰难的感悟，这饱食的善，
由眼光如此狡黠的仙女带来，这本体的黄金，
这机运的发现，被如此缥缈的精怪
处置与重新处置，在如此苍白的空气之中。

II

我们不证明这首诗的存在。
它是次等的诗中所见与所知的东西。
它是极大、极高的和谐，发声
少之又少，突如其来，
凭借单独一种感觉。它存在又
不存在，因此而，存在。言说的瞬间，
一个渐速音的幅度移动，
囚禁那存在，加宽——而曾在那里。

III

在如此囚禁中有什么牛奶，
什么小麦面包与燕麦蛋糕与亲切、
绿色的客人与林中的餐桌与心头的
歌，在一瞬间的运动中，在
一个变得宽阔的空间，隐秘的雷霆
那不可避免的蓝，一个幻象，如同它曾是，
哦如同，永远太过沉重而让感觉
捕捉不到，那最隐晦的如同，遥远的曾是……

IV

一首诗证明另一首以及整体，
为无须证明的洞见之人：
爱者，信徒与诗人。
他们的词语是选自他们的欲望，
语言的喜乐，在它就是他们自己之时。
他们以此庆贺那首中心的诗，
诸般实现的实现，以奢华的，
最终的措辞，最大的那些，依旧鼓胀不止，

V

直到那惯常的大地和天空，树
和云，惯常的树和惯常的云，

失去了他们拿它们派上的旧用场，
而他们：这些人，还有大地和天空，告知
彼此，借由锋利的消息，锋利的，
自由的知识，一直隐藏到彼时，
那将他们紧紧维系之物的裂口。就
仿佛中心的诗变成了世界，

VI

而世界变成了中心的诗，彼此互为
伴侣，仿佛夏天是一个配偶，
在每个早晨，每个漫长的下午成婚，
而夏天的伴侣：她的镜子和她的相貌，
她唯一的地点与人，她的一个说话的
自我，斥责分裂的自我，二合为一。
本体的诗孕育其他的诗。它的
光不是一道分离的光，在山顶上。

VII

中心的诗是整体的诗，
整体的聚合之诗，
蓝海与绿海的聚合，
蓝光和绿光的聚合，如同次等的诗，
以及次等诗奇迹般的复合，
不仅合为一个整体，更是一首

整体的诗，各部分本体性的凝练，
那抽紧最后一环的圆满

VIII

它会在一个海拔之上翱翔，
一种力，一个原理，或者也许是，
对一个原理的冥想，
否则便是一种固有的秩序，忙于
成为自身，一种对于它的原生物尽属
良善的品性，一种安宁，极致的安宁，
一枚被适当感觉到的磁铁的肌肉，
一个巨人，在地平线上，闪闪发光，

IX

并在明亮的美德中装点、冠饰着
每一团奢侈、熟悉的火焰，
和毫不熟悉的越轨之行：呼呼啸鸣
和火花飞溅的咝咝声如孩童所爱，
披挂着至尊的严肃层叠，
移行在周围与背后，一场跟随，
眼中吹号的六翼天使的一个来源，
耳上愉悦爆发的一个来源。

X

那是一个巨人，永远，他进化而来，
合乎比例，除非是美德将他切割，削剪
体格与孤独两者或自以为如此，
像在壁炉架上一张签名照里那样。
但这位鉴赏家从未离弃他的形体，
依然在地平线上延伸他的切割，
依然像天使一般，依然丰盛多彩，
凭借他的形式之力施行权力。

XI

于是，这便是一个有了脑袋的抽象，
地平线上的一个巨人，有了手臂，
一个庞大的躯体和长腿，伸展开来，
一个有例证的定义，并未
标注得过于精确，一个巨大在它的
众小之间，一个亲近的，父辈的巨量，
在地平线上的中心，同轴之心，庄严
而不可思议的人，起源的庇护者。

XII

就是这样。爱者书写，信徒倾听，
诗人喃喃自语而画家看见，

每个人，他命中注定的偏心度，

作为一部分，却是要素，却是顽强的粒子，

属于以太的骨架，文字

的总和，预言，感知，色彩

的团块，虚无之巨人，每一个

和巨人始终在变化，活在变化之中。

比喻作为降格

如果有一个人白如大理石
坐在一片树林里，在最绿的部分，
孵着死亡的形象之声，

那么就有一个人在黑色的空间里
坐在我们所知的虚无里，
孵着河流喧嚣之声；

而这些形象，这些回响
和其他的，确定存在是如何
包含死亡与想象的。

大理石人将自己留在空间里。
黑色树林里的人下降而未遭改变。
确定的是那条河

不是斯瓦塔拉。黝黑的水
流淌着环绕地球并穿过天空，
盘扭在普遍的空间里，

不是斯瓦塔拉。它是存在。
那是斑斑鸟群的河，是水，

被吹皱的织物——抑或是空气？

那么，比喻又怎么成了降格，
当斯瓦塔拉成为这不起波澜的河
而这河又成为无土地的，无水的海洋？

在这里黑的紫罗兰长下它的堤岸
而记忆的青苔将它们的绿悬挂
于其上，当它流向前方。

阳光中的女人

只是这温暖和动作就仿佛
一个女人的温暖和动作。

并不是在空气中有什么意象
或是一个形式的开始或是结尾：

那是空的。但一个女人身着无丝线的金
用她衣裙的摩挲将我们点燃

而一份被隔断的存在之丰腴，
因她的所是而更为确定——

因为她并无形体，
披着夏日田野的清香，

在表白那默然不语却又无心的，
隐匿而昭然的，唯一的爱。

对帕皮尼①的回答

> 在人类历史的所有庄严时刻……诗人都曾起而歌唱凯
> 旋的圣歌或祈求的赞美诗……那么，就别再做冻结的
> 白日梦的机敏书法家，大脑中磷光的猎手了。
>
> 教皇塞莱斯廷六世致诗人信②
> P.C.C.乔瓦尼·帕皮尼

I

可怜的代理人，你何必请求别人
来说塞莱斯廷应当为自己说的话？

他有一个始终活着的主题。诗人
只有午夜的表达公式。

塞莱斯廷逊位了吗？穿透世界的途径
比超越它的途径更难找到。

你知道一个时代的核心不是

---

① Giovanni Papini（1881—1956），意大利哲学家、散文家、文学批评家、
  诗人、小说家。
② 译自小说 *Lettere agli uomini del papa Celestino sesto*（《教皇塞莱斯廷六
  世致人类的信》，1946），Celestine VI 为虚构的教皇。

诗人而是诗篇，是世界的心智

的成长，是英雄般的生之努力，被表述
为胜利。诗人并不在废墟里说话

也不站在那里发出声如洪钟的慰藉。
他分享智慧的迷惘。

乔瓦尼·帕皮尼，凭你的信仰，知道
他多么希望所有艰深的诗歌都是真的。

这忍耐与死亡的牧歌
颂唱的是一个自然，必要被感知

而非想象。迁移必须放弃，
包括朝向诗歌的迁移。

II

塞莱斯廷，那慷慨者，那开化者，
会理解应当理解的是什么。

世界依然深邃而在它的深处
人坐而钻研沉默与他自己，

忍受着穹隆中的回响。

此刻，就一次，他聚合自己和时间

给人文的凯旋。但一种财产的
政治学不是一个为凯旋

准备的领域。这些圣歌适于
世界的纷繁难解，在被领悟之时，

表象的错综复杂，在被感知之时。
它们成为我们逐渐地拥有。诗人

增添经验的各方面，
如在一次着魔之中，被分析与固定

而终极。这就是中心。诗人是
愤怒的白昼之子，叮当叩响它的构成：

感觉之下的满足，
在依旧顽固的思想中闪亮的观念。

花束

I

对于中庸的性质，这乖戾的极端
是一个内在世界里的一道闪电，
悬在暂时的快活之中。

花束立在一个瓶子里，作为隐喻，
如闪电本身，同样，是隐喻
里面挤满的幻影突然消失

又同样突然地重现于此，一种
眼中现实的生长，一个诡计，
无关紧要，一阵反映自身的扑翅。

II

一个人接近，简简单单，另眼
的现实。一个人进入，进入家中，
元人①与异物②的所在，

---

① Meta-men，"meta-"有"更高，超越，元，之后"等意义。
② Para-things，"para-"有"旁，异，副，相似，反常"等意义。

却依旧为人虽是元人，依旧为物
虽是异物；为了这些元人
世界已转变为玻璃的几种速度，

不会有天上的蓝阻止他们，正如
他们理解，并且取得效力，
通过变得清晰，透明的治安官，

以蓝中带绿的闪烁之链为髯
头戴的帽子有斜角的轻弹和斑点，
冷淡之下藏着一份无能，他们知道，

现在他们知道，因为他们知道。有人
取得中庸性质的事物，当元人
注视它们，并非普罗旺斯的物项，生长

在胶合中，而是被贯穿、刺穿和完全
感知的事物：白色被看作平滑的银
并加以电镀，厚重的银闪烁，在一个

无神的国土上，哦银的光泽与形状，
以及情感穿透空气的移动，
真正的虚无，却将自我招引向自我。

透过那扇门有人看见湖上白鸭游
走——并讲述又讲述湖水讲述

在它身后铺展于理念之中的意象。

元人注视那理念，视之为意象
的一部分，注视它有穿珠的精确
和他们被光锁住的须髯那沾露的方位感。

绿色的花束来自鸭子的所在。
它有百色千花，分外成熟，
一派甜蜜气氛，是崇高场景的

却不是浪漫的前缀，最怨毒粗俗的行动
与死去。它立在一张桌子上，在一扇
土地的窗前，一块红白格的桌布上。

交错的方格，休憩的骨架，
微微呼吸，微微移动或似乎移动
向着一种红与白如一的意识，

花瓣一阵颤动，落下，依然凭借着
微不足道的细丝附着于完好之物：
可识别的，中庸的，中心的整体——

如此靠近的分离，桌布成角的方块，
在分离时，如此无关紧要地消失不见，
被如此切断又如此凄凉的碎片。

在这里目光专注于这些线条
在上面缓缓而行，仿佛鸭子的羽毛
公然从空中落下以重新呈现

在别的形体之中，仿佛鸭子和桌布
和那心醉神迷的花束偏心的扭曲
以专注之力强求专注。

一盒纸牌正向地板落下。
太阳正秘密地照在一面墙上。
有人记起一个女人身着如此衣裙而立。

III

玫瑰，翠雀花，红色，蓝色，
是它们所取的外表的问题。花束，
在元人的端详之下，扭曲起来

挫败于他们想要看见的意志之滥用。
它树立一个纪念物的国度
既不被记忆也不被遗忘，既不旧，

也不新，也不在记忆的感觉之内。
它是一个符号，一个符号的国度
在它滔滔不绝的诠释之中，

为视像的迅捷所渲染，
当一种看见的方式被看见，一个极端，
一个国度，一件纪念物，一个标志，

属于今天，属于这个早晨，属于这个下午，
不是昨天，亦非明天，一个
慵懒夏天的领地，并不十分地物质

却又属于夏天，它的色彩造就的
漂亮调性，游来荡去地目眩，
加倍的次要事物，并不神秘，

被实际感知者的无限，
一种被揭示的自由，一种被触动的觉察，
被一种不真实弄得更尖锐的真实。

IV

也许，这些色彩，见于洞察之内，呈现
一种特殊的起源色调在眼中。
但若是如此，它们将它投向四方。

它们投得很深，围绕着一点晶莹的水晶白
而又黯然的少许，它趋向于依从蓝色，
一种正确的红色，它的合成物充分饱和，

像一头怪物拥有一切而安眠，
却又存在于此，一个当路的呈现。
它们的投射紧紧围绕着那件事物的结构

它已化为异物，瓶中的萌芽，
茎秆，杂草，绿草的繁盛，
枝叶整齐的狂野泄露，

细瘦的飞燕草与锯齿的蕨草与生锈的芸香
处于一种顽固的教养，一种智慧之中，
一股湍流的波涛菱光闪耀的阴沉。

瓶中的萌芽，加了填料，讲究之极，
平淡地存在于此，除了存在一无所知，
因盐的香气而难解，错综迷乱。

它们不是半影中的飞溅。它们站立。
它们存在。花束是一阵颤抖的一部分：
云的黄金，属于一个站立又存在的完整表象。

V

一辆车驶近。一名士兵，一名军官，
走出来。他按铃又敲门。门没锁。
他进入房间并呼叫。并无一人。

他撞到桌子。花束倒向一边。

他穿过房子，环顾四周然后离开。

花束散过桌沿落在地板上。

没有特质的世界

这日子伟大而强壮——
但他父亲曾经强壮，如今躺在
尘土的贫穷里。

没有什么能安静得胜过
月亮移向夜晚的方式。
但曾是他母亲的回来在他的胸口哭喊。

圆形叶子的红色成熟浓厚
满是红色夏天的香料
但他曾爱过的她在他的轻触下变冷。

那有什么好，尘世被证明有理，
它是完整的，它是一个尽头，
它在自身中足够？

尘世本身就是人性……
他是那非人的儿子而她，
她是那宿命的母亲，他并不认识。

她是白天，月亮的行走
在透不过气的香料中，而有时候

他也是人，而差别消失

而那尘土的贫穷，他胸口上的东西，
仇恨的女人，无意义的地方，
成为单一个存在，肯定而真实。

我们的星星来自爱尔兰

I

汤姆·麦克格利维[①]，在美国，把自己想作一个男孩

源自我所爱的他
我将马尔湾[②]造就，
我造就了马尔湾
和他在那海水之中。

在爱尔兰海岸之巅，
风古怪地吹送
它弦音单薄的乐曲，
当他在塔尔贝特[③]听见。

这些事物是以他造就
而出于我自己。
他呆在柯里，死在了那里。
我活在宾夕法尼亚。

源自于他我造就了马尔湾

① Thomas MacGreevy（1893—1967），爱尔兰诗人。
② Mal Bay，爱尔兰蒙斯特省（Munster）一海湾。
③ Tarbert，爱尔兰蒙斯特省柯里郡（Kerry）一村庄（马尔湾以南），麦克格利维的出生地。

而非一个秃顶带流苏的圣人。
那海水原本会是什么，
倘没有他用它造就的东西？

星星正从爱尔兰冲刷而上
穿越并盖过斯瓦塔拉与
斯古吉尔的卵石。他的声音
从辽远之处传来而被听见。

II

万物向西之势

这些都是灰烬，属于火热的天气，
属于缀满来自爱尔兰的绿星的夜晚，
湿漉漉的出自大海，湿得闪亮，
像美丽而被弃的难民。

心的整个习惯都被它们改变，
这些盖尔化而阵阵流行的黑暗
被突然点亮，自身就是一种改变，
它们强行向西之势里的一个东方，

自身就是一个出口如同在一个尽头，仿佛
曾有过一个尽头，在一次最终的改变里，
当心的整个习惯被改变之时，
海洋在一次呼吸中呼出了早晨。

Puella Parvula [1]

夏天的每一根线最终都被拆开。
大非洲被一条毛虫吞噬
而直布罗陀像口水一样在风中消散。

但比风更高，比它的咆哮传说更高，
屋顶上的大象和它大象的嘶鸣，
夜晚嗜血的狮子在院子里或随时可以

从云端跃入颤抖的树林中间
做一番猛咬，在一片空白之海的
水流翻滚中以宽广的嗓音慷慨发声，

在这一切之上强大的想象获胜
如一支号角并说道，在这记忆的季节里，
当树叶如往昔悲恸的事物般落下，

要在心里保持安静，哦野婊子。哦发狂
的头脑，要成为他叫你成为的：*Puella* [2]。
写下 *pax* [3] 横过窗格。然后

----

① 拉丁语："小女孩"。
② 拉丁语："女孩"。
③ 拉丁语："和平，平静"。

不要动。那 *summarium in excelsis*[①]开始……

火焰，声音，沉静的暴怒……要听见他说的，

那无畏的大师，当他开讲人类的故事。

---

① 拉丁语："至高的抽象／总结"。

小说

乌鸦正在夏天的门廊之上飞行。
风将它抽打。水弯卷。树叶
回到它们原初的幻觉。

太阳站立像一个西班牙人在启程之时，
从夏天的门廊迈入往昔的
门廊，那自命不凡的空虚。

母亲总害怕我会在巴黎的酒店里冻僵。
她听说过一个阿根廷作家的命运。在晚上，
他会上床，用毯子盖住自己——

从一堆羊毛里探出来，一只手，
戴着黑手套，举着本加缪①的小说。她乞求
我别去。这些都是何塞②的话……

他正坐在一团火的躁动边上，
红色冬天最初的红，冬日之红，
寒冷的晕眩中迟晚的，最起码的门廊。

_____

①　Albert Camus（1913—1960），阿尔及利亚裔法国小说家、剧作家。
②　指古巴作家、翻译家、文学批评家何塞·罗德里格斯－费奥（José Rodríguez-Feo，1920—1993），前文为致史蒂文斯信中的内容。

多么静寂啊，在鲜活之极的瓦拉德罗[1]，
当水不断流过言说者的口，
说道：*Olalla blanca en el blanco*[2]，

闲聊闲扯着诗歌的无尽。
但此处静寂是一个人之所想。
火像小说教它的那样燃烧。

镜子熔化并铸造自己，移动
并从乌有之处捕获熊熊燃烧的呼吸。
它在火上吹送一派玻璃的光辉

让火焰成为火焰，让它咬木头
并让它咬出狠狠的咬，边咬边吠。
座椅的安排就是如此这般，

不像一个人原本会给自己安排的那样，
而是以小说的风格，追寻
熟悉房间里的一种不熟悉，

一幅 *retrato*[3]，它强就因为它像，

---

[1] Varadero，古巴马坦萨斯省（Matanzas）一度假胜地。

[2] 西班牙语："欧拉伊亚，白中之白"，出自西班牙诗人洛尔伽
  （Federico García Lorca, 1898—1936）的诗《圣欧拉伊亚之殉道》（*El
  Martirio De Santa Olalla*）。欧拉伊亚（Olalla, 292—304）为西班牙梅
  里达（Mérida）的圣女，因拒信罗马诸神而被处火刑。

[3] 西班牙语："肖像"。

一个率先成长的第二,一种黑色的不真实
在其中一种真实隐匿而又活生生。

白昼的拱门正碎裂成秋夜。
火下落一点而书已完成。
静止是心的静止。

慢慢地屋子变黑。奇怪的是
那个阿根廷人。唯有真实者可以
在今天不真实,隐匿并且活生生。

奇怪的还有那阿根廷人如何就成了自己,
感受着那恐惧,它在羊毛下面爬行,
趴在胸口,刺入心脏,

自阿卡迪亚^①的想象中径直而来,
它的存在重重地在血脉里搏动,
它的知识在一个人体内寒冷如他所有;

而一个人战栗于被如此理解,而最终,
理解,仿佛知道已成为
把事物看得太透的宿命。

_____

① Arcadia,希腊伯罗奔尼撒半岛(Peloponnese)中部高地的古称。

我们所见即我们所想

在十二点，下午的崩溃
开始了，归于幻彩流影，若不是
幻影。到那时为止，它一直是另一番样子：

人想象过紫色的树木但树木披绿而立，
在十二点，绿得像它们永远会是的那样。
天蓝得超越穹隆到极点的短语。

十二点的意味大到：正常时间的尽头，
直截了当，一种没有苦痛的渴望，
无可更改的顶点，免于高谈阔论，

十二点及其后灰色的第一秒，一种
紫的灰，一种绿的紫，一根线
来织起一道阴影的脚或袖子，一团涂鸦

在底座上，野心勃勃的一页竖起狗耳朵
在右上方，一座单面的金字塔
在其感知中像一片鬼森森的截面，一道倾侧

和它茶褐色的漫画像和茶褐色的生命，
另一个念头，那至高的纷乱……
因为我们所想从不是我们所见。

一个金女在一面银镜里

假设这是一切的根源。
假设它结果是或者它触及了
一个意象，即世界的情妇。

例如：Au Château①。Un Salon②。一块玻璃
太阳迈步而入，注视并发现自己；
或：干草的笨人……奥古斯塔·穆恩③，在

一面阁楼的玻璃之前，路德派旧钟的嗡鸣
在家里；或：在树林里，belle Belle④一个人
恐惧得格格发抖在没有反影的树叶之中。

阿爸⑤，黑暗的死亡是一面玻璃的破碎。
耀眼的裂片和碎块消失。
封印如灰尘般松弛，隐而不见。

但这些意象，脱离了躯体，却并未破碎。

---

① 法语："在城堡里"。
② 法语："一间客厅"。
③ 或为来自"八月的月亮"（August Moon）的人名。
④ 法语："美丽的美人"或"美丽的贝莱（女人名）"。
⑤ Abba，《圣经》中对上帝的称呼。

他们拥有，或可能拥有，他们闪亮的冠冕，
抚慰声音的珍珠和全能之钻石，

全都属于那最美丽，最美丽的女仆
和母亲。你生活和瞭望了多久啊，
阿爸爸，期待着这国王的王后出现?

家里的路德派旧钟

这些声音是牧师在召唤
以圣保罗和光环约翰及其他
神圣与博学之人的名义，他们中间

有大领唱者，赞美诗的提议者，号手，
哲罗姆和严谨的方济各①与礼拜天的女人，
精神之天真的修女们。

这些声音是牧师在召唤
下场至为粗暴的生命去往平滑的天堂，
铺开城堡的墙垣如城堡的两翼。

在他们声音的深处洪亮者马丁②歌唱。
暗黑的胡安③透过他神秘的眼眉朝外观瞧……
每个司事都自有一派。钟声一个没有。

这些声音是牧师在召唤

———————————

① St. Francis of Assisi（1181/1182—1226），意大利主保圣人，天主教方济各会（Franciscan order）创始人。
② 马丁·路德（Martín Luther，1483—1546），德国神父、神学家、宗教改革家。
③ San Juan de la Cruz（1542—1591），西班牙神秘主义者、罗马天主教圣徒。

又召唤如漫长的睡眠里漫长的回声，
世世代代的牧人去找世世代代的羊。

每个真理皆为一派，尽管并无钟声为它敲响。
而那些钟都属于司事，归根结底，
在他们一边聒噪摇摆，一边蹬腿的时候。

问题即主张

夏天的杂草里冒出为什么这颗绿芽。
太阳疼痛又苦恼随后将呼喊归还
到成年的 enfantillages①间的地平线上。

它的火无法穿透注视着它的幻象，
无法摧毁那古老的接纳，
除了那外孙②看见它一如其所是，

见者彼得，他说"母亲，那是什么"——
那件东西带着如许的修辞升起，
但不是为他升起。他的问题是完整的。

那是他能够做到什么的问题。
那是极端，aetat.③2 的专家。
他永远不会骑上她描述的红马。

他的问题是完整的因为它包含
他的终极陈述。那是他自己的编队，
他自己的盛会与行列与展示，

———————————

① 法语："幼稚"。
② 指彼得·汉查克（Peter Reed Hanchak，1947— ），史蒂文斯的外孙。
③ 拉丁语"aetatis"（年纪，岁数）的缩写，"aetat.2"即"2 岁"。

只要虚无允许……听听他吧。

他并不说："母亲，我的母亲，你是谁，"

像昏昏欲睡的，婴儿般的，老人那样。

意象研究 I

这没什么好处，谈论白天又大又蓝
的灌木丛。倘若对他的意象的研究
是对人的研究，研究这个星期六意象，

这个意大利象征，这道南方风景，就好像
一次苏醒，如同我们在意象中苏醒，
恰恰就在我们所寻找的客体之内，

它的存在的参与者。它在，我们在。
他在，我们在。啊，好美！他在，我们在，
在又大又蓝的灌木丛和它广大的荫蔽里

在傍晚也在夜里。这没什么好处。
止步吧，在曼陀林的露台上，
虚假，逝去，而又难以索解地在那里，

客体的脉搏，身体的热量已变冷
或在故去的叶间冷却，并非虚假除了
意象本身虚假之时，一份单纯的欲望，

并未逝去，倘若意象是我们所有的全部。
它们可以不比我们自己逝去得更多。
它们的血凭它陈腐的要求而更新。

意象研究 II

月亮的意象的频率
是或多或少。那珍珠般的女人
从天上落下浮在空中，像那些动物

由以太造成，超越出类拔萃的女巫，她们
正是源出于此。但，一身褐色，冰月里沉睡的冰熊
在他的洞穴里，依旧被遗弃而无一梦，

仿佛意象的中心拥有它的
同质模型，敏于取悦，
另外的多面存在之存在——

整个由阴影构成的无影的月亮，
在自己活的头发里有其他生命的女人，
玫瑰——作为被盐抹亮的半鱼的女人，

仿佛，仿佛，仿佛事物那异类的
两半在等待着，在一场无人知晓的
订婚式里，等待着婚礼，应着

正确结合的声音，一曲理念之音乐，燃烧
和养育以及和谐的诞生，
那最后的关系，跟其余一切的婚姻。

纽黑文①的平常一晚

I

眼的普通版本是一件分离之物，
经验的白话翻译。对此，
几个词语，一个然而，然而，然而——

作为永无止境的冥想的一部分，
他自身即是一个巨人的问题的一部分：
这栋房子由何构成的问题，若不是由太阳，

这些房子，这些困难的客体，毁坏
什么样的表象之表象，
词语，字行，并非意义，并非沟通，

无一副本的黑暗事物，归根结底，
除非有第二个巨人杀死第一个——
最近一场对现实的想象，

很像一件新的形似太阳之物，
倾倒而下，奔涌而上并且不可避免，

———————————

① New Haven，美国康涅狄格州南部城市。

给更大观众的一首更大的诗，

仿佛生肉片合并成为一体，
一种神话形式，一个节日般的领域，
一个伟大的前胸，胡须与存在，随年岁而活。

‖

假设这些房子是由我们自身所组成，
于是它们就成为一个无法感知的城镇，满是
无法感知的钟，声音的透明，

在自我的透明居所里发声，
无法感知的居所，似乎
在头脑的色彩移动中移动，

流淌的远火与锥体昏暗的钟
汇合在一个感觉里面，我们镇定自若，
而不去理会时间或我们在何处，

在永恒的引证之中，永恒
冥想的客体，持久与
空想之爱的顶点，

黯然，在属于太阳或是头脑的
色彩之中，在最清晰的钟声里模糊不定，

灵魂的言说，不确切的，

混沌难解的光照与声响，
彻头彻尾的我们自己，我们无从分辨
理念与理念承载者的存在。

Ⅲ

幻象和欲望的顶点是同一个。
我们对之祈祷的是午夜的英雄
在一座石山之上，要让它变成 beau mont^①。

倘若是苦痛在激怒我们的爱，
倘若夜的黑立于 beau mont 上熠熠生辉，
那么，闪耀着最古老真理的最古老圣徒，

不妨说仅次于神圣的是通向它的意志，
而仅次于爱的是对爱的欲望，
对它心中天国之安乐的欲望，

无物可将它挫败，那最牢固者，
不同于爱拥有那本应
被拥有而被拥有之物。但此物不可以

拥有。它是欲望，深埋于眼中，

———————
① 法语："美丽的山峰"。

在一切实有的看见之后，在实有的场景里，
在街上，在一间屋中，在一块地毯或一面墙上，

永远在将被填满的虚空之中，
在无法容纳自己的血的否认之中，
一件瓷器，迄今仍在它的泥坯之中。

IV

普通事物的普通是野蛮的，
如：一个人最后的普通，他曾与
幻觉交战并曾经存在，在一场咆哮之牙的

伟大磨砺之中，并在夜晚倒下，窒息于
睡眠的肥胖鸦片剂。普通城镇里的普通人
对他们所需的抚慰并不严谨。

他们只知道一种野蛮的舒缓在
用一副野蛮的嗓音叫喊；而在那叫喊里他们听见
自己被调换，被消音和安慰

在一派野蛮而微妙而简单的和谐之中，
一种匹配与交配，连结受了惊的种种和谐，
一个回应，回应一个更神圣的反面。

于是淫荡的春天来自冬天的贞洁。

于是，夏天之后，在秋气中，
到来了被遗忘鬼魂的寒冷音量，

但颇具安慰，使用愉快的乐器，
因此这寒冷，一个冰的儿童故事，
似乎是一道热的光泽被浪漫化了。

V

逃不开的浪漫，逃不开的梦之
选择，幻灭作为最后的幻象，
现实作为头脑所见的一件事物，

并非存在之物而是被领悟之物，
一面镜子，一间屋子里一湖的反影，
一汪玻璃的大海铺展在门口，

一座大城在一处阴影中悬而未决，
一个庞大的国家在一种风格里快乐，
一切都像真实可以成为的那样不真实，

在毫不敏锐的眼中。那么，为什么要探询
是谁划分了世界，什么样的开创者？
无人。自我，所有人的蛾蛹

在蓝色白昼的闲暇中变得四分五裂

还不止，在白昼之后的分歧之中。一部分
顽强地坚守在平凡的尘世里

一部分由中土去往中天
并在头脑中被月亮照耀的范围里
寻到了它可以寻到的至高威严。

VI

现实是开始不是结束，
赤裸的阿拉法[①]，不是圣师俄梅戛[②]，
属于密集的授权式，有发光的臣仆。

那是婴儿 A 立于婴儿腿上，
不是扭曲、佝偻、博学的 Z，
他始终跪在空间的边缘

在对其距离的苍白知觉之中。
阿拉法惧怕人不然就是俄梅戛的人
不然就是他的人类之延长。

这些字符就在我们周围的场景里。
对一个人它足够；对一个人它不够；
对无论哪个人它都不是深奥的缺席，

---

① Alpha，希腊语第一个字母。
② Omega，希腊语最后一个字母。

因为两者都同样将自己指定为
这场景之荣耀的优选保管人，
纯洁无瑕的生命诠释者。

但这就是不同：在终点与通向
终点的路。阿拉法继续开始。
俄梅戛在每一个终点被更新。

VII

在如此教堂和如此学府之前，
那些贫困的建筑显得
富有、丰饶、戏谑与活跃得多。

客体感到刺痛，观者则随着
客体而动。但观者也随着
次要的事物，从刻板现实主义者中

外化而来的事物而动。就仿佛
人转化为物，作为喜剧，
站立，披着怪诞的符号，来展示

有关自身的真相，已然消失，作为物，
他们作为人所拥有的隐藏的力量，
不仅仅关乎深度更关乎高度

而且，不仅仅关乎寻常之事
而更是，关乎它们不可思议的，
新世界的新早晨的概念，

公鸡啼叫的尖端苍白地刺出来，
正当那难以置信之物再一次，
以种种迷离的轮廓，成为可信的白昼。

VIII

我们投掷自己，不停地渴望，在这形式之上。
我们走下街头将一份空气的健康吸入
我们墓穴般的空洞。对真实的爱

柔软，在出自五六角叶片的
三四角芳香之中，而又绿，给爱者的
信号，而又蓝，如同一个秘所

在宇宙的匿名色彩之中。
我们的呼吸有如一个绝望的元素
我们必须将它平息，一种母语的起源

以此来与她说话，那有能者
在种种外来属性之间，那音节
表示承认，宣言，激情洋溢的呐喊，

在自身之内包含其反面的呐喊，
外表与感觉混杂于其中作为一部分
当一个迅速的回答修正一个问题，

它在两个身体间的交谈里并未被
完全说出，两者都在谈话中脱离了躯壳，
太过脆弱，对任何言说都太过直接。

IX

我们始终在回归，回归
到真实：去到酒店而非从风中
飘落其上的赞美诗。我们寻找

纯粹现实的诗，不为转义或
偏离所触及，直达词语，
直达洞穿而过的客体，那客体

处于最精确的顶点，它是它自身的所在，
以纯粹的是其所是而洞穿，
纽黑文的一景，比如说，透过确定之眼，

清除了不确定的眼，那视线
属于简单的看见，并无反照。我们不寻找
任何超越现实的东西。在它之内，

一切，精神的炼金之术
包括在内，那迂回而行并穿过去的
精神也包括在内，不仅有可见的，

坚固的，还有可移动的，那瞬间，
节庆的到来与圣徒的习惯，
天堂的式样与高处的，夜晚的空气。

X

它在月亮上是宿命的，在那里一片空虚。
可是，在这里，allons①。每一个
美丽谜团的谜样的美

逐渐累积在一个绝对的双重事物里。
我们不知道什么是真的什么不是。
我们说起月亮，出没其上的是青铜的

人，他的头脑是虚构的，因此他死了。
我们不是青铜的人我们也没死。
他的精神被禁锢在不断的变化之中。

但我们的精神没有禁锢。它驻留

————————————————

① 法语："来吧"。

在一种由无常构成的永久之中，

在一种如同映着月光的忠诚里，

所以早晨和夜晚有如被信守的承诺，

所以临近的太阳和它的到来，

它的晚宴和随之而来的节庆，

这份对现实的忠诚，这风尚，

这倾向与可敬的抑制

使得表面之内的幻觉变得明艳。

XI

在有形之城里形而上的街头

我们回忆犹大的狮子[①]，我们拯救

那语句……谈论每一头精神的狮子

它是一头有种圆滑透明的猫兽

独自闪耀着一道夜晚的闪耀。

这头大猫兽必定有力地立于阳光之下。

语句渐弱。事实获取那语句

的力量。它设想毫无二致的召唤

而犹大成为纽黑文抑或是必须。

---

① Lion of Juda，见《圣经·启示录》5，5："看哪，犹大支派中的狮子"。

在形而上的街头，最深刻的形式
随微妙地行走在那里的步行者而行。
这一切被他以苏醒的吹拂击毁，

并不受制于它们的威严，却又需要
威严，需要一个无敌的主旨，
头脑中创造的最小量，

一个属于最诚实之人的真理，
四个季节与十二个月的提议，
尘世中心的光辉。

XII

诗篇是其时机的呐喊，
主体自身的一部分而非相关于它。
诗人言说诗篇如其所是，

而非如其曾经所是：一个起风之夜
如其所是的回响的一部分，当大理石雕像
如风吹的报纸一般。他言说

凭借如其所是的见与洞见。并无
为他而来的明天。风将已过去，
雕像将已回返而成为相关的事物。

那活动而又不动的摇曳

在是与曾是之间的区域里，是树叶，

秋季被擦亮的树上被擦亮的树叶

和在沟槽里旋转的树叶，旋转

来回并远去，类似于思想的在场，

类似于种种思想的在场，仿佛，

到最后，在整个心理学之中，自我，

城镇，天气，在一团偶然的垃圾里，

合在一起，说道世界的词语就是世界的生命。

XIII

青年在他的步行中是孤独的。

他跳过主体的新闻，找出

圣洁的额外收益，享受

一个强大头脑在弱小邻区里而又是

一个并无严肃的严肃之人，

在他奇特的敬意里静止不动。

他既非牧师亦非监士在低低的黄昏，

在众鸟之下，在险恶的猫头鹰之间，

在回返的原词那大大的 X 之中。

他定义的是一件新鲜的精神事物，
一分凉意在一团过于恒定的漫长温暖里，
一栋房子侧面的一物，并未深藏在一片云中，

我们预言的一种困难：
可见之物的困难
对于清晰不可见的国度，

实有的风景，它实有的
面包师与屠夫的号角在吹，仿佛要听见，
狠命听见，获得一种本质的完整性。

XIV

干桉树在雨云中寻找神。
纽黑文的桉树教授寻找着他
在纽黑文，那副眼光所视并未

超越客体。他坐在房间里，挨着
窗户，靠近摇晃的落水管，雨在管中
以一种摇晃的声音落下。他寻找

上帝于客体本身之内，并无太多选择。
那是一个合适形容词的选择
对于他的所见，它最终是这样的：

令它成为神圣的描述，依旧是言说
当它触及回响的顶点——不是冷峻的
现实而是现实被冷峻地看见

并且被言说在新的天堂用语中
而无论如何都绝不会冷峻，人的冷峻
即那种漠然的一部分，属于

漠然以对其所见的眼。雨的
叮咚在水落管中并非一个代替。
它属于尚未被完全感知的本质。

XV

他守卫自己抵御可憎的雨
凭借一份寻找无雨之地的本能，他的自我
的自我，得自于翼翅的广泛研究。

感知天堂的本能有其对应之物：
感知尘世的本能，感知纽黑文，感知他的房间，
那欢乐的 tournamonde①如同单个的世界

在其中他存在，而作为与存在是一体。

———————————

① 由法语"tourner"（旋转）与西班牙语"monde"（世界）组合而成的
　　新词。

对于它的对应之物有一种对位法
惹起了水落管道潮湿的翻滚。

雨持续不停响亮地落在树上
和地面。寒冬的黑暗悬在
白桃花心木中间，光秃岩石的阴影，

成为秋天的岩石，闪闪烁烁，
每一种不可估量之物可估量的来源，
我们用一个梦的手指提起的重量，

我们以轻的意志减轻的沉重，
以欲望的手，无力，敏感，那只
实有的手的温柔触摸与触摸的困扰。

XVI

在时间的诸多意象中，并无一个
属于这当下，庄严的面具
在废墟的废墟之上。

最老－最新的昼是独一无二的最新。
最老－最新的夜并不嘎吱而过，
带着灯笼，像一种上天的古老。

无声无息它从大海汲取青春的睡眠——

俄克拉荷马的——意大利的蓝
远过地平线和它的阳刚，

它们的眼睛闭上，在一场年轻的唇之空谈里。
然而风奇怪地抽泣着老年
在西部的夜晚。庄严的面具，

在这完美之中，偶尔开口
便依稀可闻死亡之贫穷的言语。
这应该是悲剧最动人的脸相。

那是电灯下的一棵树枝
和屋檐里的呼气，那么微小
显示出绝对的无叶之状。

XVII

那颜色几乎是喜剧的颜色，
并不完全。它到达那顶点而在那顶点，
它失败。中心的力量是严肃的。

或许与失败相反它拒绝
如一种严肃的力量拒绝琐屑空闲。
一种空白在样式的考验之下，

支配的空白，那无法接近者。

这是至高严肃的镜子：
蓝注入青翠成为一袭锦缎的崇高象征，

黄金的余裕与精微与线的波动
以及束带的垂挂与普通石头的灯火，
像来自有福的灌木丛外的有福的光束

或夜晚的废料那被荒废的
形态，时间与想象，
获救而感激，穿一件光辉的长袍。

这些断续的言论谈的也是悲剧：
严肃的思考的组成
既非喜剧亦非悲剧，而是寻常。

XVIII

就是那扇窗令它难以
向往昔说再见，难以生活与存在
于事物的当下状态，如同，比方说，要在

绘画的当下状态绘画而非
三十年前的状态。它正望向
窗外，正走在街上并看见，

仿佛眼睛曾经是当下或是它的一部分，

仿佛耳朵听见过任何令人震惊的声音，
仿佛生与死都曾经是有形的。

这个木匠的生与死取决于
一个罐头里的一棵吊钟海棠——和
永远不会成为现实的花瓣的虹彩，

尚未成真的事物，他通过真理感知到，
或以为感知到，当他感知到当下，
或以为感知到，一个木匠的虹彩，

木质，群星之学徒的典范，
一座猛然掀开的城市像一个工具箱一般，
时钟所谈论的偏心的外部。

XIX

月亮在头脑里升起，其中的每件事物
都振作起它在夜间放射状的形貌，
原本匍匐在它意志的单一性之下。

那呈公开之绿的变成了私密之灰。
又一回，那放射状的形貌
来自一个不同的来源。但总有一个：

一个世纪，其中的一切都是

那个世纪及其形貌的一部分，一名显要，
一个作为其时代之轴心的人，

一个孕育其幼稚儿的意象，
想象的磁极，它的智慧
将他们的礼仪流注到混乱之上。

这个所在的放射状形貌是什么，
这当下的殖民地，属于一个殖民地
的殖民地，一个意义，在变化的

事物的意义之中？一个传道者般的人物，
粗犷而又发光，在黑暗中吟唱
一个文本即一个答案，尽管晦暗不清。

XX

想象中的誊本就像云，
在今天；而感觉的誊本，不可能
分辨。小镇是一件残留物，

一个中性，将诸形散落在一个绝对之中。
它在蓝色之时的那些誊本却留存下来；
而它在感觉中所取的形体，它所成为的

人们，无名者，飞掠而过的角色——

这些演员依然走在薄暮里低诉着字行。
或许是它们融合在一起，云和人，在空中

或街头或是围绕在一个人的四角，
他坐在一间屋子的角落里思考。
在这个房间里纯粹的球体逃离不纯的，

因为思想者自身逃离。然而
已然避开了云和人却令他成为
一个赤裸的存在，有一个赤裸的意志

和一切要去打造。他甚至可能会
避开他自己的意志并在他的赤裸中
栖居于那球体的催眠状态。

XXI

但他不可以。他不可以逃避他的意志，
或是其他人的意志；他也无法逃避
必然的意志，意志的意志——

出自黑色牧羊人的小岛的浪漫曲，
像海水恒久不变的声音一样
在牧羊人和他的黑色形体的听觉之中；

出自那座小岛，但不是任何小岛。

靠近感官坐落着另一座小岛

在那里感官付出而无物获取，

基色拉①的对面，一场位于

中心的隔绝，意志的客体，这个所在，

周围的事物——交替的浪漫曲

出自表面，窗户，墙垣，

在时间的贫穷里变得脆弱的砖石，

空隙。一种天国的样式至高无上，

即使只在雨中的枝条间席卷：

两首浪漫曲，一远一近，

是单独一个声音在风的嘘哈之中。

XXII

桉树教授说，"对现实

的寻找至关重要一如

对上帝的寻找。"它是哲人寻找

一个内在，被打造成了外在，

而诗人寻找同一个外在，被打造成了

内在：屏息的事物，沉思地呼吸着

---

① Cythère，希腊南部岛屿，与伯罗奔尼撒半岛东南端相对，神话中女
神阿弗罗蒂忒（Aphrodite）的诞生地之一。

原初之冷与原初之早的
吸入气息。然而冷与
早的感觉是一种日常的感觉，

不是明亮的原初的谓词。
创造并不为孤独漫游者的
意象所更新。要再创造，要运用

冷与早与明亮的原初
就是要寻找。同样要谈论晚星，
最古老天空里最古老的光，

完完全全一道内在的光，闪耀
自真实那困睡的胸口，再创造，
在一种可能之中寻找它的可能性。

XXIII

太阳半是世界，半是万物，
无躯体的一半。总有这个无躯体的一半，
这光照，这升华，这未来

或者，比方说，那过去晚行的种种色彩，
贫瘠的绿，穿黑色薄毛呢的女人。
那么，假如纽黑文半是太阳，剩下的，

在傍晚，天黑之后，就是另一半，
被空间点亮，大大地笼住那些入睡的人，
属于夜晚唯一的未来，唯一的睡眠，

如同属于一个长长的，不可避免的声音，
一种欺骗与哄劝的声音，
和躺在一个母性声音之中的善，

不为白昼各自分离的若干自我所扰，
属于汇聚如一的万物的一部分。
在这同一性之中，灵肉分离

仍在继续发生。含混不定，那名叫
欲望之物延长它的冒险来创造
告别的种种形式，隐在绿色蕨草之间。

XXIV

空间的安慰是无名的事物。
那是在冬天的神经官能症之后。凭借
夏日的天才他们炸掉了

朱庇特的雕像，在隆隆作响的云团之间。
花去了整个白昼让天空平静下来
又再将它的空虚重新注满，

于是在下午的边缘，还未完，
在傍晚的思想已然出现
或 Incomincia① 的声音已然确定之前，

有一场清扫，一场准备以待最初的钟鸣，
一场开启以待流注，手被举起：
有一份尚未平息的意愿，

一场意会，就是某件确定之事已被提出，
没有了雕像，它便会是新的，
一个避免重复之举，一个意外事件

在空间与自我之中，它触及两者于同一时刻
同一方式，属于天空或土地的一点
或是属于一个悬在视界线之倾角的小镇。

XXV

生命将他设定，漫游在玻璃的楼梯上，
用它专注的双眼。并且，当他站立，
在他的阳台上，超乎距离地感觉着，

曾有视线从空虚的空气里抓住了他。

_____

① 新造的拉丁语词，或意为"进来的事物"。

C'est toujours la vie qui me regarde...[①] 这是
凝望他的人，永远，为了不忠实的思想。

这人坐在他的床边，带着它的吉他，
来阻止他遗忘，没有一个字，
一两个显露它是谁的音符。

他周围从来没有什么始终如一，
除了这个绅士和他的目光与音调，
盖过一个肩膀的披巾和帽子。

那平凡之物成了一堆纹章的凌乱。
真实之物化为某种极不真实的事物，
光秃的乞丐树，为结果的红而低垂

在种种孤立的时刻——孤立
是假的。那绅士是永久的，抽象的，
一条阴影线，凝望并寻求一道回应的视线。

XXVI

多么轻快，紫色的斑点落
在步道上，紫和蓝，红与金，
盛开并耀射并抛洒着色彩。

_____

① 法语："永远是生活在凝望着我……"。

远离它们，岬角，沿着下午的声音，

在青光下抖落它们黑暗的海景画。

海在超然的变化中颤栗，升腾

如雨并在轰鸣，闪烁，拍打之中，席卷

绿之水性，在天空中潮湿一片。

山脉呈现，其雄辩之伟大

胜于它们的云团。这些轮廓就是尘世，

被视作情妇，有爱的名声

加于其上，出于一颗名声满满的心而加上……

但，在这里，那情妇，没有距离

于是便失去了，赤身裸体或衣衫褴褛，

缩在靠近的贫困之中，

触摸，有如一只手触摸另一只手，

或是有如一个声音，言说而没有形式，

磨着耳朵，低诉人的安宁。

XXVII

一位学者，在他的 Segmenta①中，留下了一则笔记，

———————

① 拉丁语："（复数的）片断"。

如下，"现实的统治者，
倘若比纽黑文更不真实，就不是

一个真的统治者，不过在统治不真实的东西。"
另外，还有他的草稿，是这样的：
"他是事实女王的配偶。

日出是他衣装的褶边，日落是她的。
他是生命，而非死亡的理论家，
它的完全之书的完全的美德。"

再则，"短语的嘬嘬声是他的
或部分是他的。他的声音可以听见，
如音乐中的先有之义。"再则，

"这个人凭借身为自己而废除
那不是我们自己的东西：王权，
归属物，羽饰和盔甲－嚯。"

再则，"他已经想透，他想透，
正如他曾经存在而又存在，并与事实
女王一起，悠悠然躺在海边。"

XXVIII

倘若那会是真的，即现实存在

于头脑之中：锡盘，盘中的面包，
长刃的餐刀，那点喝的以及她的

Misericordia[1]，随之而来的是
真实与虚幻是两位一体：纽黑文
在一个人抵达之前与之后，比方说，

一张明信片上的贝尔加莫[2]，天黑后的罗马，
图绘的瑞典，幽暗之眼的萨尔茨堡[3]
或一家咖啡馆的交谈中的巴黎。

这首没完没了铺陈下去的诗
呈现诗歌的理论，
作为诗歌的生命。一个更严肃，

更折磨人的大师会即席挥写
更微妙，更紧迫的证据，证明诗歌
的诗歌乃是生活的理论，

如其所是，在如这一错综复杂的遁词之中，
在见与未见的事物之中，从虚无中创造了，
天堂，地狱，世界，被渴望的土地。

---

[1] 拉丁语："慈悲，怜悯"。
[2] Bergamo，意大利北部城市。
[3] Salzburg，奥地利西部城市。

XXIX

在柠檬树之地，黄色与黄色曾是
黄蓝色，黄绿色，香橼树汁刺鼻，
摇摆又闪烁，嘲鸫的咪克－嘛克①。

在榆树之地，漫游的水手们
观望大个女人，她们红润成熟的形体
环绕又环绕又环绕着秋天的花环。

她们卷动她们的 r，在那里，在香橼之地。
在大个水手之地，他们所说的词语
仅仅是褐色的土块，仅仅是谈话中迷人的野草。

当水手们来到柠檬树之地，
最终，在那淡金染作硬铜的氛围之中，
他们说，"我们又一次回到了榆树之地，

但被折叠起来，掉转过去②。"一模一样，
除了形容词，一个词语的
改动亦即一个属性的变化，多过

云团在一座城上造成的差异。
乡民被改变了，还有每一件恒久的事物。

---

① Mic-mac，"Micmac"（密克马克语）又指一北美印第安部族的语言。
② "榆树"（elm）可以看成"柠檬"（lemon）的折叠和倒转。

它们暗色的词语已然重述了香橼。

XXX

最后一片将落的树叶已落下。
知更鸟在 là-bas①，松鼠，在树洞里，
在松鼠的知识里挤作一团。

风已吹走了夏日的宁静。
它在地平线之外或是在地里嗡鸣：
塘下的淤泥之中，曾经映照天空的所在。

呈现出来的贫瘠是一场暴露。
那不是缺席者的一部分，一次暂停
以作告别，一次悲伤的羁留以作怀念。

那是一次出场和一个涌现。
作为扇子与芳香的松树显现，
牢固钉立在一场与岩石的劲风缠斗之中。

空气的玻璃成为一种元素——
已然被冲走的是想象中的某物。
一种透彻已然回归。它站立如初。

那不是一种空洞的透彻，一道无底的景观。

————————————
① 法语："那边"。

那是一种思想的可见性，

在其中数百只眼睛，在一个头脑中，同时看见。

XXXI

不那么可读的声音的意义，小小的红

不常被认知，更轻的词语

在言说的沉重鼓声里，内在的人

在外部的屏障之后，是张张乐谱

在雷击之下，窗前死去的蜡烛

当白昼来临，大海动荡中的焰沫，

从挑拣到精挑细拣的轻拂

和广泛的不安，从康斯坦丁①的胸像

到已故总统布兰克②先生的照片，

这些都是最终形式的缓进与慢移，

种种表述公式蜂拥而上的

活动，直接或间接地抵达，

像一个傍晚唤起紫色的光谱，

一位哲人在钢琴上练习音阶，

一个女人写一张字条又将它撕碎。

———————————

① Constantine（约 272—337），罗马皇帝。

② Blank，本意"空白"。

它所处的前提并非现实
是一个固体。它或许是一道阴影横越
一片尘埃，一股力量横越一道阴影。

八月的事物

I

这些白天的知了，这些夜里的蟋蟀
都是乐器，可以用它们奏响
灵魂的一个古老而废弃不用的境界
或一个新的方面，在发现中闪亮——

精神之道的一个废弃不用的境界，
那种被八月的伤心歌手歌唱的事物，
靠近一眼纯净的泉，它曾是幽灵，现在也是，
在一座倾斜山脉的太阳滑道之下；

不然就是一个新的方面，例如精神的性，
它的态度，它对态度的回答
和它的嗓音的性，如一个人的嗓音
赤裸地与另一个人的赤裸嗓音相遇。

什么也没失去，响亮的知了。并无音符失效。
这些声音在耳朵的生活里是长久的。
昏昏欲睡的青草间放送的乡村乐
是一次记诵，一个尝试，要保持下去。

II

我们，尽管是在一只蛋的内部，
让词语的变体展开船帆。

牵牛花长在蛋里面。
它装满了夏天的没药和樟脑

和闪烁的阿迪朗达克[①]。猫将它放鹰
而鹰将它起锚，而我们说展开船帆，

展开船帆，我们说展开白色，展开道路。
贝壳是一道岸。大海的蛋

和天空的蛋都在贝壳里，在墙里，在皮肤里
而土地的蛋深卧在一个蛋里面。

向外展开。敲开那圆顶。洞穿而过。
行使自由吧，不做一个坟墓里的空气

或一口井底下的。呼吸自由吧，哦，我的族人，
在既不爱也不恨的地平线的空间里。

---

① Adirondack，美国纽约州北部的山，形如圆锥。

III

高的与低的诗歌：
近日点上的体验
或是在夏夜的幽暝之中——

庄严的句子，
就像内在的语调，
真理的言辞在它真正的孤寂里，
一种被创造于其言辞之内的自然，
最后的智慧的平和；

或是不带有欲望的同一件事物，
那个在这份智慧之中
将其误为一个客体之世界的他，
它们，全是绿或蓝的，将他抚慰，
靠偶然，或是快乐的偶然，或是快乐，
依据他的思想，在地中海
那片由夜之中途的宁静构成的海，
有破碎的雕像矗立在岸上。

IV

百合的悲伤气味——人们曾经记得，
不是作为珀尔塞福涅①的芬芳，

_____
① Persephone，希腊神话中的冥后。

也不属于一个姓杜莱①的寡妇，
而是仿佛一具被发掘的尸骸重归土地，

丰饶的土地，属于它已然丰饶的自我，
富于自身的树叶与日子与战争，
和它在风中迷醉如狂的褐色麦子，
它在空气中的女人们的自然，

它困顿的男人们坚韧的嗓音，
这合唱属于那些曾经想要活着的人。
那致人死命之物的感伤乃是
儿女之爱的一部分。抑或是元素，

一种元素的一个近似物，
在星期日漫步中思考的一件小事，
某件不必向杜莱夫人提及的事，
一把高傲的匕首投掷着它的高傲，

在为父母者的手中，或许是父母的爱？
人们曾希望那里有过一个季节，
更长也更晚，百合在其中开放
并在周围散发一种更暖，更玫瑰的香气。

---

① Dooley，源自美国幽默作家杜恩（Finley Peter Dunne，1867—1936）
的系列小品主人公杜莱先生（Mr.Dooley）。

V

我们将把周末交给智慧，给 Weisheit①，那个拉比，
他的城市的澄明，他的国度的欢乐，
环境的状况。

思想者作为读者阅读已被写下的事物。
他披上他阅读的词语来审视
在他的存在之中，

他内心一顶松脆之极的钻石王冠，
一件落到他脚下的泛红的外衣，
一只光做的手来翻页，

一只戴戒指的手指来指引他的目光
一行又一行，当我们躺在草地上倾听
那没有言语的事物，

符号的流利的意图，
野餐的幽灵般的庆典，
洞见的分泌物。

VI

世界为观者而想象。

---

① 德语："智慧"。

他生为群山茫然的机师，

田野茫然的教友，它们清晨的劳力。
他是感觉的被拥有者而非拥有者。

他不把大海从起皱的锡铂改变
为彩色的爬行者。但它被改变了。

他不提升新鲜光明的感动
在静止的，黑色板条的东向百叶窗上。

女人被选中但并非由他所选，
在无尽浮现的和音之中。

世界？作为人的非人？那不思考的，
不感觉的，类似思想的，类似感觉的？

它令他习惯于不可见者，
以它由特异者构成的才能，

椭圆与偏心的才能，
他在其中存在但从不是作为自己。

VII

他从塔楼转向了屋子，

从旋转的天空与高而致命的景致，
转向了桌上的小说，
窗台上的天竺葵。

他可以在家中理解事物。
而身居高处早已帮助过身居高处时的他，
仿佛在一座更高的塔楼上
他或许肯定会看见

在没有影子的大气之中，
事物的知识各在其位却未被感知：
高度不完全正确；
位置是错的。

奇怪的是必须要下来
并且，坐在他椅子的天然之中，
要感觉诸多满足
来自那透明的空气。

VIII

是什么时候，粒子成了
完整的人，脾气和信仰成了
脾气和信仰，差别失去了
差别而化为一体？那必定是
当着自我的一份孤寂，

一片宽广与一片宽广的抽象，
一个没有钟表嘀嗒的时间的区域，
一种以健忘打动了我们的色彩。
是什么时候，我们听见了融合之音？

是当我们坐在公园里，一个女人的
古体形式，肩头有一片云，起身
对着树木随后又对着天空
而古体的感觉瞬间触动了我们
在一场相似性之轮廓的运动之中？

我们一眼看去彼此相似。
秋日健忘的色彩
充满了这些古体形式，感觉
的巨人，在众人之中唤起一物，
唤起一个古体的空间，正消逝
在空间里，留下一个轮廓尺寸恰如
非个人的个人，那漫游者，
那父亲，那祖先，那有胡子的同侪，
亮如玻璃的人类阴影的总和。

IX

世界的一个新文本，
一团烦躁与恐惧与命运的涂写，
来自一段心的华美乐章，

一份眼的勇气，

在其中，对于发自夜之边缘
的所有呼吸
对于曾经染成玫瑰色的
所有白色噪音，

意义是我们自己的——
那是一个我们将始终需要的文本，
以成为正午的立足点，
午夜的支柱，

它来自我们自己，既非出自懂得
亦非不懂，却免于提问，
因为我们想要它如此
而它也不得不是，

智慧之人的一个文本
在非智慧的中心，
如在一个隐居所里，让我们思考，
书写并阅读那僵硬的铭文。

X

早晨都变得沉默，那从不疲倦的神奇。
树木正在贫穷里再现。

无雨，有的是雨的悲伤
和一种迟晚的气氛。月亮是一顶三角帽

被摇晃于苍白的再会之中。无礼之王
要前来践踏此地，亚于人类的统治者，

在亚于自然之中。他尚不在此。
此地那成年者仍打着灿烂的条纹，

仍带着随她而来的爱的温暖，
仍旧肃穆地触摸，用她的曾经所是

与所愿。她已付出太多，但不够。
她筋疲力尽且略显苍老。

被乡民围绕的天使

乡民中的一个：

　　　　　　　　　　有
　　一个欢迎在谁也不来的门口？
天使：
　　我是现实的天使，
　　见于站在门口的一刻。

　　我既没有灰色的翅膀也没有金衣
　　活着也没有一个温热的光晕，

　　或跟随我的星辰，不是要守护
　　而是，我的存在与它的知识的，一部分。

　　我是你们中的一个，而是你们中的一个
　　就是是并且懂我所是和所懂的事物。

　　然而我是尘世必要的天使，
　　因为，以我的眼光，你们才重新看见尘世，

　　清空了它僵硬而固执的，由人锁定的布景，
　　并且，以我的听觉，你们才听见它悲剧的风笛

流畅地上升于流畅的徘徊之中，
像水一般的词语漂荡；像意义由

半意义的重复说出。我难道不是，
我自己，一个勉强算是的形体的仅仅一半，

一个被看见一半，或一瞬间看见的形体，一个
心灵之人，一个幽灵，被装点在

如此轻盈之极的外表的装点里，只要转一下
我的肩膀，迅速地，太迅速了，我便会逝去？

《岩石》

THE ROCK

（1954）

一个睡着的老人

两个世界睡着，在睡觉，现在。
一种愚钝的感觉以一种肃穆占有它们。

自我和尘世——你的思想，你的情绪，
你的信与不信，你的整个特殊情节；

你泛红的栗子树的红，
河的运动，R 河惺忪的运动。

莫赫①的爱尔兰悬崖

谁是我的父亲在这世上，在这栋房子里，
在精神的基底？

我父亲的父亲，他父亲的父亲，他的——
阴影像风一样

归于一个父辈，在思想之前，在言说之前，
在往昔的头颅之上。

他们去往从雾中升起的莫赫悬崖，
高过真实，

从当下的时间与地点之中升起，高过
潮湿的绿草。

这不是风景，充满了诗
的梦游

与大海。这是我的父亲抑或，也许，

----

① Moher，爱尔兰中西部城镇。

它有如他曾经的那样，

一种相似，父亲种族里的一个：大地
与大海与空气。

事物的直感

秋叶落尽之后，我们回归
到一份事物的直感。就仿佛
我们已抵达想象的一个尽头，
在一种慵懒的识见中了无生气。

甚至难以选择形容词
来表达这空空的冷，这无因的悲伤。
那巨构已成为一间小屋。
没有缠头巾走过破败的地板。

温室从来不曾如此急需油漆。
烟囱五十岁了，斜到一边。
一场不可思议的努力已失败，一场重复
在一种人与苍蝇的重复性之中。

而想象的缺席却让
它自己被想象。那个大池塘，
它的直感，没有反影，树叶，
泥，脏玻璃似的水，表达着寂静

算是吧，一只老鼠跑出来看的寂静，
大池塘和它百合的残余，这一切
都不得不被想象为一种不可避免的知识，
被要求，如一种必然性所要求。

西方的一个居民

我们的卜卦，
天使思想的机理，
预言的手段，

令我们极为警觉
傍晚的一颗星
和它的牧歌文本，

当风与
光与云的设施
等待一场到来，

那文本的一位读者，
一个没有身体的读者，
他静静阅读：

"美杜莎①可怕的诸形，
这些重音阐释
夜晚闪亮的降临
欧罗巴，抵达最后的阿尔卑斯山，

—————————

① Medusa，希腊神话中的蛇发女怪。

和裹着布的大西洋。

这一切并非 banlieus^①
缺少石头人，
在一片属于它们的
深玫瑰色双重光亮之中。
我是傍晚的大天使，赞美
这一颗星的火焰。
假设它是一滴血……
那么多罪恶被掩埋
在秋日的
无辜之下。"

---

① 法语，"郊区"。

Lebensweisheitspielerei ①

弱而又弱，阳光落
在午后。傲者与强者
已经离去。

剩下那些是未有所成的，
终归于人类的，
一颗被缩小的天体的土著。

他们的贫乏是这样一种贫乏
是一种光的贫乏，
一种线上高悬的星辰之苍白。

一点一点，秋日
空间的贫穷成为
一副相貌，被言说的几个词。

每个人都完全地触及我们
以其所是并如其所是，
在湮灭那陈腐的庄严里。

---

① 德语："生存智慧之乐"。

中心的隐居所

碎石上的落叶发出一阵噪音——
　　　草多么软，上面那被渴望的
　　　斜倚在天堂的温度里——

像前天被讲述的故事——
　　　在一派天然的赤裸中通体光滑，
　　　她倾听叮叮当当的铃——

而风摇曳有如一件巨大的事物晃晃悠悠——
　　　属于被不止是太阳唤起的鸟儿，
　　　更有机智的，更替的鸟——

它突然间被溶化一净并逝去——
　　　它们清晰可解的啁啾
　　　给不可索解的思想。

而这结局和这开始却是一个，
　　　而望向鸭子的最后一眼是一眼
　　　望向围绕她一圈的透明孩子。

绿色植物

沉默是一个已然经过的形状。
Otu-bre①的狮玫瑰已化为纸片
而树影
像破烂的雨伞。

夏季枯竭的词汇
不再说什么。
红色底部的褐色，
远在黄色尽头的橙色，

皆是伪造，来自一颗
镜中的太阳，没有热量，
在一种恒久的第二性之中，
一种对定局的拒绝——

除了一株绿色植物耀射，当你望着
栗色和橄榄色树林的传说，
耀射，在传说以外，那种野蛮的绿色
属于那份严酷的现实，它就是其中的一部分。

---

① "October"（十月）被断开和变形。

Madame La Fleurie [①]

重压他，哦边缘的星星，用结局的巨大重量。

将他封在那里。他看到一面泥土的镜子就以为他住在里面。

现在，他把他见过的一切带进泥土，带给这等待的母亲。

他易碎的知识被她吞没，在一滴露水下面。

重压他，重压，用月亮的困睡重压他。

它曾经只是一面镜子因为他朝它看。它绝不是他可以被告知的东西。

它曾经是他所说的一种语言，因为他必须，却不曾懂得。

它曾经是他在心碎手册中找到的一页。

黑色赋风曲正乱弹着黑色的黑……

粗弦结巴着吐出最终的喉音。

他并不躺在那里回忆蓝雀，且说那雀吧。

他的悲伤是他母亲应该以他，他自己和他的所见为食，

在那遥远的房间，一个长胡子的女王，在她已死的光下一身邪恶。

---

① 法语："花枝招展的夫人"。

致罗马的一位老哲人[①]

在天堂的门槛上，街头的人形
成为天堂的人形，人的宏伟运动
在空间的距离中变得渺小，
歌唱着，用愈来愈小的声音，
无可索解的赦免和一个结局——

那门槛，罗马，和那更慈悲的罗马
在那一边，两者在心的构成中相似。
就仿佛在一种人类的尊严里
两条平行线合一，一种透视，在其中
人无论按寸还是按里都是局部。

被吹动的旗帜多么容易变成翅膀……
感知的地平线上幽暗的事物，
成为机运的伴侣，但却
属于精神的机运，超越目光，
不属于它的范围，却并未超出很远，

人的尽头，在精神所及最远处，
已知的极限面对着未知

————————————
① 指出生于西班牙的美国哲学家、散文家、诗人、小说家桑塔雅纳
（George Santayana，1863—1952）。

的极限。报童的咕哝
变成另一种低语；药物的
气味，一种不应被搅扰的芳香……

床，书籍，椅子，移动的修女们，
避开视线的蜡烛，这些都是
取罗马之形的幸福之源，
古老的形之循环中的一形，
而这些都处于一形之影下面

在床与书上的一团混乱之中，椅子上的
一个凶兆，修女身上一片移动的透明，
挣脱灯芯的蜡烛之上的一道光
要加入一种盘旋的卓越，要从火中
逃离而仅仅成为那事物的一部分，那件

以火为象征的事物：天国之可能。
对你的枕头说话吧，好像它就是你自己。
做宣讲者吧，但要有一只精确的舌头
而无滔滔雄辩，哦，半睡者啊，
来讲述怜悯，那是这屋子的纪念品，

好让我们感觉到，在这辉煌的大之中，
那真确的小，好让我们每一个
都从你的身上看到自己，从你的声音里
听见自己的声音，大师与可怜的人，

专心致志于你的琐屑微粒，

你假寐的睡意在警醒的深处，
在你床榻的温暖里，在你坐椅的边缘，活着
却是活在两个世界里，毫不忏悔
于其一，而对于另一个则忏悔莫及，
急不可待你在如此之多的苦难里

所需要的崇高；但找到它却
只在苦难之中，那废墟的灵感，
贫者与死者的深邃的诗歌，
如在至为深浓的血的最后一滴里，
当它从心中滴下在那里铺开为人所见，

甚至是作为一个帝国的血，或许，
对于一个天堂的公民，尽管仍属罗马。
是贫穷的言语最多地找到我们。
它比罗马最老的言语更老。
这就是这一场景的悲剧重音。

而你——是你在将它言说，不用言语，
至高的事物中至高的音节，
唯一一个不受伤害的人，在
粗野的首领之间，赤裸的威权，若你乐意，
如同鸟巢的拱门和雨打的穹顶。

声音飘行而入。楼宇被记忆。
城市的生命从未离弃，你也从不
愿它离弃。它是你屋中的生命的一部分。
它的圆顶是你的床榻的建筑。
钟声不停重复着庄严的名字

用合唱队与合唱队的齐唱，
不愿让慈悲成为一种无声的
神秘，让任何一种感官的孤独
给予你的多过它们奇怪的和弦
和挥之不去低诉依旧的回响。

它是一种完全的崇高在那尽头，
每一件可见的事物都被放大却又
不过是一张床，一张椅子和移动的修女，
至大无边的剧场，有柱子的门廊，
你琥珀色屋子里的书与蜡烛，

一座完全之巨厦的完全之崇高，
由一个结构的检视者挑选
给他自己。他在这门槛上止步，
仿佛他所有词语的设计都从思维中
获取形式与框架，并得到实现。

公园里的空地

三月……某人已走过雪地，
某个在寻找他不知道是什么的人。

就像一艘船已离开
夜晚的一道岸滨并消失不见。

就像一把吉他被一个女人
留在一张桌子上，她已经把它忘了。

就像一个人的情感
他回来见一见某栋房子。

四面风吹过乡村的凉亭，
在它葡萄藤的密席之下。

取代一座山的诗篇

它就在那里，逐字逐句，
这首诗占据了一座山的位置。

他呼吸它的氧气，
即使这书翻开着躺在他桌子的灰尘里。

它提醒他曾经多么需要
一个位置，让他按自己的方向前去，

他曾经如何重构松树林，
挪动岩石，拣选他在云中的路，

找寻那应当是合适的瞭望点，
那里，他将在一种未解的完成里得到完成：

那确切的岩石，在那里他的不确切
会发现，最终，他们曾经逼近过的那道风景，

在那里他可以躺下，俯瞰着大海，
辨识他独一无二而孤寂的家。

世界是你对它的诠释的两个例证

I

风的持续探寻

那个冬日天空显得那么小，
一道污秽的光在一个了无生气的世界上，
收缩如一段枯枝。

那不是云与寒冷的影子，
而是对太阳距离一种感觉——
他自己的一种感觉的影子，

一种认知，就是实际的白昼
竟少了那么多。唯有风
看起来大而又响，高而又强。

而当他在风的思想中
思想，不知道那思想
并非他的思想，也不是任何人的，

他自己的恰当意象，
如此构成，化为自身，他呼吸
另一个自然的呼吸，当作他自己的，

但仅仅是其一时的呼吸，
在污秽的光之外以及更远，
它永远不会是动物，

一个依然没有形状的自然，
除了他自己的——或许，是他自己的
在一个星期日狂暴的悠闲之中。

Ⅱ

在夏天世界更巨大

他留下了半个肩膀和半个脑袋
好在之后的时间认出他来。

这些大理石倒在草丛里风化
当夏天过去，当夏天

与太阳的变迁，夏天
与太阳的生命，消失不见。

他曾说过一切都拥有
那份力量可以转变自身，不然就是，

以及更有意味的，可以被转变。
他发现了月亮的颜色

在唯独一棵云杉里，当突然之间，
那棵树炫目地矗立在空中

而蓝色自太阳向他进击，
一道铸金的蓝，一道鼓胀的蓝，

有如天光，伴着时间的种种华美，
而感性的夏天挺直全身而立。

云杉的主宰，他自己，
被转变了。但他的主宰之道

只留下在草地中发现的碎片，
出自他的计划，最终被放大了。

可能之物的序章

I

曾有一种心之安逸像独自乘一艘船在海上，
载着这船向前的波浪有如桨手们发亮的背脊，
他们抓着桨，仿佛对通往他们终点的路确有把握，
在木把手上弯下腰又将自己拉直，
被水打湿，在他们动作的划一中闪耀。

船是用失去了重量的石头造的，它们不再沉重
因而仅剩了一种辉煌，就是来源非同凡响，
于是那站在船上斜靠着瞭望前方的人
便不被视同为某个从寻常之中航行并超越者。
他属于他的舰船远赴异域的启航也是它的一部分，
是它船头上火的窥镜，它的象征，无论什么的一部分，
是那玻璃似的两侧的一部分，它凭此从盐渍的水上滑过，
当他独自旅行，像是一个人被一个无任何意义的音节引诱，
从这音节之中他感觉到，怀着一份指定的确信，
它包含有他想要进入的意义，
一种，在他进入它之时，会粉碎那船并让桨手们安静的意义
如在中心之抵达的一点，一个刹那的时刻，或多或少，
被抽离任何岸滨，任何男人或女人，一个也不需要。

II

比喻搅动了他的恐惧。他被与之比较的客体
超乎他的认识。由此他获悉他的相似性延伸了
仅仅一小段，并未超越，除非在他自己
与超越类似性的事物之间有这或那意图被认识，
囿于假设的包围之中的这或那
人们在夏天半睡半醒的时候思考它们。

他包含有什么自我，例如，尚未被释放，
在他体内为发现而咆哮，当他的关注分散，
仿佛他所有世袭的灯火突然间猛增
经由一种色彩的获取，一次新的与未被察觉的，轻微的抖动，
那最小的灯盏，增添了强大的一弹，他赋予了它
一个名字与凌驾于他寻常的平凡之上的特权——

增添给真实者及其语汇的一弹，
以某种最初的事物进入北方树林
为它们增添南方的全部语汇的方式，
以傍晚天空中最初呈现的孤灯，在春天，
从虚无之中凭借增添自己而创造一个新鲜宇宙的方式，
以一眼或一触揭示它意想之外的巨量的方式。

望过田野看鸟飞翔

在更为恼人的次要念头之中，
洪堡先生在去康科德回家探访期间，
在诸事边缘想到的，是这个：

忘却那些青草，树木，云彩，
不把它们变形为别的事物，
只是太阳每天所做的事，

直到我们对自己说可能有
一个沉思的自然，一个机械的
稍嫌可恶的 *operandum*①，无关

人的鬼魂，更巨大却又有点相似，
没有他的文学也没有他的众神……
无疑我们超越自己活在空气中，

置身于一种元素，它为我们做的不像
我们为自己做的那么出色，太大了，
一个不为比喻或信仰而计划的事物，

不是我们曾经创造的阳性神话之一，

---

① 拉丁语："操作对象"。

一片燕子穿梭而过的透明，
并无任何形式或形式感，

我们所见之中的所知，我们所闻之中
的所感，我们的所是，超越神秘主义的辩论，
在出于天空的融合之骚动中，

以及我们的所想，一种如风的呼吸，
一个运动中运动的部分，一个属于发现的
一部分的发现，一个属于变化的一部分的变化，

一种色彩的分享以及属于它的一部分。
午后显然可见是一个源头，
太宽阔，太流光溢彩，而多不过平静，

太像思考而不会比思想更少，
最朦胧的家长，最朦胧的元老，
一个每日的冥想之至尊，

在它自身的沉默中来来去去。
我们思考，于是，有如太阳照耀或不照耀。
我们思考有如风掠过田野里一个池塘

或者我们将斗篷披在我们的词语上因为
同一阵风，升起又升起，发出一个声音
像冬天结束时最后的喑哑。

一个新学究代替一个老的
对这首幻想曲沉思片刻。他探求
一个可以被诠释的人类。

精神来自世界的身体，
或者洪堡先生如是想：一个世界的身体
它生硬的律法造就一种思想的矫饰，

自然的风格主义，在一片透镜中被捕到
并在那里成为一种精神的风格主义，
一片透镜挤满了能走多远就走多远的事物。

固定调音之歌

鸽子叽咕说话，
像悲伤的温柔君主，
掌管温柔的爱与悲伤，
又一阵致敬－鞠躬，致敬－鞠躬，
对着这晨光。

她憩在屋顶上，
沾湿了翅膀与苦痛，
她在那里叽咕，
她轻声吹奏在太阳
与它们平凡的闪耀之间，

五点的太阳，六点的太阳，
它们的平凡，
和七点的平凡，
她接受了它们，
像一个固定的天堂，

不为改变左右……
白昼看不见的开启者，
爱与温柔悲伤的君主，
憩在屋顶上
大有所为于自身之内。

世界作为冥想

*J'ai passé trop de temps à travailler mon violon, à
voyager. Mais l'exercice essentiel du compositeur—la
méditation—rien ne l'a jamais suspendu en moi... Je vis
un rêve permanent, qui ne s'arrête ni nuit ni jour.* [①]

乔治·埃内斯库 [②]

那是不是尤利西斯从东方走来，
那永不停歇的探险者？树木已修整。
冬天被荡涤一净。有人正移行于

地平线，将自己提升到它之上。
一种火的形态靠近珀涅罗珀 [③] 的布匹，
单凭他粗蛮的现身便惊醒了她居住的世界。

她构想过，太久了，一个自我来迎接他，

---

① 法语："我花了太多时间拉我的小提琴，旅行。但作曲家的首要练
习——冥想——从来没有什么能在我心里将它中止……我活在一个持
续无尽的梦里，昼夜不停。"

② Georges Enesco（1881—1955），罗马尼亚作曲家、演奏家、指挥家。

③ Penelope，希腊神话中俄底修斯（Odysseus）的妻子。在俄底修斯回
归之前，为拖延求婚者的纠缠，珀涅罗珀宣称在她给俄底修斯父亲的
裹尸布编织完成后，将在求婚者中挑选一位成婚，但却在白天编织，
晚上拆散，因此始终无法织完。

相伴他为她而来的自我，她曾经想象，
两人寄身一个深筑的居所，朋友和亲友。

树木已修整过，如一个首要的练习
在一场非人的冥想之中，大于她所拥有。
没有风像狗一样在夜里将她守护。

她从没想要他孤身带不来的一切。
她从没想要战利品。他的臂膀会是她的项链
和她的腰带，他们欲望的最终财富。

但那是尤利西斯么？或者不过是太阳的温暖
在她枕上？这念头在她体内不停跳动如她的心脏。
两者一起不停地跳动。不过是天亮了。

那是尤利西斯而又不是。他们却已然重逢，
朋友和亲友和一颗行星的激励。
她内在的狂野力量绝不会止息。

她会在梳发时轻轻地自言自语，
重复着他的名字，那几个耐心的音节，
永不遗忘那时时来得那么近的他。

长而拖沓的诗行

实在是没有什么不同，七十岁都过了
这么久，一个人看什么地方，他以前都去过。

木烟升起穿透树间，遭遇一股上层
气流，回旋而去。但它原先就常常是这样。

树的样子仿佛它们背负着伤心的名字
并且总在一遍遍说着同一件，一样的事情，

在一场近乎骚动之中，因为一种对立，一个否定，
已经激怒了它们，让它们想要将它驳倒。

什么对立？会不会是那一小块黄色，一栋
房子的侧面，让人觉得那房子在笑；

或是这些——escent①——issant②的前人：第一只苍蝇，
一位喜剧 infanta③在悲剧的帷幕之间，

---

① 英语单词后缀，见于 "florescent"（开花的）、"iridescent"（彩虹色的）
  等词语中。
② 或为史蒂文斯生造的单词后缀，见于《雪和星星》（*Snow and Stars*）：
  "spissantly"（密集地）。
③ 西班牙语："公主"。

连翘的婴儿模样，一点点信仰，
赤裸的玉兰花的幽灵和气质？

……漫游者，这就是二月的前历史。
头脑中的诗的生命还没有开始。

树木晶莹剔透时你还没有出生
现在你也没有，在这场睡梦内的醒觉之中。

宁静平凡的一生

他的位置，当他坐下和思考时，并不在
他所筑造的任何事物之内，如此脆弱，
如此缺乏光照，如此阴暗而近于乌有，

如同，举例说，一个世界里的雪一样，
他变成了其中的一个居住者，顺从于
跟寒冷有关的那些威武堂皇的观念。

就在此地。这就是那个场景和一年里
的那个时节。此地，在他的房和他的屋里，
在他的椅子里，最宁静的念头长出尖峰

而将最老也最温暖的心脏切割的
是跟夜晚有关的那些威武堂皇的观念——
两者都迟而孤单，在蟋蟀的合唱之上，

任它们各自聒噪，每个声音都独一无二。
超验的形体之中没有任何愤怒。
但他实有的烛火却怀着机心燃烧。

内心情人的最后独白

点亮入夜第一盏灯，如在一屋之内
我们歇息，用微不足道的理由，认定
想象的世界便是那终极的善。

于是，这就成了最激烈的幽会之所。
正是那个念头令我们将自身汇集，
抛开所有的冷漠，汇入一件事物：

置身于一物之内，单单一条披巾
就为我们紧紧裹上，只因我们贫穷，一份暖，
一束光，一股力量，奇迹般的影响。

此地，此时，我们遗忘彼此与我们自己。
我们感到一种有序的隐晦，一个整体，
一种认知，是它安排了这幽会之所。

在它激情洋溢的边界之内，在思想里。
我们说上帝与想象是一体……
多高啊，那最高的烛火点亮冥暗。

用这同一束光，用中心的思想，
我们在入夜的空气里造一个居所，
在那里面，彼此同在就已足够。

岩石

七十年后

那是一个幻象，即我们曾经活过，
活在母亲们的屋舍，通过自身的动作
安排自己，在一派空气的自由里。

看一看七十年前的自由吧。
那不再是空气了。屋舍还立着，
尽管它们僵在僵僵的虚空里。

甚至我们的影子，它们的影子，都不再留存。
这一切在心里活过的生命到了一个尽头。
它们从未存在过……吉他的声音

过去没有现在也没有。荒谬。说出的词语
过去没有现在也没有。这无可置信。
中午在田边的会面看上去像是

一个发明，是一个绝望的蠢人
跟另一个的拥抱，在一种空幻的意识里，
在一种人性的奇怪主张之中：

在两者之间提出的一个定理——
两个形体在一片属于太阳的自然里，
在太阳对它自身幸福的设计里，

仿佛虚无包含有一个专长，
一个重要的假想，一种非恒久性
在它恒久的寒冷中，一个被如此渴望的幻象

要让绿叶到来遮盖高山的岩石，
要让紫丁香到来和绽放，像一种目盲被洗净，
呼喊着明亮的视觉，当它获得满足，

在一场视觉的诞生之中。那绽放与麝香
是活的存在，一种不间断的活的存在，
存在，那粗俗宇宙，的一个细部。

II

诗篇作为偶像

用树叶遮盖岩石是不够的。
我们必须被治愈此病，靠一剂土地
或一剂我们自身的药方，它等同于一剂

土地，一剂超越遗忘的药方。
然而树叶，倘若它们绽放成新芽，

倘若它们绽放成花，倘若它们结果，

倘若我们吃下它们新拣出来的
原初之色，或许会是一剂土地的药方。
树叶的虚构是诗篇的

偶像，至福的呈现，
而偶像就是人。春的珍珠链串
夏的盛大花环，时间的秋之发带，

它的太阳摹本，这些都将岩石遮盖。
这些树叶就是诗篇、偶像与人。
这些都是一剂土地与我们自己，

以再无其他作为谓语。
它们抽芽而开花而结果却不变。
它们比遮盖荒芜岩石的树叶更多。

它们萌发最白的眼睛，最苍白的嫩芽，
感觉的孕育之中的新感觉，
想要置身于距离尽头的欲望，

活力倍增的身体与生根的心。
它们开花如一个人恋爱，如他活在爱中。
它们结出果来让这一年为人所知，

仿佛它的领悟是褐色的果皮，
它果肉里的蜜，最后的食粮，
这一年与这世界的丰盛。

在这丰盛里，诗篇造出岩石的意义，
此类混杂动作与此类比喻的意义
以使它的荒芜成为一千样事物

于是不再存在。这是治愈的药方
属于树叶与土地与我们自己。
他的词语既是偶像又是人。

III

一段夜之圣歌里岩石的形状

岩石是人生命中灰色的细部，
他从石头升起，向上——以及——嗬，
他迈向他的家系更荒凉深处的脚步……

岩石是空气中坚实的细部，
星辰的镜子，一块对一颗，
但透过人的眼光，它们沉默的狂吟者，

这绿松石之岩，在可憎的傍晚
泛出紧附着邪梦的红之光亮；
升起到一半的白昼那艰难的公正。

岩石是整体的居所，
它的力量与尺度，距离很近，A 点
在一个透视图里，它再次开始

于 B：芒果外皮的原点。
正是在岩石之上宁静必须引证
它宁静的自我，事物的主干，心，

人的出发点与尽头，
那空间本身被包容于其中的事物，那扇
通向围墙的大门，白昼，被白昼照耀

的事物，夜和夜所照耀的事物，
夜和它午夜铸造的芳香，
岩石的夜之圣歌，如在一场活生生的睡眠里。

圣军械士教堂[①]自外而内

圣军械士教堂曾是一个巨大的成功。
它傲然升起，庞然而立；而躺在
教堂的庭院里，在圣军械士的省份，
将一人永久安放在天竺葵色的日子里。

留下来的东西有石膏的外国味道，
干草的封闭味道。一棵漆树长
在祭坛上，朝着灯光生长，在内部。
回响之声渗漏而匮乏，在洞孔之间……

它的礼拜堂从 Terre Ensevelie[②]中升起，
一个灰烬的是在它煤渣的不之间，
他自己的：一个呼吸的礼拜堂，一个呈现
被造就为一个意义的标志在无意义之中，

绝非死火的光芒，而是某个见于一只
神秘眼中的东西，并非生命的标志而是生命，
它本身，那可理解之物的呈现
在那被创造为它的象征之物里面。

---

① 即哈特福德的好牧人圣公会教堂（The Episcopalian Church of the Good Shepherd），原为纪念考尔特军械厂（Colt Armory）的创办人塞缪尔·考尔特（Samuel Colt, 1814—1862）与他夭亡的两个儿子，于 1867 年建成的家族教堂。
② 法语："入葬的泥土"。

它就像一段对所有旧物的新记述，
旺斯①的马蒂斯②及除此以外的众多事物，
一颗新上色的太阳，比如说，很快就会变形
并将幻觉播撒在每一片树叶之上。

礼拜堂升起，他自己的，他的时期，
一个形成于外在之空白的文明，
从被洗劫的言说中升起的一个神圣音节，
驶出隧道的第一辆车 en voyage ③

进入彤红深红的水果之地，成就
而非仅仅渴求，供出售，也是营销物品
一个农民世界里的强大农民，强推
他们的意图达至一种最终的严肃——

对他来说是最终的，对如此散文的接纳，
时间假设的完善，特地显得少于
每一个世代成为自身的需要，
成为实有的一代并如其所是的需要。

圣军械士教堂无一物属于这当下，

---

① Vence，法国东南部小镇。
② Henri Matisse（1869—1954），法国画家。旺斯的玫瑰园礼拜堂（Chapelle du Rosaire）由马蒂斯设计，并藏有大量马蒂斯画作。
③ 法语："旅行中"。

这 *vif*①，这份身为与成为全新之物的
眩炫之感，礼拜堂就是为它铺开
它的拱门，在它生动的元素里，

在那元素之新鲜的空气之中，
在一种新鲜、明彻、绿与蓝的空气里，
它永远在开始因为它是那一遍一遍
永远在开始的事物的一部分。

圣军械士教堂墙下的礼拜堂，
在一道光中伫立，它的自然光与白昼，
它与他自己的健康的起源和堡垒。
在这里他像活着一般随意行走与行事。

_____

① 法语："活肉，要害"。

月光上的笔记

这唯一的月光，在色彩单纯的夜晚，
像一个平凡诗人在头脑里回荡着
他多样的宇宙的同一性，
照耀在事物起码的客观性之上。

仿佛存在就是要被观察，
仿佛，在一个人所见之物的
可能的目的之中，最先到来的目的，
那表面，就是要被看见的目的，

那月亮的属性，它所唤起之物。
是要揭露，比如说，一座山的
本质的在场，几乎被扩展和提升
到一种感觉，更少一个客体；抑或

是在路上等待的形象中揭露
更多一个客体，一个未确定的形式
介于一个枪手的慵懒和一个情人之间，
一个黑暗中的姿势，人在夜晚空气的

宏伟全景中感到的一种恐惧，它采取这形式，
在仿佛是属于土星的荫凉之所。

于是，这温暖，宽阔，无关天气的宁静，
随着一种力量，一种固有的生命而活跃，

抛开事物起码的客观性，
像一副窥望镜角落里的一个云帽，
平凡诗人头脑中一次色彩的变化，
被一个内在声音打乱的夜晚和寂静，

这单一的月光，这多样的宇宙，意图
如此强烈只要被看见——一个目的，也许
是空的，也许是荒谬的，但至少是一个目的，
确切而越来越新鲜。啊！确切，肯定……

桌上的行星

爱瑞尔①高兴了，他已写下了他的诗篇。
它们写的是一段记忆中的时光
或是某件他喜欢的事物。

太阳的其他造物
都是废料和混乱
而成熟的灌木纠缠。

他的自我与太阳合一
而他的诗篇，虽是他的自我的造物，
又何尝不是太阳的创造。

它们留存下来并不重要。
要紧的是它们应当具有
某一种样貌或特性，

某一种丰盛，哪怕只被感知一半，
在它们词语的贫乏之中，
呈现它们所属的那一颗行星。

---

① Ariel，莎士比亚戏剧《暴风雨》（*The Tempest*）中的精灵。

康涅狄格州的众河之河

有一条大河在斯泰吉亚①的这一边
在一个人来到最初的黑色大瀑布
和缺少树木之智慧的树木之前。

在那河里，远在斯泰吉亚的这一边，
仅仅水的流淌就是一种愉悦，
在阳光下闪亮又闪亮。在它的滨岸上，

没有阴影行走。这条河是命中注定的，
像那最后一条。但没有船夫。
他不可能曲身对抗它推进的力量。

在呈现它的表象之下它不可
为人所见。法尔明顿②的尖塔
闪耀着耸立而哈达姆发光并摇摆。

它是与光和空气并列的第三种共性，
一套流程，一种活力，一种本地的抽象……
再一次，称它为一条河，一种未命名的流淌，

---

① Stygia，希腊神话中的亡者国度，得名于冥河 Styx。
② Farmington，美国康涅狄格州小镇与河流（康涅狄格河的支流）名。

充满了空间，反映着四季，每一种感官
的民间文学；称它为，一遍又一遍，
无处流淌的河，像一片海洋。

不是事物的理念而是事物本身

在冬天最初的结尾，
在三月，一声细瘦的啼鸣从外传来，
仿佛他头脑中的一个声音。

他知道他听见了它，
一只鸟的啼鸣，在黎明或之前，
在三月初的风中。

太阳六点时正在上升，
不再是雪上一块破烂的羽饰……
它本来会一直在外面的。

它不是来自无边无际的腹语术
属于睡眠那暗淡的纸浆模型……
太阳正从外面进来。

那细瘦的啼鸣——它是
一名 c 调先于唱诗班的唱诗歌手。
它是宠大的太阳的一部分，

被它合唱团的圆环围绕，
仍旧遥远。它就像是
一种对于现实的新知。

晚期诗作

LATE POEMS

（1950—1955）

病人

黑人的乐队似乎飘荡在空中，
在南方，数以千计的黑人的乐队，
在夜里奏着口琴或是，现在，吉他。

在北方的这里，晚间，晚间，有人的声音，
合唱的声音，无词而歌，远而又深，
飘荡的唱诗班，声音长长的移行与旋转。

而在一个房间的床上，独自一人，一个听者
等待飘荡的乐队的音乐与
溶化中的赞美诗合一，等待它并想象

冬天的词语，这两者会在其中汇聚，
在遥远房间的屋顶之下，他躺在里面，
那听者，倾听着阴影，寻找着它们，

从自身之中，从他内在的一切之中选择
他自己安静、良好的祝愿之言，良好祝愿，良好祝愿，
平和的，幸福的词语，调子清晰，唱得悦耳，说得精彩。

如在一家剧院

另一道阳光或许会创造另一个世界，
绿中之绿，或多或少，和蓝中之蓝，
像令藤上第一颗水果无味的味道，
像一只太年轻而抓不住它的元素的眼睛
像一种新现实的诡计，
像即将到来的时间的彩色日历。

它或许会是另一个存在的蜡烛，
在凌乱的知觉里残破不堪，兀立
并冥想它自身的一个形象，
钻研并塑造一个油腻腻的形象，冒着
五光十色，回忆不起的轻烟，
一个没有一面墙可悬挂的气泡。

窗帘，拉起时，或许会呈现另一个整体，
一个蔚蓝的 outre-terre①，内有橙与玫瑰，
在哥白尼的肘部，一个天体，
一个没有生命之蹒跚与匮乏的宇宙，
哲人的终结……它会造成什么不同，
只要头脑，仅此一回，实现了它自己？

———————————

① 法语："海外属地"。

在一座宝塔内做爱的欲望

在第二自我之间，水手，观察一下
事物被改变时出现的那个放浪者，

它在一个自由的元素中固执己见，
在这样的自我所品尝的异国自由之中：

在夜晚的第一英寸，星光灿烂的暑假
过去了四分之三，早晨的预见，

仿佛，独自在一座山上，它看见远处
一份天真正向着它的峰顶靠近。

画睡莲花的修女们

这些花盆是生命在生命之内成长的一部分：
不可预测的萌芽的一部分，如同属于

最幼小的，依旧眼裹茸毛的，奇特的花饰，
可能随一记风景的轻微偏侧而到来，

一个急勾，一下倾斜，一点点拉伸，
白天里再多几个小时，更红润的

夏天的宽衣解带，一场诞生顺着
它起源的超自然被接引而至。

在我们奇怪的头罩之下，我们似乎，在这道岸上，
是那薄纱的一部分，一份空气的清澈，

它对应，在今天，一份心的清澈。
这是特别的一天。我们咕哝出圣徒的

词语，直到如今才被听见，无以名之，
在光环亦即过分炫目的花冠之间……

我们是一阵 fraicheur①的一部分，无可企及
或仅可在最隐秘的虚构中企及。

_____

① 法语："凉爽，凉风"。

理念在诗中的角色

向哲学家提问他为何要治哲学，
以此为志，或许以他父亲幽灵的名义，
不许任何东西抵达傍晚的边缘。

那父亲前来并非为这赞美诗增色。
一个父亲称颂另一个，真理的
元老。他们阔步穿越，是那边的

赞美诗与论辩的大师，更胜于云的
狂野天气，把迟延挂在海上。他们成为
很多时间过去以后存在的一种时间。

在其中，白昼围绕一个形体停留并变浓——
在它的基座上蓝而醒目——似乎在说，
"我是新发现的夜晚的伟大"。

有关美国

这片土地最初的占卜者们，一块田里
的人，一座山边上的人，在一片
美好天气里的所有人，知道几样，旧事，

（远离众人致命的总体，
理念的过量人口，那些出自思想而
难以言说的声音，一再重复的

其他生命的嗡鸣化为一阵总体的嗡鸣，
一种分离的感觉将其他接纳并维系，
那属于人类却又是最终的事物，像

一个人望着镜中的自己，发现
活着的是镜中的人，不是他。
他是意象，次等物，不真实者，

是抽象。他栖居于另一个人，
别人，而非这片草地，这正当的空气。
他不是他自己。他已被剥夺了生机……）

他想到这些事，当鹿皮呼啦作响，
在一场回归之中，一场回归的表象之中，
炫耀他曾如此渴求的，那第一笔财富。

夜晚女人的魂灵

此刻，幽隐无形，我不戴披巾行走
在多角的夜晚，做它的首要人物。
猫头鹰警告我并以耳生丛毛的谛视保持

我与拥有五重感觉者的距离，
在这些车站里，无物曾被丢失，
视觉极弱，但已获得形而上的盲目，

那盲目，在其中观看会是假的，
一种怪诞的涌入。向你们致意，下界的姐妹，
古老的 amigas①，心领神会的同党——

或者是不是我，漫游着，知道，仅一种感觉，
而非五种之一，并保留一个约会，
归于至高的爱恋，在一个人类的午夜？

———————————

① 西班牙语："（女性）朋友们"。

思想的一个发现

在诗歌的对立面，黑暗之冬，
当树木闪烁那劫掠它们的事物，
昼光蒸发，像人在病中听见的一个声音。

一个人又成为孩童。瀑布的黄金胡须
被溶化，如在一个蓝雪的幼年。
它是一座对抗风的凉亭，雾中的一个洼坑，

北方家系中微小的一滴，
从冰里塑造自己的夏之蟋蟀。
而永远在这对立面，对于一身是铅的

蓝人手捧的铅黑色面包片，
一个人思考有可能被言说的第一个词，
被豪迈达成的对言说与意义的欲望，

对抗他的尘粒的痴愚者的汇集
和歪斜的对立面都绕着世界回旋而去——
一个人思考，当新英格兰的房屋捕到最初的太阳，

第一个词将属于那已抵达的敏感之存在，
对秘密的无瑕揭示，不再隐晦。

冬天的蔓生或许会突然直立，

宣读它与我们的新生，并非回归的秋之浪子，
而是一个对立的，不着边际的造物，值得诞生，
冬天金属的真正语调在它所言之中：

那偏离的重音，在这有生命之物
即它被保留的生命之中，诞生的努力
历经诞生而生还，这生命的事件。

一个特项的进程

今天树叶呼喊，垂挂在被风席卷的枝上，
冬天的虚无却少了一点。
它依旧满是冰影和成形的雪。

树叶呼喊……一个人远远呆着刚够听见那呼喊。
那是一阵杂乱的呼喊，涉及另外的某人。
而尽管一个人说他是万物的一部分，

却包含一个矛盾，一个抵触；
而身为一部分是一种衰落的努力：
一个人感受到赋予生命之物如其所是的生命。

树叶呼喊。那不是一记神圣专注的呼喊，
也不是被吹了灯的英雄们飘浮的青烟，也不是人的呼喊。
那是超越不了自身的树叶的呼喊。

当幻想曲缺席，没有别的意义
除了它们在于耳朵最终的发现之内，在于那事物
本身，直到，最后，那呼喊无关乎任何一人。

现在如何，哦，发光者……

有一点头脑的困扰
仍在视野之中，在视野的叙述之中，
属于这一年的春天，

太阳的泄漏与第一颗火花中的困扰，
绿边的黄与黄与蓝与蓝边的绿——
头脑的困扰

是一点残余，一片土地，一场雨，一份暖，
一个时间，一道幻影和滋养的元素
和简单的爱，

在其中那些光谱拥有露水般的偏爱而活
并从这不幸得凌乱的幸福之中获取
它们发育不良的外表。

春天的鸽子

孵者，孵者，深伏于它的墙下——
鸽子一声细细的呼吼
将那儿的小鸟变成了什么，

又小又黑的鸟，以及
它的所在以及它在其中
安顿之所。在那里鸽子

发出这细细的呼吼，像一份心思
在头脑中呼吼或是像一个人
总在搜寻自己的身份

在那个所在与定居之所……它呼吼
外界一片灌木丛的巨大面积
和它的分身的巨大苦痛，

银色的长练，这些长练
像跨越一个空间的狭缝，一个
让自己又大又轻的所在与状态。

这一阵翻腾是在太阳之前，
这呼吼在人的耳边，对于天光
太远，对于睡眠太近。

没有一支吉他的告别

春的明亮天堂已来临。
现在千叶之绿落向地面。
别了，我的日子。

千叶之红
来到这光的雷霆
达至它的秋日终点——

一场西班牙风暴，
一场宽广，静止的阿拉贡[①]风暴，
在其中那匹马行走回家而并无一名骑手，

头颅低垂。那些反照与再现，
那曾经存在的骑手的
新鲜感觉的锤击与敲打，

是一个终极的构造，
像玻璃与太阳，属于男性的现实
也属于那另一方与她的欲望

———————

① Aragon，西班牙东北部一自治区。

尤利西斯之帆

在他的帆形之下，尤利西斯，　　　　　这首诗
探寻者的象征，在连夜横渡　　　　　　的位置。
浩淼海洋时，读取自己的思绪。　　　　它的主题。
他说，"因我知，我在并有
在的权利"。指引着他的航船
在中天的群星之下，他说：

I

"倘若知识与所知之物是一体　　　　　知道
则知道一人即是成为　　　　　　　　　即存在。
此人，知道一地就是成为
此地，似乎结论就是如此；
而倘若知道一人即是知道所有人
而倘若人对单独一点的感觉
就是人对宇宙的所知，
那么知识便是唯一的生命，
唯一白昼的唯一太阳，
通向真正安心的唯一路径，
世界与命运的深刻慰藉。

II

有一种人类的孤独；　　　　　　　　　　知道
空间与孤寂的一部分，　　　　　　　　　即是
在其中知识无法被否定，　　　　　　　　存在之力。
在其中知识丝毫不会失效，
那光明的伴侣，那只手，
卫护的臂膀，那深沉的
反响，那彻底回答的声音，
它超乎别的一切乃是
在我们之内与周围的权利，
被聚合，胜利的勇气，被感觉，
我们所倚靠的内在方向，
它将我们保持为我们所是之小，
存在之大的辅助与力。

III

这是真正的创造者，摇动者　　　　　　　真正的
摇动染紫的魔杖，思想者　　　　　　　　创造者。
在一份金的心境里思想着金的思想，
高远地铿锵，光耀夺目，
设计中的意义之快乐
从混乱中绞出……安静的灯盏
因这创造者是一盏灯
如一道夜晚的光线扩大着

它立于其中的空间，黑暗的
闪亮，从乌有之中创造着
此类黑色构造，此类公开之形
与幽暗的石工，有人惊叹
将此拂到一边的手指
除尺寸外一切皆庞大无比。

IV

一个未知领域的未名创造者，　　　　　　自我
迄今仍未知，不可知，　　　　　　　　　的中心。
不确凿的确凿，阿波罗
在土著中被想象
而伊甸园在晨边①被构思，
自我的中心，那自我
属于未来，属于未来之人
与未来之地，当这一切成为已知，
终有一份来自神秘者的自由，
一个终极秩序的开端，
人存在为其所是的权利的
秩序，他的视域的律条
被观测为一种绝对，他自己。

---

① Morningside，指纽约市晨边高地（Morningside Heights），哥伦比亚大
学所在地。

V

一道更长，更深的呼吸维持
权利的雄辩，因为知识
与存在是一体：知道的权利
与存在的权利是一体。我们抵达
知识在我们抵达生命之时。
然而总有另一个生命，
一个超乎这在场的知识的生命，
一个比这在场的辉煌更轻的生命，
更光明，臻于完美而远去，
不可企及但却可知，
并非一种意志的达成
而是某件不合逻辑的获取之物，
一个卜测，一记沉落
自崇高而下，炫目地消解于
炫目的发现中的恶作剧。
天堂没有地图。
至大的万象降临于我们
这一自由的种族。我们知道，一个
接一个，以一切的权利。每人
都是一个途径，通向那无眠
在其中真理的残渣成为
一个整体，在最后一颗星星
被点数之日，众神与人的
谱系被摧毁，知道的

除了
不合逻辑的
获取。

权利被确立为存在的权利。
古代的象征那时将化为乌有。
我们将早已去到象征之后
去到它们所象征的一切，远离
被言辞充满的穹顶的喧嚣，
去到那时已是真的传奇的喋语，
如光点曾经上升为火焰。

VI

世界与他自己的主宰，　　　　　　　知识的
他经由知识抵达于此或　　　　　　　一个外部
即将抵达。他的心呈现世界　　　　　主宰
而在他的心中世界旋转。　　　　　　的现身。
穿越昼与夜的旋转，
穿越另外的日与月的荒野空间，
浑圆的夏与倾斜的冬与风，
为另外的旋转所对应
在其中世界走过一轮又一轮
在心的晶亮大气层里，
光的喜剧，暗的悲剧，
像一种气候生成的事物，世界
在心的种种气候里环行
载运它比喻的繁花盛放。

心更新世界于一行诗，

一段音乐，一个章节
出自正确的哲人：更新
并以真诚的洞见拥有
我们所知的约翰生雅各[①]，
越空飞行，变换气质。

在思想的世代里，人之子
与嗣是心的力量，
他唯一的誓约与财产。
他除了真理无一物遗留。
那么心又怎会少于自由
既然唯有知道才是自由？

VII

活着的人在当下的所在，   真理作为
永远，特别的思想   命运。
在金雀花王朝的抽象里，
永远永远，那困难的一英寸，
其上空间浩大的穹隆
歇息，永远，可信的思想
不可信的体系自其中涌现，
那小小的禁锢旋即获释
在星辰的宏大之中——这一切

———————————

① John-begat-Jacob，《圣经》中记载家族世代的句式。

是一个律法的宣示

它将特质弯折成抽象，

把它们打成一个巨人背上的包裹，

一个至尊之母群集的雏鸟，

仿佛抽象一般，它们本身

就是一个相对顶点的种种特质。

这并不是诗人的安心。

它是命运居于真理之中。

我们听从有关我们终结的哄骗。

VIII

西比尔①之形为何？并非，　　　　　　真理的

换言之，那煜煜发亮的女人，落座　　　西比尔

于和谐的染色里，被它们点滴　　　　之形。

与喷溅：华丽的符号落座

在神圣之位上，彩虹垂挂，

以外表穿刺精神，

至为崇高之生命的一个总和

与他们指挥的权杖，冠冕

与最后的璀璨与探究的雪。

那是自我的西比尔，

自我作为西比尔，她的钻石，

她对一切财富的最亲密拥抱

①　Sibyl，古代希腊、意大利、小亚细亚等地传说中有预言能力的少女。

是贫穷，她在尘世
最确凿的中心寻获的珠宝
是需要。为此，西比尔之形
是一件摸索其形式的盲眼之物，
一个跛足的形式，一只手，一个背脊，
一个太可怜，太贫乏以至
记不得的梦，那旧形
已磨蚀与倾斜到了乌有，
一个低头看路的女人，
一个在自己的生命中沉睡的孩子。
正如这一切倚靠，它们也必须使用。
它们衡量使用的权利。需要造就
使用的权利。需要在其呼吸之上命名
荒凉的必然之种类，
它，只为命名，就是去创造
一份帮助，一份帮助的权利，一份权利
要知道什么有帮助，并要达成，
以知道的权利，另一个平面。
那煜煜发亮的女人此刻被看见
在一种孤立之中，疏离
人性中的人类，
非人的更多的一部分
那尤为非人类的更多，却又是
一个拥有我们特征的非人，已知
与未知，在稍许片刻里非人，
在稍许一段次要的时间里非人。"

尤利西斯的巨帆似乎，

在这独白的呼吸里，

以一个谜语的振荡活着……

仿佛另一张帆继续

径直向前穿越另一夜

而簇集的星辰垂挂一路。

知识的一个外部主宰的现身

在他的帆形之下，尤利西斯，
探寻者的象征，在连夜横渡
浩淼海洋时，读取自己的思绪。
他说，"因我知，我在并有
在的权利。"指引着他的航船
在中天的群星之下，他说：

"此处我感觉到人类的孤独
以及，在空间与孤寂之中，
知识所是之物：世界与命运，
在我之内并与我有关的权利，
汇于一种胜利的勇气之中，
如我所倚靠的一个方向……

一个更长，更深的呼吸维持
这权利的雄辩，因为知识
与存在是一体——知道的权利
等同于存在的权利。
至大的万象降临于我，
如一个绝对出自这份雄辩。"

尤利西斯的锋利之帆似乎，

在那段独白的呼吸里，
以一个谜语的振荡活着，
并成形，并存在于彼处，
当他移动，直行，向前又向前，
穿过一路垂挂的簇集的星辰。

一个小孩睡在自己的生命里

在你认识的老人中间，
有一个，没有名字的，琢磨
其余所有人，在沉重的思绪里。

他们什么都不是，除非在那
独一头脑的宇宙里。他审视他们
于外而了悟他们于内，

他们所是之人的唯一的皇帝，
遥远，却近得足以唤醒
今晚你床榻之上的和弦。

两封信

一封来信

即使早已有过一弯新月
在重天的每一个云尖，
用水晶的光将傍晚浸透，

人也会想要更多——更多——更多——
某个真正的内在可以回返，
一个跟自我相对的家，一道黑暗，

一份活过一瞬生命的悠然，
生命一瞬的爱与财富，
抛开别的一切，尤其是抛开思想。

大概就像是点上一支蜡烛，
像是倚在桌上，眯缝起眼睛，
听一个极度想听的故事，

仿佛我们又都坐在了一起
其中一个说话，而我们全都相信
听见的东西，烛光虽小，已经足够。

一封去信

她想要一个假期
跟某人一起说她甜蜜的家乡话，

在一个树林的阴影里……
阴影，树林……和说着话的他俩，

用一堆隐秘之言
在一个隐秘之所畅谈，

不必跟爱情有关。
一方土地那天会把她抱在怀里

或某种很像土地的东西。
圆环将不再被断开而是合上。

远离一切的多少英里
终将要到头。一切终将汇聚。

与三个新英格兰妇女的交谈

人的样式成为世界的样式，
为了那个人，而有时，是为了世界本身。
心的内容成为坚实的呈现
或近于坚实的似乎呈现———一只飞鸟
在它不可避免的树丛里设定自己的方式⋯⋯
随之而来的是改变样式即改变世界。

此刻，你，例如，就属于这个样式：你说
在那永远黑暗的中心，无论在哪，
在土地或天空或空气或思想的中心，
有那作为生命之元素的一滴，
唯一、单独的来源与极小的创始者，
一切生命共有的一物，无论是人
还是非人都一样，不同的万物之同。

而你，你说道心的首要事物
应当像自然物体一样自然，
于是一个在丛林里找到的国王雕像，巨大
而饱受风蚀，应当是人之风景的一部分，
一个斜靠在倒塌的柱石之间的形象，
僵在永恒的昏睡之中，应当是，
并非技艺的开始而是终结，

一种大理石自然在一个大理石世界。

然后，最终，是你说道
只有在人对他自己的定义里，
只有在人性的包围里，他才是
他自己。人的正典的作者是人，
不是某个外部的庇护者或想象者。

在这三个世界的哪一个里面我们四人
最安心？或者那是否足够，曾经看见，
感觉，知晓那些个不同，我们曾经
在我们居住的色彩里看见，感觉和知晓，
在我们呼吸的空气的卓越美德之中，
存在的花束——足够去认识
存在的意义随我们谈话而改变，
谈话转换国王场景的周期？

树林里的餐铃

铃响时他正面对着幻影。
孩子们的野餐此刻开动起来，

随着突然间一阵喊叫，在树下
穿透空气。较小的几个

在草上叮叮当当来到桌前
最胖的女人们在那儿敲着玻璃杯。

它的重点是他听见它的方式，
在绿树之中，在幻影的门外。

现实是最庄严的想象的一个活动

上周五，在上周五夜的浩大之光下，
我们驱车从科恩沃①返回哈特福德，很晚。

这不是一家玻璃工厂里吹出的一夜，在维也纳
或威尼斯，一动不动，积累时间和灰尘。

有一场力的挤撞在一轮打磨回转里，
在西向之晚星的正面之下，

璀璨的活力，血脉里的一阵闪耀，
当万物浮现又移动又被溶化，

无论是在距离，变化还是乌有之中，
夏之夜晚可见的变幻移形，

一种银光流溢的抽象趋近形式
并骤然将自身否定而去。

有一阵来自坚固者的并不坚固的翻腾。
夜晚的月光湖既不是水也不是空气。

———————————

① Cornwall，美国康涅狄格州城市，距哈特福德 1 小时车程。

去巴士的路上

一阵轻雪，如霜，已在夜间落下。
沮丧中，新闻记者对抗

一个被翻译的世界里的透明人，
在那里他以一种新的已知为食，

在澄清的一季，一种早晨气候里，
一阵冷空气的清爽，冷的呼吸，

一种冷呼吸的知觉，启迪更胜于
一种睡眠的知觉，有力

更胜于一种睡眠之力，一种浮现于
寒冷的明彻，略带虹彩，略感目眩，

但却是从一种新的已知中浮现的知觉，
一种超乎新闻的理解，

一种在人的舌内念出这个词的方式
在露台的冬树之下。

十一月地区

很难再一次听见北风，
还有观看树梢，在它们摇摆之际。

它们摇摆，深而又响，用一份力，
比感觉少那么多，比言说少那么多，

说而又说，以事物说话的方式
在那尚不是知识的东西的水平上：

一个尚未打算的启示。
就像一个上帝、世界与

人性的批评家，忧心忡忡地坐
在他自身的荒野那废黜的王位上。

更深，更深，更响，更响，
树在摇摆，摇摆，摇摆。

橡树下的单人牌戏

在纸牌的遗忘里
一个人存在于纯粹的原理之间。

纸牌或树木或空气都不会
作为事实长存。这是一场逃避

去往基理，去往冥思。
一个人终于知道要思考什么

而无意识地将它思考，
在橡树之下，被完全释放。

本地的物件

他知道他是一个没有门厅的灵魂
以及，在这份知识里，本地的物件变得
比家中最宝贵的物件还要宝贵：

一个没有门厅的世界的本地物件，
没有一个被记忆的往昔，一个当下的往昔，
或一个当下的未来，在当下的希望中被希望，

不在场的物件，作为一件当然之事
在天堂黑暗或光明的那一面，
在那个领域，它自有的物件如此之少。

几乎没有什么曾经为他存在除了少数
总有一个新鲜名字为之出现的事物，仿佛
他曾打算创造它们，阻止它们陨灭。

少数的事物，洞察的物件，感觉的
种种集合，达至它们自身之调和的事物，
因为他渴欲而不完全知道要的是什么，

就是那经典，那美丽的种种瞬间。
这些就是他曾经始终在趋近的宁静
如同走向一谐超越浪漫的绝对的门厅。

非自然的人口

他寻找的中心是一个心理状态，
无非是如此，像放晴以后的天气——
好吧，不止于此，像已然放晴时的天气
而两极继续将它维持下去

而东方与西方拥抱
以形成那天气恰当的人民，
玫瑰色的男人与玫瑰的女人，
精于成为他们被造就成为的东西。

这非自然的人口就像
心灵病患中的一个痊愈点。
像天使们栖在一座生锈的尖塔之上
或一棵树中叶形面孔的调制品——

一种健康——和一个夏夜里的面孔。
因此，也属于恰当的风之人民
的种族，属于吹得更深的风，和迟睡，
和持续更久，活得更多的音乐。

晴朗的一天，没有记忆

并无士兵在风景之中，
并无思绪及于死去的人们，
因为他们是五十年之前，
年轻并且活在一片活的空气里，
年轻并且行走在阳光里，
穿着蓝衣俯身去触碰什么，
今天心思不是天气的一部分。

今天空气放晴了一切。
它一无所知，除了空无
而它流遍我们也并无意义，
仿佛我们谁都不曾到过此处
也不在此刻：在这浅薄的场景里，
这隐形的活动，这感觉。

班卓弹奏者

桑树是一棵双重的树。
桑树，遮我，遮我一会儿。

一棵白色，粉色，紫色的浆果树，
一棵非常暗叶的浆果树。
桑树，遮我，遮我一会儿。

还是一种教堂庭院那类的灌木，
一种安静的灌木，另外。
桑树，遮我，遮我一会儿。

它是生命的一个形状，由
并无一词的另一个形状描述。
桑树，遮我，遮我一会儿——

无物为单独一个词所固定。
桑树，遮我，遮我一会儿。

七月之山

我们活在一个
碎片与高点的星座里，
不在单独一个世界，
在由音乐说透的事物里，
在钢琴上，在演讲中，
如同在一页诗歌里——
没有终极思想的思想者
在一个永远初生的宇宙，
那道路，当我们攀一座山，
佛蒙特将自身扔到一起。

一个神话反映它的区域

一个神话反映它的区域。这里
在康涅狄格州，我们从未活在一个
神话是可能的时代——但假如我们活过——
这便提出了意象之真的问题。
意象必定具有它的创造者的本性。
它是它的创造者的本性被增加，
被提升。它就是他，又一次，在焕然一新的青春里
它就是他在他的区域的物质里
他的森林的木头与他的田野的石头
或是来自他的山脉之下。

纯粹的存在

心之尽头的棕榈，
远过最后的思想，上升
在铜的布景里，

一只金羽的鸟儿
在棕榈间歌唱，并无人的意义，
并无人的感觉，一支异类的歌。

你于是懂得不是理性
令我们快乐或不快乐。
鸟儿歌唱。它的羽毛闪亮。

棕榈立于空间的边缘。
风在枝间慢移。
鸟儿火织的羽毛悬垂而下。

年表

1879 年   10 月 2 日生于宾夕法尼亚州雷丁市北五街 323
号，得名华莱士·史蒂文斯，是玛格丽莎·凯瑟
琳·泽勒（Margaretha Catharine Zeller）和加
勒特·巴尔卡洛·史蒂文斯（Garrett Barcalow
Stevens）的第二个孩子。（父母均为早期荷兰–
德国定居者的后裔。母亲 1848 年出生于雷丁，
双亲为莎拉·弗朗西斯·基廷（Sarah Frances
Kitting）和鞋匠约翰·泽勒（John Zeller），后
者在她十三岁时去世；她尽力帮助母亲和兄弟姐
妹，并成为一名教师。父亲出生在宾夕法尼亚
州菲斯特维尔（Feasterville）一家农场，是伊
丽莎白·巴尔卡洛（Elizabeth Barcalow）和本
杰明·史蒂文斯（Benjamin Stevens）的六个
孩子之一；十五岁时他离开菲斯特维尔并成为
一名教师，1870 年开始在雷丁攻读法律，并于
1872 年在伯克斯郡（Berks）执业。父母成婚于
1876 年 11 月 9 日；他们的第一个孩子小加列特
（Garrett Jr.）出生于 1877 年 12 月 19 日。）

1880 年   弟弟约翰（John）于 12 月 9 日出生。

1892–93 年   母亲每晚给孩子们读《圣经》，在星期日晚间坐

在钢琴前弹奏和颂唱赞美诗。在菲斯特维尔祖父母的农场里消夏。1884 年开始上幼儿园。在母亲参加会堂活动的第一长老会教堂（First Presbyterian Church）上主日学校。1885 年起就读于圣约翰福音派路德教会（St. John's Evangelical Lutheran Church）的学校。妹妹伊丽莎白（Elizabeth）于 1885 年 7 月 19 日出生；妹妹玛丽·凯瑟琳（Mary Katharine）于 1889 年 4 月 25 日出生。

1892-93 年　1892 年 9 月入雷丁市男童学校；课程包括拉丁语、希腊语、英语经典、语法及作文、地理、希腊历史、代数和算术、打扑克与踢足球，因未获最低及格分数而退学。

1894-96 年　祖父本杰明·史蒂文斯于 1894 年去世。在学校报纸《点与线》（*Dots and Dashes*）编辑部做事。在班中成绩名列前茅。1896 年 3 月在当地报纸《雷丁之鹰》（*Reading Eagle*）赞助的征文比赛中获胜（毕生收藏获奖的两本书）。1896 年与祖母伊丽莎白·史蒂文斯全家一起在宾夕法尼亚州艾维兰（Ivyland）消夏。12 月在雷丁男童学校发表获奖演说"时代的最大需要（The Greatest Need of the Age）"。

1897-98 年　6 月从雷丁男童学校毕业；发表演说"塞萨利

人（The Thessalians）"。9月作为三年特别生
入学哈佛。在剑桥，住在将会寓居三年的寄宿
舍。对中国和日本艺术发生兴趣，并与哈佛的友
人阿瑟·波普（Arthur Pope）[后为哈佛福格美
术馆（Fogg Museum）馆长]和诗人韦特·拜
纳（Witter Bynner）及阿瑟·戴维森（Arthur
Davison）共享这一爱好。

1898—1900年　诗篇"秋天"于1898年1月发表在雷丁男童学
校的刊物《红与黑》（The Red and Black）上。
随文学史家巴雷特·温德尔（Barrett Wendell）
学习作文，后者鼓励记日志，并随查尔斯·汤
森·科普兰（Charles Townsend Copeland）学
习英国文学；另学习法国和德国文学。读爱德
华·菲茨杰拉德（Edward FitzGerald）书信与
古典学者本杰明·周伊特（Benjamin Jowett）；
以出自周伊特的题辞："生当述我心（If I live I
ought to speak my mind）"开始记日志。为哈
佛各种刊物投稿诗歌与短篇小说，时常采用笔
名。在春季学期为满足"长主题"作业而创作
系列十四行诗；结识乔治·桑塔雅纳（George
Santayana）。应韦特·拜纳邀请加入《哈佛呼
声》（Harvard Advocate）。1899年整个夏天为
《雷丁时报》（Reading Times）工作。祖母于9
月去世。任《哈佛呼声》社长；完成哈佛三年学
业。1900年6月到纽约并依父嘱寻找出版或新

闻界的工作。在便宜的寄宿舍居留；写关于 6 月 28 日斯蒂芬·克兰（Stephen Crane）葬礼的文章。接受在《纽约论坛》（New-York Tribune）上通宵班的工作。7 月迁至西 9 街 37 号的小型公寓；主理《论坛》竞选广告。成为狂热的戏剧迷，尤为莎拉·伯恩哈特（Sarah Bernhardt）扮演的哈姆雷特所打动。

1901 年　　　向父亲提议自己辞去《论坛》的职务并专心写作；父亲促他从事法律。2 月，迁至东 24 街，试验戏剧创作。秋季入纽约法学院。父亲患神经崩溃并接受六个月静息治疗。

1902-3 年　　1902 年暑假期间，在 W.G. 佩克曼（W.G. Peckman）纽约分部任职。开始在周末到乡间长距离步行，并在日志中记录自己的观点。年末决定戒酒并且"每晚都要写点东西——哪怕只有一句可唱或一页可读。"1903 年 6 月从法学院毕业并在佩克曼任职。1903 年夏随佩克曼公司前往加拿大不列颠哥伦比亚省（British Columbia）狩猎旅行七周。

1904 年　　　6 月获准进入纽约法律界。在雷丁消夏时，被引见给艾尔茜·维奥拉·卡切尔·莫尔（Elsie Viola Kachel Moll）（生于 1886 年），一名钢琴教师，同时也售卖乐谱并在当地百货公司演奏钢琴。返回纽约，与莱曼·沃德（Lyman Ward）一起开办律师行；旋即破产。定期赴雷丁去见艾尔茜，并经常给她写信。

1905–7 年　于 1905 年 5 月迁至新泽西州东奥兰治（East Orange）。在各律师事务所工作；商务旅行赴中西部和西南部。1906 年 10 月迁居布朗克斯区（Bronx）福特汉姆高地（Fordham Heights）。在此期间阅读包括《希腊选集》、普罗佩提乌斯（Propertius）、卡图卢斯（Catullus）、贺拉斯（Horace）、《圣经》、印度与日本文化书籍、博斯韦尔（Boswell）的《塞缪尔·约翰逊的生活》（*Life of Samuel Johnson*）、莱奥帕尔迪（Leopardi）、济慈、巴尔扎克的《驴皮记》（*La Peau de Chagrin*）、叔本华和易卜生。1907 年 7 月至 11 月无业，大部分时间在雷丁度过；12 月迁回格林威治村（Greenwich Village）。

1908 年　1 月开始在美国债券公司（American Bonding Company）工作；在保险业界建立人脉。6 月 5 日艾尔茜生日赠她手稿集"诗之书（*A Book of Verses*）"。因家人不认可艾尔茜而与父亲争吵；11 月赴雷丁而不见家人。在圣诞节向艾尔茜求婚，赠她蒂法尼钻石订婚戒指。

1909–10 年　几乎每天给艾尔茜写信；信件包括童年回忆及

当前印象。赠给艾尔茜"六月的小书（*The Little June Book*）"，第二本诗集。1909 年 9 月 21 日在雷丁恩典路德派教堂（Grace Lutheran Church）与艾尔茜结婚（他的家人未参加婚礼）。在马萨诸塞州度蜜月之后，定居西 21 街 441 号公寓，房东为雕塑家阿道夫·亚里山大·韦因曼（Adolph Alexander Weinman）。（艾尔茜不喜纽约，时常回雷丁与母亲同住。）

1911–12 年　父亲于 1911 年 7 月 14 日去世。因婚姻问题争吵后始终未与他说过话的史蒂文斯回雷丁参加葬礼。8 月因未能获得晋升而沮丧，但拒绝了艾尔茜提出的回雷丁创业的建议："我完全倾向于沿着我现在的路线走下去——因为它给了我生计也因为它似乎提供了各种可能性。我远远不是一个天才——而必须依靠勤奋和忠实的劳动。"父亲死后患病的母亲于 1912 年 7 月 16 日去世。

1913 年　艾尔茜在坡可诺斯山区（Poconos）消夏；史蒂文斯一有可能便作周末探访，并学打高尔夫球。中断数年之后又定期写诗。8 月离开美国债券公司，转投衡平保证公司（Equitable Surety Company），已获得忠诚与保证债券方面的专家资质；买小型三角钢琴。

1914–15 年　1914 年 2 月获任衡平纽约分部的第二负责人，

常驻副总裁。作"彼得·昆斯弹琴""银色耕童""十点钟的幻灭"与"星期天早晨"等诗。向哈佛友人皮茨·桑伯恩（Pitts Sanborn）编辑的《倾向》（*Trend*）9 月号投稿八首诗 [以 "旅行志（Carnet de Voyage）" 为题发表]。获得《诗歌》（*Poetry*）的编辑哈莉叶特·门罗（Harriet Monroe）、诗人与《异物》（*Others*）的编辑阿尔弗雷德·克雷姆伯格（Alfred Kreymborg）的鼓励。与哈佛友人，艺术收藏家与诗人沃尔特·康拉德·阿伦斯伯格（Walter Conrad Arensberg）重新建立联系；参加阿伦斯伯格公寓里的晚间沙龙。由阿伦斯伯格和其他人引见进入包括威廉·卡洛斯·威廉斯（William Carlos Williams）、米娜·洛伊（Mina Loy）、卡尔·范·维克腾（Carl Van Vechten）、多纳德·伊文斯（Donald Evans）、阿尔伯特·格莱泽斯（Albert Gleizes）、弗朗西斯·匹卡比亚（Francis Picabia）、马塞尔·杜尚（Marcel Duchamp）和埃德加·瓦莱塞（Edgar Varèse）等作家、画家和音乐家的圈子。开始定期给《诗歌》《异物》《歹徒》（*Rogue*）、《土壤》（*Soil*）和《小评论》（*The Little Review*）等小刊物提供诗稿。

1916 年　　衡平意外破产后，于 3 月获得哈特福德事故与赔偿公司（Hartford Accident and Indemnity Company）的职位，被指派在扩张中的债券部门处理保证理赔并监管法律事物（两年后，一个独立的忠诚与保证理赔部门成立，将由史蒂文斯终生领导）。任下属的哈特福德牲畜保险公司（Hartford Livestock Insurance Company）主管并于 5 月迁至康涅狄格州哈特福德市。商务旅行大半年，去往明尼阿波利斯州圣保罗（St.Paul）、芝加哥、亚特兰大、杰克逊维尔（Jacksonville）、迈阿密。定期给艾尔茜写信并作诗；诗剧《三个旅人看一场日出》（*Three Travelers Watch a Sunrise*）获 5 月的《诗歌》奖。

1917 年　　受威斯康星戏剧人（Wisconsin Players）委托作另一部剧，《烛光之间的卡洛斯》（*Carlos Among the Candles*），10 月在纽约邻里剧场（Neighborhood Playhouse）演出一次。继续旅行各地，艾尔茜安排迁居哈特福德法明顿大街 210 号公寓，他们将在那里住到 1924 年。

1918-19 年　3 月商务出差赴芝加哥，到《诗歌》编辑部拜访哈莉叶特·门罗；结识卡尔·桑德堡（Carl Sandburg）。他的妹妹玛丽·凯瑟琳，一名法国红十字会的志愿者，于 1919 年 5 月因乳突炎发病去世。

1920-21 年　1920 年 2 月参加《三个旅人》在纽约普洛文斯

镇剧场（Provincetown Playhouse）的唯一演出。春季赴伊利（Erie）、扬斯敦（Youngstown）和克利夫兰（Cleveland）商务出差两月。1920年11月以题为"伪善者（Pecksniffiana）"发表于《诗歌》的组诗获海伦·哈依尔·列文森奖［Helen Haire Levinson Prize（200美元）］。与欧洲的作家和友人通信，包括罗伯特·麦卡蒙（Robert McAlmon）、约翰·罗德克（John Rodker）、费迪南·莱雅（Ferdinand Reyher）和皮茨·桑伯恩。（在莱雅批评自由诗歌的流行时，史蒂文斯回答说："你为什么蔑视自由诗呢？它不是现在人们写下的唯一一种具有任何美学冲击力的诗篇吗？"）1921年12月作"来自克里斯平的航海日志（From the Journal of Crispin）"，并将其提交参选艾米·洛威尔（Amy Lowell）所评的盲人奖（Blindman Prize）。

1922年　　　1月初与亚特兰大的商界熟人阿瑟·鲍威尔（Arthur Powell）一同前往佛罗里达州；住在比斯坎湾（Biscayne Bay）和长礁（Long Key）（"我到过的最好的地方之一"），与鲍威尔等友人一起钓鱼。（与鲍威尔建立深厚友谊，未来几年每年冬天都会与他和其他同事一起去佛罗里达。）游哈瓦那。在盲人奖颁给格雷斯·哈扎德·孔克林（Grace Hazard Conkling）之后，将"克里斯平"修改为"作为字母C的喜剧演员"。在卡尔·凡·维克腾的建议下将诗作集为一卷，稿件被阿尔弗雷德·A.诺普夫（Alfred A.Knopf）接受得以出版。8月威廉·卡洛斯·威廉斯来访。

1923年　提出"大诗：元初之细目（The Grand Poem: Preliminary Minutiae）"作为书题，但与诺普夫讨论后认可《簧风琴》；此书于9月出版。10月与艾尔茜过婚后第一个长假，乘船游哈瓦那，穿越巴拿马运河，经特万特佩克（Tehuantepec）至加利福尼亚；游览加州之后由陆路返回，在新墨西哥州逗留探访韦特·拜纳。

1924年　因玛丽安·摩尔（Marianne Moore）在《表盘》（Dial）上对《簧风琴》的积极评价而欣喜。女儿霍莉·布莱特·史蒂文斯（Holly Bright Stevens）于8月10日出生。全家迁居西哈特福德的法明顿大街735号。

1925年　10月阿奇巴尔德·麦克利什（Archibald MacLeish）来访。11月写信给玛丽安·摩尔，回应她的约稿："……家里有个婴儿。九点灯就全关了。目前没有诗歌，没有评论。"与家人在佛罗里达过圣诞。

1926年　患视力模糊；10月获诊肢端肥大症与超重，并伴有高血压；医嘱减重、锻炼及控制饮酒。

1927–28年　5月商务出差至佛罗里达。8月，威廉斯转埃兹
　　　　　　拉·庞德来信求诗以供出版；史蒂文斯回信述日
　　　　　　常诸事以至写诗无暇，读书日少。写信给玛丽
　　　　　　安·摩尔："我生活的极不规律令诗歌不再可能，
　　　　　　在当下，除非是瞬间的暴发。"1927年年末被
　　　　　　告知，在严格管控之下，他已贫血并体重不足；
　　　　　　1928年10月收获良好的医疗报告。

1929–30年　作诗数首。霍莉入牛津学校，并将一直上到1941
　　　　　　年。1930年9月与艾尔茜和霍莉在大西洋城
　　　　　　（Atlantic City）度假。

1931年　　　《簧风琴》修订版由诺普夫出版。与R.P.布莱克
　　　　　　穆尔（R.P.Blackmur）通信，后者在写关于史
　　　　　　蒂文斯诗歌的评论文章。开始向巴黎书商阿纳托
　　　　　　尔·维达尔（Anatole Vidal）购买书籍和画作，
　　　　　　将与其频繁交往［1944年维达尔去世后，继续
　　　　　　向他的女儿保莉·维达尔（Paule Vidal）购买］。

1932–33年　8月写信给门罗："无论我做什么，我现在都不写
　　　　　　诗了。"购哈特福德韦斯特雷台地118号的房子
　　　　　　并于9月迁入。聘请全职管家，后者也帮助照顾
　　　　　　霍莉。

1934年　　　长久中断之后，新的诗作（"多少有些改进的东

西")在刊物上陆续发表。为威廉·卡洛斯·威廉斯的《1921—1931 年诗集》写序。获任哈特福德公司副总裁。

1935 年　在西礁岛结识罗伯特·弗罗斯特。艾尔茜不让在家喝酒，成为品茶专家；常在哈特福德的独木舟俱乐部与朋友共饮马提尼。罗纳德·莱恩·拉蒂默（Ronald Lane Latimer）的阿尔刻提斯书局（Alcestis Press）于 8 月出版《秩序的理念》限量版。开始致力写作诗歌系列《夜猫三叶草》。

1936 年　2 月在西礁岛与厄内斯特·海明威发生醉酒斗殴；右手因击打海明威的下巴而两处骨折，并被击倒；两人和解后史蒂文斯离开（对艾尔茜说自己摔下了楼梯）。《秩序的理念》由诺普夫在 10 月出版；嘉评将史蒂文斯确认为主要的美国诗人。秋天，与弟弟约翰一起，开始资助生病的哥哥小加列特。11 月《夜猫三叶草》由阿尔刻提斯书局出版；12 月在哈佛朗读其节选，并作演讲"诗歌中的非理性元素（The Irrational Element in Poetry）"。因"正在倒下的人"获《民族》（The Nation）的诗歌奖。

1937–38 年　10 月《弹蓝色吉他的人》（包括《夜猫三叶草》缩减版）由诺普夫出版。定期向各期刊提供诗稿。因资助小加列特而无力负担冬天去佛罗里达

的旅行和夏季度假。1938 年与锡兰种植者莱奥
纳尔·凡·吉泽尔（Leonard van Geyzel）通信。
小加列特于 1938 年 11 月 3 日去世；史蒂文斯继
续资助其遗孀莎拉（Sarah）。

1939 年　夏季与艾尔茜和霍莉一起到缅因州和纽约旅行，
参观世界博览会并观剧。为所获的生日祝愿致
谢，指出"一个诗人应该是 30 岁不是 60 岁。难
以置信我竟然 60 岁了。"与富有的艺术赞助人
亨利·丘奇（Henry Church）和他的妻子芭芭
拉（Barbara）建立深厚友谊。[丘奇编辑法语
杂志《尺度》（Mesures），将他引见给包括哲学
家让·瓦尔（Jean Wahl）、诗人弗雷德里克·摩
根（Frederick Morgan）和古根海姆博物馆
（Guggenheim Museum）馆长詹姆斯·约翰逊·斯
威尼（James Johnson Sweeney）在内的知识分
子圈子。]

1940 年　2 月与家人在西礁岛度过数周，发现它现在"文
学得太暴烈了"；在那里与罗伯·特弗罗斯特共
进晚餐。回返之后笔锋甚健（将自己描述为"处
于那样一个阶段，一个人很难从自己的思绪里脱
身"）。与亨利·丘奇通信详谈在哈佛设立诗歌教
席的提案。弟弟约翰于 7 月 9 日去世；8 月岳母
在车祸中丧生。对系谱学的兴趣不断增长。赠送
霍莉一辆红色敞篷车作十六岁生日礼物。与批评

家黑伊·西蒙斯（Hi Simons）通信畅谈自己的诗歌："我的一个思维习惯是思考宗教的某种替代物……我的困扰，也是许多人的困扰，就是失去了对我们大家生而被教导去信仰的那种上帝的信仰。"

1941 年　　广泛阅读哲学和文学批评，包括维科（Vico）、笛卡儿、黑格尔与 I.A. 理查兹（I.A.Richards）。5 月在普林斯顿发表讲座"高贵的骑手与词语的声音（The Noble Rider and the Sound of Words）"。霍莉入瓦萨学院（Vassar）。

1942 年　　夏天霍莉宣称她不想继续上瓦萨学院了，但史蒂文斯劝她回校。9 月《一个世界的各部分》由诺普夫出版；10 月长诗"朝向一个至高虚构的笔记"限量版由康明顿书局（Cummington Press）出版。因霍莉于年终离开瓦萨学院而沮丧；为她找到一份在安泰人寿保险（Aetna Life Insurance）担任职员的工作。

1943 年　　妹妹伊丽莎白于 2 月去世。8 月在霍利约克山（Mount Holyoke）举行的庞蒂尼会议（Entretiens de Pontigny）（汇集欧美知识分子的研讨会）上发表讲座"作为阳刚诗人的青年形象（The Figure of the Youth as Virile Poet）"，并与玛丽安·摩尔初次会面。对霍莉与修理工约翰·汉查克（John Hanchak）的关系感到不快，不允许他进门；她搬到当地的寄宿舍去住。两次拒绝朗读诗歌的邀请："我不是一个行吟诗人，我认为公开阅读诗歌是件特别可怕的事情。"

1944年　4月喜获诺普夫另著一部诗集的邀约；夏天专心写诗。与霍莉争吵反对她与汉查克订婚，两人于8月5日结婚。开始与古巴诗人何塞·罗德里格斯·费奥（Jose Rodriguez Feo）通信。

1945年　谢绝罗伯特·潘·沃伦（Robert Penn Warren）邀请，拒为美国国会图书馆档案录音，声称自己读得不好。6月在哈佛提交"没有地点的描述"为大学优等生荣誉学会（Phi Beta Kappa）纪念诗篇。康明顿书局于7月出版 *Esthétique du Mal* 限量版。拒绝为报纸 *PM* 上埃兹拉·庞德叛国案的讨论供稿。12月成为国家艺术文学院（National Institute of Arts and Letters）会员。

1946年　6月获哈里叶特·门罗诗歌奖。夏末与艾尔茜在宾夕法尼亚州度过三周，包括数日在雷丁（"我们发现这地方真的难以忍受，我们几乎马上就离开了，我少数几个仍旧住在那里的亲戚一个也没见"）。12月为视力问题去看眼科医生。

1947年　2月在哈佛发表"学术三篇（Three Academic

Pieces）"。《运往夏天》于 3 月出版；盛赞的评论整年不断。在纽约与何塞·罗德里格斯·费奥会面。亨利·丘奇于 4 月 4 日突然去世；史蒂文斯出席葬礼（余生与其遗孀芭芭拉·丘奇始终关系密切）。外孙彼得·里德·汉查克（Peter Reed Hanchak）于 4 月 26 日出生。同《党人评论》（Partisan Review）编辑与供稿人共进晚餐，尽管对其左翼政治缺乏同情。6 月获卫斯理公会颁发的荣誉博士学位；康明顿书局于 12 月出版《学术三篇》。

1948 年　　3 月在耶鲁发表讲座"类比的效果（Effects of Analogy）"，9 月在哥伦比亚发表"想象作为价值（Imagination as Value）"。霍莉发起离婚诉讼（1951 年定案）。12 月参加法国画家让·杜布菲（Jean Dubuffet）在纽约的第一次展览之后对其作品产生兴趣。喜获诺普夫的年末版税支票，是他历来收到的最大一笔。

1949 年　　3 月至 6 月写长诗"纽黑文的平常一晚"；11 月在康涅狄格州艺术与科学院（Connecticut Academy of Arts and Sciences）朗读。为皮埃尔·塔尔·科尔（Pierre Tal Coat）画作从巴黎运到而大喜（"被乡民围绕的天使"由此获得灵感）；为马塞尔·格罗曼尔（Marcel Gromaire）的展览撰写型录序言。

1950 年	3 月获博林根奖（Bollingen Prize）。初春作"岩石"。玛丽安·摩尔于 7 月造访哈特福德办公室；其后数年与她经常见面。（请摩尔为《诗选》英国版选诗，但被谢绝。）《秋天的极光》于 9 月发表；诺普夫宣布重新出版史蒂文斯先前的所有诗卷。

1951 年　　1 月在现代艺术博物馆（Museum of Modern Art）发表讲座"诗歌与绘画的关系（The Relation Between Poetry and Painting）"，开始频繁演讲。3 月凭《秋天的极光》获国家图书奖（National Book Award）。4 月在霍利奥克山发表讲座；6 月参加第五次哈佛班级聚会，喜获第二个荣誉博士学位。与韩国作家李鹤洙（Peter Lee）通信并与诗人理查德·威尔伯（Richard Wilbur）会面。散文集《必要的天使》于 11 月出版。11 月为芝加哥大学的穆迪讲座（Moody Lecture）作"一种哲学的聚合（A Collect of Philosophy）"；因哲学家保罗·韦斯（Paul Weiss）拒绝将其发表于《形而上学评论》（*The Review of Metaphysics*）而失望。12 月任国家图书奖评审。

1952 年　　1 月在卫斯理公会朗读；月末列席博林根委员会，颁奖给玛丽安·摩尔的《诗集》（1953 和 1954

年仍将列席在委员会中)。5月在哈佛朗读。9月悲闻桑塔雅纳在罗马逝世。

1953年　　《诗选》于2月由费伯与费伯(Faber and Faber)在英国出版。与哈佛教授雷纳托·坡吉奥里(Renato Poggioli)通信,后者在为他的诗准备意大利语译本。谢绝在迪伦·托马斯(Dylan Thomas)纪念会上讲话("一个根本毫无远见的人")。

1954年　　朗读诗歌供哈佛图书馆录音。5月在哥伦比亚大学发表"尤利西斯之帆"作为优等生荣誉学会纪念诗篇。《诗集》于10月史蒂文斯75岁生日出版;做客纽约谐声俱乐部(Harmonic Club)庆祝活动,嘉宾包括康拉德·艾肯(Conrad Aiken)、路易斯·博甘(Louise Bogan)、詹姆斯·梅里尔(James Merrill)、玛丽安·摩尔、戴尔摩·施瓦茨(Delmore Schwartz)、莱昂内尔·特瑞林(Lionel Trilling)和卡尔·凡·维克腾。11月在瓦萨和纽约犹太人青年会(YMHA)朗读。谢绝阿奇巴尔德·麦克利什的邀请,拒任哈佛1955-56年查尔斯·艾略特·诺顿(Charles Eliot Norton)诗歌教授。圣诞节喜获"贺卡的雪崩"。

1955年　　1月初获悉耶鲁将在6月授予他荣誉学位("一

个哈佛人的最高奖赏"）。艾尔茜于 1 月 14 日中风。在 1 月 25 日典礼上获取第二个国家图书奖。4 月，胃肠道检测发现憩室炎。在入院治疗前为美国之音广播完成"康涅狄格作（Connecticut Composed）"并写诗"'一个神话反映它的区域'"和"纯粹的存在"。4 月 26 日手术显示胃癌晚期；留在哈特福德圣弗朗西斯医院（St. Francis Hospital）超过三星期。5 月得知自己获普利策奖。出院后在家暂住；转至艾弗里康复医院（Avery Convalescent Hospital）一个月，然后回家，7 月又住回艾弗里医院，后转至圣弗朗西斯医院。保持良好情绪；给护士背诵朗费罗；向霍莉反复追忆 1903 年去不列颠哥伦比亚省的旅行。8 月 2 日晨去世。8 月 4 日在詹姆斯·T. 普拉特殡仪馆（James T.Pratt Funeral Home）简短葬礼后，葬于哈特福德雪松山公墓（Cedar Hill Cemetery）。

"夜晚的光线"与"云中的路"

——史蒂文斯诗全集译后记

  苏珊·桑塔格①写过一部书②来诠释"反对诠释",史蒂文斯的每一首诗(每一个诗人的每一首诗)都在做这件事。因为构成诗歌的物质:想象是非理性的,而作为诠释这一行为基础的理性,对于诗歌而言并无必要。诗歌先于诠释,正如非理性先于理性,甚至理性的最中心也还是非理性的"秩序之狂"③。此外,对史蒂文斯诗歌的诠释之多,事实上也已令诠释变得不可能。在史蒂文斯本人的论文、演讲、书信中有关诗歌的理念阐述之外,每一页史蒂文斯诗歌都有一百页的评论文字,于是我们有了道格特④的,布鲁姆⑤的,文德勒⑥的史蒂文斯,太多人的史蒂文斯……但所有这一切都是外在于诗歌的事物,对于史蒂文斯来说诗歌是自足或"自为之物"⑦,它与"不会宣示它自己"的"老歌"⑧全然不同,证据是在史蒂文斯的每一部诗集里,除了诗以外几乎没有任何别的文字⑨。我意识到这一

① Susan Sontag(1933—2004),美国作家,哲学家,政治活动家。

② 《反对诠释》(*Against Interpretation*,1966年)。

③ 史蒂文斯:"西礁岛的秩序理念"(《秩序的理念》)。

④ Frank Aristides Doggett(1906—2002),美国文学批评家。

⑤ Harold Bloom(1930—),美国文学批评家。

⑥ Helen Hennessy Vendler(1933—),美国诗人,文学批评家。

⑦ 史蒂文斯:"哦,佛罗里达,交媾之地"(《簧风琴》)。

⑧ 史蒂文斯:"一个显贵的若干比喻"(《簧风琴》)。

⑨ 绝无仅有的例外是诗集《一个世界的各部分》的末尾,附在"战时对英雄的检视"之后有一段散文体的说明,或许是因为那首诗既是"宏大的战争诗歌"又是"作为想象之作的诗歌"吧。战争中的世界具有一

点是在试着诠释过一两回（或许根本谈不上诠释，仅仅是诠释的动作）[①]之后，这篇译后记将仅限于谈论我作为读者和译者对语言和翻译的一点想法。

　　史蒂文斯的语言是 19 世纪末至 20 世纪前半叶一个英语诗人的英语（我们完全可以加上"最好的"这个形容词，有没有"之一"无关紧要）。一种"现代"英语，一种质疑，否定，分裂，聚合，反转，延伸，增殖，突变，湮灭与新生的语言，无论是这语言之于它的时代，是之于它的存在空间，还是之于它的使用者（史蒂文斯），都是如此。即使没有资格，我也可以不负责任地拿莎士比亚时代最好的英语，莎士比亚的语言来作个比较：如果说莎士比亚的语言精美而又机智，流畅而又悦耳，令人愉悦而又启人心智，史蒂文斯的语言就是简练而又晦涩，平静而又深邃，出人意料而又难以索解的。莎士比亚以国王般的自由来驾驭和享受英语，畅游于英语之中，有那么多没有言说过的东西，即使言说过却还可以言说得更好的东西，言说随世界的延伸而延伸；而史蒂文斯以药剂师般的精确来调配英语，尝试每一种可能，以至分解，重组，颠覆，重新发明英语，重要的已不再是言说什么，言说什么都不如言说的方式，或言说本身更加重要，世界延伸之处就在言说之中。

　　换句话说，在莎士比亚的时代，诗人用语言呈现世界，在史蒂文斯的时代，诗人用语言呈现语言，语言就是世界。再

　　将想象拉回现实的力量，此刻诗歌的破坏与否定与世界的破坏与否定合为一体，或者说，有赖于后者方能存在，后者成为前者存在的前提与理由，乃至剥夺前者存在的可能。在我看来，显然，仅仅在这个时候，史蒂文斯才认为对诗歌的阐释或辩护是必要的。

① 陈东飚："坛子轶事的轶事"（《坛子轶事：史蒂文斯诗选》）；"史蒂文斯诗歌的'朝向'"（本书附录）。

简化一下：如果将诗人等同于他的语言，那就是莎士比亚时代的诗人呈现世界，史蒂文斯时代的诗人呈现语言，即诗人自己（因为诗人等同于他的语言）。

从某种意义上说，诗人呈现的就是自己，这话依然可以套用在任何诗人头上。诗人的语言——"那千丝万缕的／一团乱麻就是自己的脸相"①。但我希望前面的比较已经足够表明在我的心目中，莎士比亚与史蒂文斯，也就是前现代诗人与现代诗人的不同——当然这种区分必定是武断的，或许并没有所谓前现代与现代两种诗人，而只有两种读者，即两种阅读方式的不同。

再多引用博尔赫斯一回："一切阅读都暗示着一场合作，几乎是一次同谋。"②莎士比亚的读者如同剧场里的观众（在莎士比亚的时代也确实是观众），他们看到并且知道自己面前是一座舞台（他的语言）。这时读者与诗人合作的方式是想象舞台就是世界的呈现，而他与诗人都在这个被呈现的世界之外，谁都可以随时抽身离去。在史蒂文斯的时代，诗人和读者都没有了舞台（舞台已经专属于另一门艺术），但每个人都拥有一个剧场，他自己，自己的世界；读者与诗人合作的方式是想象自己就是诗人，想象诗人的语言是出于读者自己，读者与诗人的自我／语言／世界合一。而在这合作——这想象的另一端，诗人也必须想象自己是在为这样一个读者在写作。当一个诗人说自己不为任何读者写作，或只为自己写作时，他说的其实是：他为一个与他的自我／语言／世界合一的读者写作。显然这是一种比莎士比亚时代更紧密的合作方式，你都无法确切知

---

① 博尔赫斯："总和"（《密谋者》）。
② 博尔赫斯："前言"（《为六弦琴而作》）。

道合作是何时开始，何时结束的；同时也是更困难，更不可能的合作方式，你甚至无法肯定你是否真的在合作，合作的双方是否存在。从这个角度来看，现代诗歌缺少读者是一件必然的事，可能比我们以为的更少。

无论如何，总有人想要尝试成为这少数，完成这件看似不可能的事：阅读现代诗歌，阅读史蒂文斯的诗歌。这场合作的用时不会很短，但前期准备却连一眨眼的工夫都不需要：开始想象即可（难易因人而异）。忘掉诗人和你，想象书页上的分行文字，每一首的每一句，每一个字的每一个字母，那些排列与组合，分断与延伸，拆解和生造的语汇，入微的细部与"至大的抽象"①，就是你的存在和你自己："如我所是，我说话和行动"②。总之，这个"没有身体的读者"③要用一个词语的自我重构一个世界，逐字逐句地经历诗人经历的行程（我相信，无论是史蒂文斯对其诗歌信仰的探寻，还是诗人数十年长达万行的写作，还是阅读史蒂文斯写下的全部诗篇这件事，用"行程"两字来形容都无比贴切）。

而这不可避免是一段充满困扰的行程：我们有的只是晦暗的想象和晦暗的悟性，走的却是一条"云中的路"④（为清楚表达我必须拿史蒂文斯的词语来作我的比喻——有一些评论者认为史蒂文斯的诗就是由比喻构成的）。在诗人／读者合一的史蒂文斯／我脚下，词语的岩石坚硬地承托着"事物的直感"，但语义的云雾将视线完全遮挡，仅有一种难以界定，或许为知，

---

① 史蒂文斯："朝向一个至高虚构的笔记"（《运往夏天》）。
② 史蒂文斯："弹蓝色吉他的人"（《弹蓝色吉他的人》）。
③ 史蒂文斯："西方的一个居民"（《岩石》）。
④ 史蒂文斯："取代一座山的诗篇"（《岩石》）。

或许为觉，或许是力与信心（史蒂文斯多次提及的"阳刚"？），或许是一种超越了语言，冥冥中连接了不同的时空与种族，让诗得以为诗的东西，一道"夜晚的光线"[①]——像"秋天的极光"一样浩大，但不需要那样玄奇瑰丽，更平静也更平凡，仿佛是理所当然——在指点着方向，将路径导向下一个"合适的瞭望点"[②]，于是自我／语言／世界便会再一次显现，尽管诗人／读者每一次都会"发现自己更真切也更陌生"[③]。

像前面说过的那样，没有人能告诉我是否真有这样一场合作，我是否真的在阅读史蒂文斯，但我愿意相信它的确发生了。而将这个动作拉长数倍时间，增加若干步骤（比如查更多字典），就是本书的翻译过程了——只是这场诗人与读者的合作是反向的，一次颠倒过来的想象，是要将史蒂文斯／我在英语中走过的路径，以我／史蒂文斯的方式在汉语中再走一遍，行对行，句对句，词语和意象的序列也力求对应，除非遇到在英语中是一个通道的地方，在汉语中是一堵墙或一道深沟，这时才会尝试不得已的绕行或跳跃，或"挪动岩石"[④]以便迈步，总之，语言上的变通被尽可能地压制，译者本人（从未有过）的诗意与灵感也从未前来打扰，因此纯熟而流畅的美妙步法或悦耳之音也无从产生。一个有利条件是，英语和汉语都有足够的空间，像史蒂文斯和我所在的国度一样，可以各自容纳如此广大，几乎是远不可及的诗歌行程，尽管地形、地势、地貌全然不同。但愿前文所述的某种超越语言的东西，那道夜晚的光

---

① 史蒂文斯："山谷之烛"（《簧风琴》）、《尤利西斯之帆》（《晚期诗作》）。

② 史蒂文斯："取代一座山的诗篇"（《岩石》）。

③ 史蒂文斯："胡恩宫中饮茶"（《簧风琴》）。

④ 史蒂文斯："取代一座山的诗篇"（《岩石》）。

线依然存在，能够将汉语导向与英语同样的海拔，再一次铺开那条云中的路。我的期待与惶惑仅仅是，同样遮没视线的语义的云雾，同样仅在脚下方才坚硬的词语，和必定无法再现同样远景的瞭望点，是否能给汉语的我／史蒂文斯（或是本书的读者）一个英语中前所未见的视野？

陈东飚

2018 年 12 月 14 日

2019 年 3 月 11 日补记：一个多月前家父去世，之后这段巨大苦痛的时间也是我审读本书最后一部分校样的时间。因此我希望，以我作为译者的小小特权，将这本译作献给陈聆群，一位教师与学者，一个可爱的胖老头，我的父亲。

附

华莱士·史蒂文斯诗歌的"朝向"

被很多论者视为二十世纪最伟大英语诗人的史蒂文斯，由一个并非诗人的译者来翻译，不止一次，并且不止是翻译，还要谈论，即使译者本人都觉得是一件有点过分的事情。幸好我无意也无资格进行任何批评或"导读"，以使史蒂文斯在任何人手中变得不那么艰深，而只想整理一下我对史蒂文斯的认识，以供对我的译文有兴趣的读者参考。

在我第一次翻译史蒂文斯时，我将他的最重要诗篇之一的题目译为"最高虚构笔记"，并以此作为那本诗选的书名①，这应该是这首译诗的诸多错误之中最大的一个了。原诗题为"Notes Toward A Superme Fiction"，在我第二次翻译的版本②中改成了"朝向一个至高虚构的笔记"——至少在字面上更准确了一点，同时也标注了我对史蒂文斯看法的改变。（注：以下所述都是我毫无根据，亦无法论证的一孔之见，为图方便一律省略"在我眼中"四字。）

"朝向"（Toward）在这里是一个不可省略的词③。史蒂文斯的诗是一种投射，将自身投向一个作为至高虚构的中心，同时它本身也作为投影呈现在文字构成的诗篇之中，"如其所是"，也许这可以用柏拉图的洞穴投影来类比。尽管在某种意

---

① 《最高虚构笔记》（与张枣合译，华东师范出版社，2009 年 3 月）。
② 《坛子轶事：史蒂文斯诗选》（广西人民出版社，2015 年 6 月）。
③ 这个词亦有"关于""对于"等义，按此原译并无不可，但只有现译能够完整呈现我理解的诗题含义。

义上所有的诗都是如此，一种抽象的诗的投射，但史蒂文斯把这一点变成了他的诗歌的目的和每一首诗最终的主题，而非仅仅是一种（在诗歌自身以外的）诗学或哲学的诠释。换句话说，史蒂文斯的诗就是它的诗学本身，同时又是通向其诗学理想中的诗歌的途径——它通过朝向至高虚构的无尽上升来呈现它所不可能抵达的至高虚构，而这一呈现又反过来成为它由之而来的诗学（亦即诗歌本身）的理由和证明。至高虚构须以诗宣示其存在，而诗也正因其"朝向"的动作才成为其自身。史蒂文斯的诗正是这样，从自我否定和自我诠释中完成了它的自我肯定，如"朝向一个至高虚构的笔记"这首诗之所为。

把这首诗的三个段落（"它必须是抽象的"，"它必须改变"，"它必须提供快乐"）读成史蒂文斯为诗歌设立的坐标线，用以在想象的地平线上定位他的至高虚构，或是他根据理想中的至高虚构，划出诗歌的疆域，都无不可。重要的是，它让我们隐约看到了史蒂文斯诗歌的一条轨迹：一，世界，现实，或无论我们叫它为什么，并无意义，它必须从自身中被抽离，指向别的、更高的事物，比如一种理念或一种虚构；二，没有什么永恒的存在，心的行动（想象）始终改变着现实，生成新的现实，注入新的意义；三，为一切意义带来价值的是人的情感，诗的至高虚构之所以值得追寻是因为，它是情感所投射的方向，一种精神之极乐的所在。史蒂文斯在划出了这条诗之轨迹的同时写成了这首诗，恰如《圣经》中的神在道出世界的同时创造了世界一样。

事实上，史蒂文斯曾经讲过"诗人是一个神或青年诗人是一个神。老诗人是一个流浪汉"[1]以及"诗人是不可见者的传

————————

[1] 史蒂文斯：《箴言录》（*Adagia*）。

道士"①；而在《朝向一个至高虚构的笔记》的献词中，史蒂文斯"催迫"的是那个"就在我近旁，日夜隐藏于我体内"的"最智慧者"；此外，"高贵的骑手""必要的天使"②"至大的人"③"喜剧演员"④等也曾被史蒂文斯拿来指称诗人。诗人对于史蒂文斯来说是至高虚构这一世界／天堂的探寻者、创造者、信息传递者和表述者，一个具有神性的多位一体者，寻求"在个人内心中将美学缔造为一种比宗教更无限广大的事物"。⑤

　　这个多位一体者的角色从来是游移不定的，在史蒂文斯的每一首诗中都有所不同，因为他所朝向的中心是未知并无可企及的，我相信史蒂文斯在心怀最大的信念的同时也无时不在经历着最大的困扰，因此他才如此看重诗人"阳刚"与"力量"的属性，并时常将崇高与怀疑和反讽的调性同时汇入诗篇之中，如一个置身荒野走向他看不见但却始终确信的目的地的人，在辨识、体验并且享受此时此地的每一种感觉。我猜想对于史蒂文斯来说，创造也就是发现，想象也就是知识，至高的虚构也就是至高的现实。

　　史蒂文斯研究的大师海伦·文德勒曾经提到，在一次读诗会中，一位听者抱怨说他不理解史蒂文斯的诗歌，史蒂文斯的回答是"这无关紧要；要紧的是我是否理解它。"⑥海伦·文德勒对此的诠释是，诗歌将随时间而自我澄清。但我更倾向于把

① 史蒂文斯：《箴言录》（*Adagia*）。

② 史蒂文斯：《必要的天使》（*The Necessary Angel*）。

③ 史蒂文斯："一名年轻上尉的重复""乡民编年史""朝向一个至高虚构的笔记"（《运往夏天》）。

④ 史蒂文斯："作为字母 C 的喜剧演员"。

⑤ 史蒂文斯：《箴言录》。

⑥ 文德勒："华莱士·史蒂文斯的声音是'拯救生命的'（Wallace Stevens' Voice Was 'Life-Saving'）"。

这解读为，史蒂文斯只是道出了自己对于诗歌的迷惘，迷惘正是领悟的一部分，也是诗歌在其中行进的空间。

我把史蒂文斯的诗歌视为芝诺的箭，它们每一首都是静止的同时又朝向一个目标而去，它们每一首都自成一篇又连成一道朝向一个目标的轨迹。阅读史蒂文斯是困难的，甚至是不可能的，正如你抓不住那支箭，或者说你抓住的必定不会是那支箭，因为它已经不再是在那个空间、那个时间、出自那个射手、射向那个目标的箭了。或许重要的不是那支箭而是那个目标，或许射向那个目标恰恰就是那支箭的目标。

当我们看着箭的投影之时，我们能做的是想象自己就是那个射手在射出那支箭，想象那支箭所朝向的那个目标，甚至想象自己成为那支箭，朝向那个目标而去。也就是说，每一首史蒂文斯诗歌的读者都必须成为史蒂文斯来写下那首诗。

那么，翻译的工作是否更难？从某种意义上来说，并不是：我仅仅是将文字（也就是箭的投影）从一个表面（英语）移到另一个表面（汉语）之上，尽管这并非易事，但最难的部分依然是属于读者的。

陈东飚

2014 年 11 月 3 日

图书在版编目（CIP）数据

华莱士·史蒂文斯诗全集／（美）华莱士·史蒂文斯
著；陈东飚译 . -- 北京：作家出版社，2021.8

ISBN 978 - 7 - 5212 - 0620 - 3

Ⅰ. ①华…　Ⅱ. ①华…　②陈…　Ⅲ. ①诗集 – 美
国 – 现代　Ⅳ. ① I712.25

中国版本图书馆 CIP 数据核字（2019）第 137013 号

华莱士·史蒂文斯诗全集

作　　者：［美］华莱士·史蒂文斯
译　　者：陈东飚
责任编辑：李宏伟
装帧设计：任凌云
出版发行：作家出版社有限公司
社　　址：北京农展馆南里 10 号　　邮　　编：100125
电话传真：86 – 10 – 65067186（发行中心及邮购部）
　　　　　86 – 10 – 65004079（总编室）
E – mail: zuojia@zuojia. net. cn
http: // www. zuojiachubanshe. com
印　　刷：北京中科印刷有限公司
成品尺寸：130 × 210
字　　数：469 千
印　　张：28.375
版　　次：2021 年 8 月第 1 版
印　　次：2021 年 8 月第 1 次印刷
ISBN　978 – 7 – 5212 – 0620 – 3
定　　价：148.00 元